马步升-江湖三部曲

马步升◎著

敦煌文艺出版社

图书在版编目（C I P）数据

刀客遁 / 马步升著 . -- 兰州：敦煌文艺出版社，
2017.8（2024.1 重印）
ISBN 978-7-5468-1373-8

Ⅰ . ①刀… Ⅱ . ①马… Ⅲ . ①长篇小说—中国—当代
Ⅳ . ① I247.5

中国版本图书馆 CIP 数据核字 （2017）第 202510 号

刀客遁

马步升 著

责任编辑：张明钰
封面设计：尚书堂・叫兽

敦煌文艺出版社出版、发行

地址：（730030）兰州市城关区读者大道 568 号

邮箱：dunhuangwenyi1958@126.com

0931-8773121（编辑部）

0931-8773112　8773235（发行部）

三河市嵩川印刷有限公司印刷

开本 710 毫米 ×1000 毫米　1/16　印张 18.25　插页 1　字数 326 千

2018 年 7 月第 1 版　2024 年 1 月第 2 次印刷

ISBN 978-7-5468-1373-8

定价：68.00 元

目录
MULU

古村古风，血雨腥风，骂阵破阵，明火执仗。伤残男子依然械斗英雄，落魄寡妇岂可自甘人后。

一声驴叫，惊天动地，我驴一叫，百驴噤声。此驴非驴，彼驴亦非驴，非驴而叫声如驴，便是战斗号角。

活着的人比邻而居，互为姻亲，死了的人共戴明月，相对无语。雪山明月，大地清辉，墓碑凛凛，人间鬼蜮。

兵法有云：上兵伐谋，其次伐交，其次伐兵，其次攻城，不战而屈人之兵，善之善者也。

村庄兵法有云：上兵伐交，无须伐谋，无须伐兵，无须攻城，不战而屈人之兵，善之善者也。

风尘女侠无风尘，无敌秀才真秀才，一桩姻缘，揭破数百年江湖海底。

只因那一瞥，一桩孽缘造就，只因那一瞥，千百人头落地，只因那一瞥，壮士断腕天变色。那一瞥，那只是不经意的一瞥……

生在江湖，江湖为家，嫁入农门，村庄为家。一代绝色女侠息影江湖，一个农家媳妇安身柴门。

你看她一曲歌罢，五陵少年争缠头，你看她坐拥金银，一代巨商掌中宝，而她紧贴心口的宝中宝却是一枚残缺铜板，江湖海底深如海，美女心头另有心。

愚昧是文明的通行证，文明是愚昧的墓志铭。留洋男医生以愚昧的手段推广科学，科学披着愚昧的外衣服务大众。

为什么会有如此多的美女闯入我的生活，为什么我的心中只有一个她？

受过新式教育的少女甘做老朽官员的六姨太，别人婚礼上不经意的那一瞥，让她瞥见了自己那颗勃勃的少女之心。孤悬城头的香艳卧室，岂可阻隔成名刀客飞檐走壁的包天色胆。

父亲屁股上的那片红色胎记，结成母女如天冤仇，女侠问天钩问天，天道往还；可是，自己儿子的屁股上也有一片红色胎记，女侠问天钩问天，天何言哉！

谴责令，预杀令，绝杀令，令令如山。革命不是请客吃饭，你不革别人的命，我先革了你的命。无敌秀才果真无敌吗？

任你秀才无敌，我自花儿皇后，客栈女仆为爱舍身，无敌秀才无情有义。

你许给我的是水中月镜中花，我要的是当下名眼前利，卧室的红粉佳人，名利场上的屠夫，刀客的爱情遭遇屠刀。

无敌秀才为躲避官府追杀，遁入原籍村庄，夫妻继续开办新式学堂。刀坛信物如是刀隐没江湖数百年，公开现身，成为学堂护身符。刀是无上刀，人是无上人，见刀如见人。如是者刀，如是者人，如是如是。

第 一 章

隐身豪宅的花儿皇后

　　杨修平从东洋留学回来，几年没有回家了，他也想家，想父母，想兄弟姐妹，想他那个在祁连山下的名叫独流地的小村庄。可是，他必须要在省城兰州羁留几日，回国踏进上海码头时，会党上海支部便给他下达了密令，让他回到西北后，要尽快拉起武装，开展特殊斗争，把党首的光芒遍撒在广袤无际的西北腹地。

　　从上海一路辗转西来的路上，杨修平信心满满，他从小生长在河西走廊，熟悉那里的一切，南边是悬在头顶的终年不化的祁连雪峰，在阳光下，青天白日，白雪映苍松；北边是北山，苍茫弥天，逶迤东西，参差天地。夹在南北两山中间的，便是那大海一般的河西走廊，绿洲无垠，沙漠戈壁无垠，一条大路从东而西，地平线的尽头仍是那一根不绝如缕的大路。这就是名动古今的丝绸之路啊。这条路上，华丽绚烂的丝绸，在驼铃声中，从远古到而今，把中土的繁华一拨拨送向天之极西，又把那西域的奇异，一拨拨洒向中土大地，而在你来我往中，少不了的是那些匹马纵横的豪侠。他们或者招摇于万里驿道，在弥天的沙尘中，纵酒高歌，仰天长啸，或者隐身于农家庄园，身居斗室，心怀八荒，真个是静若处子动若脱兔，走廊上的风因他们而劲吹，走廊上的草因他们而低回千转。

　　这些人被称为刀客。

　　因为有这些人的出没无常，千里河西走廊万里长。

　　杨修平希望能在兰州的军政界和商界，打听到现任刀客领袖无影子的行踪，如果说动了无影子，任河西走廊长风万里，那也是掌中握了。

可是，谁也不知道无影子的行踪。见过无影子的人很多，也只是见过，如同今天在走廊的西头肃州见到一股风，明天，在走廊的东头凉州见到同样一股风，但你却不能由此说：这股风就是那股风。人们都说，无影子是一股风，他走到哪里，哪里便风卷沙尘，天地混沌。但，有人却不这样说，他说，无影子是一粒风中的沙粒，随风而走，风起处，他动身了，风息时，他隐身了。满目沙尘，哪一粒都有可能是无影子，哪一粒都有可能不是无影子，你尽情找寻吧，你如果能把河西走廊的沙粒一颗一颗数一遍，也许，某一颗就是你要找的人。

说这话的人是晋商商会会长田青萍。

一年前，无影子为他的商队走过一趟镖。有无影子走镖，在万里驿路上，商家只需算定黄道吉日，避过黑风暴，再就是把自己的伙计和骆驼管好就行了。在整个驿路上，要不就是掩映在绿树下的绿洲田园，静谧得连狗叫鸡鸣都听不见，满目都是你在睡梦中才可一见的田园美景，要不就是裸露在天之下地之上的沙漠戈壁，满目都是死亡的气息。你实在枯燥了，你实在心慌了，你想着哪片树林里，哪座沙丘下，突然窜出几个飞马驰骋的刀客，此时，无影子果然如他的旗号一般，在你还没有看清无影子时，无影子不在了，打劫者不在了，商队人无损，货无损，有惊无险，如舞台演戏样的。一番刺激，神情为之一振，驼队继续向天边漫漶。

然而没有。

这一切都不会发生，只要把无影子的三角绿色小旗插在头驼的货驮子上，万里驿路上的刀客，都见旗退避三舍了。也许，此时他们在暗中欣羡无影子响彻天地的名头，也许，躲在哪个客栈里喝酒逛窑子，或者，哪个庄园里有他的相好，正好做一场粉嘟嘟儿的梦吧。

田青萍尝到了甜头，他想继续雇佣无影子，可是，无影子交接了货物，领取酬金后，就地消失了，像风那样消失了，像风中的沙粒那样，再也找不到那个名叫无影子的沙粒了。田青萍找不到无影子，杨修平想通过田青萍找无影子，杨修平眼见得也找不到无影子了。找不到无影子，找别的刀客，又难以成事，回到独流地，除了杨家，就是白家，两个家族水火不容二百年，天天都在想着压对方一头，甚或干脆让另一家滚到天边去，由自己一个家族独占独流地，谁还有心思帮你干那些没头没尾的经天纬地的大事呢。还不如在兰州多待几天，怎么说都是省城，坐商鳞次栉比，行商熙熙攘攘，军政头面人物招摇过市，各类小角色上蹿下跳，千条线，万根丝，整天在眼前纷乱着，总有一丝一线会抓在手里的。

一连盘桓几日，从东城游荡到西城，由南城晃悠到北城。穷极无聊，这个黄昏，杨修平来到由德国人设计承建的兰州铁桥上闲游。孟春季节，西来东去的黄河水，携带着青藏高原冰雪消融后的凛冽，擦着城边啸叫着，翻滚着，滔滔东去，溯河远望，上游十几里外的河边台地上，一派天天红云，他知道，那就是名闻天下的安宁十里桃园。眼下的黄河水因而有了一个动听的名字：桃花汛。回头望，城墙高峻，南边贴着皋兰山根儿，北边贴着河畔，河那边，一道城墙贴着北山根儿蜿蜒西去，那就是著名的"河西大边"，一直由兰州接上纵贯河西走廊的长城。这是明朝修建的，为阻挡北边草地上蒙元残余势力的骑兵的。沿河两岸，排列着一辆辆水车，远远看去，都有顶天立地的气象，正是春旱时节，水车昼夜忙碌，叶轮将浑黄的河水提到半空中，倾入水槽，河水欢快地冲向岸边台地田园，果木禾苗眼见得欢快了。这个时节，黄河边的风依然是料峭的，风儿喜好的是，趁人不备，猛可劲钻入你的怀中，缭乱一圈，再得意洋洋而去。河边还是有残冰的，那冰啊，像是一个人老珠黄的妇人，脸上显示韶华风韵的颜色一扫而尽了，苍黄的土色胡乱泼洒在眉宇间，浮泛而出的是那晚景凄凉的死光，残阳正如一个最喜落井下石的小人，把那死光涂抹在死光迷离的残冰上，酝酿出一大片的死亡景象。从东洋乘船回国时的杨修平，心志是昂扬的，在上海码头上岸时，心志是昂扬的，领受机密时，心志是昂扬的，一路西来时，心志是昂扬的，初到兰州时，心志是昂扬的，而几日的碰壁，他的心志已渐趋低沉，这一刻，他的心志宛如河边的残冰，死光从他的心窍渗透进来，他感觉，他呼出来的气息，都有些朽腐的意味了。

不能再在这样的无望之地逗留了，杨修平悚然一惊，仿佛看得见，他那满怀的理想，恰如黄河里那浊重的浪花，一朵朵，在瞬间便花瓣零落，随波逐流了。他返身回城，北城门下，聚着一堆人，嗡嗡嘤嘤，个个佝偻着腰身，土黄色的面孔掩映在黑黢黢的城墙阴影下，鬼魅一般。他们在说话，窃窃私语的，一脸漠然，高声大气的，唯恐天下不乱。混合起来，便是来自地狱深处的噪音。杨修平走近了去，他本想躲开的，却只有从这里进得城去，要是图清净，就得绕道东城门或西城门，那可是小半天的脚程啊。纸是白的，本来不算是白纸，贴在黑的城墙下，在黑色的人影映衬下，纸白了。白纸上照例是黑字。黑字撞入杨修平的眼帘，他的脸白了，眼眶里只剩下两颗呆滞滞的白眼仁了。

那是一张江湖英雄公开帖。

说的是，甘州独流地杨白两族上下人等，为了结二百年仇怨，求永世之公道，愿倾家荡产各招募五名刀客，谁胜谁负，刀客酬金分文不少，杨白两家谁生谁死，谨遵天命，与刀客无涉。

这不是他家吗。

为了争水，二百年械斗，两家死伤无算，年年死人伤人，家家都有断臂瘸腿的男人。如今倒好，自己小打小闹不过瘾，还要惊动刀坛了。

离开战日子只剩一个月了，兰州城到甘州，快马加鞭，路途顺利，也需五天，甘州到独流地，又需一天。杨修平像一头受惊的小毛驴，在城门洞里，出来进去几个来回，进去一趟，茫然无绪，出来一趟，天地昏黑。猛可间，主意来了，他仍然像一头受惊的小毛驴，飞快地奔向下榻的客栈。他将回国后换上的长袍马褂飞快脱去，将盘在头顶的假辫子放下来，梳理整齐，装扮成规范的士绅，手持名帖，迈着标志士绅步态的八字步，不紧不慢，进了旁边的山陕会馆。

这几日，他每天都要来这里的，和通事室的更夫脸儿已经混熟了。更夫已经很老了，据他说，山陕会馆在兰州落成二百多年，雇佣的第一个更夫就是他家祖上，此后代代相传，按照旗人的说法，他这叫世职，祖荫照耀着后辈的前程。刚学会走路时，爷爷就将他领到通事室玩耍，从父亲那里袭职到现在，在这个岗位上，他什么人都见过，三教九流达官贵人富商巨贾王八戏子吹鼓手，只要世间有的人，有的角色，没有他没有见过的。别的人，哪怕你富可敌国贵比王侯权倾天下走州过县，从见人识人上说，没有和他能比的。

杨修平深信这一点。

第一次进门时，他就给老更夫送了一盒东洋烟卷，老更夫看了看他说，先生当下虽然还没有显达，将来也不会显达，因为先生既不玩钱，也不玩权，显达不显达，那是老汉我这种俗人的讲究，以老汉的老眼看，先生是一个敢把天下当窑姐玩的人。杨修平笑说，老大人取笑了，小辈只是一个混日子的凡夫俗子，不过有一点小辈还必须向老大人禀明，小辈虽无德无才，但至今确实从无留恋烟花的经历，以后大概也不会有的。老更夫也笑道，老汉我说的是你把天下当窑姐玩，自然不屑于去玩窑姐了啊。

这样两人就混熟了，每次来，都要说一阵体己话。杨修平这个时候来，按说已过了会长接待访客的时辰，老更夫还是放他进去，也没问他找会长有什么事。杨修平便一腔温暖，一脸感动，老更夫也是一腔的洞明事理，一脸的善解人意。两人对望一眼，便都有了英雄不问出身的惺惺相惜。田青萍的家小还在山西老家，可是，这么大的商人，身边如果没有女人，就如同挥斥百万雄兵的将军，手底下却没有一兵一卒随时应差一样，那怎么行呢。田青萍是有随身女人的，那个女人有一个好听的名字：窗前明月。

杨修平刚从东洋回来，人踏上了中土，脑子却一下子回不来，还以为那是东洋女人呢。中土的女人再摩登，也不会叫这种名字的。

这是人的名字么，这是女人的名字么。

窗前明月是地地道道的中土女人，地地道道的兰州女人，名动西北大地的花儿皇后。

田青萍一脚踏进兰州城，就喜欢兰州了，南北两山实在是上接青天，下绝大地的天然城墙，山下，又是一圈上接高山，下绝飞鸟的人造城墙，城墙外，是那从天上来奔流入海，贯通北中国的黄河水。这里实在是成就帝王的天赐胜地。不过，他对帝王之位没有兴趣，也不敢有兴趣，能不能得天下，都是要死人的，死别人，也死自己人。

我可不干那种没有把握的事情，他说。

天下至少有三种天子，一种是坐金銮殿的天子，后宫佳丽三千人，天下万民皆牛羊；一种是道德天子，比如孔圣人，一句话管千年万年的事儿，把天和地区别开来，把人和人区别开来，把人和禽兽区别开来；第三种便是布衣天子，何须费时费力造什么后宫，招人眼馋，祸患也随之跟进了，只要手头有足够的钱财，天下无处不后宫，世间佳丽皆为宫娥彩女。

我感兴趣的是布衣天子，他说。

来兰州的当晚，他听见不远处的黄河楼里传来女人的歌声，他明知道唱歌的人在黄河边的一座茶楼上，歌声是由地上飘到天上的，但他真切地听到，唱歌的人在蓝天白云间，歌声如春雨，自天潇潇而下。他爱上了兰州的歌曲。他从来没有听过这种歌，他当即对老更夫说，去，把那个唱歌的给我喊来。一会儿，窗前明月来了。他对她说，我不问你是干什么的，也不问你是谁的人，从今往后，你就是我的人，你只能给我一个人唱歌。窗前明月盈盈一个万福，低声说，是，老爷。

　　这是杨修平与田青萍第四次见面了，也是他和窗前明月第四次见面了。也就是说，他只要见到田青萍，就能见到窗前明月。前三次见面都在白天，白天是没有月亮的，东洋没有，中土也没有，这个，杨修平自踏上国土那一刻，就找到国内国外的相同点了。所以，当他得知眼前这个女人叫这样的名字时，并没有把白天当成夜晚，也没有把她与月亮联系起来。他只觉得，这个女人真漂亮，要是给哪一个男人当女人，哪怕是当皇后皇妃，都可惜了，都大材小用了，都明珠暗投了。她实在是一个天生的窑姐儿，让无数的男人在她那里感受到，人生是多么的值得留恋啊，天下是所有人的天下，为了天下的光明灿烂，所有的男人都应当舍身以赴。

　　现在是晚上，平常是月亮升起的时分。可是，今晚天上有云，云不厚，却足以遮住月亮。是月亮，就得向大地抛洒月光，要不，月亮怎么算得月亮呢？月亮躲入山陕会馆了，而偌大的会馆，只有田青萍一个人配得上沐浴在月光之下。当然，现在又多了一个杨修平。他是不速之客，是月亮，就得普撒光明，不可厚此薄彼。

　　杨修平也沐浴在月光之下。

　　那真是月光呀，房间里的烛光完全没有必要，窗前明月一个浅笑，整个房间充满了中秋夜的明月清辉。

　　窗前明月真的俏立在窗前，客人来到，又是熟客，她无需回避。再说，她是从不回避客人的，她是田会长的助手，照应他的日常生活起居，侍应贵客，处理简单的公务，至于还为他做什么事儿，外人能看到的只有这些。看见什么，便认定什么，没有看见的就不要瞎猜，更不要胡说八道。

　　杨修平在东洋四年，不觉地也沾染上了东洋人那种假惺惺的礼节，他向田青萍鞠了一躬，歉然说，晚生夜里打扰田会长，虽事出无奈，却内心难安。

　　哪里，杨先生请坐。杨先生说是夜里，还没有到夜里啊，田青萍一派轻松地说。

是啊，确实没有到夜里。外面暮色沉沉，说是夜里并无大错，可房间里是天地之外的一方天地啊。

先生请茶！

杨修平凛然一惊，回过神来，只见窗前明月手捧一尊三炮台茶碗，朝他浅浅一笑，清越的话音还在头顶缭绕，一声清越又在身边响起，他定睛一看，茶几上婷婷的一只茶碗。哦，他心里暗叫一声，我说怎么会有光明如昼的幻觉呢。他欠一欠身子，轻声说："有劳小姐。"

"不客气。"窗前明月又一个浅笑，转身飘然如一缕清香，进了内室。田青萍盯着窗前明月的背影，那个背影一个婷婷，他的眼神儿跟着一个婷婷，那个背影消失了，他的眼神儿以惯性又婷婷了几下，定下神儿后，他回过脸来，温言道：

"杨先生光降寒舍，定有宏论见教？"

"不敢，晚生是前来求助先生的。有道是，人在江湖，身不由己，面子事小，天下事大。举目兰州城，能帮晚生的，恐怕只有先生了。"

"杨先生请讲！"

"借一匹快马。实话实说，十有八九是有借无还。"

"呵呵，痛快！不过，在商言商，杨先生有什么回报呢？"

"眼下还不知道有什么回报。晚生能做的，一是有可能找到无影子；二是先生商队今后通过河西走廊，晚生可保证见旗辟易，绝不起劫夺之意。"

"这回报大了啊，可以说是一本万利，是不才占先生便宜了。这样吧，先生是大忙人，就不多留了，明天鸡叫四遍，自有人为先生送行。"

例外的是，田青萍一直将杨修平送到会馆门外，例外的是，窗前明月再没有从内室出来。走在大街上，杨修平忍不住回望一眼会馆，心下不禁涌上一层忧戚。如此美丽的女人，为什么我只能看一眼，难道我不配和漂亮女人调情、拥抱、接吻、睡觉？整个西北，留洋的又有几人，洋人说，知识就是权利，我的知识在脑子里，可我的权利在哪里？名贯西北的花儿皇后，可我居然没有听过她的歌声，她是西北的歌后，她的歌声应该让全西北人听才对，一颗理应照耀全西北的月亮，为什么沐浴月色的只有田青萍？

杨修平心下颇为不平，抬头望，今晚真的是一个无月之夜。

杨修平获赠的是一匹名叫雪无痕的白马。

　　前几日，田青萍在一次例行的商会聚会上，当众说，他的所有资产来自天下，也为天下人所有，只有窗前明月和雪无痕属于他自己的绝世珍宝，绝不会拱手让人。转眼间，他将两个宝贝中的一个送给了一个完全莫名其妙的人。

第 二 章

独流地的末日

独流地的境况已经糟糕至极，一个月前春种时，杨家和白家刚械斗完一场，杨修平在家时，两家都是由青壮年男人出战的，这次，都不得不派还未长大成人的少年和年过花甲的老人参战了，白家人手凑不齐，竟把谁家的独生女儿都顶上去了。这一仗打下来，杨家和白家所有的男人，要不变成了各自祖坟中的一抔黄土，要不都缺这少那的，再别说械斗了，勉强能种庄稼的也只可归于弱劳行列。

杨修平回来的正是时候。

杨家对自家儿郎的翩然归来喜出望外，眼下无论谁家只要有一个肢体健全的青年男人加盟，一只手就可彻底灭了对方，把缠扰了十代人的仇恨结一朝解开，被灭了的那一方，只有在阴曹地府寻求公平了，何况杨修平是留过洋的。

看来，留洋和不留洋到底不一样。

河西走廊从古就是出产好马的地方，自古及今，哪朝哪代君王的天下不是靠河西走廊的马打下来的，哪朝哪代君王的江山不是靠河西走廊的马保卫。然而，独流地的人，哪怕是见多识广的杨家族长杨灭白，白家族长白灭杨，都未曾见过留过洋的人。他们是知道的，先前的读书人中了进士什么的，有可能在朝廷做翰林，有可能直接出任地方上的县太爷。如今功名被当今圣上取消了，杨修平是留过洋的，洋人远比朝廷厉害，那么，杨修平的本事一定比翰林大多了，官儿也一定比县太爷大多了。杨家是这样认为的，杨修平的归来，比老天爷下了一场及时雨还要紧，一场及时雨只能救了眼前的急，杨修平则可以把悬在整个家族头顶二百年的利刃彻底拿下来。

白家人更是这样认为的，牧羊人白克杨亲眼看见杨修平回来了，他终年负责为白家望风，白克杨第一次参加与杨家的械斗时刚满十八岁，械斗结束，他的一条腿一只胳膊一只眼珠子不见了。养好伤后，他什么都做不了，连婚都结不了，因为标志男人的那一朵朵儿肉只剩下半拉子。他还能放羊。羊是一种很驯顺的牲口，只要它们眼前有足够的青草，它们的眼睛便会执着地盯在青草上，一般不会做欺软怕硬落井下石的勾当。白克杨和他放牧的羊在某些方面达到了高度的共识。他是一个废人，人世间所有当下的快乐和未来的想头，与他都没有关系了，活着就是生命的全部，而活下去的唯一理由，就是他还可以放羊。他便专心致志放羊。放羊是一项简单劳动，但放过羊的人都知道，用心不专一，是放不好羊的，羊的眼睛是雪亮的，哪个主人把全部心思搁在放羊上，它们便是老实温驯的羊，否则，它们就是一群无法无天的孩子，所有的庄稼地都是它们的牧场，牧场有多大，它们便能跑多远。那种自由，是羊能够达到的最大限度的自由。它们遇到了一个专心致志的牧羊人，它们只好成为一群步调一致纪律严明的羊。白克杨为族长家放羊。他在上下独流地杨白两家的接壤地放羊。这个地方有个好处，既不侵犯杨家的地界，又能俯视独流地的角角落落。他虽然只剩下一只眼睛，但一只眼睛却比原来的两只眼睛还管用。他自己的解释是，两只眼睛的光全聚在一只眼睛上了，犹如把两个碗里的饭装在一个碗里了，饭溢出来了，眼光也溢出来了。杨家一有风吹草动，白克杨便甩响牧羊鞭，甩一下，是杨家在水渠改水路，甩两下，是杨家正在集合人马，甩三下，就是杨家已做好了械斗准备。

开始，白克杨还没有意识到自己除了放羊，还有别的用处，他已经把自己定位为废人了，白家所有的人都没有意识到，这个废人还会起到肢体健全人起不到的作用，杨家人也是这样认为的，两家虽有血海深仇，杨家人是从来不难为对方一个废人的。白家人意识到了他的作用，五年前春种时分，他适时甩了三记响鞭，白家人那次械斗大获全胜。族长白灭杨一高兴，给白克杨过继了一个儿子。他是有儿子的人了，独眼便比以前更明亮。一个月前，他再次甩了三记响鞭，在那次大规模的械斗中，他的儿子断了一条腿。不过，还好，比他这个当爹的幸运多了，象征男人的那朵朵肉完好无损。一个男人只要有那朵朵肉，就有了现在和未来。白克杨在上下独流地接壤处的山坡上放了五十年羊，羊群换过至少二十茬了，他也由一个青年人变成了老头。不过，年轻和老迈对他来说，并没有什么区别。在这五十年的放羊生涯中，他共为白家甩响过六十次牧羊鞭，共目睹过六十次大大小小的械斗。他的名字叫白克杨，他人生的目标便是克杨。可是，等来的却是白家最后的时刻。看见杨修平飞马归来，他向下独流地甩了三记响鞭。他猛然觉得，他那条甩鞭的独臂竟是那样的虚弱无力，他听见，鞭声像是一只老迈将死的绵羊的哀鸣声。

一切都怨这促狭的老天爷，一切都怨不长眼的老先人。

独流地是独流水两岸的一绺平地，站在独流地，抬头就可看见一道山梁，那是祁连山的余脉，原先是没有名字的，杨家流落定居山下时，为了说话方便，信口给山峰起了一个名字：骆驼山。山势像是一峰正在行走的单峰驼。河西走廊的雨水是很少的，而河西走廊如此富饶，全在于祁连山的雪峰，在春、夏、秋三季可以提供源源不断的雪水，雪水浇灌了绿洲，繁荣了那条东西蜿蜒的商路。河西走廊的居民，不用看天象，更不用去田园察看庄稼的长势，抬头看看祁连山，只要一座座山峰还戴着一顶顶雪帽子，丰收是一定的。这是冬天的积雪，一个冬天无须下多少场雪，有一场大雪，就够一年消融了。骆驼山比祁连山别的雪峰低出许多，雪随下随消，到春天要用水灌溉时，已经所存不多了。杨家人从内地逃难来到河西，流浪了许久，实在无处落脚，灌溉条件便利的大块绿洲，都是有主儿的，河西的土地是很宽展的，倒是有人愿意收留他们当佃户的，但杨家人天生就是做主人，哪怕只能做一寸土地的主人，他们不愿接受寄人篱下的命运。他们来到了独流地，一家四口人以手头仅有的一点粮食做资本，昼夜奋战，平整土地，搬运石块，修渠引水，一个月后，开出十亩平地，从最近的村庄借来玉米，在当年冬季来临前，收了一茬玉米。杨家人便于此落地生根了。他们就近占据了独流水的上游台地。第二年春上，白家人来了，在独流地的下游开垦水边台地。杨家人前去阻挡，白家人说，反正这是闲地，闲着也是闲着，你们要是家口大，我们就另找地方，咱们两家做邻居，互相有个照应不好吗？再说了，离绿洲这么远，你家的女娃可以嫁给人家做媳妇，哪个女娃又肯来这里给你做儿媳呢，咱们两家互相结亲不好吗？

杨家人同意了。

这一同意不打紧，二百年的仇怨也于此拉开大幕。独流水在正常年份，只可汇聚起来一步宽的水流，上独流地的杨家给自家田园把水灌饱了，余下的水，下独流地白家的用水还是很充足的，都用过了，还有半步宽的水流进沙漠中，那一片沙漠便格外生动，黄羊奔驰，野狼出没，鹰击长空，狐狸夜鸣。

谁也没有想到，情况会发生变化。

最初，杨家只有四口人，把十亩地的庄稼种好，日子就很滋润了，白家也只有五口人。杨家在开业先祖去世时，已有家口三十人，开垦土地三百亩，白家也有三十五人，开垦土地三百亩。遇到天旱，一步宽的独流水只剩下半步宽了，杨家用完，剩下的不能满足白家需要，白家便上门商量，都是代代儿女亲家，亲上加亲的，杨家格外通融，白家的日子还可凑合。两个家族的人像是两团三伏天的发面，呼呼呼，家口快速膨胀，越是水的上游，河边的台地便越窄，杨家把能开垦的平地都开垦了，人均土地日渐减少，只有靠精耕细作，提高亩产量，才可维持生计，这样就需要大量用水。白家人占据着下游，河边台地倒是宽敞，他们连下游水流可以到达的沙漠地都开垦了，可是，没有水浇灌，有多少土地都没有用处。两家人因为用水起了纷争，嘴上的道理讲不清，就动手，动手还不能解决争端，就动家伙。这时，谁也顾不得亲戚不亲戚了。该结亲时，照样结亲，该械斗时，下手用不着掂量轻重。同一个械斗场里，对打的可能是舅舅和外甥，可能是表兄弟，也可能是姐夫妹夫大舅子小舅子。

都是没办法的事情。

既然老天这么促狭，既然老先人选错了地方，也用不着抱怨谁。如今，自家人再也无力械斗了，两家准备倾家荡产雇佣刀客，做一个最后了断，该谁离开，没有二话，走就是了，不想走的，自己选择死法，与他人无关。

情况严重到了极端的地步，难怪两家要选择以极端的方式决定未来呢。

独流水的水流今年只有半步宽，水流能够蔓延半步宽的河床，并非水量有这么多，而是得益于河床过于平整，要是谁能够把水流聚拢起来，恐怕只有最瘦弱的女人的大腿那样粗。白家人到上游也看过了，即便杨家一滴水不留，都放给下游，也浇不了几亩地的。械斗莫非能感天动地，让老天爷甘霖普降？谁也没有这个把握，有把握的是，两家已经械斗不起了，除非都让女人上阵。但，必须作出选择，这是一场毕其功于一役的战争，谁家输了，谁家或走或死，赢了的，哪怕此后天上不下一滴雨，河里不流一滴水，那是天意，心甘情愿。

杨灭白正在指挥全族各家各户清理家产，准备变卖筹集雇佣刀客的经费。说是变卖，卖给谁呢，这里距大路隔着五十里沙地，各家也没有多少可以拿到市场上的东西，无非是将女人的若干首饰细软尽数搜罗起来，权充刀客佣金罢了。

杨修平的适时回家，让杨灭白眼前一亮，乃至于收煞不住那一把把浑浊的老泪，全族老少跟着眼睛一亮，跟着便失声大哭。杨修平不知道他们都在哭什么，他也无心去问。杨灭白指着已经收拢起来的黄白之物说："列祖列宗显灵了，咱杨家有救了。"他给担任保管的堂弟杨敌白说："谁的东西让谁领回去吧，咱杨家用不着了。"杨修平觉得事情有异，便说："爷爷，已经收上来了，就慢点发还吧，万一有什么急用呢。"杨灭白是杨修平的爷爷，当年，爷爷是送他去省城兰州投考皇家功名的，不料，这个他最钟爱寄予希望最大的孙子，没有下科场，而是直接去东洋留学了。听到这个消息，杨修平已经东渡一年了，杨灭白当即被气得半死，不去学孔圣人的修平齐家之学，跑到不说人话不穿人衣的东夷那里，能学到什么东西，难道要变成茹毛饮血不知礼义廉耻的畜生么？那时候，杨灭白对外面世界的理解就是这样的。过了几年，皇上降旨取消了功名，而留洋回来的人，成了人们眼中的宠儿。人们纷纷传说，洋人个个都是修行千年成精的妖怪，金发碧眼，个个习得腾云驾雾乘风破浪之法，日行千里，风雨无阻，个个手中有一件宝物，随手一指，百步毙人，无有不中。难怪了，人家哪怕只有独流地这么大的一个国家，就可把我皇皇圣朝想怎么欺负就怎么欺负。我的好孙儿啊，我的乖孙儿啊，你吃过的白面还没有爷爷吃过的咸盐多，可你的见识给我当爷爷都够数儿的啊。可是，五年了啊，你到哪里去了呢，你学到的本事再大，杨家人都死绝了，家不在了，又有什么用呢。

此时，在杨灭白的眼里，杨修平已经不是他的孙子了，那是天上派来拯救杨家全族老小的救星。虽然，杨修平只是比离家时长得高了些，壮实了些，并没有变成传说中的妖怪模样，但，杨灭白和杨家全族人都相信，自家儿郎胸中是掌握了妖怪本领的。果然，杨修平一开口说话，就给杨家人的肚子里吃了一颗硬扎扎的大号秤砣。他站在高处，对闻讯聚拢来的全族老小说：

"爷爷，父老兄弟们，不要再浪费本来就不宽裕的钱财了，更不用再械斗了，上天有好生之德，天下的事情天下人自会解决的，在天下那里，独流地还没有一粒芝麻大，把这点小事情都解决不好，何以定国安天下？都回去安生过自己的日子吧！"

杨灭白挥挥手，全族老小心里疑惑着，脸上灿烂着，如释重负又不堪重负，各自都把万千意思汇聚在投向杨修平的那一瞥。剩下本家人了，家中老少几代女人早已为杨修平备好洗脸水，额外地，还给他烧了一份热热的洗脚水。家中人多年都不怎么专门洗脚了，要说洗脚，也只是在天气暖和时，伸脚在水渠里漂一漂，脚上的泥垢随水进了田地，一点儿也不浪费水的。饭适时端上来，五年没有在家里吃饭了，东洋的饭菜淡而无味，嘴里肚子里真是要淡出鸟来的，家乡的饭菜口味重，大辣大咸大酸，一口下肚，就是一肚子的精气神。眼见得，精气神上来了，三天两夜，连续奔波千里，只有在马吃草喝水的间隙迷糊片刻，当下真的困乏难当了。可是，看见爷爷和全家那久旱盼甘霖的神态，顿时困意全无。在外几年，已养成了凡事自己动手绝不差遣他人的习惯，他强自起身，挪过行李包，打开，里面赤橙黄绿青蓝紫，一片绚丽。这是给家人的礼物，有从东洋带回的，有在上海选购的，全家老少都得到了各自的心中所爱，笼罩在整个庄院的晦气无风而逝。

在兰州的日子，还没有忘记给爷爷买回一箱上好的兰州水烟。兰州水烟行销全球，据说，国内国际市场上八成以上的水烟都出自兰州，在东洋，在上海，在河西，只要有人的地方都可买得到的。他不懂得水烟，心想原产地的水烟品质总会高一些。爷爷就好这一口，当下，把一肚子的家族大事都让水烟取代了，奶奶早已拿来了一应烟具，爷爷捻出一个烟条儿，揉进那只羊腿骨烟锅里，就住清油灯点着，只听烟管里咕嘟咕嘟一串水响，爷爷从嘴里拔出烟锅，美美地出了一口长气，全家人随着爷爷也美美地长出一口气。

一锅水烟眨眼间便抽出一方祥和的天地。

家里人知道，该到男人们说正经事的时候了，都给杨灭白打个招呼，也不忘了给杨修平安顿一声，无非是山高水长走累了，早点休息的意思。杨修平的爹杨存志自觉在这个场合，他已属多余，自己的父亲当然是主角，自己的儿子哪怕有多大的本事，也是自己的儿子，但他知道，目下自己的角色会有多尴尬。在儿子那里，当爹的不只是一种血缘辈分，更要紧的是一种责任，一种权威，一种担当，当不起这些，也就当不起爹。他就是一个当不起爹的人。儿子离家的那一年，与白家械斗，他的一条腿被敲瘸了，虽不影响日常生活，但瘸了腿的男人，心气儿也瘸了，在人前说话做事，总感到晃晃悠悠的，不稳当，不稳重，如同一根晃晃悠悠的梁柱，谁敢在你的屋檐下避雨避寒。与此相对应的是，儿子披着一身光环，意气风发，器宇轩昂，打马进村，上下独流地已然侧目而视，洗耳恭听，他不敢正眼看儿子，偶或瞥去一眼，直让他气沮心怯，觉得自己竟是那样猥琐龌龊。猥琐倒还罢了，瘸腿的男人，犹如一栋房屋塌了半边，哪怕把一条腿尽力支棱起来，还是脱离不了歪歪斜斜的衰败样儿。可猥琐和龌龊毕竟是两回事儿，猥琐主要是形体上的，龌龊可是偏重于内心和行为的，想什么龌龊事儿了，做什么龌龊事儿了？

其实，杨存志只不过是自己跟自己斗气儿，上面是他爹，下面是他儿，谁还嫌弃他的瘸腿？他是自己嫌弃自己。他时常想起自己双腿健全时的样子。身形如此高大，眉目如此清朗，人前人后，开言动语，谁不说杨存志是一等一的男人？一条腿废了，把一个男人身体废了，把一个男人的心气废了。家无常礼，但，居家不可无礼。杨存志给他爹打一声招呼，推说还有一点家务事要忙乎的，杨灭白也不细心体察儿子的心思，淡然说："你忙你的，这里用不着你。"

"用不着我？用不着我！"杨存志转身出门，噙着泪水，仰天望去，日落西山，天地昏黄。他哪有什么家务事可做，所有属于男人做的家务，这几天都停下了，专等那最后时刻的来临。离睡觉时间还远，杨存志高低着身子，去了家族墓地。

杨家墓地设在上下独流地位于上独流地一侧的一条山根的拐角上，独流水从这里拐一个弯，贴着那面山根再拐一个弯，又拐入谷底的中间。两条山根如一个拐腿的人，两条腿都是向内拐，两个碰在一起的膝盖，是谷地的最窄处，形成上下独流地的天然分界线，站在高山顶上俯视，整个独流地像是一只不甚规则的草葫芦。杨家的始祖选择这里做自己的坟地，也成为今后整个家族的坟地，并无多少风水上的考虑，只有这一条大致沿着由南向北的独流水而南北走向的狭窄谷地，不是坐东朝西，便是坐西朝东，谁也不会选择坐南朝北，而南高北低，更不会有谁会去坐北朝南，这样的话，就等于人在头低脚高睡觉，那是很难受的。杨家始祖主要是认为这里背风向阳，山坡上青石磊磊，不可能种地，沙石质地，蓄留不住雨水，草木难以生长，也无法成为良好的牧场，而辟为坟地时，是要挪走大石头开辟坟场的，由于受到族人的特殊保护，说不定将来草木生长，还会变成一片牧场。事实证明，杨家始祖是有远见的，几座坟头矗立在这里后，生硬死板的砂石，也许是受到了人的灵魂的召唤，渐渐复苏了，草木日渐茂盛，而随着坟头的增多，二百年过去，寸草不生的沙石坡，竟然松柏森森，荒草离离，成为一片理想的牧场。而让人不由得不生出异样想法的是，独流水对岸的山根拐弯处，也是白家的坟场。无论从风水，还是从现实需要的眼光看去，白家将坟场设在那里，实在不可理喻。那是一片背阴地，无论春夏秋冬，白天大多时间阳光照射不到，只有在黄昏时，阳光应付差事般地，在那里随意地打一个晃悠，不远处的向阳地还沉浸在夕阳余晖的涂抹粉饰中，而白家墓地已经是黑黢黢的了，这就等于白家老先人，每天最迟看到太阳，而最早送走太阳。

阴险啊，真是阴险啊，终日不见太阳的祖先，怎能养出心地阳光灿烂的后代呢？后来当两家人起了冲突后，杨家人无论何人，无论何时，只要看到白家的坟场，便坚定地认为，白家始祖当年来到独流地，就是为了专门跟杨家做对的，要不然，千里河西走廊，到处都是一马跑不到边上的空地，为什么单单跟在杨家人的屁股后头，往这条驴鸡巴都抢不开的独流地挤呢。人说谁跟谁是天敌，看来世间还真有天敌呢。白家就是杨家的天敌，你看看他们的坟地，打过大仗的地方，挖万人坑埋死人时，当地人还要挑选一块背风向阳的地方安置这些与自己毫无瓜葛的外乡亡灵呢。为啥呢，阴魂本来就阴气森森，再将阴魂安置在阴暗的地方，阴风会吹死活人的。

凡事不敢往坏处想，也不敢往深处想，只要生出这样的想法，一双眼睛，一门心思，便会朝一个方向看过去，一旦看过去，永不知道朝另外的方向看一眼。杨家人生了这样的心眼后，无论男人，还是妇女孩子，无论哪一双眼睛，怎么看，白家坟场都是专门冲着杨家而来的。虽说杨家的新老媳妇都是白家女子，白家的新老媳妇也都是杨家女子，但嫁出去的女泼出去的水，嫁到谁家就是谁家的人了，死了也会埋在谁家的坟场里。杨家的新老媳妇看娘家的坟场，也越看越不顺眼，心里越发觉得娘家人做事心短，故意给婆家眼睛里扬沙子。也难怪杨家人心里犯病，白家的坟场是斜对着杨家的居住区的，而杨家的坟场也是斜对着自家的居住区的，两片坟场隔水相抵，正好卡住草葫芦的细腰，对白家倒无任何妨碍，而对杨家则形成二鬼拍门态势。按理说，杨家的祖先不可能妨碍自家后代，阴阳宅相映互照，还会起到相辅相成效用，至于白家倒未必，白家最初选定坟场时，杨家是参与了意见的，双方始祖互为亲家，下一辈，下下一辈，又互为姻亲，连带姑表亲姨表亲，亲套亲，亲连亲，亲上加亲，层层都是亲，这么亲的两姓人家，还有什么可说的呢。杨家始祖认为，白家选择这块山坡作为坟地是再好不过的了，两家活着的人互相结亲，互相照应，死了的人，面对面，眼神交流，在阴间都不寂寞，脚抵脚，互相借力，都可屹立不倒。再说了，地方狭窄，有用的平地山场，将来人口繁衍，都要派上大用场的，将祖先的魂魄安顿在这儿，无用的阴坡地不是派上大用场了吗。

　　真是此一时彼一时，当杨家人觉得白家坟场碍眼时，已经无可挽回了，双方有再大的仇恨，还不至于挖人家祖坟吧，还不至于让人家迁坟吧，再说了，白家的坟场里埋着的可都是杨家的历代岳家舅家姑家姨家先辈，每到年头节下，杨家子弟都是要去上坟的，哪怕昨天刚械斗完，今天该到上坟节令了，即便身上带着昨天的伤痕，上坟是不可偏废的。一码归一码，械斗是为了明理争利，上坟是为了尽礼取义。白家也一样，白家的坟场埋着杨家的什么人，杨家的坟场也埋着白家的什么人，理不辩不明，辩不明，便打，打赢的，无理都有理了，输了的，你要是觉得自己有理，只好与神鬼老天爷去讲理了。利也得争，不争利，要不就地饿死，要不流落他乡，争利是争理的前提，人死了，你和谁争理去。

　　这些个道理都是明摆着的，让谁主动让步都不合适，让步就等于躺着等死。只有打，只有争，打到哪里算哪里，争到多少算多少。

　　杨存志独自坐在始祖坟前的大青石上，遥望什么也看不见的远山，不觉泪湿脸面。

第 三 章

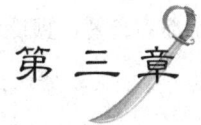

骂阵的寡妇

十四岁那一年春天，杨存志跟着父亲参与了第一次械斗。而那次械斗是自己一手挑起的。

那一次不是为了争水，是他多年来参与的唯一一次不是因为争水的械斗。

前一年冬天是下过几场大雪的，还闹了雪灾的，山里的牧民损失惨重，虽与最近的牧民住牧点还相隔着大约两天的路程，杨白两家人觉得，老天爷对牧民降灾了，就等于给农民赐福了，来年丰沛的积雪融水是建立在牧民的苦难上的。老天爷难以一碗水端平，今年偏了这个，明年又偏了那个，只是把多少年拉均计算，老天爷才是公平的。可是，老百姓的日子是论年论月论日过的，几天不吃饭，就看不到老天爷的公平了。咋办呢，人是依着老天爷过活的，老天爷暂时对人的不公平，就该由人想办法去弥补。

这一次，杨白两家族长心平气和地坐在了一起。杨家的族长是杨灭白他爹，白家的族长是白灭杨他爹。不过年不过节，又不是红白喜事，谁上谁的门说话，就等于你有事去求人家的，主客自然就分出来了，就事而论，谁率先提出来这个问题，谁又理所当然成了这个事件的主导者，另一方拒绝参与吧，在有些事上可以闹个人意气，在有些事上，却是闹不得的，比如眼下这件人命关天的大事，哪怕是不共戴天的仇敌，逆天的事情万万做不得。杨家想到了救济牧民，白家也想到了救济牧民。可是，救济工程浩大艰难，一家出头，杯水车薪，无济于事，还会将另一家人陷于不义。如何把自己的想法和另一家沟通呢？天蒙蒙亮，两个族长各自坐在自家炕头，在小火炉上熬着罐罐茶，边喝茶边苦思对策。

"有了！"

杨族长刚从茶壶里浥出一碗酽酽的茶汁来，那茶酽的，不是喝了才可尝出的酽，而是看着就酽。杨族长用竹筷在茶碗里搅一搅，茶汁如同熬得糊了互相黏在一起的黑芝麻粥，竹筷提出来时，上面黢黑的茶汁伶仃断续，要是不习惯的人会觉得恶心的。主意是眉头一皱计上心来的，思索的苦，计策在脑门那里奔涌，奔涌，好似洪水找到出口了，出口却仍然被什么愚顽的物件堵塞着，洪流旋涌许多来回，哗地撞开出口，洪流争相奔泻，一时，山崩地坼，大地震颤。杨族长情急，忘了一手端着茶碗，一手捏着竹筷，他有了重大主意时，为了表示主意的重大和主意出笼的艰辛，往往要用手猛击一记自己的脑门。主意是从脑门那儿出来的，这一击，算是对脑门的格外奖赏。他是用捏着竹筷的那只手拍击脑门的，竹筷上挂着的茶汁飞溅在他的脑门上，像是几只躲过季节轮回修炼成精的苍蝇。

"有了！"

杨族长又拍了一下脑门。竹筷依然在手里捏着，只是经过一次的摔打，上面已没有多少内容了，剩余的茶汁飞溅在他的额头，像是一只只疲惫委顿的跳蚤。他全不在意，他的全部身心都沉浸在终于想出重大主意和即将要作出重大决策的兴奋和荣耀中。

"把杨破白家的给我喊来！"

跟着声儿，门外一连串的叫喊声。叫喊声像是一条吠叫着向远处逃窜的狗，在叫声变得悠远而微弱的时候，"来了哎 ——"另一种声音由远而近，那声音像是大夏天戈壁滩上的阳光，不止看得见一道道光线在遍地戈壁火石上砸出遍地激越的火星，而且，那光线是听得见的，好似漫天的冰雹带着俏丽的哨音，砸在戈壁火石上后，冰碴与碎石联手迸溅，天地与阳光一同晕眩。

"来了来了哎 ——"，迅速靠近的声音，在远处的那种洞天穿地的锐利被削弱了，代之而起的是一种洪水漫过乱石滩时的那种摧枯拉朽的声音。杨家所有的人都听到了杨破白家的那种独特而撼人心魄的声音。那是发生重大变故的信号，那是战斗的号角，那是关乎全族生死未来的动员令。

杨家人纷纷从各自家里涌出来，都想舒舒展展来到自家院落门前大路上，大大方方听信儿，又都不敢。毕竟械斗不是什么好事儿，开战的对方又都是直系亲属，最远的也都沾着亲带着故的，损伤了杨家人，杨家人自己心痛，白家人心里也好受不到哪儿去，白家人那边也一样，伤了手心，手背照样疼。人们将身体掩藏在自家门洞里，头颅伸伸缩缩的，像是一群刚孵出的鸡雏。

　　"来了来了来了哎 ——"

　　到了近前，杨破白家的呼应声像是一面破铁锣从毒太阳烤熟了的乱石坡上滚下，声声都在撞击着人的耳膜，声音进入人的体内，直戳戳扎在心尖上。

　　"吼！吼！老叫驴都听见你的吼声了，还吼！"

　　杨灭白他爹刚喝完一壶酽茶，五脏六腑豁然贯通，精气神儿昂扬得赶得上一头火烧火燎发情的小叫驴。他说老叫驴都听见了杨破白家的叫喊声，完全是下意识的，一个不恰当的比喻，让自己都有些难为情。他也听见杨破白的吼声了，难道他也是老叫驴？应该说成是泥菩萨都听见你的吼声了，贴切，文雅，方才显得出族长的非凡教养来。所谓一言既出驷马难追，杨族长心底深处稍微难为情了一霎，便立即心正气足了。杨破白家的一路呼应着，正把满怀的激情调到最高点，听见族长呵斥，奔跑的脚步原地一个急收煞，正鼓荡得顺畅而臻于排山倒海之势的叫喊声也是一个急收煞，那奔涌的音韵乍然受到强大的阻击，卡在嗓子眼里，咕嘟咕嘟一阵闷雷般的轰响后，还是被憋回脏腑深处了。不容杨破白家的问询，族长挥挥手，淡然说：

　　"去，哭坟去！"

　　"哦！"不用多说话，杨破白家的当即领会了族长意思，好似一个优秀的传令兵，不用耳提面命，将军哼一声哈一声一个眼神一记手势，他都会深得要领的。杨破白家的得令，身子就地一旋，第一时间抬脚迈出门槛，这时，却听见身后说：

　　"哭得越恓惶越好，让老天爷都听见你的恓惶，把泥菩萨的眼泪都给他哭出来！"

　　杨族长为自己想出的这一招先声夺人的战术，心尖那儿颤悠悠的，像是驾着一叶扁舟飘荡在秋水涟漪的湖面上，像是骑着快马奔驰在天高地远春风拂面的旷野上，又像是光着身子骑在某个热突突软绵绵而又紧绷绷的嫩身子上。他无法表达自己一心一腔非凡的得意，双手捧起茶壶，一手固定茶壶，一手在茶壶上轻轻打着节拍，轻声吼唱，吼出的却是秦腔的丑角腔。他吼的是《拾黄金》中金串串拾到黄金后到城隍庙许愿时的一段唱腔：

> 心高兴脚生风忙回庙院，
>
> 天保佑我发财就在眼前，
>
> 城隍爷你说话真个灵验，
>
> 我给你磕响头再把愿还。

"城隍爷——"，一声念白，真个是心尖儿颤悠悠，嘴唇颤悠悠，发辫梢儿颤悠悠，两只耳朵颤悠悠，眉毛胡子颤悠悠，脚手颤悠悠，全身都在颤悠悠。他虽不是戏子，但对自己的唱念做打功夫暗中还是颇为自得的。不过，所谓"王八戏子吹鼓手，剃头修脚下九流"，作为一个家族的掌门人，老成持重，威势积蓄于身，恩赏显露于外，恩威并施，令行禁止，这才是本分。所以，怀揣的这份秦腔爱好，便只好在眼前无人时，孤芳自赏一番，他是从不当众一露真本事的。

杨族长过于自负了，几乎在他思谋出绝妙计策的同时，白族长也谋定于心了。两人不愧是亲亲的姑表兄弟，计谋一模一样。区别只在于，杨灭白善谋而善断，谋既定，便雷厉风行，马上付诸实施；白族长则善谋不善断，定谋后，还要斟酌再三，前瞻后顾，患得患失，显得优柔寡断。这便是在长年的家族争斗中，白家往往处于下风的根本原因。

这次，白家的行动依然比杨家慢了一个节拍。

当杨破白家的在杨家坟地惊天地泣鬼神的号哭声已经响彻整个谷地时，受白族长指派的白坑杨家的一只脚才跨出白族长家的门槛。听到杨家墓地的号哭声后，正在兴高采烈的白族长心口那儿一沉，一股沮丧之气分别从两只脚后跟那儿生发，慢悠悠上窜，在丹田那儿会齐后，如两股洪水合流，威力大增，只觉得那股气呼呼上窜，一会儿，他感到五脏六腑五官七窍都是憋闷的。随即，他一手捻须，然后使劲挥出，花白而冗长的胡须随手飞扬开来，他呵呵一笑说，正所谓英雄所见略同，当今世界，人欲横流，要是称得起英雄来，唯我家表哥与不才表弟耳！

一人独奏很快变为二人合唱。

杨破白家的和白坑杨家的，两人的丈夫死于同一场械斗。

没了男人，而男人死于对方之手，至于到底死于对方哪个人之手，已无关紧要，重要的是死于对方之手。每次开战的前奏，都是由她俩率先奏响的。一定要比附古人，那么，她们就是各自队伍的先锋元帅。正像说书先生描绘的那样，两军各自排开阵势，一方军阵中冲出一人一马，另一方军阵中也冲出一人一马，各自打马到阵中间，一方说什么，另一方又说什么。

这是骂阵。

她们两人就是担负各自队伍骂阵任务的主将，阵骂得好，助自己威风，灭对方志气。这是一项光荣而艰巨的任务。一个家族中那么多的寡妇，丈夫大多都是死于械斗的，族长为什么单单提拔我担负骂阵任务，说明我能干嘛，说明族长重视我嘛，说明我在整个家族中有头有脸嘛。两个女人各怀这样的优越感，在被冰雪封冻的独流水谷地，隔河较上劲儿了。这次，她们真的是哭坟，各自哭自家那个死鬼男人。独流地的人，虽然离开内地二百多年了，带来的许多风俗，好的风俗，坏的风俗，遗失了许多，改头换面了许多，唯有哭坟，不但完全保留下来，而且，经过十几代女人的悉心揣摩和即兴发挥，如今已经炉火纯青登峰造极。哭坟如唱歌，哭腔几乎融天下哭腔于一体。有内地秦腔的生旦净末丑，有边地的各类民歌唱腔，如花儿、小曲，牧民的牧羊调儿、赶马调儿，还有挤奶调儿，流行河西的贤孝、宝卷道情调儿，如此等等，荟萃四方八面。当然，底色是哭，是积聚于内心深处的幽怨、孤愤、思念和仇恨。两个女人的哭坟声，像是两只喇叭的合奏，歇斯底里，撕心裂肺，悠远苍凉，响遏行云。

她们真的是哭，哭自己的无尽恓惶。正如唱，唱腔是有唱词的。她们的唱词是对丈夫的思念，是对害死丈夫的敌人的刻骨仇恨。

漫长的寡妇生活，让两人的内心各自积聚起了同样质地的两股原动力，一时，山顶的积雪成片崩散，独流水厚厚的冰盖发出一阵紧似一阵的开裂声。随即，两人的哭腔渐渐平缓了，人们能够听得清她们在哭声中诉说的内容了。她们在互相攻击对方家族的寡情少义，说是山中牧民马上要毁家绝户了，对方不思救助，还在花天酒地，如此狼心狗肺，必遭天谴，而老天爷有时恶善不分，恶人未必能够得到惩戒，却把良善人家连累了。

两人共同认为，本家就是被对方连累的那一方。

消息很快传给了两个族长，杨族长在本家青壮年的护卫下，来到上下独流地的分界处，排成弧形阵势，他在正中间昂然站定了。白族长总是比杨族长慢一拍，由白家子弟簇拥着，也踏出一路尘壤，风火前来。不等白家人排开阵势，杨族长朝山坡哭声激昂处，撂出一嗓子：

"杨破白家的，不要哭了，老天爷听见你的恓惶了。冤有头债有主，你是我杨家的媳妇，自有杨家人为你替天行道的。"

一种哭声戛然而止，而另一种哭声，乍然失了伴奏，也少了竞争，好似两个正在拼命角力的人，一方突然卸力，另一方收煞不及，眼看要失重前仆了。这让白族长很为难，他要是劝止白坑杨家的，无异于步人后尘，在气势上已经输了一着，要是不劝止吧，白坑杨家的又不好主动停下来。对手都收兵了，自己还没完没了，死缠烂打，那是无赖行为。他的不善断，在这么一件小小不然的事情上，都让他进退两难。白坑杨家的早已哭够了，哭了多年，不过年不过节的，再说她近来心情好着呢，凑合哭一阵，又有老对手叫板，也算哭得有声有色，再让她这样孤独地没来由地哭下去，她实在有些力不从心。可是，没有族长发话，她不能主动停下来，这样无视权威不守规矩，让杨家人怎么看，让本家人怎么看，让本家族长的脸面往哪搁？她只有努力地哭，哭出自己的恓惶，哭出自己的怨气，哭出自己对人生对世界的主张来。杨族长在这一茬杨白两家人的争斗中，处于明显的上风，完全在于个人在体察人情物理方面，比起白族长来，时常谋在事先，谋在人先，以主动对被动，以有备对无备。他早已看出了白家人的尴尬了。他朝山坡漫无目标撂出一嗓子：

"那位娘子再不要哭了，我知道你在白家受到的刻薄了，咋说你都是咱杨家的姑娘，有啥冤屈找个空闲你给娘家人说，自有娘家人为你做主的。今天还有别的事情，你就歇歇吧。"

白坑杨家的闻言，哭声顿了一顿，似觉不妥，娘家人和婆家人正在刀枪相见，我听娘家人的话，岂不是公开背叛了婆家？女人出嫁了，对于娘家只是客人，婆家才是自己的家。正在思谋，白族长这才脑子转过弯来了，心知这是杨族长替他脱困，但若是见好就收，等于在向对方示弱，他随意撂出一嗓子：

"罢了吧，罪过都在你娘家人身上，既然你娘家人认罪了，就暂时宽恕他们吧，咋说都是亲戚上下的。"

两个女人的一番哭诉，等于把互相该交涉的内容都摆明了，谈妥了，两个族长前来只是最后确认一下，显示整个家族对外界的信誉。又让杨族长占了先，他说：

"我们家打算出动三十个人，运送三十驮东西，其中，十五驮粮食，十五驮草料，今天后晌出发，后天早上就可到达住牧点，迟了，把金山银山送去也无用了。我们杨家人向来重情尚义，看见牧民遭难，我们坐卧不宁。至于你们白家，我个人无话可说，只是将老祖先一句话奉上：积善之家有余庆，积不善之家有余殃。作为乡邻，招呼打到了，告辞！"

"有劳相告，不过，在下虽无由考究杨家门风的正与邪，但杨家人心口不一却是向来路数。我们白家三十虎贲早已整装待发，十五驮粮食，十五驮草料，早已捆扎妥帖，要不是为了给你家打招呼，我们现在应该都走出老远了。救人如救火，我们打算日上中天就出发，赶急一些，明天子夜前即可到达住牧点。那就不等你们了，你们家的事情，我不便插嘴。恕不奉陪，告辞！"

"好吧，那就一起出发吧。"杨族长说。

这一次，白族长终于占了上风。

日上中天时，两支运送物资的队伍在上独流地会齐后，沿着冰封的独流水，向独流水的源头处进发了。

一切都在面子上的互不相让和实际行动上的浓浓人情中按部就班进行。做了善事的上下独流地两个家族，都是全体出动，老弱妇幼，有腿的，能走动的，腿脚不便的让人搀扶着，母亲怀抱着婴儿，一齐来到上下独流地结合部属于上独流地的那片冬小麦农田里。都是自觉自愿来的，没有人号召，更无人逼迫。正是冬天最冷时节，留有胡须的男人，哈了几口气，胡须上已经挂满冰花，胡须有了重量，在寒风中，也垂直挂在嘴唇的上下，看起来有些滑稽。女人们把自己的袄襟裹了又裹，紧得无法再紧了，还使劲裹，身子像是一只被捆缚的粽子，或是一个被五花大绑的犯人。看得出，寒风还是像手段高强无孔不入的浪子，钻进她们怀抱的熨帖处，缭乱，骚乱，捣乱，使她们无法像正经人家女眷那样娴淑从容。苦了的是那些怀抱婴儿的妇女，棉被层层包裹的婴儿，体积便格外庞大，母亲本身穿得厚，胸怀的空间已足够狭小，又要安置比正常情况下增大许多的婴儿，她们的胸怀不够用，臂膀也显得局促，当努力搂抱婴儿时，前后衣摆便自动翘起来，寒风便是趁着这个天赐良机，一波波涌入她们身体的。

这个场合的女人是最为幸福的，男人们有他们的生活态度，有他们的脸面，他们为他们的生活态度和脸面，在冷得早已顾不得体面的野地里，仍然努力地矜持着，保持着神色中的冷峻。女人们不管这些，杨家的白家的女人混杂在一起，姑奶奶舅奶奶，姑姑姨姨，表嫂表姐表妹，一时间乱成一锅粥。有些女人之间是差了辈分的，比如，按娘家论是小辈，到了婆家却高了一辈，甚至两辈、三辈。咋办呢，其实杨白两家都不乏胸藏大韬略的高人，从第四代人开始出现这种万分恼人的情况，杨白两家族长，眉头稍皱，计已上心，他们共同说：各叫各的，两不相涉。如此，同一个妇女以在娘家的辈分，刚问候了婆家的某个她的妯娌，转脸那个妯娌又得按娘家的辈分尊称她为姑奶奶。那个乱啊，乱得孔老圣人在场，也得搔头皮揪胡子了。可妇女们不乱，乱而有度，享受这难得的亲情交流机会，一板一眼，谁也绝不会在礼数上出现差错。

即将出征的六十名使节，都是两个家族中挑选出来的精壮男儿，身体强健，头脑灵活，办事认真负责，待人礼数周全。他们是两个家族兴旺发达的象征。而谁都清楚，此次行程非同小可。天寒地冻自在情理中，一路要翻越两座雪山，雪山原本无路，夏天雪融后，有一条牧民和采药客踩出的蛇形小道，大多路段都挂在奇峰峻岭上，有些路段简直就是老天爷专门为野兽开辟的路。而当下正是暴风雪来去无常的季节啊。说难听点，运送物资的这些男人，都是两个家族的种子，他们要是回不来，两个家族要是不想就此绝灭，还想繁衍下去，就得另找男人借种了。

一切准备就绪，杨族长是表哥，白族长是表弟，在这种礼仪场合，礼数乱不得。杨族长说，表弟，你先说。白族长说，哪有此等尊卑混乱的礼数？杨族长说，贤弟承让。杨族长抖擞精神，大手一摆，妇女们立即停了喧闹。他一手挽着白族长的手，大踏步来到队伍前，目光如天候一般冰冷，他的目光借着一股凌厉刮过的寒风的助力，扫视一遍队伍，伸出右手，将整个队伍划拉一遍，大声说：

"你们，你们都给我好好地去，好好地回，谁要是死在外面，或是丢了胳膊断了腿，就不算好男儿！"

杨族长说完，将挽着白族长的那只手使劲往前一送，白族长借力前出两步，目光冷峻如铁，大声说：

"你们，你们，都给我把命带回来，把完整的身子带回来，械斗不能没有你们，不能没有你们完整的身子，出发！"

第 四 章

学驴叫引发的家族械斗

　　六天后，救助牧民的队伍回来了，人员一个不少，牲口一头不少，两个家族皆大欢喜。

　　来年春天，独流水的水量果然从来没有过的丰沛，从开春到初夏，独流水的河床一直是满满当当的，上下独流地的两个家族，关系达到了数十年少有的融洽，走亲戚、会朋友，农闲季节，几乎天天宴席，今天我请你，明天你请我，男孩子在独流水中尽情嬉戏玩闹，平时有事没事总爱乱叫的鸡呀狗呀驴呀的，都悄无声息，一门心思在消受这难得一遇的平安生活。

　　在不该发生冲突的时候，冲突却发生了。

　　盛夏时节，独流地来了一支庞大的队伍，三十个人，赶着一群牦牛，牦牛身上驮着沉甸甸的货物，夹杂在队伍中间的是一群羊。去年得到独流地救助的牧民，躲过了一场灭顶之灾，现在专程道谢来了。他们知道两个家族不和，早已把礼物分配停当了。难以平衡的是——他们必须率先到达上独流地。老天爷设计了这么一条路，水流怎么走，人也得跟着水流亦步亦趋。杨白两家都是明白事理的人家，而且懂得内外有别。在共同的客人面前，他们各自都拿出了从祖先那里传承而来的教养。

　　两个家族的所有人，齐集上独流地的打麦场，共同举行了盛大的欢迎仪式。擅长歌舞的牧民们载歌载舞，不擅长歌舞的杨白两家人，也都拿出了自己的看家本事，吹拉弹唱，舞狮子、踩高跷，各逞其能。连向来一年也不会当众咧嘴一笑的杨族长也与民同乐了，他来了一段秦腔清唱，而且是旦角戏，那真是鸬喉婉转，情切切，意绵绵，听得懂的杨白两家人都被倾倒了，对汉话半懂不懂，对秦腔纯粹不懂的牧民，也都倾倒了。是真的倾倒，被歌喉倾倒的人是瞒不过任何人的眼睛的，他们都是终生僻居大山深处的人，他们都是终生与自己饲养的牲口还有出没于山野的动物打交道的人，没有学会虚与委蛇遮遮掩掩那一套。他们倾倒自己的方式，就是疯狂地歌舞，疯狂地喝酒，把自己唱虚脱了，跳虚脱了，然后，再醉死过去。

第二天，由下独流地做东，上下独流地的人齐集下独流地的打麦场，依旧是歌舞，依旧是喝酒，牧民们以为杨族长能唱出那么颠倒众生的戏，白族长一定也能的。白族长不会唱戏，天生不会，小声哼唱几句河西小调都不会。不能让不明内情的牧民误以为白家人缺少真诚。白族长有自己的拿手绝技。他会学驴叫。幼小时，他听见驴叫，心底生出一种与驴一较高下的冲动。每当驴叫时，他便学着驴的样儿仰天长啸。起初，大人并未在意，觉得好玩。他的爷爷身为族长，而这个学驴叫的孙子又是长房长孙，将来是要继位族长的，便格外得到宠爱。爷爷宠爱孙子的象征，便是顺着孙子。祖先规定的识字教育人情道理训诫，一样不可稍有偏废，属于小孩的玩闹自可放任纵容。听见驴叫，孙子还没有反应过来时，爷爷率先跟着驴叫了。孙子受到鼓舞，并且有了竞争对手，向驴学习的劲头空前高涨，终于练出了一嗓子出于驴而胜于驴的驴叫本事。长大成人后，他懂得了羞耻，每逢驴叫，虽心向往之却不为所动。继位族长后，懂得了矜持，别说学驴叫了，每当听见驴叫，他不由自主肃穆了神情，端严了形体，在自己与驴之间，自觉地打上一堵不可逾越的隔墙。人们也都忘了他的这手独门绝技，白家人忘了，杨家人也忘了。再说了，哪个男孩在幼小时，没有做过几件令人难为情的事情？把这些事情当成人的短处，有意无意说给人听，那是一种让人低看的恶行。

真是由事不由人，为了与牧民的友谊，万般无奈，他露了一嗓子。真可谓惊天动地，所有的人热血沸腾，上下独流地所有的驴，好似听见了领袖的号召，一齐放声应和。一时，祁连雪峰白光氤氲，独流水肆意喧哗，牧民们情难自己，请白族长再来一嗓子，上下独流地的男女老少觉得白族长在牧民面前为两个家族的人共同赢得了荣誉，也都希望他再来一嗓子。白族长看见众意难拂，不觉豪情顿生，把那少年情怀尽数抖落了出来。积久的沉潜迎来了突然的爆发，他一连吼出五串完整的驴叫。真个是一声叫出，天地倒悬天河倾，远近生灵侧耳听，五声叫过，头顶的艳阳洒出一天一地的迷离光晕，现场的人，人人脸上都是聆听天音的迷醉。

送走牧民后，上下独流地恢复了正常生活。每个白天，人们都下意识地不间断地抬头盯着祁连山的雪峰看，那不是雪，那是绿洲地带人们的粮仓，山头终年戴着一顶白帽子，也就意味着人们终年仓里有粮，白帽子越大，仓库也就越大，仓里的粮食也就越多。山顶有雪，独流水欢叫着，不舍昼夜，欢叫着来，欢叫着去。杨白两家便像所有的亲戚那样，亲情像独流水那样在两个家族间欢快流淌。

正常的光阴一切都是正常的，反常的事情往往以反常的形式出现。

牧民走了以后，在上独流地的孩子中间，掀起了一场声势浩大历久不衰的学驴叫的时髦，只要有两个孩子相遇，学驴叫的竞赛便会就地展开。在初级阶段，孩子之间比拼的是学驴叫谁学得像，独流水不舍昼夜哗哗流淌，孩子们学驴叫不舍昼夜声嘶力竭。过了一段时间，比拼谁学得像，已经没有意义了，因为从小听驴叫，驴的叫声不过那么几个简单的音节，大家差不多都能学到七八分驴的叫声。有那些悟性好的，自感出类拔萃者，生出了不与他人为伍高人一头的雄心壮志，决心在精益求精上下功夫。他们比拼谁的叫声比驴的叫声更高亢嘹亮，音节拖得更长。这就不是一般人能够做到的了。那些年龄稍小的孩子，身体没有发育起来，声带未开，音高自然上不去，虽带着无尽的遗憾和一百二百的不服气，也不得不退出角逐。与所有行当一样，顶尖高手永远都是那么稀少。一轮轮淘汰下去，跃上顶尖高手的只有杨存志和杨平白。按说，两人并列第一，来一个双峰并峙两水分流琴瑟和鸣半斤八两，也不失为一件赏心乐事，可他俩偏偏都是争强好胜之人，都慷慨而决绝地表示，天无二日民无二主山无二虎冰炭不容于一器日月不同辉，非要争出个子丑寅卯来。

那一天，两人分头打招呼，一会儿，全村所有能够独立行走玩耍的男孩子齐集打麦场，他们招呼男孩子时，声言女孩子不想参加不勉强，想参加也不拒绝。比赛开始时，男孩子们发现，几乎所有的女孩子也都来了。比赛场面极为严肃庄重，先由大家自由推选公证人，以获提名多少为序，选出七名公证人。三名男孩子，四名女孩子胜出。由七名公证人合计，制定出比赛规则，声音高低不好确定，最后决定：

以声音长短论高下。

　　杨存志以压倒性优势胜出。

　　这是一场公平的比赛，也是一场庄严的比赛。比赛的目的不在于谁要在上独流地称王称霸，孩子们的目标是与下独流地的白族长一决高下，为上独流地争得荣誉，他们不能容忍下独流地在任何一个领域超出上独流地。那天的场面他们也是见证者，两个家族的老老小小，表面上其乐融融，但是，暗地里都是憋足了劲儿的，你看那个白族长，那驴叫学的，比驴还像驴，那叫声的高亢嘹亮，让所有的驴都不好意思再当驴了，再都不好意思叫了，你看白家人那个眉眼儿，恨不得一眼睛框子把全部杨家人都装进去夹死淹死，你再看看那些山里的牧民，像是把欢喜佛请回自己家里了，一张张脸都快要笑烂了。

　　上独流地也诞生了一个学驴叫的顶尖高手，以孩子们的标准衡量，当在白族长之上。杨平白输得心服口服，他甚至有些激动，杨家诞生这样一个非凡的人物，他觉得自己是有着一份功劳的，所谓水涨船高，这个道理谁都懂得的。他提出，高手产生了，应该有个配得上高手的艺名，这个名字要响亮，要有震慑力。大家纷纷赞同，都对他的高风亮节表达了深深的敬意。经过一番合计，最后，决定杨存志的艺名为：气死白家驴。

　　杨平白提议，名号已经诞生了，就应该公开打出名号，名号只有在与高手的较量中获胜，名号才可更加响亮，名号才显得尊贵，要是窝在自己家里独自学驴叫，那和驴有什么两样，叫破天也无甚意思。

　　上独流地的孩子们，男孩子，女孩子，看见由自己亲手催生的高手诞生了，他们生出了与下独流地一较高下的强烈冲动。须知，这是由上独流地的孩子们担任主角，而对手却是下独流地的所有人，如果取胜，那将是多么大的荣耀啊。孩子们簇拥着杨存志，以敢于改天换地的大无畏气象，来到杨家坟地的制高点。这里可以看见大半个下独流地。都站定了，排成众星拱月阵势，杨存志站定了，暗暗运气。大家屏住呼吸，暗暗为主将鼓劲，只听得穿云裂帛一声长号，大家分明都看见了，谷地所有的大树小树都低下头弯下腰，独流水正在喧闹的水流，当下不闻一丝喧闹声，连同上下独流地的那些听见什么声响都不忘了跟着起哄的家畜家禽，个个装作对正在发生的事情一无所知的样子。这对孩子们是一个巨大的鼓舞，空前的成就感让杨存志生出了不可一世的豪情壮感，他鼓足气力，一连吼出三记长号。

意料之中的情景出现了，整个下独流地沸腾了，人声鼎沸，狗吠鸡鸣，人们惊慌失措，像是无头苍蝇，满村庄乱喊乱叫，乱冲乱撞。一会儿，一支队伍集合起来了，火速向上独流地开来。杨存志他们看见这种情形，起初是兴奋，极度的兴奋，为由他们而引发的巨大变化而兴奋，接着是恐惧，一种对不可知结局的恐惧。他们转头向着自己家的这边，一片声嘶喊。一会儿，他们看见了一支浩浩荡荡的队伍朝这边开来。

两支队伍各自推进到上下独流地的结合部，隔水扎住阵脚，各自亮出武器，无非都是铁锨镢头钉耙棍棒镰刀之类，双方各有几个主力，手里端着红缨飘飘的长矛。双方的械斗都严格遵守古代两军对垒的规矩，没有一见面就混骂混战的乱象。白家那边是起衅一方，临阵却有些语塞，不知道该如何表达，总不能说是对方学驴叫了吧，那么，对方一句话就可让你陷于不义，对方肯定会说，兴你学驴叫，不兴别人学驴叫，你又不是驴，你即便是驴，你这头驴叫得，别的驴就该把嘴拿铁丝扎住？可白族长实在觉得今天这一仗不打，自己的脸就该藏在裤裆了。

这多日，他是听见上独流地昼夜不息的驴叫的，听来听去，都是娃娃家的胡闹。起初，心中还颇有些得意，不觉勾起童稚年月的快乐无忧来。心想什么本事都是本事，本事无贵贱高下，只要学到他人不可企及的地步，便是真本事，大本事，他听见别人的叫声，心下很是不屑，你那驴叫也算是驴叫，那是哪朝哪代的驴？真的驴要是会说话，一定会用一千句一万句难听话骂你的，活活地糟蹋驴的名声嘛，哪头驴要是这样叫，早让主人一顿皮鞭抽成烂驴了。不过，白族长此时的心是格外宽容的，学得像不像，总不能让人家不学吧，谁都有学驴叫的自由，驴都不反对别人学它们叫，人有什么道理反对。再说了，学驴叫和学任何手艺一样，学成了，是师傅，吃这门手艺饭，学不成，饿死，改行，都是人世间再也正常不过的事情。渐渐地，他偶尔听见有一声两声的居然学得有模有样了，心下还有些感动，真所谓吾道不孤，有志者事竟成，高手向来寂寞，真正的高手终生都是孤独的，在下独流地，只要我不死，只要我还当着这个族长，我不公开提倡，是没有人敢学驴叫的。而我怎么会提倡这种事情呢，毕竟不是什么正形手艺，眼看着，终我一生，我就得怀着这项独门绝技自高自赏自怨自艾了。别的技艺哪怕无人欣赏，还可以在夜深人静的时候独自耍一耍，过一过那孤芳自赏的瘾，唯独这门手艺是不能秘藏秘赏的，它是要出声儿的，以叫声的豪壮张扬来计较高下的。真是应了一句古话，是金子总会发光的，原以为，童年练就的独门绝技会像无数独门绝技那样，随着掌握独门绝技者的离世，也要湮没在一抔黄土中，化为后世语焉不详的传说了。谁知牧民的到来，又让他获得了重拾往年辉煌的良机，更重要的是，两个家族的娃娃们亲耳听闻亲眼所见了这场空前的辉煌，那么，空前的辉煌，完全有可能避免成为最后的辉煌。所谓江湖遗响，其实，那不是辉煌，那是一种悲哀，大悲哀，当事者的悲哀，人世间共同的悲哀。这下好了，你看看，面传心授，立竿见影，这门技艺马上有了习学者，有了传承者，虽然花落别家了，可那也比花落尘埃要好啊。有些手艺人实在是古板到了愚昧的地步，什么传内不传外传男不传女，真是门户之见小家子气，多少独门手艺的失传，都是这种老脑筋闹的。

白族长的博大心胸，让家族中那些气量狭窄者一句话堵得七窍淤塞八脉不畅。可他们说的不是手艺传内传外的问题，说的是杨家人把咱白家人当成驴了。这是什么话，学驴叫和驴完全是两回事嘛！有人学你爹说话，难道这人就是你爹？说话的人要是在私下里腹诽也行，瞎嚷嚷也行，造谣也行，要紧的是把这当成一件家族公事，堂而皇之禀告上来了。不是某一个人，是一群人。一群人涌入家族议事厅，有他的长辈、同辈，也有后辈。长辈说，你是家族掌门人，老族长给你咋交代的你自己掂量，你的脸丢得，全族人的脸丢得，老先人的脸丢不得！同辈说，咹，族长，我说族长，人家不是在学驴叫，是学你叫呢，你是学驴叫的，人家学你叫，岂不是把你当驴了？要是换成任何一个不是族长的人，个人是个人，你是族长，把你当成驴，岂不是把全族人都当成驴了？后辈说，伸头是一刀，缩头是一刀，怕挨刀的头不算是好头，缩进去仍然挨了刀的头，那是乌龟王八蛋的头！打，族长只要发话，我们风里风里去火里火里去，天下的理脱不了一个打字，打！

军已兴，却师出无名，这让白族长一时踟蹰惶恐，这就等于，古代万里远征，兵锋相抵时，一方主帅未等对方质询，自己先理屈词穷了，如此自损士气，很容易造成将无成竹兵无战心，一触即溃之势眼看要酿成了。真是急中生智，白族长大无畏地前出一步，高声质问道：

"今年水量如此充足，要有尽有，况且你家处于上游，为何兴师动众犯我边界？"

　　杨族长对此预计不足，他一门心思想着如何应答对方质询，而对方说出的话却正是自己准备应对的预案用语。这让他一时反应不及，竟跟着白族长的思路说：

　　"谁说不是呢，这么充足的水量，我家又是近水楼台，为什么又要兴师动众呢。"

　　"这么说，你是故意寻衅了？据不才所知，你杨家祖上颇有仁义之风，可是到了后辈，尤其在你执掌族长重任之后，不思发扬光大先祖道德风范，为逞一己之私，为图一时之快，穷兵黩武，屡生荒诞想法，即以今日之事论之，先以黄口孺子惑乱视听，继之大张旗鼓兴兵犯边，而又师出无名。即便成人之间有什么不尴不尬的，自可依祖宗成法理论，你却倒好，让不谙世事的娃娃掺和其中，在下万般忧心的不是当下的山高高水长长，而是如此下去，古风荡然，后人或混迹于不知礼义廉耻的禽兽群中，或沦为浪迹天涯的孤魂野鬼，当下的你我当然是当下的罪人，未来的你我依然是永远的罪人，兄台既不为当下担责，又不为后来着想，亏了自家先人，那是自取其辱，而我家先人何辜，让你一同再二再三去亏？真正是获罪于天无所祷也！"

　　杨族长明明是占着理的，对天说，天说杨家有理，对人说，人说杨家有理，经白族长这么一说，对狗说，狗都会说，杨家无理太甚。杨族长一时陷入继任族长以来空前的困境中。如何是好，如何是好，凡事得讲道理，道理上讲不过人，再跟人争长论短，纯粹就是不讲道理了，不讲道理的人就不算是人，畜生都讲道理呢，人不讲道理，连畜生都不如。一个畜生不如的人，却担当着一个大家族的掌门，岂不是连累了一族的人堕落为畜生了。

　　当下的急务是要杨族长眉头一皱眼皮一眨就要拿出应对之策的，是没有功夫思接千古感慨万千的，但他的神思却如一片风中的羽毛，飘飘忽忽，上上下下，上，上不了天，下，着不了地。还是下独流地传来的一片女人的嚎哭声，让杨族长的心思回复自身，找到了落脚处，也让他从当下的困局中抽身而出。白族长其实是个厚道人，虽然两军对垒，眼前的这些生龙活虎的人，眨眼间有的可能变身为一堆烂肉，有的可能会缺这少那的，但这并没有使他的一颗厚道心彻底泯灭，他为杨族长着急，也为自己的强词夺理置人于尴尬处境抱愧。他也是情急出歪招，把占理的人所占的理，横刀夺过来，变成自己的理，致使占理的人反而没了理，好似腰缠万贯的人让一文不名的人将钱窃夺了去，有钱的人变成没钱人，没钱的人反倒在原本有钱的人那里充起大爷了。这简直是强盗行径嘛！老祖先为人行事从来都是光明正大的，哪怕做什么坏事，都是明火执仗的，到了我手里，却形同偷儿了。话得说明白了，老祖先说过错话，做过错事，也做过坏事，但从来没有做过恶事丑事龌龊事，你说说，我的身上哪里还有老祖先的人格风范！他生出了一种冲动，要帮助杨族长脱困，让两人回到同一位置，然后展开较量。他认为这才是公平的较量，输了的，愿赌服输，赢了的，赢得体面，赢得光荣。

杨族长当然不明白白族长心中的九曲回环，还以为他与向来一样，见事迟，反应迟钝，看见兔子从面前跑过，手中有石头，有弓箭，却在用石头还是用弓箭上打转转，等他终于拿定主意时，兔子早没影儿了。他在替自己着急，也在替白族长着急。

女人的号哭，让两人同时脱了困。对垒双方都听出号哭的内容了：白老孺人殁了。白老孺人是白族长的母亲，也是杨族长的亲姑姑，身罹绝症许久了，这段时间，杨家委派几名贤惠妇女，常驻下独流地，帮助白家照料老人。当然，也是为在第一时间获取准确信息，好让杨家人火速准备一应丧仪，免得事急手忙脚乱，造成礼节不周。

这场械斗最终没有打起来，而在杨存志心中，却留下了永久的阴影。此后，他再也没有学过驴叫，但却并没有远离械斗。对他来说，参与械斗，大无畏地冲锋在械斗第一线，是一种责任，一种宿命，一个来自冥冥之中的咒语，也因此，他厌憎械斗，发自内心深处的厌憎。每次械斗，他都是积极参与者，精心组织者，一等一的打手，他将全部的激情，全部的仇恨，全部的生命，投入到每一次械斗中，而他的原动力，却源自内心深处对械斗的绝顶厌憎。

第五章

月光下的墓碑

一场新的械斗马上要开始了，也许，这是最后的械斗，械斗双方一同毁灭的终极械斗。

今夜月光真好。

这是河西走廊的月光。

这是祁连山的月光。

这是骆驼山的月光。

这是独流地的月光。

这是我杨存志的月光。

也许，再过几天，月光依旧，月光还是河西走廊的，还是祁连山的，还是骆驼山的，还是独流地的，但月光不再是我杨存志的。趁着这万籁俱寂，牛鬼蛇神、万物方灵、老天爷都在睡觉的空档，我要独享这一颗天上的月亮，独享这一片地上的月光。今夜的月亮名叫杨存志，今夜的月光是杨存志洒在大地上的光。他习惯性地捡起一颗指头蛋大小的石子，顺手丢进嘴里。他不打算看看石子到底是什么质地的，其实不用看，他都觉出这是一颗戈壁火石，在艳阳下发出刺眼炫目金光的那种石子，砸在别的石头上能够飞溅刺眼炫目火星的那种石子。不知在哪年哪月哪天，他染上了这个毛病：看见这种石子，指头蛋大小的石子，就会捡起来含在嘴里。光滑而冰凉的石子含在嘴里，他用舌尖将石子裹住，上下翻卷，左右滚动，仿佛全部的世界，都在他的一片柔软的舌尖中。他让世界上，世界滴溜溜上，他让世界下，世界滴溜溜下，他让世界左，世界滴溜溜左，他让世界右，世界滴溜溜右。此时，他是世界的主人，唯一的主人。只要有石子含在嘴里，他的世界是完整的，只要有无穷无尽的石子供应他，他的世界便是无穷无尽的，而戈壁滩上，这种石子的确是无穷无尽的。

杨存志嘴里含着石子，尽舌尖上的力，将石子拨拉得满嘴飞奔，他似乎从中获得了挥斥万方的自信，刚才在家中的那种沮丧渐渐消散。这个时候，他再度仰望挂在虚空中的月亮。那真是虚空啊，月亮不是最圆的，却是最亮的。月亮挥斥一切的亮光，让所有的星星都逃得远远的，远远地拱卫着月亮。他想起有一年，打麦场一座超大型的麦秸垛着火了，圆滚滚的麦秸垛着火后，火焰也是圆滚滚的，那是晚上，火焰喷出的红光，跃上天空后，天空被火焰圈出一个巨大的圆，火焰之外是无尽的黑夜，火焰圈起的圆球内部，比任何一个明亮的白昼还要明亮许多，那些腾飞的草灰好似一只只蚊子，遇到了什么美味，飞蹿着，搏击着，饕餮着。而火焰之外，又比任何一个漆黑之夜还要漆黑许多，漆黑得让人觉得什么都不存在了，太阳会在这样的漆黑中迷路，永远找不到在天空的位置了，从此，照耀天地的那颗太阳不会再找到回家的路了。他还担心月亮，他坚定地认为，月亮被这场大火烧成灰烬了，那些如蚊子般乱窜的草灰，其中的许多就是月亮燃烧后的灰烬。那场大火后的第二天，他特意起了一个老早，他担心迷路的太阳不会再回来了，然而，还是那个地方，太阳固定升起的地方，还是那个时间，在这个季节，太阳固定升起的时间，一轮如昨夜大火般的太阳，在往常的时间，往常的地方，像往常一样升起了。而那个夜晚，月亮亦如往常一样出现在天空。从那以后，他坚信人世间无论多么威风的人都会死的，无论多么厉害的大火都会熄灭的，而太阳和月亮是永恒的。

今夜的月亮照亮了活着，并且来到月光之下的人，也照亮了已经死去，但埋在月亮能够照射到的地方的人。杨家的坟院完全沐浴在月光之下，好像这是杨家一家人的月亮，而且，是专门为杨家的死人升上天空的月亮。杨家人有个规矩，不知是哪代先祖定的规矩，反正杨家的规矩很多，大规矩，小规矩，无处不规矩，估计连制定规矩的人，都把自己制定的规矩记不全，杨存志就明显觉出，他爹身为族长，动不动这规矩那规矩的，许多所谓的规矩，他估计都是他爹遇到了自己不方便说的话不好处置的事情，就信口说这是祖先定的规矩，假借祖先的名义打压活人的。他因此推断，杨家的历代族长与他爹一样，许多规矩就是他们如此这般信口编造出来的。比如，坟院里的墓碑分为两种，一种是家族出资，请高明石匠从大块料石上切割下来的青石凿成的，长方形，板板正正，碑文也是请识文断字的人草拟并书写的，然后由石匠按原样刻在墓碑上。这些墓碑上的碑文各有不同，主要书写墓主人的生平事迹，相同的都有八个字：永垂不朽，与天同在。家族中所有的人都知道，这些人都是因械斗死的，是为了家族利益而慷慨赴死的，死了，给他们刻制这样一方漂亮的墓碑，意在表彰他们的功德，激励后人跟着他们的脚步，为家族利益不惜捐躯。据说，这就是老祖先定的规矩。可是，老祖先的墓碑也是青石凿刻的，谁都知道，前四代老祖先都是寿终正寝的，那时，并没有械斗这一说。还有，历代族长中，没有一个是死于械斗的，但他们的墓碑也是青石凿刻的，一律都有标志着家族功臣的那八个字。可见，喜欢打着祖先旗号说话的人，话中夹带的都是自己的私货。

另一种墓碑是用原石刻制的墓碑。原石有大有小，有扁有圆，有的石质精细圆润，有的石质粗糙狰狞，没有经过石匠洗料，碑文也是随便请一个识三斗大字的半吊子先生，别别扭扭写上几行，把生平事迹大致交代明白便罢了。杨存志识字不多，依他那一点可怜的文墨看来，碑文上到处都是错谬，有的实在是闹了笑话。比如，一个贞洁妇女如何谨守妇道，守寡将孩子抚养成人，因其洁名在外，和尚道士都不会上门去化缘，碑文大概要写的是：比丘羽客之流绕门敛迹。刻在碑上的却是：比丘羽客之流挠门练技。差了几个字，意思全反了，这不等于明说寡妇暗中在与和尚道士来往吗？诸如此类的还有很多，看了有的碑文让人忍不住要笑，有的碑文令人浮想联翩，比如这个挠门练技，挠门时是何种神态，又是如何练技的，要不是本家族先辈妇女，真让人能想象出若干种不堪行状来。

借着月光，杨存志在墓地走了一圈，一块块墓碑在清冷的月光下，浮泛着鬼火一般的死光。居然有那么多的家族亲人死于械斗，这让他大吃一惊，继而心尖那儿颤抖不已。从小在墓地玩耍，每块墓碑数次地看过，怎么从来就没有意识到死了这么多人呢。哦，先前眼中所见只是冰冷的没有生命的石块，看到的人名只是一个个由不同的字组成的人名，没有和一个个具体的人联系起来。即便与人有过联系，也没有把他们的人与他们的死因联系起来。假如面对的是一个个正常死亡的人，非但不会让人触目惊心，相反，从中还可以体悟到人世的苍茫悠长，而如此众多的非正常死亡的人，来自同一家族的非正常死亡，无论你有多么广大的见识，都会觉出其中的非正常的。

当杨存志将青石墓碑上的一个个冰冷的名字和一个个鲜活的，有着热腾腾红血的人，而这些人又是自己的亲人，联系起来后，杨存志感觉到自己体内的血在瞬间凝固了，像是三九寒天洒在院子里的一瓢热水，热气还在空中飘荡，而地上的水已经凝结为冰了。他不敢再低头看墓碑，他仰望月光迷离的夜空。当他在夜空中看到的只是无尽的虚空后，内心又被无边无际的空无所统摄。他又不敢再看夜空了。他移目天地之间的山川原野。他惊奇地发现，原来，在他看来，大地上至少有一半的地方，月光是照射不到的，在月光之下的地方，一片空蒙的明亮，山峦突兀奇崛，树木历历如水墨画，独流水驮着清白的月光，蛇形于蜿蜒九转的谷地，连那河滩碍人眼目的乱石，在月光下，似乎都改换门庭，化身为光芒四射的宝石了。但是，在月光照射不到的地方，却是一派黑暗，比黑暗还黑暗的黑暗。月亮好似一个做事不公平的族长，十个馒头两个人吃，他把十个馒头全部给了一个人，另一个人一个也没有，结果倒好，吃了十个馒头的人胀死了，一个馒头都没有吃上的人饿死了。在白天，也有太阳照射不到的地方，但太阳倒像是一个做事还算公平的族长，有阳光的地方，灿烂绚丽，没有阳光的地方，只是一层薄薄的阴影，处在阴影下的万物万灵，虽少了阳光照射的热闹，却也有着与世无争的闲适安然。

杨存志没有回家之念，他也知道，在夜晚，一个人在一片荒僻的墓地里转悠，是一桩令人费解的事情。人是生在家中，活在家中的生灵，晚上不回家的只有地上的野兽，天上的月亮星星，天地之间的月光和野风、野草、树木，夜晚不回家的人，只有那些无家可归的流浪者。他觉得，自己现在就是一棵野草，一株无主的树木，一股不知何来不知何往的野风，或是一片洒在哪儿算哪儿的月光，而他更像一个无家可归的流浪汉。是的，是流浪汉。他有家，上有父母双亲，下有儿女，居有房屋财产，外有良田阡陌。可是，这些居然都与漫天抛洒的月光一样虚幻，日常看在眼里的，总觉是梦境中的景物，眼中有，手中无，而把在手里的，好似掬在手心的流水，是存不住的，又似揽入怀抱中的风，能觉出一阵清凉和吹拂，却在看不见时真的看不见了。

此时，杨存志唯一有确切感知的是含在口中的石子。经过唾液反复滋润的石子已经圆润光滑，不用舌尖的催动，都可以在口中自由翻转了，好似被圈在涡流中，伴着飞旋的激流自行旋转磨砺的卵石。自己的本家这么多的热血人在无休止的械斗中，化为一块块黯然无语的青石墓碑。那么，械斗是双方的事情，两个巴掌相击，一个巴掌血淋淋的，另一个巴掌难道是铁铸的骨肉？念及于此，他的心尖那儿又一番战栗。那边的墓地他是去过无数次的，可以说，这边的墓地他来过多少次，那边的墓地他也去过多少次。从懂事起，每个年头节下，开始是跟着父兄，在这边坟地祭奠完毕，便跨过河去，祭奠那边的坟地。祭礼一般的隆重庄严，心情一样地沉郁悲壮，而多少次，早上刚械斗完，午后便去给那边上坟了。他是见过那边的青石墓碑的，比起这边只多不少，一样的青光凛凛，一样的鬼气森森。长大成人后，每到年头节下，由他带着家族中的未成年人负责给两边上坟，家族中有的年龄比他小很多的，辈分却高于他，大多的是或近或远的同族弟弟妹妹，无论辈分，他们都是未成年人，要由他这个未来的族长，训导他们从小知礼节懂荣辱。

　　而这一切都是因为什么，为了什么，仅仅是因为争水么？以他有限的阅历，他明确知道，大多确实是因为争水，而许多次械斗，却并不是因为缺水。有时是因为争一句话的高低，有时是因为谁说了谁的什么闲话，所有这些，都可以成为不惜来一场家族械斗的理由。有时，似乎什么都不因为，谁在某日某时，因为找不到活着的理由，便可找出来一场家族械斗的理由。好多次，他联想到了家养的畜禽。家中若是只养一条狗，那狗便格外忠诚敬业，终日终夜守护着家门，遇到不速之客，不顾安危，豁出命来都要捍卫主人的利益，哪怕是到了发情期，能够看得出狗的情急，身体的痛苦，内心的煎熬，但是狗绝不会因为自身的那点羞耻事儿，忘记自己的职责，与相好约定后，飞奔着去，事情一了，又飞奔着回，绝不会误事的。家中若是养了两条以上的狗，家中的安全是绝无保障的，平日里一条看门狗恐怕都看不见了，互相推诿，互相责难，遇到危险，更是只见往后躲的狗，不见勇敢向前的狗。平日里，食物足够充足，它们却为了一块没有多少肉的骨头，互相间打得头破血流你死我活，骨头争到后，并无多少兴趣去啃嚼，把玩一番，弃之不顾。家养的猪却与狗不同，同样的食物，若是一头猪，皱着本来就难看的眉头，主人哄着，呵斥着，打骂着，它还是不肯进食，若是两头以上的猪在一起，同样的食物，好似一下子变成了山珍海味，争着，抢着，互相撕咬着，生怕自己少吃一口。

如此等等，所有的生灵莫不如此，而人号称万物之灵，为何与这些无知无识无羞无耻的畜禽是一个德行呢，不吵不闹，不争不抢，好似活着没劲，活得不死不活，活不下去，来一场械斗，死了亲人的人哭天抹泪，寻死觅活，好像一天一时都活不下去了，过几天，却像吃了一颗还魂丹，揎拳捋袖地准备来一场新的械斗了。有诗云，“血沃中原肥劲草”，人是不是要在人血的浇灌下，野草般地疯长呢。

杨存志越想想法越多，越想越迷茫，眼中的迷茫，心中的迷茫，天的迷茫，地的迷茫，人的迷茫，前世的迷茫，今生的迷茫，来世的迷茫，无处不迷茫，整个一个迷茫的人面对着一个迷茫的世界。他不想有这么多想法了，所有的想法带给他的没有一星半点的亮光和愉悦，只有无底无边的黑暗和无处不在的烦恼与痛楚。

他将目光离开墓地，他心中想着，他的目光要移向随便一个最令他厌恶的地方。

他试着睁开眼睛，看看令他最厌恶的究竟是什么地方。

他被惊呆了。

他的目光停留在河对岸的那片墓地上。

这是一种什么样的心理在作怪？对天发誓，他杨存志对白家人并无敌意，相反，白家是他的岳家，外家，大外家，小外家，都是白家人。从小，他就知道白家人全部是他们的亲戚，一棵树上结的果子，一块地里生长的庄稼，人分两姓，其实是同根生，地分上下独流地，其实是同一块地，由同一条水流浇灌。哦，就是这一条水流闹的，要不，你彻底断流了，都对你绝望了，不想继续活下去的，死在这里罢了，想继续活下去的，自可选择离开。谁说无处可去了，他虽然没有去过多少地方，可他知道天下大着呢，大得无边无际，你生着两条腿，你尽管走吧，走一辈子，不停歇地走一辈子，也未必能见到世界的边儿。老祖先既然能从别的地方找到独流地，他们为什么不能从独流地出发找到更好的立足地，何苦要在这里为了一条驴尿一般荏弱的小河打打杀杀呢？杨修平是他的儿子，你们也看见了，也多少听见一些了，杨修平去过的地方，是他们不可想象的遥远，但据他说，那仍然相当于在家门口。说明什么呢？唯一能够说明的是这个世界的大，我们不能像一群牲口一样，被老天爷圈在这牛圈大的一块地方，为了争一口水，今天我顶你一头，明天我蹦你一蹄子，顶成习惯了，不顶，心里发痒，头皮发痒，踢成习惯了，不踢，心里发痒，蹄子除了走路便无着无落好似踏在虚空里。

你看看他，以往的事情不说，刚才他的心里全是迷茫，也是全部的澄明，他只是测验一下这个世界上究竟有无令他最厌恶的地方，如果有，那么，这究竟是一个什么样的地方。其实，如果说他的心里有什么预期，他希望他睁开眼睛看到的是全部的上下独流地，他厌恶这个地方也没有什么不良企图，他只是独自悄悄厌恶一会儿，心里得到暂时的快意，然后，明天该干什么还干什么，该种庄稼他种庄稼，他仍然是上独流地一个敬业的农民，该械斗他就械斗，他仍然是为维护上独流地利益冲锋在前的杨家儿郎。

可是，他的目光偏偏落在了下独流地白家的坟院里。

无尽的沮丧，痛切地自责过后，杨存志心想，既然他的目光意外地将白家坟院锁定为最令他厌恶的地方，他何妨好好地看它几眼。

杨存志有了意外的发现，这令他无比的震惊。月光洒满了白家墓地，一块块青石墓碑清晰可见。分明这是一块背阴地，在阳光洒满杨家坟院时，白家坟院完全处在阴影的覆盖下，为什么在杨家坟院洒满月光时，白家坟院同样沐浴在月光下，难道阳光是一种厚此薄彼的光，而月光倒是一种普天同庆的光？难道是因为阳光亏待了白家祖先，月光在特意弥补白家的损失？或者是，太阳本来也是可以把温暖播撒在白家墓地的，生怕杨家人看见不高兴，月亮趁着夜深人静，杨家人睡觉了，让白家的祖先趁着月色安排一天的生计？

杨存志明白此时自己的心思像是一匹扯断缰绳奔驰在广阔天地的烈马，好不容易争得的自由，是不甘于回到原来拘束的生活中去的。他也知道他在胡思乱想，只有在这夜深人静的旷野中，一个人才会生出这种胡思乱想，才敢这样胡思乱想，要是在白天，要是此时身边有一个人，尽管别人并不知道你在想什么，你自己都会觉得羞耻，都不会原谅自己。原来，自由却存在于旷野独处时，置身于一片亡魂安家之地，遥望着另一个亡魂之家，任自己的思绪像一只只乱飞的麻雀，竟然是如此的妙不可言。

而此时，杨存志又有了新发现。迷离的月光，迷乱的白家墓地里，仿佛有一个人影在游动。他心中一惊：莫非是人们绘声绘色传说的鬼魂？一惊过后便是安然。是鬼魂又有什么？鬼魂不过是曾经活着的人，当下活着的人谁又不是未来的鬼魂，只是先后迟早而已。久违的孩童时的玩闹心霎时从久远的地方跳跃而来。他用手卷起喇叭筒，朝那个人影喊道：

"嗨，你是个谁啊？"

"存志，你胡闹什么？"

"哦，表哥啊！黑天半夜你在坟地干吗呢？"

"那么，黑天半夜你在坟地干吗呢？"

"看看老先人。也许，这是最后一次看老先人了。"

"是啊，你看你的老先人，我看我的老先人。我看我的老先人，是害怕再也没有机会看老先人了，你好好的，想什么时候看都行的，何苦黑天半夜地胡成精。"

"你我还不是一样，谁知道刀客们能打成什么结果呢。"

"刀客算什么？修平不是回来了吗，一个人都可灭了白家的。"

"表哥，这话从何说起？修平只是一介文弱书生，你知道的，连一担水都挑不动的。"

"那是以前。不是在东洋人那里学会了什么法术吗，东洋人多厉害啊，连朝廷都给人家磕头赔罪呢。"

"哪里的话！表哥你不要听人瞎说，修平他……一定会有分寸的。"

那个人影是白光祖，杨存志亲亲的表哥。杨存志的母亲是白光祖的亲姑姑，白光祖的母亲是杨存志的亲姑姑。杨存志本来要说"修平他绝不会对白家下手的"，话到嘴边，心眼一动，牌局还没开，怎么可以亮出底牌。他临时改口了，好让白家人摸不着底细。话说完，杨存志觉出了自己心底深处对白家积存的敌意。就在刚才，他还在否认这种敌意的存在。他为自己感到羞耻，但他确切觉出了自己在一种沿袭已久的情势下的无奈。

第六章

村庄里的外交战争

杨存志离开墓地回到家时，公鸡已经在叫第三遍了，上下独流地都是此起彼伏的鸡叫声。鸡叫第一遍时，他在墓地，隔着独流水，与白光祖说话。有些事情不能细想，不想，一切都是正常的，自然而然，从来如此，现在如此，将来依然如此的。就拿公鸡叫鸣这件再也正常不过的事情说吧。按照常理，鸡叫第一遍时，应该多叫几声的，那时的人还在沉睡，叫一遍未必能把劳累了一天的人从梦中叫醒。偏偏第一遍的鸡叫，像是应付差事，干脆点的，耐心差一些的公鸡只叫一声，顶多叫两声，叫声也是沉闷而短促，醒着的人，若没有留意听，会错过的，睡着的人，往往打一个愣怔，又会睡去。鸡叫第二遍时，会多叫几声，两三声，顶多三四声，沉睡的人因此而变为浅睡，但是还在睡，格外困倦，或格外闲适，或本来就懒惰的人，睁开迷糊眼，随意向窗外望一眼，发现天地仍然在夜幕的笼罩下，翻一个身，扯一记夸张的懒腰，又会倒头睡去，睡一个比正份儿睡觉时间还要香甜的回笼觉。第三遍的鸡叫，就显得所有的公鸡都有些过分的饶舌了，叫声嘹亮而辽远，一声，一声，又一声。而此时大多人已经睡够了，可睡可不睡的，睡觉的意义已然失去，只是在睡懒觉，处在半睡半醒的迷糊状态。公鸡这一不厌其烦的叫，所起的实际效果并不理想，许多其实是负面作用。那些年轻些的夫妻，或者是精力已然不济，但自觉性向来较差的夫妻，如果继续在半睡半醒中流连一会儿，天色彻底亮了，便可以充沛的精力开始新的一天的劳作。这下让公鸡叫醒了，又还不到非起床不可的时分，一夜的休眠，精神头正足着，被窝里的热度和身体的热度都处在高点，心里不安分了，身体便也不安分了。一场欢乐过后，一夜休眠恢复的精神又被损耗得差不多了，也到了非起床不可的光景了。在大白天，你如果看见谁的神态萎靡不振，罪魁祸首一定是那些在第三轮叫鸣时格外饶舌的公鸡。

杨存志在一世界的鸡叫声中，穿过曲里拐弯迷宫一般的村巷，路过好几户人家的屋后时，他分明听到了从屋里传出的那种黏腻的他熟悉的声音。他暗笑笑，笑容还没有在脸上扩展开来时，一种莫名的悲伤涌上心头，他朝着发出那种特殊响声的所在暗暗祝祷：

"我的亲人们呐，尽情地闻鸡起舞吧，时不我待啊！"

到了家门口，杨存志听出院内已有人活动了，凭感觉是儿子，他一个激灵，同时端严了体态和神态，一切都像一个父亲一样。在他抬手推开大门时，杨修平在大门里面，做着抬手拉开大门的动作。父子俩明显地都吃了一惊，立即，两张脸上都显出了不自在。

"爹。"

"嗯。"杨存志万分矜持地应了声。"咦！"他随即大叫一声。

这是有损父亲尊严的一声惊叫。他差点被惊得后仰跌倒。

"爹！"杨修平也惊叫一声，这一声却无关儿子的尊严，恰好是父子情深时的情急。杨修平赶上一步要搀扶父亲，杨存志却庄严地站稳了身子。杨存志发现儿子头上居然没有辫子，一颗精光光的头，好似河道里一颗被亿万斯年的激流打磨出来的圆滚滚的乱石，青光可鉴，一头都是那种夺人心魂的贼光。

"你？你？你的辫子……"杨存志恍惚间，看见没有辫子的儿子的头，像是一个没有头的儿子矗在面前。

"辫子在屋里搁着，还没有来得及戴上。"杨修平散漫地说。

儿子原来割了自己的辫子！

割辫子可是要掉脑袋的，没有辫子的人和没有头的人没有什么两样，区别只在于，你的头暂时在你的肩膀上寄存着，一旦被发现，就会被拿走的，好似你借了别人的钱，钱在你手里，却并不是你的钱，到了还钱日期，你得还给人家。而且，借给你钱的人并不是你的什么亲朋好友，人家是专门以放债为生的，驴打滚利息，只要你一时倒不开手沾上他，任你田连阡陌牛羊成群，都会被他绕进去，把你所有的身外之物榨干了，再把你的血抽干喝尽了，肉剔光了，骨头嚼碎了，骨髓吸食干净了，才算罢休。而割了辫子的男人，不但割了自己的头，等于把全家全族人的头都一同割了。割辫子等于反叛朝廷，谁不知道这是大罪，重罪，十恶不赦之罪，一人犯罪，可是要三族九族连坐的啊。

"你！你！你的……辫子——"

杨存志由极度震惊转为气急败坏，又转为肝胆俱裂。杨修平看见父亲这个样子，所有的样子都是他始料未及的，一时手足无措，也不知道该说什么好。在最初的一霎里，他心中涌上的是一层悲哀，这是自己的父亲，悲哀的情绪还没有形成，当即转化为伤感。伤感的情绪仍然没有形成，伤感的情绪又化为悲愤：全世界都在铆足了劲儿往前赶，而我们的国民还在沉睡，如何不吃败仗，如何不被奴役，就是再羸弱的人，看见比他还羸弱的人，都会生出非分之心的。经过一番三回五转，又是眨眼间的情绪调整，杨修平竟然笑了笑。不是嘲笑，一个受过良好教育，又见过大世面的人，谁会嘲笑自己的父亲呢。

那是一种悲凉到绝望的笑。

那是一种决意拯救的笑。

杨修平生怕父亲误会了他的笑，赶紧将刚咧开一条缝儿的嘴唇合住，将还没有扩散开的笑意收回，这时，他却发现父亲也笑了。是那种惨笑，神色过于惨痛，看起来，很容易误会为开心的笑。杨存志猛然间有了如释重负之感，这一段日子，他时时刻刻都在纠结着，两个家族即将到来的生死抉择，使他的心时时都在被狞厉的锯条撕扯着。他希望杨家成为独流地最后的主人，但他不希望一家独存，一家或走或灭。但是，当下的情形又不能两全。他为此纠结，为此痛苦，为此生不如死。在墓地，他已与白光祖商定了，无论刀客决战的结果如何，胜了的那家留下，败了的那家留下几户看门人，守护家族的坟院，把家族的根留在这儿，万一将来情形有所变化，比如年年水流充足，在外面立足不住还可以回迁，不想在外面落脚的，也可以随时回迁。他们两人准备回来给各自的族长，给家族成员做工作，力争达成共识。

这下好了，一切都解脱了。

真是人算不如天算，真是世事如棋，说不定哪一步棋走错了，或走对了，都会影响一盘棋的结局的。昨天儿子进门时，明明看见头顶是有辫子的嘛，原来他戴的是假辫子，这狗日的，出门学本事的，本事不知道学到没有，学到多少，倒先把自己学成畜生了。没有辫子的人，还算是人么！也好，也好，也罢，也罢，哪天让官家发现了，把他狗日的锁了去，咔嚓，头没了。把全家人锁了去，咔嚓，咔嚓，咔嚓，一会儿，一地的人头，绝命场变成西瓜地了，一地的西瓜，大西瓜，小西瓜，一律都是红沙瓤。不是要灭三族的吗，杨家一族人，才够一族，算上白家人，才够两族。还缺一族，咋办呢，狗日的官家，只有把两个家族的牛呀马呀猪呀羊呀狗呀鸡呀猫呀驴呀的，算作一族了。要是灭九族，我都替狗日的官家犯难呢，为了凑够数儿，倒是苦了那些兵丁，只好在上下独流地范围里，漫山遍野去抓狐狸兔子老鼠了，活在地上的怎么说都好抓一些，这些抓完还凑不够数儿，只好去抓有翅膀的飞禽了，野鸡、麻雀好抓一些，鸽子，乌鸦，喜鹊，老鹰，这些飞得又高又远的活物，抓它们可不是容易的事情。就算野鸡麻雀好抓一些，可人家毕竟也是生着翅膀的，看看情形不对，它们可以暂时离开上下独流地，逃到深山里避一避，看见抓它们的人走了再回来，或者，索性不再回来了，官家再厉害，也不至于生出翅膀来，像鹞子那样漫天飞蹿着捕捉飞禽吧。

"辫子，辫子，啊，辫子！"杨存志一时找不到合适的话说，只顾了感慨连连。

"嚷嚷什么？"

杨灭白人老瞌睡少，鸡叫头遍时，已经醒了。醒了后，靠在土炕边上抽水烟。这是孙子给他带回来的兰州水烟。真正的兰州货，一等一的好水烟。一连抽了三锅水烟，瘾过饱了，又抽旱烟，又一连抽了三锅旱烟，公鸡开始叫第三遍了，他慢腾腾起来。这是他从小养成的作息习惯，幼小时，每当这个时候，父母便不由分说将他从被窝里扯起来，哪怕他什么事情也干不了，哪怕天气不好，他无法去外面玩，在屋里干耗着，也不许睡懒觉。懂事后，第三遍的鸡叫只要第一声响起，接着响起的必然是父母催促他起床的声音，哪怕多睡一泡尿工夫的觉都不行，哪怕天上下刀子，也得起床。父母的理由很简单，听起来根本不算是理由，甚至都不算什么正形的话。父母说：干不了活是干不了活的事情，起床是起床的事情。

昨晚，杨灭白睡得很迟，爷孙俩分离多年，相互间自然是积攒了多年的话的。而昨晚，爷孙俩倒还顾不得说那些可以说也可以不说说了和不说都无关紧要的体己话，他俩说的是关乎家族生死存亡的大事儿。孙子说的话，要是从儿子的嘴里说出来，耳刮子、棍棒，早已伺候上了，可是，话是孙子说的，就另当别论了。爷爷在孙子面前，向来是没有什么神圣不可侵犯的原则的，孙子是原则的制定者，爷爷是忠实的实践者。孙子率先将自己的假发辫一把扯掉，爷爷当时所受的惊吓，惊吓过后的悲伤愤怒绝望，一点都不亚于刚才的杨存志。孙子一句话说完，爷爷立即恢复了爷爷的本色。孙子说，爷爷你看，割了尾巴，孙子是不是更精神了？爷爷说，精神个屁！孙子说，爷爷高明，确实屁也精神了，没了尾巴的阻挡，放屁利索了嘛。

爷孙俩的关系就这样特殊。可以正话反说，可以胡说八道，可以用极端混账的话说极端重大的事情。爷爷说，你把辫子割了干啥嘛，孙子正色道，爷爷你一辈子关在这块鸡巴都抡不畅快的独流地里，对外界的事情一无所知。外面有多大呢，你尽力想吧，天有多大，地就有多大，外面世界的人有多少呢，你尽力想吧，蚂蚁有多少，人就有多少。这么多的人，只有咱大清国的男人留辫子，你知道人家把咱的辫子叫什么吗？叫尾巴。什么东西有尾巴？畜生。咱们在人家眼里是畜生，你知道不知道。是畜生，就得按畜生对待。你有用了，主人用皮鞭赶着你给人家干活，遇到那些不讲理不厚道的主人，你已经把全部力气用上了，主人还嫌你不好好干活，劈头盖脸皮鞭就抽上了。把你的血汗榨干了，你最后的用处就是让主人一刀砍了，肉吃了，骨头熬汤喝了，用你的皮毛做成皮袄。你听听啊爷爷，咱们自以为在活人，其实是畜生，咱们是畜生，咱们的祖祖辈辈当然是畜生。咱们年头节下给祖先上坟，咱们自以为在给祖先上坟，其实是在给畜生上坟，是畜生给畜生上坟，是活着的畜生给死去的畜生上坟。我们明明是人，为啥成了畜生，就因为我们头上的这根无用的辫子，想想啊爷爷，在你的眼里，你的孙子聪明乖巧，将来是要承继家族大业的，可是，在别人眼里，你的孙子不过是一头畜生。爷爷你说，孙子这辫子割得对不对，哪怕因此让官家把头砍了，砍的那也是人头，哪怕做一天人，都比做一辈子畜生要好呢。再说了，官家未必会砍咱的头，那么多的人割了辫子，这么多该砍的头，官家砍得过来么，有那么多的人手么，把这么多的人头都砍了，谁给官家干活呢，谁伺候官家呢。

杨修平一番真真假假虚虚实实既夸大其词又合情合理的话，当即把杨灭白说得云里雾里梦里醒里，而那颗心，却活泼泼地动了。

这么大的事，杨灭白又是如此古板守旧，见识窄狭又刚愎自用的老人，他都能够在孙子的巧言令色蛊惑下，那副从先祖以来便被高山阻隔的肚肠很快就疏通了，那么，还有什么通不了的呢，接下来的事情便一通百通了。杨修平让爷爷放弃家族寻仇，与白家讲和。杨灭白说，这不是讲和不讲和的事情，没有水，独流地养活不了那么多人，庄稼稠了，还要间苗的，庄稼地里生了野草，是要除掉的，不是谁跟野草过不去，关键是野草要和庄稼争肥争水争阳光的。杨修平笑道，在我看来，独流水不是水量不足不够用的问题，而是水量能不能用完的问题，你老人家想好了，如果水量够上下独流地用了，你愿不愿意放弃械斗，你只需回答这个问题就可以了。杨灭白说，水量既然够用，谁还械斗？械斗是要死人伤人的，又不是你们娃娃家打仗玩。你说得好听，全部就是这么一条独流水，全部独流水就那么猫尿一点水量，你还能变出一条河来？杨修平笑说，爷爷放心，我专门学的就是变水的法术，保管你不再为水和人争长论短了。

所以，当杨存志看见杨修平割了辫子，被惊吓得屁滚尿流的时候，杨灭白已经完全淡定了，他喝止了儿子的嚷嚷后，伸出右手，将食指充分伸展后，指向前方的高处。杨存志不明白他爹的意图，把垂直矗立了一晚上没有得到休息而僵硬的脖子，随着手指努力地转过去，跟着手指抬升，再抬升，到无法再抬升时，他看见手指指示的方向是那座在独流地能够看见的最高的祁连山雪峰。杨存志头颅跟着他爹的手指转动时，他没有预料到会有这么大的动作幅度，身体和脚并没有同时转过去，造成头颅和身体的夹角几乎要达到直角了，这只有山中的金钱豹才可做得到。杨修平也没有反应过来此刻他爷爷要做什么，只是身子向一边倾斜一下，随着爷爷的手指自然偏过头去，很容易看到了目标。杨灭白用指头点着那座雪峰，像是在批评教育某个家族子弟，对儿子说：

"去，去雪山顶上去！"

此时的杨存志，脑子虽没有休眠，其反应能力与睡着差不多，依然没有意识到他爹究竟要说什么，迷瞪瞪地说：

"我上那干什么嘛，再说，那么高的雪山，我也上不去。"

"站得高，看得远，声音也传得远嘛！你向满世界吼：我儿子把辫子割了，快来灭杨家三族九族吧！"

杨存志遭到父亲严重的捉弄，又被严重地挖苦，更重要的是当着自己儿子的面，心中受到的打击比昨天儿子回来后的那一会儿还严重许多倍，又是他的亲爹，爷孙之间可以像兄弟般笑闹，成年父子之间把脸色处理得与仇人相似才合礼数，他不好说什么，只是苦着脸，赶紧回屋补一会儿欠觉。

爷爷这头安顿妥帖了，此时，杨修平就是要到门外先期观察一下，如果没有异常情况，他要立即去下独流地，拜见白灭杨说事情的。

白灭杨是他的嫡亲舅爷，又是嫡亲外爷，父亲的舅舅，母亲的父亲，出门在外多少年，拜见嫡亲长辈，是后生晚辈应有的礼数。他知道，舅爷也好一口兰州水烟，反正爷爷好什么，舅爷必然好什么，哪怕原先对什么从心底里都是反感的，只要听说爷爷好上了，他硬着头皮忍住恶心，都要好上的。两家人就这样较着劲儿，暗地里较着暗劲儿，明地里较着明劲儿，到了缺水时节，暗劲儿化为明劲儿，暗劲儿明劲儿同时发作，酿成一场刀来剑往血肉横飞的惨烈械斗，似乎那一腔邪劲儿有了去处，然后，各自安分疗伤，休养生息，双方互结姻亲，礼尚往来，新的一茬人成长起来了，又要械斗，真的和给庄稼间苗拔出野草类似。他还格外给舅爷带了两条西洋雪茄。他特意给爷爷明说，这是给舅爷带的，没有他的份儿，爷爷很不高兴，同意孙子给他舅爷带一条，给自己留一条。杨修平笑说，爷爷，你不能礼让舅爷一回吗，杨灭白有些不好意思，赧颜说，我我……你爷爷不是那种贪嘴的人，主要是……主要是……杨修平接口说，主要是心里不平衡吧，还说不是贪嘴。小的时候，我明明不喜欢吃什么，看见别的孩子有，我没有，心里就别扭，我同样也得到后，又亲手让给别的孩子，为啥呢，心里平衡了。杨灭白让孙子说中了心思，笑说，拿去吧，把那老不死的呛死才好呢。杨修平还给舅奶奶、舅舅舅母、表嫂表妹表弟等等，都带了礼物，人人有份，尤其给舅奶奶带的礼物让人瞠目。那是一袭绛红底色，前胸后背绣有湖蓝团凤图案的机织棉布大氅，正经八百的上海货。上下独流地的女人，除了小女孩、待字闺中的大姑娘和新媳妇，可以穿颜色艳丽的衣服，女人生了孩子后，所穿衣服，不是黑色，便是蓝色，都是自产自染的土布，看上去，都像守节的寡妇一样，哪个老年妇女穿这种衣服，不是妓院的老鸨娘，就是戏子，再就是脑子不合适的老妖婆了。他还带了一包洋糖，这是专门给一般关系的妇女娃娃的礼物。

杨修平的外交活动大获成功，他的上门行礼，如同圣上驾临，白家老少一扫一晚上来的无端猜测，和对不可知噩运到来之前的惴惴不安。妇女儿童们小心地剥开从来没有见过的洋糖的糖纸，将糖块含在嘴里，嘴里吸溜几下，舍不得，又吐出来，包在糖纸中。在手心里掬一会儿，还是经不住诱惑，又小心地剥开糖纸，含在嘴里，使劲吸溜着，哇啦哇啦说：

"狗日的，真甜！"

妇女们到底是真正先孩子后自己的人，尝到洋糖的味道后，恋恋不舍地，决然地将糖块重新裹入糖纸，揣入怀里，留下哄孩子用。所有的人齐集白灭杨家，一个不算小的院落被挤得满满当当。妇女儿童们喧哗着，笑闹着，节日一般，在这块地盘上从来没有过的肆无忌惮。青年男子数量很少，与青年妇女的数量完全不成比例，在现场的青年男子，许多都是瘸腿断胳膊的，个个都是一脸的倒霉相。杨修平没有给他们带什么礼物，他甚至没有给他们打招呼。把妇女儿童打发了，他直接进了舅爷的住处。他解开旅行包，率先取出两盒兰州水烟，白灭杨一眼认出，那是"和"字牌上等黄烟，俗称广东红，广东有钱人才抽得起的兰州水烟。许多年前，一个外地行商从独流地进山，借宿白家时，晚上取出这种水烟，两人互相交换着抽，白灭杨抽过几锅，他尝得出，这与他平时抽的麻烟，完全是天壤之别的等次。他由此长了一个天大的见识：人比人活不成，货比货不是货。此后，他再也没有抽过这种水烟。不过，他是一个知足常乐之人，哪怕是这种末等麻烟，上下独流地也只有他和杨灭白抽得起。这就够了，人只能和自己可比的人比，你要是和不可比的人比，那只有死了，你和皇帝比，天下就一个皇帝，岂不是普天之下的人都该死了。其实，最好的，是和可比的人都不要比，比什么呢，生有时间死有地方，一人一个命，比来比去，不是自寻烦恼么。话虽这样说，他还是忍不住要与杨灭白比，时时比，事事比，可比的比，不可比的也比。他把自己的这种行为解释为：他不是给自己争什么，他是在给整个家族争脸面。白灭杨忍不住问杨修平给他的爷爷带了什么牌子的水烟，杨修平散淡地说，绵烟，"恒"字牌的。这是比麻烟上一等，又比黄烟低出几个等次的水烟。

杨修平趁着白灭杨在心里暗自得意，又取出两条雪茄，一并塞入白灭杨怀抱，笑说：

"还有好东西呢，保证你没有抽过。你老人家可看清楚了，这是西洋人才抽得起的玩意儿，名叫雪茄，一条的价钱抵得上五盒兰州黄烟的。"

白灭杨按捺不住兴奋，孩子般的，双手倒搓着，想把两条烟抱住的，又不敢搭手，就像是一个初为人父的人第一次抱孩子的那种情形。杨修平知道他不会享用，索性夺过来，拆开一条，取出一根，亲手安在白灭杨的嘴上，顺手捡起桌上的火镰，叮嗤叮嗤打出火来，点燃烟卷后，白灭杨试试探探抽了一口，"哎哟哟，我的天神——"，白灭杨不加掩饰地惊叫一声，美滋滋连续猛抽几口。院内的人听见惊叫，一地的脑袋伸伸缩缩地朝厢房里面看。他们并没有看见什么意外，看见的是族长那一脸得意到卑贱的神态。白灭杨利用换气的空闲，张嘴想说什么，又没有说，脸上显出一层隐隐的羞涩。杨修平明白他的心思，一脸无所谓地说：

"你老人家嘴里抽着烟，心里可要明白，我给我爷爷都没有舍得买这种烟，我只是一个穷学生啊，我知道你老人家吝啬惯了，是不舍得把你那金饼子给我一块两块的。"

白灭杨哈哈笑着，身心内外都是快活，他笑说：

"你娃娃家的，只要在我家看到有什么入了你眼的，看上什么拿什么。"

杨修平这才取出那件大氅，故意在手里抖一抖，抖出一屋子的香风和绚烂，也抖出了一屋子的惊叫，院外的人又把大脑袋小脑袋向屋里伸伸缩缩。杨修平顺手将大氅披在舅奶奶身上，衰朽不堪的舅奶奶一个激灵旋身站起，兴奋地前捋捋后瞄瞄，脸上拥挤不堪的皱纹瞬间舒展开来，条条褶皱里面，腾起少女般的红晕。她嘴里说着，这么好的衣服，哪个女人的手咋就这么巧呢。双手抖索着，要把大氅甩下来，甩了一半，又甩上去，主意终于定了。再度要甩下来时，杨修平上前扶住，帮舅奶奶站定了，笑说：

"看看我的舅奶奶，真正的大美人嘛！"

杨老太再一眼看向杨修平时，两眼的泪水便止不住了，随即哭出了声，上前扯住杨修平呜呜咽咽，不管不顾地哭上了。引得别的在院中的妇女，都跟上哭天抹泪的。妇女们都这样，遇到难心的事哭，遇到高兴的事也哭。杨老太昨晚听说杨修平回来了，晚上已经哭了几回。都哭得差不多了，白灭杨笑着训斥道：

"老不来钱的，你这样哭鼻流水的，倒是稀罕外孙呢，还是外孙欺负你了。"

杨白两族人的关系就是这样的，单凭一个称呼，都会把外人搞得云里雾里的。

白灭杨两口子既是杨修平的舅爷舅奶，也是外爷外奶，父亲还在世，他今天不仅代表自己，更重要的是代表父亲，而杨灭白两口子是父亲的舅舅舅母，所以，他首先称呼的是舅爷舅奶。而这时，白灭杨将杨修平当外孙看，显然，他认为家族礼仪结束了，余下的是他和杨修平的事情了。

杨老太的泪眼婆娑几番，不好意思地笑一笑，收了泪，一院子的泪水当即都收了。

披上大氅，在一屋子一院子的啧啧声中，舅奶奶羞红了脸，伸手在杨修平的手上轻轻拍一巴掌，娇嗔道：

"这娃胡闹呢，我一个乡下老太婆，咋敢穿这种衣服呢。"

白灭杨不觉豪情顿生，霍地起身，高声大气说：

"穿！别人穿得你穿不得？穿上满世界走一圈，逢人你都说，这是你的外孙给你买的洋货，见了狗，见了所有的飞禽走兽，你都这样说！"

"我……我……我不敢……穿。"舅奶奶原地旋着身子，自顾自前捋捋后瞄瞄，又要把大氅甩下来。白灭杨不高兴了，瞪起眼睛，大声说：

"咋不敢穿了？难道怕谁把你卖给妓院不成！"

"老不死的，净胡说！"舅奶奶娇叱一声，在杨修平的坚持下，还是稳稳地将大氅披在身上。

一切都在其乐融融中。

所有的人都是明白人，快乐的气氛达到高点时，也是散场的时候，谁都知道，杨修平此行，走亲戚只是例行的礼节活动，身上是背着重大使命的。大家纷纷告辞，舅奶奶也披着大氅，在媳妇们的搀扶下，回内屋去了。临走，对杨修平笑着说：

"你们爷孙俩有话好好说，别打起来啊。"

"舅爷比我多吃了几十年饭，打起来，我也打不过老人家啊。"杨修平笑着，将舅奶奶一直送进内屋。

白灭杨水烟和雪茄轮换着抽，直呛得气涌如山，好几次，听那咳喘声，都到了一口气上不来的份儿上了，杨修平笑说，舅爷，你悠闲抽，送给你的就是你的了，没有人跟你抢。白灭杨倒上来一口利索气，笑说，你们年轻人不是讲究什么牡丹花下死做鬼也风流么，我们都是看得见棺材的人了，吃一口少一口抽一口少一口了，让一口烟呛死，也算最后做了一回干脆人呢。

白灭杨等于表态了，杨修平先是说了说在外界的见闻，这让白灭杨吃惊不小，他一直自诩为见多识广之人，又是做梦都梦见的是天朝盛大的人，未料想，自己乘坐的不过是一只飘荡在汪洋大海中的小船，是经不住任何一道巨浪的拍打的。杨修平说的话，他信，完全彻底地信，没来由地信，怎么说，他白灭杨都是一个饱经世事沧桑的人，没吃过猪肉，猪的哼哼声，倒是听得熟得连自己说话都有些猪哼哼的意思了，见到杨修平带来的礼物，他就能判断出来八九分了。为什么，从情理上说，杨修平不过是荒寒之地出去求学的寒门学子，他手头能有什么本钱，买回来的礼物必然是极普通之物，而这些在外地的极普通之物，在独流地却是从老辈人那里传下来的神狐鬼怪故事中才有的稀罕之物，可见，让白杨两家生死纠结多少代人的独流地，地，不过是化外之地，人，不过是化外之民。其实，白灭杨并不是一个油盐不进的老古董，他愿意佩服确实比自己有见识有本事的人，他笑说：

"你娃娃家有话就说，什么话都可以说，说错了，保证没人打你。"

白灭杨与老伴一直将杨修平送出下独流地，这是从来没有过的礼节。女人是不送客人的，再重要亲近的亲戚，哪怕是娘家爹妈，女人最多送出自家大门罢了。而这次，外奶奶动了送一程外孙的念头后，自然是不敢说出口。白灭杨替她说了。他笑说，老不死的，把娃送给你的那件衣服穿上，出去显摆显摆，看看有没有人把你卖到妓院去。在男人面前获得的空前礼遇，让老伴心里突突跳着，心早已满村庄飞了，嘴上却说，那哪行呢，穿上那么……好看的衣服……惹人笑话呢。一边说着，一边穿上一直披在身上的大氅，前捋捋，后瞄瞄，身形步履显出了年轻女人才有的矫健样儿，在杨修平的搀扶下，容光焕发地出来了。

头顶的太阳已经西斜了好几丈远，白灭杨今天招待杨修平的礼节极其隆重。杨修平是晚辈，在上下独流地的传统中，晚辈哪怕干着多么大的事儿，哪怕做了宰相，晚辈还是晚辈，辈分是从不乱的。这次，却是乱了辈分，乱了礼节的，杨修平获得了超过他的辈分和身份应该享受的礼节。杨修平也没有婉拒，稍稍表示客气，便全盘接受了。比如，酒席上，与白灭杨同坐上席，而对席、下席却坐着几位与白灭杨同辈份的亲兄弟和堂兄弟。本来，杨修平与白灭杨同坐上席是可以的，因为爷爷孙子的特殊感情，孙子是可以跟着爷爷长辈分的。说是长辈分了，事实是没有辈分，不按辈分走了。这是一种权变。起因大约是因为爷爷带着孙子赴宴，把爷孙分开，孙子闹事，别人哄不了。这只限于孙子在很小不懂事的年龄段。后来，酒宴上排席位时，往往排不开，一时找不到与主席年龄、辈分和地位匹配的人，就让本人身份特殊，与主席关系特殊的孙子辈的人顶上去。而今天却不存在这种情况，白灭杨的几位同辈弟兄，杨修平都要叫舅爷的。他们也都明白族长的心事，一时都很知趣儿，一同将杨修平往主席上推。杨修平稍一客气，便半真半假说：舅爷们大概是要我把族长舅爷灌醉的吧，那我就再不推辞了，坐得近些，好给他灌酒。

都是心中有事的人，都没有喝多少酒。白灭杨是酿酒高手，酿出的黄酒向来是下独流地的独门荣耀，每年在过年时，都要派人给杨灭白送几坛子的。他还要用大红纸亲手写上礼单，红纸条儿贴在酒坛子上。一只酒坛子上贴着：抬头见喜，大吉大利。一只写着：老东西，千万别醉死了，还要和你械斗呢。杨灭白也不含糊，白家送来的酒照单全收，又回赠多于黄酒许多坛的陈醋，派人抬着，随白家使节一同去给白灭杨拜年。醋坛上也写着两个条幅，都是杨灭白亲笔。一幅写道：美酒醉人，陈醋解酒，山河永在，兄弟万寿。另一幅写着：独流地水走南北，老东西不是东西。

先到者为主，后来者为客。杨白两家无论如何争斗，在大礼上是从不含糊的，杨家来得早，是当然的主人，白家来得迟，必须屈居客位，白家后人也是谨遵先人教诲，永远记着当年杨家慷慨接纳他们的深情厚谊的。因此，每个年头节下，都是白家以客人的身份主动给杨家行礼，然后杨家以主人的身份答谢客人的，哪怕昨天刚械斗完，哪怕行礼一毕，马上就开战，打仗是打仗的事情，行礼是行礼的事情。

此时，太阳西斜了，阳光却更加明媚，如绝色少妇般，少了少女的羞涩，多了女人的风韵。是那种醉醺醺的春风，随风送来的是明确的春色春意，还有分辨不清的种种暗示，都是把人的一副情怀往婉约处引导的。白老太身披大氅，暖风将衣摆轻轻揭起来，又轻轻放下，走一步，衣摆上下翕动一回。今年的蝴蝶还没有复苏，映入眼帘的，只有青青河边柳，山顶制高点戴着一项小小的，很容易被风刮掉的白帽子，田野和山野，还都是一派铅灰色。往年的这个时候，至少已经有过一场两场春雨了。春雨不在雨量的多少，只是老天爷的一个意思，意思到了，大地原野跟着那点意思就到春天了。不过，今年老天爷的意思虽还没有送到，毕竟也算是春天了，铅灰色的底色中，是有着一抹春意的，是那种草色遥看近却无的绿意。而所有的无颜色和有颜色，都是那种清浅的颜色。白老太便是大地上唯一的颜色了。这团颜色在无颜色的田边大道上颤悠悠地移动着，孤高而又安闲。到了河边上下独流地的分界处，颜色颤悠悠停下来，像是风中的一朵花，风停了，花也静了，也像一只鸟飞得累了，或是看到了什么美妙去处，敛了羽翅，停在那里。花的颜色停在河边柳的草青色下，那条快要断流了的独流水，似乎受到了某种感染，水势眼看欢乐了。

　　白老太眼望着这条不死不活的水流，眼里的泪水很快就下来了，以水的厚薄而论，泪水比河水还要丰沛许多。白灭杨瞥见老伴是这种情势，明白她泪如泉涌的缘由，一是，舍不下娘家侄孙；二是，河里水流如此稀薄，真正地要愁死个人的；三是，亲亲的两家人，不得不通过刀客决战决定生死去留了，哪有不让人伤心落泪的？白灭杨脸上涌上的一层凄楚一闪而过，低头看了看独流水，仰脸向天，竟然随口说出一句圣人说过的话来：逝者如斯夫！杨修平笑了笑说，上下独流地从来受惠于独流水，又受困于独流水，受惠是因为独流水让杨白两家人有了生存之地，却又因为水量的不足而让两家人时常陷于困顿。不过，在我看来，独流水不亚于一条取之不尽用之不竭的滔滔大河，上天赐予人的，人只要用之得当，一定够人取用的，用之不当，受困是必然的了。白灭杨哂笑道，出门逛过几天世界的人，口气都和世界一样大了，除了老天爷，谁能让山里的雪多一些，谁又能让河里的水多一些？杨修平笑说，我虽然不能让山里的雪多一些，却可以让河里的水多一些的，舅爷，你就等着在河里游泳吧。

第七章
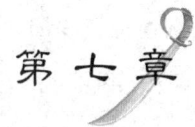

决战前的决战

　　杨修平疏忽了一件事，他满以为他的这次外交活动在挥手之间，就可制止一场规模空前后果不堪设想的刀客决战。当他提出取消这场刀客决战时，白灭杨惨然一笑说，这娃娃说天话呢，刀客决战的英雄帖已经发出去了，天下武林无人不知无人不晓，除非老天爷作怪，或是皇上有圣旨，谁敢把发出去的帖子再收回来？有胆量收回的人也许有，有能力收回的人恐怕没有。

　　当然，除了无影子。

　　可是，无影子又在哪里呢，莫非名实不副，本来就是哪个无聊刀客杜撰出来借以糊弄人，自己从中谋利的虚无人物呢。

　　还真说不定，如今的世界，无影子的事情太多了啊。

　　杨修平稍一想，白灭杨的话应该是不错的。刀客走的路在刀尖上，吃的饭在刀口上，自己的项上人头是随时提在手中的，人命关天，一言一行，便是上对着天，下担着命的，公开发帖决战，那是一桩江湖上不常有的武林大事，怎可一手发帖，一手又收帖呢？发帖的缘由，大约是一时找不到刀客领袖无影子，遇到的事情又非任何刀客可以单独应对，而此事又必须由刀客了结，便组织这样一场刀客聚会。一定要比附的话，相当于西洋的议会政治，个人独断交由集体决策了。

　　回到家，杨灭白也在等着孙子的信儿，家族所有人事实上都在听信儿，这是关乎一族人生死去留的要命事儿。杨修平早上离开上独流地的脚步自信满满，挪动的每一脚都可给村中大道上踏出一朵尘雾，待下午回村时，眼尖的人们发现，他的脚步缺了早上的那种自信果决。杨修平将白灭杨的意思说了以后，杨灭白哎哟一声，举起右手拍向自己的脑门。他好像在打别人，突然袭击的那种，下手凶狠，拍得自己头晕目眩。他为自己的考虑不周而羞愧，而痛悔，而自责。身为一族之长，担负着家族的盛衰荣辱，大事小事，都应该见微知著见在事先谋而后动，怎可一时清楚一时糊涂呢。孙子远行归来，爷爷的高兴自不待言，上合天理，下通人情，可是，自己不是一个寻常人家的爷爷，孙子也不是一个寻常人家的孙子，江湖规矩自己是知道的，昨晚爷孙俩商讨能使杨白两家和睦共处的万全之策时，他把什么都想到了，唯一忘了的却是江湖规矩。铁打一般的规矩，不讲人情、毫无人性的江湖规矩。孙子今天出使的地方多亏是亲戚家，要是真的出使敌国，误事是一定的，孙子由此送命，也怪不得对方。

从兰州到河西走廊，千里路上马蹄飞奔，杨修平的思绪随马蹄的节奏自由驰骋，他把一切能够想到的都想到了，打马进入村口时，他已成竹在胸。而被他唯一忽视的是江湖规矩。在爷爷这里得到确认后，他沉默了。

死亡一般的沉默。

杨修平的沉默让杨灭白也陷入了沉默。

死亡一般的沉默。

然后，整个上独流地都陷入了沉默。

死亡一般的沉默。

上独流地所有的人都以为上独流地所有的人都会如此在沉默中归于永远的沉默。

突然，那个夜晚，子夜时分，一阵驴叫打破了沉默，好似一个村庄的人被关进了古墓，在都要窒息而亡时，外面的人将古墓打开一个缝隙，所有的人都得救了。重生的人里面，有仁人君子，有疾恶如仇者，有道德洁癖患者，但却没有一个人关心，打开古墓的是什么人，是不是盗墓贼，所有的人都把这个人理所当然地视为救命恩人，甚至，再生父母。

那头适时发出叫声的驴，一跃而成为上独流地所有人的救命恩人，甚至，再生父母。

不是杨存志心血来潮，在死亡般的沉默中，一展学驴叫的绝技，也不是哪个顽童在瞎闹。真的是驴叫，凄厉、悲愤，又是意气风发的那种叫声。大家都听出来了，那是杨平白家的那头叫驴在叫。在上独流地的烂嘴女人中，悄悄流传着一桩颠倒人伦的闲话，说是杨平白家的自从杨平白死于械斗后，唯一的儿子成家后婆媳严重不合，分门另居，唯一的女儿嫁给了下独流地，家中无人，难耐寡居之苦，与自家那头叫驴有着不清不白的关系。有人赌咒发誓说自己亲眼所见，杨平白家的先将叫驴拴在木桩上，给叫驴身下支一张一尺高低的板凳，自己脱光了，四仰八叉躺上去，如何等情，说得绘声绘色。每到此时，那头叫驴必然仰天长啸。村里没有外姓人家，都是或远或近的本家，所有人的丑闻，原则上都是家丑。可是这桩家丑却不胫而走，终于让杨灭白听到了。他派口紧的人秘密追查过，准备狠狠处罚造谣者，堵住谣言的源头，匡正家风民俗。与所有的谣言一样，任何人都是听人说的。最终的结果是，密探悄悄给杨灭白说，这不是谣言。他追查不到谣言的源头，无法给族长交差，一个晚上，路过杨平白家屋后小巷时，听见院内响声异常，悄悄爬上墙头一看，院内大树下，月光迷离中，正如谣言所描绘的场面。杨灭白听后，颓然跌坐在太师椅上，面无人色，摆摆手，密探知趣出去。杨灭白经过深思熟虑，把与白家骂战的重任交给了杨平白家的，再派密探秘密侦查，再无此类不雅之事发生。此后，她家叫驴的叫声似乎也恢复为正常的叫驴的那种叫声。自从杨破白家的老去，然后死去后，杨家又连续选拔过几名负责骂战的妇女，但都不理想，直到杨平白家的横空出世，这一空缺总算有了最佳人选。

　　杨灭白已经顾不得关心杨平白家叫驴的叫声是否正常，因什么而叫，一种末日的情绪弥漫了他的身心。村里别的人听到杨平白家的驴叫，也都明白了一桩不雅的事情正在身边发生，然而，如今，这已是小事一桩，比起一个家族的生死存亡来，这实在不算是什么事。而正是这桩颠倒人伦的事情，让大家一个愣怔醒过神来：杨平白家的生在道德礼仪人家，又嫁给了道德礼仪人家，难道她不懂得礼义廉耻？她是要让自己活着，活下去，哪怕失了尊严，丢了脸面，都要活下去。

　　因为：命比脸大。

　　没有人吆喝鼓动，第二天清早，上独流地的人齐集族长家大门前的打麦场，要求族长带头想出让大家活下去的办法来。他们的理由很简单：能不能让所有的人过上好日子，族长有族长的难处，大家都能理解谅解，但，带领大家活下去，不要一次性地整体灭绝，这是族长最低限度的职责。

来之前，互相间没有任何沟通，聚在一起后，所有的人几乎在同一时间都心中忽然一动，眼前忽然一亮，纠结了多少代人，自打懂事以来就无限纠结的问题，在这一刻，却都有了非常明确而坚定答案：上下独流地谁也离不开谁，要死都死，要活都活。一个简单到不用脑子考虑的问题如利刃一般尖锐地摆在大家面前：杨白两家世代通婚，饶是如此，有的婚配之间血缘已经离得很近了，几乎等于家族内部的通婚，要是稍微讲究点，说一句冒犯老先人的话，那无异于乱伦。如果一家走了，或灭绝了，另一家要不自动灭绝，要不就得彻底乱伦。这是什么事儿，高等一点的畜生都不干的事情，比如马，绝不会有乱伦行为的，人活得如果连畜生都不如，活着又有什么意思呢。

当下，大家很快达成了共识：刀客决战米虽然还是生的，却已经是熟饭了。但是，无论决战的结果如何，两家必须共存于独流地。假如满足不了这么多人的生存，那么，每一个家族留下一些人看门，有手艺有力气的人出外谋生，没手艺没力气的人外出讨饭。

杨灭白听见大门外的骚乱，本来要出去喝止或询问的，又觉失了一族之长的身份，便端坐太师椅，双手端着水烟锅，就着豆油灯，呼噜噜一锅，呼噜噜一锅，一连抽了好几锅。杨修平开始也生出了主动问候乡亲们的念头，脑筋一转，甚觉不妥。回家之前，他把家中的事情想得过于乐观了，这绝不是书本上或会党首领和同仁们描画的那么简单，别说在独流地建立复兴基地，发展武装力量了，在村中无论某个地方动一锨土，都得跑断腿说烂嘴，协调各种关系的。也好，人在无路可走时，只要有人指出一条路，哪怕这条路并非心中所愿的路，都得走。他看出了爷爷的束手无策，也觉察到了上下独流地的如丧考妣。

而这正是有所作为的良机。

众人推选出的使节，将大家的意见和要求呈上来了。

这简直就是一场兵谏！

杨灭白感到他的权威遭到了严重的冒犯和挑战，要是在正常情形下，肯定是要开启祠堂大门，请出老影，动用族规家法的。可是，家族中除了吃奶娃娃，所有人的指印，血淋淋地按在一张黄表纸上，如二百多张嗷嗷待哺的嘴，在质问他。

大家的要求并不过分。

只不过是想活下去，把这个愿望向阎王爷提出来，阎王爷未必会动心，会答应，但，绝不会因此怪罪提出要求的人。阎王爷有权剥夺人的生命，但无权剥夺人活下去的愿望。

可是，为今之计，我有什么办法呢。身为一族之长，我不但想让你们活下去，活得像河边的野草一样茂盛，我还想让你们每一对夫妻生出十男八女来，让家族祠堂的香火旺盛，让家族坟头前磕头的人，像蚂蚁那么多。哪怕是与人械斗，我也能吆喝起一支壮观的队伍来。

怎么办，怎么办！

躲在屋里不出去，难道要在屋里躲一辈子，躲过今天，明天呢，后天呢，即便老天爷帮忙，一切灾难都躲过了，这张老脸还好意思再出去见人？

出去是要说话的，是要作出承诺的。要说什么，承诺什么？总不至于糊弄人吧，今天糊弄过去了，明天呢，后天呢，人而无信不知其可，侥幸都糊弄过去了，还要不要这张老脸？

杨灭白死的心都有了，此时他才真切感到，族长简直不是人当的。以往只知道享受族长的权威和尊贵，遇到难处时，也是动动脑筋动动嘴，有人跑腿，有人动手，有人冲锋陷阵。老天爷真是公平的，给你一只火烧猪蹄子，在你啃得津津有味时，一片顽劣的猪蹄筋塞入你的牙缝，你得耗费啃猪蹄子的耐心，才可把它抠出来。自从杨修平回来，杨存志明显感到自己被边缘化了，表面看，是爷孙间的天然亲近，实际是爷爷更倚重孙子，他也乐得被边缘化，乃至有意自我边缘化。对于门外的骚动，只要父亲不指派他，他打算装聋作哑，算不上袖手旁观，却算得上是不在其位不谋其政。

杨修平没事人似的从里屋踱步出来，漫声问道：

"爷爷，门外吵吵嚷嚷的，有什么事儿吗？"

杨灭白不好意思在孙子面前显示出自己的无奈和无能，漫应道：

"都是闲事情，乡野之人，能有什么大不了的事情。"

"哦，那我出去看看，都是亲族本家，不要慢待了人家。"

杨修平故意用言语刺激杨灭白。礼仪道德，上下规矩，这些都是自小爷爷常常挂在嘴上，并严格监督后辈习学的，这叫以子之矛攻子之盾。他暗笑笑，观察爷爷的反应。果然，爷爷急了，急得有些急赤白脸。爷爷说：

　　"你别出去！"

　　话一出口，杨灭白觉出了自己口风中的气急败坏。本来是要在孙子面前掩饰自己的惶恐不安，极力展示自己的大将风度的，一不留神，把自己的里里外外都抖搂干净了。再没有什么掩饰的必要了，杨灭白将那张请愿书递给杨修平，像是一匹刚刚经过长途奔驰的老马，心力交瘁地说：

　　"你自己看吧。"

　　"那好吧，老师有事弟子代其劳，爷爷有令，孙子不敢辞其劳。"

　　杨修平大模大样出门去，打麦场上一片高高低低大大小小的人头，一齐把面目朝向他，几百只眼睛的光收拢为一束，向他直戳戳射来。杨修平并不像以往见了大家那样彬彬有礼，而是像杨灭白在乡亲们面前那样，眼睛不看人，不看天，看在比天低许多，又比地高一些的虚空中。他双手插在裤兜里，本来就显得宽大的马裤，裆部那里好像藏着一个什么了不起的暗器，直指一地惶恐无着却又要勇敢表达自己意愿的人们。杨修平的右手从裤兜中抽出来，伸出食指，向大家随意地指一指，像是黄昏羊群归圈时分，放羊人在查看羊只够不够数儿。明媚的春光下，大家看见了一只纤纤玉手，富家少女一般的手，人群中有的女人不自觉地把自己的手从身体的某个地方拿出来偷偷地看，看一眼，看不出想象中的柔嫩，她们以为是与眼睛的距离问题，再抬高一些，还看不出她们想看到的，抬得距离眼睛只剩三寸了，她们看到的却是一只黑面饼子。她们并不沮丧，不用看，她们的手，没有人比她们自己更熟悉。这样情切切地去看，完全是因为环境的诱导。她们的视线从自己的手上离开，又把刚才看过的那只手缩回身体的某个部位。她们专心致志地看眼前那只在明媚的春阳下随意挥舞的手。

　　真是一只好手啊！

　　上独流地的女人增长了一个天大的见识，男人的手居然还可以长成这样。她们想起自己在少女时，手的颜色，手的样子，又想起自己正处在少女时代的女儿的手，无论如何，也和眼前的这只男人的手无法对应起来。只有幼儿的手是这个样子的。

想起幼儿的手，奶过孩子，和当下正在给孩子喂奶的女人，当下莫名其妙地红了脸，羞了脸，身上也不安了，好似一只柔嫩的手，正在她们身体的敏感处抓呀挠呀的。那种温暖的、酥痒的入心入肺的不安，使她们不能像淑女那样站有站相了，身子不由自主扭动起来，嘴里忍不住发出啊啊的呻吟声。她们盯视着那只在明媚的春阳下随意挥舞的手，恍惚间，那只手化为自家孩子曾在自己怀抱里任意驰骋过的手，负载着春阳，化为一缕缕春阳，春阳一般地深入自己的怀抱了。

杨修平并不知道他的那只随意挥舞的手在人群中引发的异常反应，他看见人群有了骚动的迹象，而骚动的策源地都在一个个年轻妇女那里。他心想，原来这次兵谏的主谋竟然是这些年轻女人。妇女肯走出家门，参与公共事务，这是天大的好事，西方之所以文明开化早，国力后来居上远超中国，一个重要因素，就是妇女也是国家事务的积极参与者。而且，无论东西方，女人要不一辈子守在家里，成为事实上的家庭奴隶，或家庭主妇，一旦走出家门，成为一个社会的人，那么，其社会责任心，对事业的执着，对个人操守的坚持，则是男人远远不可比的。当下取义成仁的秋瑾，就是一个经典例证。西方的一个女革命家说过，大街上如果还剩下一个革命者，那一定是女人。以此类推，如果上下独流地能诞生一批革命者，那么第一个站在革命旗帜下的一定是一个女人。

杨修平心中在想事儿，那只挥舞的手便舒缓了，春阳趁机将明媚泼洒上去，那只手化为一只处在半睡状态下的婴儿的手，在他能感受到温暖、安全和欢愉的地方，轻轻地滑动着。人群中那些心思飞荡的女人，用不着像刚才那样眼神随着那只手的挥舞快速移动了，现在她们可以将眼神盯住目标细细品味了。那是一只如在微风中轻轻浮荡的垂柳嫩条一般的手，那只手虽然在虚空中漂浮着，并没有附着在什么具体的地方，可是，看见那只手的眼睛，却分明觉出，那只手正在自己的心坎上滑动着。这时，杨修平恍然发现，女人们的眼睛盯在他的手上，一双双眼睛里流洒而出的是那种如春阳般的暧昧的光，而男人们的眼睛则空洞无物，眼仁僵硬地停留在眼睛的中央，偶尔转动一下，要出多大力气似的，转动一下，停住，走长路歇息一般，整颗眼仁都在诉说着疲惫和厌倦。杨修平将手姿适时调换成数羊时的那种，伸出食指，用指头的顶端，朝人群一敲一敲地说：

"你们，你们，你们……"

杨修平的指尖每敲一下，一地的人头随着那颗铺满春阳的指尖，抑抑扬扬，眼仁都不再滚动了。男人的眼仁本来就在原地滞留着，现在更一动不动了，年轻女人的眼仁本来是活跃的，现在也就势顿住，生怕错过了会一闪而逝的好风景。杨修平并无把所有人都用指头敲一遍的打算，敲了十几记，统统都有的意思表达到了，他将那颗指头定格在与自己额头平行的高度，大声说：

"你们，你们都打算活下去，是吗 ——"

他的声音并不威严，也不狞厉，可那一声拖长的尾音，还是让一地的人心口那儿颤悠悠的，余音已经消失在虚空中，心口那儿却还在虚空中沉浮着。

"你们，你们都打算在独流地活下去，是吗 ——"

人们还没有落在实处的心，再度漂浮起来。

"你们，你们只要想活下去，只要想在独流地活下去，那好吧 ——"

当人们的心悬在虚空中，再也无力悬浮的时候，杨修平将指尖用力一敲，一地的人头随着指头石头般跌下去，他终于找到了那种挥斥万方的领袖感觉。人们的心急速弹起，又急速摔下，他们终于听到了自己一心想听到的话：

"我答应你们！有我在，就有独流地在，独流地永远都是你们的。"

放了如此大的话，杨修平心中却没有什么主意。不过，他还是亲眼看到了人们的无助，和在无助时的卑贱。他恍然想起小时候看见的杀羊的场面，被拉扯到屠宰台的羊，叫声是够不上凄惨的，叫声细细的，如藏身于花柳丛中的黄鹂在求偶；绵绵的，如母亲在哄幼儿睡觉；湿淋淋的，好似夏天热极渴极时，你听到的岩缝里渗出泉水的嘀嗒声。走近看，羊的眼睑里有两片土白色的肉皮僵直地钉在那儿一动不动，不是那种还带有生命记忆的鲜肉皮，像是牛皮癣的干痂，像是干脚上结成的死皮，但在那干痂或死皮的旁边，却渗出了几颗圆滚滚的浑浊并失去流动功能的水珠儿。

他知道，那是羊的眼泪。

记得小的时候，有一次，爷爷在操刀杀羊，他忽然看见那只被爷爷压在膝盖下的母羊，眼里有几颗水珠亮闪闪的，他的心底深处那儿，忽地一个悸动，他说，爷爷，你看，羊哭了。爷爷说，羊和人一样，都不想死。他说，那你为什么要杀羊呢？爷爷说，羊天生就是让人杀了吃肉的。他说，人杀羊是为了吃羊肉，人又不吃人肉，那为什么要杀人呢。爷爷将那把锋利的、闪烁着寒光准备稳准狠捅向羊的要命处的刀子，在决绝的手中犹豫了片刻，累了似的，低声说，人不吃人肉，人却会抢吃你的羊肉，把抢吃你羊肉的人杀了，羊肉就是你的了。说完，爷爷手中那把刀子迅疾如闪电般向羊捅去。一股冒着热气的血柱，越过了搁在地上接羊血的瓦盆，在院中的硬地上洒出一条血路。他听见那只羊轻轻地哼了一声，像是他不小心咬了妈妈的奶头，妈妈发出的那一缕轻轻浅浅又缠绵万端的呻吟。这时，他看见那只羊滞留在眼睛中间的那两团死皮一样的白光，像天亮后空中的星星，只剩下一抹庄稼收割后的萧条冷清的原野。

叫声凄惨的是被拴在旁边等待宰杀的羊。

看见人手里握着的寒光闪闪的刀子，拴在一边的羊，明知道它是无力挣脱缰绳的，还在努力挣扎着，围着拴缰绳的柱子，惨叫着，用力撕扯着，无望地转着圈儿，一边还在扭头观察着屠宰现场。当刀子终于捅进同伴的身体后，同伴在生命的最后时光，似乎已经看穿了生死，了悟了自身的命运，如释重负般，在疲累到极限，终于可以卧下休息时那样，轻轻哼一声，发出生命的最后的声响，就此与世无争了。

惨叫声来自拴在旁边的羊。

杨修平就此明白了，真正从心里恐惧，身体感到疼痛的，不是正在被宰杀的羊，而是睁眼看着同伴被宰杀的羊。拴在柱子上的羊，一边惨叫着，一边挣扎着，眼睛里泪如泉涌。那是真正的眼泪，清澈的，丰沛的，涌动着生的愿望和活力的泪水。他就此问过爷爷，他的意思是，杀一只羊时，不要让别的羊看见杀羊的场面，杀一只，再牵来一只，羊的痛苦就少了。爷爷笑了笑，淡然说，娃娃家的不懂嘛，吓瘫了的羊，肉嫩，好吃。

爷爷的这些话，多年来一直萦绕在杨修平的心头。年少时，不真正懂得，每每想起，心头那儿只是觉得被什么揪扯了一下，眼睛那里觉得酸一下涩一下的，然后，就没有什么感觉了。每次被杀的那些羊里面，有几头是他照看过的。他并不承担放羊任务，只是跟着放羊人玩耍，帮放羊人赶羊挡羊。在这过程中，与有的羊混熟了，也有了他喜欢的羊。而被杀的羊里，就有他熟悉的和喜欢的羊。那几只羊真好啊，长得漂亮，眼睛花花的，眼睫毛长长的，温顺，听话，咩咩的叫声，软软的，甜甜的，真的像是那些可爱的女孩。可是，它们一个个被杀了，如果真的如爷爷所说，人养羊就是为了杀了吃肉，羊天生就是让人吃的，那也不应该这样杀它们。长大成人后，对人生，对世界了解多了，多次亲眼看见家族间的仇杀，亲亲的亲戚，械斗开始后，真是怎么狠怎么来，哪里要命往哪里招呼。他一次次想起杀羊的场景，杀羊的人并非天生恨羊，相反，像爱自己的孩子一样爱羊。要说得直接一点，至少在表面上，杀羊的人爱羊胜过了爱自家孩子。大人见了自家孩子，是很少给笑脸的，以大人的说法是，给个好心，不要给好脸。好心看不见，不好的脸是能看见的。谁都爱看见别人对你的好脸，看见不好的脸，心里也好不到哪去。孩子要是不听话，犯了什么错儿，大人一把揪住往死里打。谁家的大人都一样，谁家的孩子都是这样长大的，不是自己长大的，是被至亲至爱的大人打大的。大人对待自家的羊就不一样了，什么时候看见羊，都是笑眉花眼的，好像羊看得见，懂得他的喜悦。放羊时，和羊说话，温言软语的，从早上出山说到晚上归圈，好似羊听得懂他的话，好像羊喜欢他对它们说那些烦死人的废话。羊要是犯了错儿，看起来皮鞭飞舞，其实，很少是抽在羊身上的，大多都是在响空鞭，或者鞭梢抽在地上，一鞭子下去，抽得尘土飞扬，羊一点事儿都没有。

可是，当人把刀子对准羊时，情形完全变了。要知道，人把那种一尺长的，锋利的，随时冒着寒光的刀子，并不叫刀子，而叫作杀羊刀，是专门给羊准备的刀子。杀羊刀已经够锋利了，杀羊前，还要在粗粝的磨石上，反复地磋磨，直到吹发立断光景。你听听，人爱羊是为了杀羊，是为了吃其肉寝其皮。那么，人爱人是为了什么？人爱自己的儿子，是为了养儿防老，是为了延续自己的血脉，是为了养大接替他干活，人爱自己的女儿，是为了把她们养大，出嫁了，收取不菲的彩礼，是为了与人结亲，谁家亲戚多，谁家的面子就大，谁家的势力就大，就没人敢惹他家。

在东洋留学的几年，杨修平读了不少的书，也经见了不少的事情，可真算是看穿了许多事情。所谓看破世情冷透心，识破人心惊破胆。这真是一个弱肉强食的世界。什么是道理，普通人的道理，就是谁的拳头硬谁有道理，谁有钱有权谁有道理，谁不讲道理谁有道理，谁最不讲道理谁最有道理。国家之间，谁的实力强，谁说了算，谁打败了谁，败了的便任人宰割，割地赔款，人家要什么你得给什么，不给，再打。弱国弱民，活像强国强民饲养的羊，天生就是人家口边的食物。还不像养羊，养羊的人是要付出劳动的，要看管羊，要给羊割草，清理羊圈，接生羊羔，给羊洗澡刷毛，剪羊毛，挺辛苦的。弱国弱民生活在自己的土地上，自己养大自己，强国强民一心不操，百事不管，看你积攒了一点油水，舞刀弄枪来了，满盆满钵只管自己抢掠，至于你的死活，谁管你的闲事呢。

杨修平在回国的那一刻，就立志要做一个强人，而强人要从基础做起。他的资本就是生他养他的独流地，就是生活在独流地上的自己的亲人。

当众一番大话说完，杨修平自感获得了做强人的第一笔本金。

接下来的事情就是如何把自己当众撂出的大话化为实话。

这不是在江湖上说话，多大的话撂出来，赢得了敬畏，赢得了尊重，赢得了虚荣心的满足，或者，赢得了利益，只要从现场能够顺利脱身，便万事大吉了，换一个地方再撂大话，撂更大的话，撂比天还大的话，只要有人听，只要有人相信你半天，让你有脱身的时间，换个地方你再撂大话，只要你愿意，只要你心里过得去，只要你不害臊，你尽情地撂吧，一直撂下去，直到你确实不愿意撂了，确实撂不动了。江湖上的所谓顶尖高手，许多都是这样撂大话撂出来的，在人们还没有见识到他的真本事前，他撂出的大话已经将人们的心思捋顺了，人们见到他的真容时，已经像见到神那样五体投地了，没有人会想起，应该跟他过几招，测一测他的成色。万一真有哪些不晓事的二愣子，当他提出要向你讨教几招时，你尽可说：你再练十年吧，我一定在某处等你。如果这样说还不能让人就此罢手，那么，你就硬撑着，让对方揍一顿，咋揍你都不要还手，这样你最多被揍成半死，你若还手，说不定真会被揍死的。挨了一顿揍，这不会损害你的名声，相反，从此，天上地下都是你的名声，都是好名声。你不但本事第一，要紧的是你的德行第一。不是吗，把你都揍成那样了，你都不出手，不是五百年才出一个的高手，又是什么呢？

在乡亲们面前，试着撂了一回大话，杨修平一下子撂出感觉来了。撂大话真是好，一句大话比得上一枚炸弹的，炸死炸不死人，轰的一声，大地颤抖，尘埃喧天，听了的人惊心，看了的人寒心，没有炸着你，也会吓傻了你。

距离刀客决战还有六天时间。

利用六天时间使自己成为·名刀客，时间太宽裕了。想到刀客决战时，双方都是自小苦练武功，长大成人后，在万里驿路上，吃了他人没有吃过连想都想象不出来的苦，经历过无数的生死考验，才混得一点虚名，借着这一点可怜的名头，生死不避，风沙无阻，在黑风暴和强盗恶汉横行的后来被称之为丝绸之路的商道上，吃着一夕数惊的刀子饭。虽然不是刀客，想也是想得出来的，那真是拿自己的人头换饭喂自己的嘴呢。而杨修平，用不着像他们那样从头做起，从基础做起，他只需几句大话，就是凌驾于他们之上的，使他们俯首帖耳的刀客领袖了。无影子不是隐居不出么，刀客领袖不是空缺了么，无影子不出山正好是他出山的良机。

告诉你，他是刀客了，他的名号是：无敌秀才。

自从有刀客以来，你们听说过吗，哪个刀客敢这样冒天下之大不韪，给自己起这么大的名号？

无敌，而且，秀才。

自古列阵开仗，如果对方阵营里出战的是书生秀才打扮的，童子少年的，女人的，对阵一方必然心生疑虑，先自胆寒三分。本是武夫猛士的专利，这类人敢于掺和进来，必是身怀绝技者，他们要的就是你对他们的轻视，在你打算重视他们时，你已经是一具尸首了，轮到他们轻视你了。

两军对垒，强者用强，弱者用弱，用强谁都会用，弱，可不是谁都会用的。

就给你们教一招用弱的本领吧。

开战之日，差不多的人都会知道杨修平是留洋回来的，而当今所有的人都知道洋人的厉害，而他在洋人那里必然学到了洋人的厉害本事，仅靠这一点，吓死几个粗莽刀客，又有何难呢？

第八章

独流地的终极之战

刀客决战的一天终于到来了。

天是这个季节难得一见的天。天好似也懂得，这一天以后，天就再也不是这方土地的天了，天的脸色那个好啊，蓝得像是刚从染坊里晾晒出来的蓝布，不仅是常见的那种蓝颜色的蓝，是水汪汪的蓝，蓝得蓝汪汪的，蓝得到处都在冒蓝水。太阳好像也很知趣，在这一天也生了羞耻或仁爱之心，觉得自己担负着给这片土地提供温暖和光明的重任，以往确实没有尽到责任，哪天勤快了，使劲喷射光焰，也不管草木庄稼是否受得了，结果把人家一地丰收在望的庄稼晒死了，把人家赖以为生的唯一的一条河流榨干了，晒死了山上的草木，让那些畜群一只只瘦死饿死。本以为这最多只是渎职，谁想会造成如此严重的后果，一方土地的人因此而流离失所，因此绝望而死，你说说，它哪里配做曾经被万众敬仰的太阳呢？最后一天了，要像个太阳的样子，这方土地的人今后哪怕流落天涯海角，哪怕从此脱离生界，也许会对故乡的太阳留下最后一点美好的记忆。太阳是纯粹的白，白面锅盔样的圆，白面锅盔样的白。与平日里那种白中泛红不一样，是生白，磨砺了的刀光一样的白，白面锅盔没有烙熟时那种夹生的半生白。横空洒下的阳光，天空里没有任何尘埃的遮挡，铺在地上的阳光，不像是阳光，倒像是初冬时节月光之下的白霜，给人的感觉不是热，而是冷。

上下独流地的人都到了，男女老少，伤残病残的，怀抱中的婴儿，待产的孕妇，都来了。刀客们倒像是来观光的，一点都看不出生死搏战前的那种紧张肃穆。他们将乘骑随手拴在树上，以前熟悉的，彼此抱拳致意，嘻嘻哈哈，一点都看不出是吃刀子饭的。初次见面的，互相的熟人便热情地为双方介绍，然后，互相抱拳，嘴里说着久仰之类的俗词滥调。然后，刀客们便结伙去了独流水边，在水边比比画画的，像是专门为独流水而来的。

刀客的人数应该是双数，双方的人数应该对等，可是，独流地的人悄悄一数，却是十一个。这也就意味着一家五个，一家六个。不公平，这不公平，对谁家都不公平！生活在独流地的人可以不要命，公平不可不要，阳光要公平地照射在上下独流地，给这一家多照或少照一会儿，就是对另一家的不公平，哪怕阳光充足的已经造成灾难了，独流水的水量哪怕再充足，一家多用了一滴，就是对另一家的不公平。路不平有人铲，理不平有人讲，上下独流地的人争的不是谁多谁少，争的是理，争的是公平。

多出来的那个刀客只有一条腿，他没有和别的刀客一起去河边溜达，他独自坐在河边的一面石崖下眯着眼睛晒太阳。

谁家多请了一个刀客，谁家干的？双方互相质问，互相都不承认是自家所为。刀客们还在河边言笑晏晏，杨白两家眼看要动手了。争吵声惊动了在河边的刀客，他们纷纷跑回来。那个独腿人，依旧眯着眼睛，石崖的颜色稍有些发红，惨白的阳光泼洒上去，石崖像是一面迎风猎猎的退了色的红旗，他万般慵懒地说：

"事主家把老夫也当成参战刀客了。"

明白了事由，刀客们发出一阵肆无忌惮的狂笑，又互相簇拥着去了河边。只有一个面目极其俊秀，个头不算低，身形却明显纤细，走起路来显得婀娜的刀客伸手摘下戴在头上的棕色毡帽，向那个独腿人躬身说：

"师傅，要不要吃喝一点，小徒在这伺候着呢。"

"为师又不打仗，吃喝都是浪费。你去玩吧。"独腿人挥挥手，那个刀客说了声是，躬身后退，一手将毡帽扣在头上。

"女的？"

"女的！"

上下独流地的人这才发现，那是一个女人，二十出头的样子。

一种惊诧停息后，上下独流地的人猛然醒悟过来：

女刀客要站在谁家一边？

男人和女人打仗，女人哪能打得赢男人？

不公平，不公平，太不公平了！

分列在两个阵营的人群同时骚动起来，很快把身体语言转化为吵嚷声，重新在河边聚拢的刀客，互相间一句话还没有说完，又都奔了回来。

这一次，刀客们的脸上都有了怒色。

杨灭白率先站出来，还没有开口，白灭杨也从自家的阵营中大无畏地跨出两步，身体和神情，都昂昂的。一个身着蒙古族衣饰，身佩蒙古武士刀的汉子，一手按住腰间的刀柄，向双方各自丢去凌厉一眼，大叫道：

"难道你们自己要打，不用我们了？"

杨灭白和白灭杨对这个问题都没有思想准备，只顾将两双眼睛直呆呆盯住那人，一时无话可说。那人焦躁起来，按住腰间的那只手，将刀柄拍出一串铁响，嘴唇剧烈蠕动了好几个回合，也没有说出话来。独腿人哀哀地叹了口气，懒洋洋的，却又有些悲凉地说：

"世上的人都是生着一双眼睛的，可是，从眼睛里出来的却不都是眼光。与你们无关，他们担心小徒让他们其中的一方吃亏。"

"呵呵呵……"

"嘿嘿嘿……"

"哈哈哈……"

刀客们各自发出一阵属于自己的笑声，放心地又去河边了。那个女刀客也笑了笑，是那种笑不露齿的笑。人们发现，女刀客笑得十分好看，也许她知道她这样的笑是最好看的，两面嘴角分别顺着两个嘴角指示的方向稍稍一动，牙齿露出隐隐一条白线，算是笑了。

"哪有这样笑的女人？"

女刀客这一笑，彻底打消了上下独流地所有人的顾虑。

"笑成这样的女人，一定是非凡的女人！"上下独流地的人，对任何事情都有着自己不同凡响的判断。

日上中天时，独腿人睁开眼睛，睡醒一般，打一个让自己惬意得有些受不了的呵欠，毫无必要地咳嗽了一声。然后，身子原地一旋，那条好腿一个抖动，像是有弹性的皮筋，整个人就端端正正站在地上了，看起来比两条腿齐全的人还要气宇轩昂。正在河边闲游闲逛说说笑笑的刀客们，听见咳嗽声后，如同士兵听到了军令，齐齐回到现场，分列两边。上下独流地的人不觉肃穆起来，各自向后退，一直退到无法再退的塄坎边。

　　那个女刀客在上独流地杨家刀客一边。

　　这让杨家人既兴奋又担忧。

　　这么漂亮的姑娘居然是刀客！

　　杨家的媳妇姑娘们，不知各自都怀有什么样的心思，每张脸在第一时间，都通红通红的，身子也都不由自主忸怩起来，而女刀客无比端庄地站在那里，并无任何忸怩之态。杨家的媳妇姑娘也许意识到了这些，这不是自损自家刀客的威严嘛，又都在同一时间端庄了。独腿人手中没有任何武器，他少了的是左腿，他左手提着一根胳膊粗细的白桦木棍，看来是当作拐杖用的。白桦木棒上的树皮没有刮尽，一片片，一绺绺的，活像患有白癜风或牛皮癣的人的胳膊。这是一个不讲究的人。连自己的拐杖都不讲究的人，一定是一个在任何方面都不讲究的人。上下独流地的男女老少，喜好对人对事发表评论，他们对人对事，向来有着自己独特的见解：

　　"一个闲人跑到这儿干什么？"

　　独腿人并没有用桦木棒当拐杖，他是用那条好腿走到两队刀客中间的。他在用独腿走路时，如果离得远，没有发现他少一条腿，从走路姿势上，看不出他是少一条腿的人在走路。单凭这一点，上下独流地的人对独腿人的看法又变了。一条腿的人能走出腿脚齐全的人走路的姿势，这人了不得！这个了不得的人会给哪一边的刀客帮忙呢？哦，对了，那个女刀客不是叫他师傅吗，哪有师傅和徒弟对着干的，他原来是杨家的刀客！这如何使得，不公平，太不公平了！六个人打五个人，虽然六个人的一方有一个女的，一个只有一条腿的人，把女人算半个，独腿的人只是少了一条腿，可是胳膊是全乎的，两个人加起来，这不是比下独流地的刀客多出一只胳膊一条腿么？还有，还有，哎呀呀……在上独流地的人想起杨修平时，下独流地的人也想起了他。

上下独流地的人同时想起了杨修平对他们的承诺。

那个独腿人稳稳当当站在场地中央，将那根桦木棒夹在左边腋窝，撑在地上，长短刚好合适。看来，这根桦木棒专门是为自己站着不动时预备的支撑柱，在外人看来，这本来就是他的一条腿，只是不够粗，太细，要是以长之有余补粗之不足该多好啊。他双拳抱起，身子如陀螺般转一圈，算是对在场所有人礼节都到了。他朗声说：

"在下塞北狼，身残志废，退隐山林已十余年，本打算江湖之事绝不过问的，无奈无影子不知所踪，兰州田青萍田大掌柜又盛情邀请，江湖同仁也一再礼请，而江湖又实在需要秩序，如果江湖一旦乱了，那么，士农工商，还有诸位江湖中人，都绝无置身事外之理。如今，上下独流地杨白两家起了纷争，需要我等武林人士出面做一了断。在下本为世外之人，不应当理会俗世之事，可是，毕竟还在与俗世之人同戴日月，共沐天地风雨，袖手旁观，于理不通。以此，敬遵各方贤达所请，今天特为诸位做个公道，若有持异议者，无论在场何方何人，均可先期提出，在下退出就是了。"

塞北狼环顾一周，听到的都是不约而同的赞同声。塞北狼好似喝了一口猛酒，神态身姿立即威武了许多，断了的那条腿非但没有损伤他的威武，倒平添了许多威武。他侃侃说：

"承蒙诸位厚爱，复蒙诸位信赖，那么，以江湖规矩，自当令行禁止，在下所言，一切即如军令，有胆敢冒犯者，军令如天，绝无宽恕之理。"

"得令！"十名刀客各自抱拳向天，上下独流地的人不懂得这些规矩，心里是认可了，却不知道该说什么话，只把自己的那颗头使劲地点一点。

塞北狼从怀中摸出一张麻纸，一手攥起，四向招摇一圈，沉声说：

"我现在宣布规矩，诸位听好了。一，双方单挑，一对一，对手可自由挑选，无论胜败，每人只许出战一场，五局过了，胜局多者为获胜方；二，刀客决战，各为其主，自古武无第一，每局必须决出胜负；三，上天有好生之德，总的原则为点到即止，一方若自认不敌，另一方即当罢手；四，刀客决战，毕竟是搏命事业，死伤自认，不得告官，亦无赔偿之说。以上规矩，诸位若无异议，请签生死状。"

塞北狼将手中的麻纸摊开在手心，一手摸出一只印泥盒子来。十名刀客呼啸而上，各自伸出自己的右手食指，争抢着蘸上印泥，在塞北狼的指点下，在麻纸上一一按上指印。

场边有一棵高大的白杨树，塞北狼伸出食指，向树上指一指。大家随着他的手指望去，见树杈上挂着一只羊皮袋。事先没有人留意，刀客没有留意，上下独流地的人都没有留意。这一留意，才发现羊皮袋很显眼地挂在那里。塞北狼说：

"这是双方雇主共同筹集的礼金，并有田青萍大掌柜特意赠给诸位刀客的赏金，折算成纹银，总计三千两。以向来规矩，获胜一方得酬金六成，落败一方得三成，公证人得一成。在下虽一文不名，但向来不在乎阿堵物，愿将名下一成酬金赠予落败一方的雇主，资助他们度过眼下困境，虽杯水车薪，聊胜于无吧。"

女刀客闻言，往前赶一步，昂然说：

"尊师大仁大义，徒儿自当效鐢于后，徒儿无论胜败生死，愿将名下所获酬金，全部赠予落败一方的雇主。"

所有的刀客都纷纷站出来，表示要将自己的酬金一并赠予落败一方雇主。上下独流地所有人，虽还不知自己一方的胜败，一个个早已感激涕零，一些妇女已经忍不住，号哭声訇然而起，声震远近，那些不晓事的孩童看见自己的母亲和亲人哭天抹泪，不问缘由，也跟着哭起来。塞北狼伸出双手，向全场压一压，脸色凄楚了，声调也凄楚了，他仰天长叹一声说：

"古风犹存，古风犹存啊！江湖水深，人情更深，正所谓：桃花潭水深千尺，不及汪伦送我情啊！刀剑无情，江湖有情，天大地大，情理至大！现在，由在下宣布双方参战刀客名单。"

杨家的五名刀客分别是：

沙漠红、祁连鹰、野骆驼、千手罗汉、扫帚星，以沙漠红居首。

白家的五名刀客分别是：

巴音王、绣花居士、西北狼、西域浪人、驼道野鬼，以巴音王居首。

塞北狼念一个人的名字，一个人前出本方队伍，向四周行环抱礼，然后，向对方刀客朗声说一句：

"多有得罪，请多包涵！"

上下独流地的人这才认清了，原来那个漂亮女娃就是声名震天的女侠沙漠红。

杨家人一时情不自禁，自顾自挥臂欢呼起来，而白家人明显有些气馁。他们并不知道沙漠红武功到底如何，尤其在这些当世高手中占得几斤几两，因为她是女孩，因为她是为母报仇立志习武的，因此，在情理上，在气势上，自当先敬她三分。所有刀客的名字，上下独流地的人早有耳闻，在他们那里，有些刀客的名头响亮一些，有些暗弱一些，但，无一例外，都是成名刀客。

所有的礼仪活动进行完毕，塞北狼将手中的桦木棒就势举起，大声说：

"独流地刀客决战 —— 开始！"

双方刀客各自去草地中牵回自己的战马，个个跃身上马，来到各自原来的位置，列队整齐了。杨家刀客队伍中沙漠红纵马跃出队列，回头向队友抱拳说：

"承蒙诸位兄长相让，就让小女子沙漠红当先献丑吧！"

沙漠红骑乘的是一匹白马，纯白的那种，身上一根杂毛都没有，只在马的左耳朵根上有一撮红毛，在白色映衬下，那撮红毛如晴天中的一道闪电。马的名字叫霹雳红。霹雳红个头较小，产于河西走廊的山丹军马场。山丹军马场距独流地不过百里路程，自古出产名马的地方，汉武帝时已是朝廷钦定的军马场。沙漠红专门挑选了这么一匹适合自己骑乘的小个头马。因为是军马，专供朝廷选购，民间不得私自贩运，一经败露，买卖双方均是死罪。可是，规矩是规矩，规矩向来是给走明道的人设定的，对于走暗道的人，自有暗道规矩。一条贩运军马的暗道，便从独流地与大绿洲之间的戈壁滩上通过，独流地很多人都是从小见识过的。

许多刀客的坐骑就是通过这种渠道获得的。

沙漠红则不然，一个成名刀客做事如果还这样偷偷摸摸遮遮掩掩的，那就没有必要吃这碗饭了。在一个阳光灿烂的早晨，她骑着一匹老马，独自进了军马场。军马场像是自家的后花园，她闲游闲逛，看看这匹马，拍拍那匹马，看管马场的兵勇发现一个姑娘家的在军事禁区里面转悠，都觉得新鲜，又看见如此漂亮的姑娘，骑着一匹如此衰朽的老马，人马相映，那是生与死的对比。马是男人的所好，一个漂亮姑娘对马感兴趣，又是一景。军马场又是清一色男人的世界，除了自己看管的母马，和在天上飞的地上跑的那些无主的飞禽走兽中的雌性，一年四季是难得一见女人的。他们站在一边看热闹，都忘了自身的职责。沙漠红选中了霹雳红，拍拍那匹老马的耳朵，轻声说："老哥，这地方风光不错，委屈你在这儿养老了。"她骑上霹雳红依旧到处闲游闲逛，像是皇家公主芳驾光临，代表皇上视察军马场。在即将走出军马场警戒线时，看管军马的兵勇这才觉得不对劲，吆喝着围拢上来，让她下马答话。这些粗野兵勇，此时像是学堂里的蒙童，说话个个抑扬顿挫，软语绵绵，一点都没有执行军务的气概。沙漠红的兵器就是那把让天下无义之人肝胆俱裂的问天钩。平素挂在马鞍右手一边。她没有取兵器，伸手随便一划拉，娇声说：

"你们这是干什么呀，一帮子大老爷们挡住人家一个小女子的去路，光天化日之下莫非要图谋不轨吗？可知，你们是朝廷军队，是我大清国民众的子弟兵，欺负一个良家女子，那是要军法从事的哦！"

兵勇们嘻嘻哈哈笑着，觉得这个女子，人长得如此漂亮，原来却是一个脑子有毛病的呆痴女子。一个兵勇凑上前来，嬉笑着说：

"好妹子，让哥看看，别的女子的脚是窄窄的金莲，你的脚好像又宽又大的，和哥比一比脚行不？"

那个兵勇说着，伸手捏住了沙漠红的一只脚的脚尖。沙漠红也不理会，任他揉捏着。那个兵勇看见这真是一个呆痴女子，又将那只手去揉捏脚腕，沙漠红脚腕那里暗暗一抖，那个兵勇大叫一声，仰面倒在草地上，一手揉着自己那只刚才得了好处的手腕号叫不休。沙漠红低头说：

"我的好哥哥哎，你这是怎么了，你这么不懂得怜香惜玉的，把人家的脚都弄疼了，人家一个小女子都没说什么，你却在这里莺莺燕燕的，好羞好羞的哦！"

看管军马场的兵勇以伤残老兵居多，大多都是经过战阵的，从中看出了门道，都不约而同后退几步，一时倒没了主意。此时，听见一阵马蹄声响，一个兵头模样的人飞马赶来，大叫道：

"我把你这些死不了的老贼，不好好干活，聚在这儿嚷嚷什么，难道在密谋造反吗！"

一个老兵上前，给那个兵头悄悄说了几句什么，兵头本来是要纵身下马的，屁股都离开马鞍了，又骑上去，与沙漠红保持着十几步的距离。他说：

"敢问这位女子，岂不知这是朝廷军马重地，如何在这里玩耍，还不快去！"

沙漠红浅浅一笑，说：

"这位兵哥是个通情达理的好兵哥，小女子告辞！"

在沙漠红拨转马头要走时，兵头脑筋转过弯了，大声说：

"慢着！把马留下！"

沙漠红又是浅浅一笑，娇声说：

"哟，刚才还说你是好兵哥来着，转眼又不好了。你看看，没有马，这寒天荒地的，你让小女子咋办嘛！"

"把这匹马留下，骑上你的那匹马走。"兵头说。

"哟，你看不出那是一匹老马呀，亏你还是养马的人呢，好没有眼色，这一辈子恐怕做不了伯乐了。"

沙漠红的歪理和一脸的娇憨模样，倒把兵勇们难住了，好像真的是他们不讲理，欺负人家一个女孩子似的，包括那个兵头一时也找不出拆解的话来。一个年纪很大的兵勇，脑子率先反应过来了，他笑道：

"这个女娃好没道理，你的老马老了，那也是你的马，这匹小口马，可是我们的。"

"原以为这位老哥年纪大些，懂得的道理一定会多些，原来也是一个好没道理的人。你们的小口马是我用我的老口马换的，一马换一马，我又没白要你的马。再说了，老马我还多喂了多少年草料呢。"沙漠红一本正经一脸委屈地说。

兵勇们又一时语塞，又是那个老兵反应迅捷，他说：

"可是，我们没人愿意跟你换马呀。"

"那么，我的老马怎么会到你们的马群中吃草，你们的马怎么会到我的手中？"沙漠红说。

兵勇们又语塞了。那个兵头挥挥手说：

"去吧，去吧，算是一桩买卖成交了。"

"真是一个好兵哥，谢了啊！"沙漠红骑马扬长而去。

这是两年前的事情，沙漠红当下骑乘的就是那匹她赖来的霹雳红。她催马出来，打马抱拳绕场一周，算是礼节到了。到了巴音王对面，她朝他盈盈一笑，抱拳道：

"前辈，恕晚辈无礼，请了！"

"啊啊啊，难道你要跟老夫打架？老夫此番前来，可不是跟你这个小女娃打架的，不打不打不打，女侠另请高明吧。"

刀客挑战被对方拒绝，无论出于什么原因，都是对挑战方的极端蔑视，今日又是有约在先，巴音王此举实在无理太甚，沙漠红这边的四位刀客个个须发狰狞，眼看要发作搏命了，连巴音王那边的刀客脸上都涌上愠怒。这不是对沙漠红一个人的无礼，而是把刀客行的规矩当作儿戏了。沙漠红却一脸正常，依旧笑盈盈说：

"前辈莫非对晚辈心生恻隐了？晚辈诚心谢过。不过，生死状已签，晚辈死在前辈刀下，非但毫无怨言，晚辈倒是看作荣幸的。要是前辈自感疲惫，又仓促间来了，晚辈亦有恻隐之心，绝不会苦苦相逼，我想诸位同仁也不会笑话前辈的。"

"哪里的话，哪里的话！老夫听说有个什么狗屁无敌秀才，专程前来从秀才的屁股里打出墨水来，好让大家笑一场，实在无心跟你这个女娃纠缠。"

众位刀客听巴音王这样说，各自举头一想，果然有这回事。前几日，丝绸古道上到处风传，刀客行里新出一个了不得的人物，此人不带兵器，骑着一头毛驴，号称无敌秀才，扬言无影子做了缩头乌龟，他便是武林至尊，他要一统刀坛，然后领袖群伦，保证丝绸古道畅通无阻。并且，将出山第一役选定在独流地，他声言，不屑于加入决战的任何一方，他单独为一方，同时与决战双方开战。

无敌秀才大言炎炎，开战之际，却不见人影，不用说，又是一个江湖混混，这类人物并不少见，只是欺负那些没有见识的平民百姓，是不敢见真刀客的。双方刀客稍一想，都想通了，脸上的怒色还未结成，个个已换成一脸莞尔，江湖上有这等混混出没，给血雨腥风中增添一份笑料，倒也有趣。沙漠红走了眨眼间的神儿，想象中的无敌秀才那可笑模样从眼前一晃而过，引出她的一抹浅笑后，她即刻回归刀客本色。她朝着巴音王盈盈一笑说：

"那么，那个无敌秀才又在哪里呢？前辈莫非要以无敌秀才不在为借口，相当体面地溜之大吉乎？"

"哪里的话，哪里的话，小小女子，说话不知轻重，气煞老夫也！无敌秀才做了缩头乌龟，老夫权当你是无敌秀才了，看刀！"

"何人在此冒充我无敌秀才惊天名号招摇撞骗？盗名者欺世，欺世者盗名，身为刀客，最是讲究名正言顺，可见，尔等都是出身不正藏头露尾的江湖混混了！"

杨修平的一番话，把在场的人都惊了一个半死。

众人顺着话音偏过半张脸去，只见一个穷酸秀才模样的人，头戴一顶讲究一点的牧羊人都不愿戴在头上的破毡帽，那毡帽已经无法判断原来的颜色，说是黑的，到处都是霉变了的那种白，说是白的，到处又都是霉变后的黑。左手提着一根用女人废弃的那种自染的土丝线编结的缰绳，右手端着一把四处都是破洞恐怕连苍蝇都拍不死的蒲扇，那扇面也都发霉变黑了，随时都有破裂散架的危险。更有趣的是，他骑着一头老驴，再也无法役使的老叫驴。懂得农家情感的人才可理解，那是农家念起为自己操劳到老，老而无用了，不忍杀掉，或抛弃，等于在给驴养老送终，尽一份主仆情分的。他的身板不算雄壮，看得出，老叫驴都在奋当年之勇尽最后绵薄了，胯下那根浊物夸张地垂挂下来，软绵绵的，像是风中的柳枝，看那长度，让人无法与叫驴的那根浊物相联系，更像是一截肠子，分明是在驮载重量的挤压后挣扎出来的。插在驴头龙套上的那把刀客标志旗，更让人想笑，笑不出来，不想哭，却能哭出声来的。别的刀客都是绿底红字三角旗，他打的却是红底白字四方旗面，那块做旗面的布，看不出是民间土布，还是远路来的蜡染麻布，红色不红，白色不白，旗面污垢累积结痂，估计再大的风，也不会让这面旗迎风招展的。只有无敌秀才四个字，懂字不懂字的人都还看得出，这倒算得上结构谨严拙朴苍劲。这几乎要算是无敌秀才整个行头中唯一有正形的装扮了。

双方刀客都是有着无比丰富的江湖经验的，生死搏战，不怕对方的盛装威仪骏马快刀，这些人往往是金玉其外败絮其中，拿大架子遮掩自己心中的虚怯，吓唬那些刚出窝儿的生瓜蛋子的。外表越是落魄之人，胸中或许藏着万丈本事，之所以这种装扮，一者，可能追求不同流俗，特立独行，早已置身方外，蔑视世间眼色；二者，以拙藏巧，以恶掩美，引而不发，一发而不可收，一招夺命，出奇制胜；三者，身负重案，低调行事，以非常装扮掩盖真面目，事毕，又是另一种反差极大的装扮，以此隐身藏形。

场面一时空寂至死，刀客们各自按住惊诧神色，脑子飞速运转，在思谋应对之策。

上下独流地的人则是一番错愕失色。

这个杨修平，果真是让洋墨水泡胀了脑子，多少人命眨眼间就不再是人命了，他竟然把铁血沙场当成秦腔戏台了，自己扮演的还是丑角。他可是红口白牙给上下独流地的父老乡亲慷慨承诺了的。难道这就是他的承诺？要知道，独流地是分上下的，可那是老天爷分的，独流水有上有下，人自然要依水居住的，可一条独流水又将上下独流地天然地串联在一起了，姻亲血亲又把老老少少串联在一起了，杨家人血管里流着白家人的血液，白家人的骨头里有着杨家人的骨头渣子，他倒好，拿两家人的生命耍起把戏了。白灭杨此时心里忽地一动：莫非？这一惊非同小可，他自感一股浊水，如夏天暴雨发作山洪倾泻，以不可遏阻之势，发之于他的肚腹，一个俯冲，直逼他的羞耻处。他怀疑杨修平与刀客做了交易，以出卖白家为代价，换取杨家的平安。一种绝望的情绪差点让白灭杨当场出丑，那一股浊水快要溃堤泛滥时，一股愤怒的火焰如同一块巨石，横空飞来，生生堵住溃口，一泄一堵，一紧一松，都是急症猛药，令他一时濒临崩溃边缘。

　　白灭杨不知道，杨灭白此时的情形，完全与他彼此彼此仿佛仿佛。这个狗日的！他一眼看到杨修平时，心中先骂了这么一句。这是真骂，表示愤怒的骂。平素朋友间高兴了，爷爷看见孙子实在可爱了，也会这样骂的，用亲密的话已不足以表达亲密，便改而为骂了。还以为他把自己关在后院里筹划什么奇思妙策呢，原来在一心想着找死，自己找死倒还罢了，把老先人的脸都让你一片皮不剩地倒贴进去了。怒从心起的同时，杨灭白已然意识到，当下情形你就是把杨修平恨死，撕成碎片，一片肉一片肉地喂猫喂狗都不济事了，要紧的是全族人的性命。一身系着一个家族的生死荣辱，不敢指望能让每一个人都过上舒心畅意的日子，让他们活着，活下去，让供奉祖先的祠堂和安葬着亲族骨殖的坟头，不要绝了香火，这是不容任何通融的底线。雇佣刀客决战已经是下下之策了，一万种努力只希望获得一种转机，可这狗日的，居然要与双方刀客为敌。你那两下子，凶猛一点的狗，都会吓得你屁滚尿流的，挑战一个刀客，都是脑子让麻雀腿踢糊涂了的行为，如今倒好，你这是拿杨家全族的人头当成鹅卵石撂着耍呢。你是杨家人，自取灭亡倒还罢了，杨家养出你这种灭门的祸害来，谁也怪不着，可你不能把白家也连带进来呀，白家该死该走，那要有说法的，那要按规矩来的，因为你的胡闹，改变了一个家族的命运，逆天呢，这个乖孙子！

杨修平并不在乎现场各方人等心中想什么，脸色又是什么，他骑着那头老叫驴，径直走向塞北狼。

经过众人夹峙的比武场时，老叫驴也许自感难为情，像它这样的，搁在驴群里，那种发自内心的自卑都让它无地自容。可知，它也曾是一头名满上下独流地的好驴，身强体健，头脑聪明，长相俊美，人见了人爱，无论哪头草驴老远见它，都浑身颤巍巍的。它的相好早已超出了上独流地的范围，下独流地的草驴，只要看见它，只要听见它的叫声，哪怕主人怎么愤怒，皮鞭抽得如何欢实，都会不管不顾奔向它。有几回，两个村庄的人在械斗，打得血花飞溅，惨叫声惊天动地，它因为悲愤，昂首吼了一嗓子，想让双方的人热滚滚的血冷下来，冲天的斗志能够减弱一些，下手时把握一些轻重，可是，它的叫声却成了鼓舞士气的擂鼓声，而下独流地的几头草驴错会了它的意，发出瘆人的应和声，一路跌跌绊绊，纵身飞跃独流水，冲到它跟前，立等着就要寻欢作乐。让它稍感慰藉的是，打得正欢的人们，看见这种情形，忽然都罢手不打了。后来，它才在主人之间的闲谈中得知，当时，杨家的一个人被打得急了，开口说："白家的人不要脸，驴也不要脸，草驴嘛，应该像女人那样含蓄庄重一些，你看看，婊子都不会急成那样！"白家人害了羞，就此丧了心气，再也没有心气打下去了。他们主动罢手，杨家也不好再打下去了。

往事如烟。

俱往矣，少年子弟江湖老，红粉佳人两鬓斑，太阳都有日落西山的时候呢，老主人念着它一生劳苦，让它颐养天年的，可这个少主人真算是一个喝过洋墨水的人呢，他非要这只老叫驴再度出山发挥余热，如果是耕地拉磨，哪怕是驮着他走亲戚，这些活儿，它拼了平生本事，也未见得应付不下来，可是，这算是什么事儿啊，送命它不怕，这把年纪了，早已看穿了生死，可是，这是丢脸啊，它这张老驴脸丢得，主人的脸丢不得啊。老叫驴感慨连连，在穿过比武场时，它努力挺直脊梁，尽量让步伐不要颠倒散乱，它用一左一右两只驴眼的余光向左右一撇，顿时一阵羞臊如洪流般涌来，让它险些跌倒。这不是故意让它丢丑嘛，你看看那些刀客胯下都是什么，一匹匹顾盼生姿的骏马。相形之下，它自己都能觉出自己在马的眼中，会是一种不堪到何等地步的破烂货色。

上下独流地的人都认得杨灭白家的那头老叫驴，老叫驴也都认得上下独流地所有的人。老叫驴走过刀客队伍，到了左右都是它熟悉的人面前，它一下子坦然多了，它心里说，反正我就是这个样子，先前的我你们也是见过的，老了嘛，谁老了都是这样子，你们老了未必赶得上我。有了自信心后，老叫驴忽然挺直了脊梁，器宇轩昂地紧走几步，杨修平习惯了老叫驴的老迈拖沓，不留神，差点被颠了下来。他大声斥道：

"我是刀客，你是刀客？我都不急，你急得当刀客啊！"

杨修平等于在转着弯骂刀客。

刀客常年在江湖中行走，见得最多的便是市井平民，听得最多的便是这种藏头露尾挨了骂却不能还嘴的混账话。都知道杨修平是有意挑衅。暂不去理会这个穷酸，一会儿开战把他的穷屁酸肠子一股脑儿给捣弄出来。

杨白两家的人却因为杨修平的胡说八道心里稍稍安定了，为啥呢，说不定他真有什么了不得的本领呢，毕竟是留过洋的，为什么要留洋，洋人本事大，咱去学人家的本事了嘛。你看看他，这么凶险的场面，他全然不在乎，没有把刀客放在眼里嘛。杨白两家各有几个无心无肝的人，听了这话，竟然哈赤哈赤笑了几声，这种压抑的笑声在这样一个空气随时都可凭空着火的场合，显得格外突兀和别有用心，双方族长各自都最大幅度地狰狞了脸色，要寻找笑声所在，给痛斥一番的。杨修平却笑道：

"我说你们这些人，要笑就像人那样笑，怎么学驴笑呢。哈赤哈赤，驴笑是不是这样？"

刀客们都忍不住笑了，气氛一宽松，杨白两家的人都笑了。哈——一声笑是从许多人的口中同时迸出的，如谁一脚踩碎了糟烂的木器，音节快放快收，听到是笑声时，笑声已经结束了。杨修平又笑说：

"不学驴笑了，又学老狗笑。"

杨修平不再理会别人，这工夫，他来到塞北狼面前已经有一会儿了。他不急着办正事，却在这儿狗戴嚼子胡勒，塞北狼明白这是一个懂得江湖规矩的人，是找他申请参战资格来了，又见他说话行事大大咧咧，身形松松垮垮，全没有一个练武之人的样儿，怕他是存心搅局，自己已是封刀退隐之人了，划不来因此损了名誉。塞北狼心下暗暗着急。老叫驴也有些急。它心想快把事情办完了，回到驴圈好好养养神儿，别说少主人身板不咋地，毕竟是青春年少，血脉旺盛，还是有些分量的。它听见少主人在这里不三不四的，说些不沾边的话，他倒是过了嘴瘾了，别忘了，他的胯下还有一个老者在驮着他呢。老叫驴将蹄子甩甩，打几个响鼻，提醒少主人抓紧时间办正事儿。杨修平终于回到正题上了，也许是体会到了老叫驴的不堪重负，他跳下驴背，双手端正了那把破蒲扇，抱拳向塞北狼拱拱，大声说：

"前辈别来无恙乎！晚辈路过兰州时，田青萍大掌柜格外问起大侠，并托付晚辈见了大侠，一定代他致意。还有那个天仙般的窗前明月，还想让前辈再听她漫一曲花儿呢。"

"哦哦——"塞北狼沉吟着，脑子分析着杨修平这番话的真伪，嘴里在以不代表任何意思的音节应付着礼节，却忘了按江湖规矩回抱拳礼。这让杨修平当即抓住了把柄，他怫然说：

"晚辈向来听说，前辈武学修为当世无双，虽封刀退隐，江湖信义却仍如日月在天江河在地，刀坛众人之所以甘愿为之屈尊折节者，全因前辈乃道德君子，堪称江湖尺寸世间楷模，这次应邀出山执掌法度，想必不会是谁心血来潮用人不淑吧。如此种种，而前辈却倨傲万端，不屑于无才无德晚辈的礼敬倒也罢了，漠视江湖历代先贤所定规矩法度，晚辈见识浅薄，究竟何故，还请前辈指教明白，晚辈领教以后，自当知趣远避，封刀改行，专心向江湖上下世界四方宣介前辈功德行状罢了。"

杨修平故意把话说得曲里拐弯，众刀客让他绕进去了，塞北狼作为当事人，更让他绕进了八卦阵。塞北狼混迹江湖数十年，江湖上的好事坏事善事恶事奇事怪事各色人等都历练遍了，哪怕是一头老母猪将一只母老虎咬死，他都不会大惊小怪的，可像眼前这个他一眼就可确定无疑的江湖混混，却让他有些方寸不定。为什么，所谓酒席宴前分贵贱，不是谁尊谁卑，不是谁怕谁，而是天比人大，理比人大，理又比天大。这个混混讲的是理，而他又是被请来执掌理规之人。塞北狼遭到一连串质问，心中眼中都是眼前这个落魄秀才的那张嘴，嗫吧嗫吧，此人说话时，嘴唇如大风中的废纸片，听的看的，都是无节奏不分点，话说完了，塞北狼眼里耳朵里，还是那无节奏不分点的废纸片。一时，他眼迷耳乱，心里也是混混沌沌的。此时，他居然说了大半辈子说过的最愚蠢的一句话：

"敢问足下乃何方高士，又所为何来？"

话出口了，塞北狼脑子转过弯了，眼前的迷雾如遭大风，瞬间天地清明，耳朵也好似被一只动人心魄的红酥手淘洗清爽了，那颗心好似刚从梦境中幡然醒悟，半辈子了，他从来都是以知人论世耳聪目明著称的，一瞬间的迷糊过后，好似被大风扫荡过的天空，有着再生般的澄明。可是，已经来不及了，覆水难收，话已落地。杨修平岂容这种天赐良机从眼前错过？那张论辩滔滔的嘴里，前面的诘难，就是处心积虑给对方挖坑设陷阱的，对方失足掉下去了，猎物在劫难逃。杨修平将那把破蒲扇反手化为刀势，横空凌厉砍下，大喝道：

"大胆塞北狼，真可谓皓首匹夫苍髯老贼！名为武林长者，实为江湖奸邪，其用心，毒似蛇蝎，其作为，杀人不见血吃人不吐骨头，其后果，千年江湖规矩一朝尽废矣！而颠覆前贤不世功业者谁也，塞北狼！陷武林志士于英雄无用武之地、漂泊无家可归之境、可怜死无葬身之地者谁也，塞北狼！有罪如此，江湖公敌者谁也，塞北狼！"

谁都知道，塞北狼只是一时失口，并无杨修平所指斥的种种险恶动机，而杨修平故意将话说得这样大，把顺手摘了人家一枚青果的过错，夸大为十恶不赦灭三族九族的罪过，不过是在打压塞北狼时，又替他开脱，好似搬起滚石檑木砸蚂蚁，话比天大，反倒砸不着人了。

上下独流地的人不知道杨修平因为什么而突然雷霆发作，把这个断腿的，看来是刀客头儿的老者，几乎要打进十八层地狱了，他们为家族中冒出的这个二杆子货，悬着一颗心，捏着一把汗，憋着一口气。十名刀客却同时笑了，是那种得了什么意外惊喜开心的笑，九个男刀客笑得铺张扬厉，沙漠红依旧是盈盈一笑，先前熟悉她笑的人都看得出，先前的笑是含苞待放，此时的笑是蓓蕾初绽。而遭到痛骂的塞北狼也是粲然一笑，好像挨骂的不是他，好像杨修平讲了一个包袱巨大的笑话。上下独流地的人这次真正是被吓着了，心想这些刀客究竟都是些什么人，是不是刀子饭把脑子吃成刀子了？杨灭白和白灭杨，还有一些老者，都是听过游方的江湖术士借宿时说过三国故事的，都知道诸葛亮骂死王朗时，用的就是刚才杨修平骂塞北狼的那句话：皓首匹夫苍髯老贼。可是，王朗被骂死了，塞北狼却被骂笑了。是诸葛亮骂人功夫了得，还是杨修平骂人水平太差？是王朗太过脆弱，还是塞北狼脸皮太厚？总之，塞北狼被杨修平骂笑了。收了笑的塞北狼向杨修平抱拳拱手，躬身低首，含笑说：

"在下一时糊涂，还请无敌秀才见谅！"

"好说，好说，所谓过而能改善之善者也。所幸，前辈失言，并未铸成大错，亡羊补牢犹未晚矣，接下来，我等谨遵江湖规矩便是了。"

"无敌秀才说得极是，老朽领教。敢问无敌秀才有何见教，老朽定当依照规矩尽力成全。"

上下独流地的人还没有从五里雾中抽身出来，刀客们早已拨云见日，个个跃跃然，准备接下来的故事了。

走马江湖，吃的是刀口饭，在王法与现实需要之间走钢丝绳。以王法而论，刀客寻仇是公然挑战王法私设刑法的大罪，但这却是现实需要。王法皇皇，执法者却往往枉法渎职，又有许多王法涉及不到的死角，民众遭遇不公，更是叫天不应叫地不灵。刀客便有了用武之地。谁人一旦决定投身刀客行，公开打出了刀客旗号，那么，他就享有刀客的权利，也必须承担刀客的义务。刀客打出旗号的那一天，俗家姓名自动作废，刀客行里即使知道他的俗家姓名，也决不许再被提起，籍贯履历父母家人情况一并严格隐起，字号便是他公行天下的姓名。这样做的目的在于，与家人亲朋撇清关系，自己的所有行为，与他人无关。

经过一番周折，杨修平已然获得刀客资质，其无敌秀才名号等于被刀客行认可了。接下来，他就可以享受刀客的礼遇，并要尽刀客的义务了。听见塞北狼询问，他慨然说：

"在场的诸位大侠，无论年齿深浅，入行迟早，都是在下前辈，包括这位天仙下凡的沙漠红妹子。在下履历浅薄，不周不到之处，还请各位前辈海涵，这厢算是有礼在先了。今日之事，既然广撒英雄帖，那么，为何独独缺了我无敌秀才？所谓士可杀不可辱是可忍孰不可忍者也。不过，在下既然名列晚辈，也就不与前辈计较了。眼下情形，显然是分列两家，各为其主了，在下没有赶上时候，也不属于掺和哪一家，在下愿意自成一家，以双方为敌，不幸落败，自领生死荣辱，与任何人无涉，侥幸取胜，树上的利物当然尽归胜方，在下并不屑于像诸位前辈那样悻悻做儿女之态，以虚词掩饰贪欲，说明叫响，在下穷困潦倒，是冲着钱来的。诸位以为如何？"

未等塞北狼答话，巴音王早已焦躁万分，在成名刀客中，像他这种经历、这种身份的人绝无仅有。别的刀客对自己的履历籍贯讳莫如深，他却是明火执仗，还故意显摆，开战之前，报了字号，一定要缀上几句与刀客决战无关的话。多年来，这已成为他出场的定式。他缀在名号后面的那几句话是：想当年，在下追随僧格林沁王爷，南征北战，打过土毛子，打过洋毛子，王爷乃在下平生唯一仰慕之人，王爷不幸罹难，于在下而言，犹如天无日月地无厚土，在下苟活于世的唯一理由就是，寻找真正的当世英雄与之决战，在下死，在下之幸，对手死，死于当世武林至尊之手，想必也是对手平生之最大心愿。

巴音王并未吹牛，他确实是一代名将僧格林沁帐下亲兵。僧格林沁战死后，让他带兵打仗吧，他嫌拘束，没意思，再投他人帐下吧，他觉得无人再配他追随。他孤身匹马，流浪于蒙古草地，到处寻找高手决战，打听到哪里有江湖比武，不惜千里奔驰。这次，他正好在河西走廊游荡，正好看见张贴在一家字号为"乐滋滋"的驿站客栈外墙上的英雄帖，一看时间还来得及，准备先去兰州田青萍大掌柜那里听一回窗前明月的花儿，再返回河西，去独流地比武。出发时，又发现一个名叫无敌秀才的无名刀客在英雄帖旁边跟了一贴，口出大言，要在独流地单挑天下武林，并且指明要踏着巴音王那颗死人头，为整个刀坛立威。巴音王当下气得哇哇大叫，抽出手中刀，一连剁坏了客栈十根碗口粗的木桩。客栈老板娘花喜鹊也是花儿歌手出身，先是由客栈老板包养，老板死后，她独掌客栈。巴音王每次来河西，下榻"乐滋滋"，为的是听那花喜鹊的花儿。花喜鹊的花儿从不白唱，听一曲，半吊钱，谁也不例外。还不是谁出钱她给谁唱，听众得由她选择，以她的话说，不配听她花儿的耳朵，把花儿糟蹋了。巴音王是她最喜欢的听众，巴音王出手大方，听得高兴了，还另给赏钱，巴音王听歌时十分文明，从不乱喊乱叫。这次，巴音王却与花喜鹊闹了一点别扭，巴音王听人说，有一曲河西小调极其好听，以二两银子的赏钱，要花喜鹊给他单独唱一首。花喜鹊问是什么歌，巴音王说别人只肯给他唱开头两句，歌词是什么"大路的边边，红柳坡，红柳坡上红柳多"。花喜鹊一听，当即羞红了脸，严词拒绝了巴音王。巴音王心想这一定是一曲天人唱天人听的好歌，把赏钱加到了五两。花喜鹊非但不为所动，还把巴音王臭骂了一顿，言词之尖酸，让巴音王难以忍受。她说她原以为巴音王是一位疏财仗义举止高雅的武士，原来却不过是一介满肚子残羹剩菜的粗鄙武夫，她先前给他唱了那么多优美动听的花儿，都听到狗耳朵去了。花喜鹊以为巴音王知道那是一首什么样的歌，巴音王却不明就里，白遭了一顿言语贬斥。巴音王伤心至极，为了气花喜鹊，声言他再也不听她的花儿了，他要去兰州听窗前明月的花儿。花喜鹊说他那耳朵只配听狗叫，窗前明月固然比自己唱得好，但只有田青萍的耳朵配得上听，他去了，能听到人家放臭屁的声音，都算是高抬他了。巴音王念旧情，知道女人家的胡话说起来无边无沿，负气要走时，发现了无敌秀才的揭帖，一时按捺不住心中怒火，也算是把本要向花喜鹊发的火一并发了。

　　毁坏了客栈木桩，巴音王消了一些怒火，头脑稍微凉了下来，又觉过意不去。还是念旧情，绽出一张笑脸，去给花喜鹊说好话，答应自己出工钱修缮木桩，请求花喜鹊原谅他。花喜鹊并未生气，他疯狂破坏木桩时，花喜鹊双手抱在怀中，身子斜倚着门，笑脸盈盈的，好似在看一桩有趣的游戏。巴音王冷静下来，向她道歉时，她还是那种神态。她向他甜甜一笑说：

　　"你真想听那首歌？你真的想听，我唱给你，我也不会要你的赏钱，你把赏钱随便赏给哪个婊子吧。"

　　巴音王毕竟是经过无数铁血阵仗的，脑子冷静的时候居多。他听出了花喜鹊言语中的蹊跷，看见花喜鹊开口要唱，他像是看见谁在背后向花喜鹊发暗器，一个健步冲上去，伸手捂住花喜鹊的嘴。花喜鹊没有防备，在要仰面跌倒时，情急之下一把抓住了巴音王的衣领，巴音王也没有防备会将花喜鹊冲撞了，也是情急之下，伸手揽住了花喜鹊的腰。两人的身体都失去了重心，虽没有跌倒，却紧紧地依偎在一起。巴音王从不沾染女色，花喜鹊自从丈夫死后，虽干的是迎客送客倚门卖笑的买卖，却守身如玉，从不轻许他人。刚闹了别扭，猛可间两个热身子撞在一起，虽隔着衣服，两颗心却同时撞出了火花。他在她那里，闻到了传说中的气息，她在他那里，唤回了久违的激情。两人相拥回到内屋，真个是同是天涯沦落人相逢何必曾相识。平静下来后，花喜鹊并不急着重整头脸，娇声说：

　　"你不是想听歌吗？现在正是唱这首歌的光景。"

　　花喜鹊轻轻哼唱了几句，巴音王明白了一切，忙伸手捂住花喜鹊的嘴，赧颜道：

　　"是我不明就里，孟浪了些，你不要搁在心上。你真是一块风尘中纤尘不染的羊脂玉啊，我巴音王漂泊半生，花甲之年过了，至今才懂得什么叫无上荣光。"

　　那是一首可以酸倒满口牙的酸曲。

　　花喜鹊并不打算就此饶了他，她扭过头去，恼道：

"谁信你的话呢，这话不知道你给多少女人说过了！你不是要去兰州听花儿吗，你赶紧去吧，省得耽搁了你的好事，这次你毁了我的木桩，下次，毁的恐怕就是我了。"

巴音王动用全部人生经验，终于赢得了花喜鹊的开颜一笑。

英雄的骨头，最怕的是美人的汤，经过花喜鹊美人汤的一番蒸煮，巴音王懂得了，人世间除了走马耍刀子的雄风历历，还有春风杨柳中的乳燕呢喃。要给往常，巴音王哪有这种耐心，早抽刀在手，必要的礼节完了，就是你死我活的刀刃磕碰声。无敌秀才遇到了身心里存放着花喜鹊的巴音王。

令巴音王没有料到的是，无敌秀才第一个挑战对象竟是他。这让他既恼怒又兴奋。一般刀客约战，自恃手段高强者喜欢以强对强，一步到位，免得与劣手纠缠，以示强中更有强中手，或者，专拣劣手对阵，借以祭旗立威，先声夺人。无敌秀才率先向他开战，既可理解为约战强手，亦可想象为拿劣手试刀。巴音王是兴冲冲赶来独流地的，怎么都以为该是他向他人挑战，无敌秀才此举，因为不在预期中，倒让他一时陷入踌躇。他即刻调整好精神，抽出刀来，要放马开战时，却听见无敌秀才喝令他慢着。原来这穷酸同时约战的是两个人。他用破蒲扇，向巴音王指指，又向祁连鹰指指，笑说：

"一个一个来太麻烦，本秀才还要读孔圣人的书呢，不像你们这些无业游民，整日价闲得打麻雀玩呢。一次上两个，早早打发了你们，本秀才拿上利物，娘子在家还等着买米钱呢。"他笑着对沙漠红说："本秀才知道你是杨家刀客的头儿，本应先请你赐教的，无奈，本秀才一心向往的是红袖添香夜读书，你这么漂亮的，在下实在下不了手，不怕大妹子笑话，我家常常狮吼连天的，贱内吃醋天下第一，小生见了漂亮女子，向来都是落荒而逃，今日一眼见到你，转身要逃，一颗心，一双脚，却被你迷住不得动弹了。所以，你请靠后，本秀才不与你打架，你一定要打，要杀要剐由你，在下绝无还手之念。"

无敌秀才的一番胡拉乱扯，让沙漠红心里甜滋滋的，毕竟是在夸她漂亮，女孩子，哪怕是走马舞刀的女孩子，到底是女孩心性，总是容易被夸赞她漂亮的人迷惑。她红了脸，骑在马上，瞟一眼无敌秀才，把眼睛落在马头上，忍不住，又瞟一眼无敌秀才。而受到挑战的两人，早已气涌如山，却不能即刻动手。为什么？刀客比武都是一对一，为了公平，为了尊重对手，也为了显示自己的本领，一人同时向两人挑战，说明挑战者的眼里根本看不起对手。巴音王、祁连鹰都是自视甚高，也真正有些本事的刀客，要论真本事，他俩都算是当今西北刀客中的领袖级人物，而独流地决战，四方八面都在翘首等待着消息，要是传出去，一个初出江湖的人同时向他两人挑战，而他两人又应战了，无论结果如何，哪怕他俩把挑战者剁成了肉泥，他俩在应战的那一刻，已经输得连底裤都不剩了。

　　心中最为不爽，脸色最为难看的是祁连鹰。独流地此行，于他，一不为争名，他在刀客界的名声已经到顶了，有无影子在，他也无须为争刀坛盟主这项虚名用心；二也不为争利，他有的是钱，那点利物于他而言，实在是小小不然的零花钱。他与别的刀客不一样，别的刀客，头上的名号，胯下的战马，手中的武器，便是全部家当。他是有实业的，甘州城里好几家商号的后台老板就是他。他此行的目的，完全是为了沙漠红。

　　在刀客行，祁连鹰武功武德都不错，但有一个致命的弱点，就是喜欢和漂亮女人纠缠。他见到漂亮女人，哪怕正在与人比武，眼见得对方刀尖都要捅进自己的心窝了，他的眼睛仍在漂亮女人身上，不肯离开半寸。他与沙漠红的结识，也是听说刀坛中出了这么一位百年不遇的女刀客，也许还是空前绝后的漂亮女刀客。去年，沙漠红为田青萍商队护镖，从西路驼道抄近道去新疆巴里坤，他打听到消息，假扮强盗前去劫道。他埋伏在一片商队必经的胡杨林里。他的意思是，如果沙漠红果真如传说中那样漂亮，他就出击，打败她，最好生擒了她，然后又施以高规格礼遇，与她搭上线，以后好接近。远远地，他看见商队过来了，一名刀客打马前后奔驰，照应着整个商队。从身形看，确有着妙龄女子的婀娜飘逸，可是，她的脸被一块厚厚的红绸巾严严遮着，只露出一双顾盼六路的眼睛。这也符合常情，西路驼道沿途都是流沙和戈壁，阳光如烈火炙烤着遍地沙砾，头顶的阳光劈空而下，打在地上的阳光又反射回来，别说女人的嫩脸，就是老皮老脸的男人，一趟镖走下来，那脸早已不算是脸了。还有那鬼魅般的风沙，刮起的沙砾，如同一颗颗从梁山好汉没羽箭张清手中飞出的石子，可以把坚硬的沙土墙打出寸深的土坑的。

　　驼队眼看到跟前了，沙漠红的脸面还严严实实包裹着，祁连鹰躲在树林中，心中急切地呼唤着：大妹子，解开头巾，让哥看看你的脸啊，哥只看一眼，你要真是漂亮，哥情愿帮你走完这趟镖，你要是徒有虚名，哥转身就走，绝不会伤害你的。呼唤了一会儿，祁连鹰自己都不好意思了：平白无故的，人家解开头巾干什么？凭多年在漂亮女人堆中厮混的经验，祁连鹰判断，眼前这位女刀客一定仪容不俗，不一定是绝色，至少也是人中上品。而刀客行向来是粗鄙武夫的天下，别说什么漂亮女人了，走一趟镖，需要在沙漠中跋涉两三个月的时间，能够看得见一匹顺眼的母骆驼，看得见偶尔飞过沙漠的雌鸟，心中都能荡漾起一波湿润的涟漪。

商队眼看接近胡杨林了，方圆百里只有这一片十几亩地大小的绿色，原因是这里的一座沙丘下，莫名其妙涌出一股泉水。沙漠中有水的地方，必然有树有草，那树那草都是疯长的，全不似内地雨水丰沛之地的草木，占着这样的天时地利，不情愿似的，一副蔫头耷脑相，好似那些富家子弟，整日锦衣玉食，却活不出一种精神样来。这片小绿洲没有人烟，谁也不会选择在这种十三不靠的地方安家。本来这是商队打尖休整的好地方，一般实力较弱的驼队却往往选择快速通过。缘由不为别的，强人土盗看中的也是这个地方。祁连鹰发现这是一支大型驼队，至少有百十峰骆驼，逶逶迤迤一里长短，而护镖刀客却只有一个。这样规模的商队，护镖刀客一般都在三人左右，前中后各一名，护头护腰护尾巴，前后照应。这个沙漠红也太自负了吧，或是太贪财了吧，三人的酬金一人独挣，爱钱不要命了这个死丫头！继而一想，沙漠红是有名的仗义疏财的刀客，眼中只有道义，进不去钱的。那么，只有一种可能：她对自己的武艺相当自负。

祁连鹰想着，沙漠红肯定是要选择快速通过胡杨林的，未料想，她打马先到林边，招呼后边的驼队跟上，要在这里歇息。

"这死丫头，哥今天给你上一堂江湖课吧，免得你以后因此着了别人的道儿，哥好生心疼呢。"

祁连鹰不觉童心大起，决定先逗这个女娃玩玩。他捏住鼻子，学了几声狐狸叫。小绿洲确实是有狐狸的。叫毕，他在观察沙漠红的反应。沙漠红丝毫反应也没有，骑在马上，指挥驼队的人，卸货的，打水的，找阴凉地儿的。对身边的危险一无所知。祁连鹰又学了几声狐狸叫。沙漠红照旧头也没回，散淡地撂出一句话来：

"你还有没有别的本事？烦人不烦人，狐狸叫也学得不像。"

"啊？你看见我了？"

祁连鹰大惊失色，自以为自己的隐身术无与伦比，躲在沙丘上像沙丘，躲在树林中像树林，没想到早暴露了。这女娃果然厉害！祁连鹰一时心气大泄，万般没意思地骑着马从树林中走出。沙漠红头也不回，向身后撂出一句：

"既然是刀客，就别来这种小偷小摸行径，还不报上字号来？"

"啊，你怎么知道我是刀客？"这一下，祁连鹰的心气完全泄了。他颓丧地抱拳说："在下祁连鹰，特来……看看，"他本来要说来看看你是否像传说中那样漂亮，又改口说："我知道你独自一人走镖，江湖凶险，心中十分放不下，奢望暗中助女侠一只猫那样大的一点力。"

"我走镖，你放心不下，关你什么事儿？一只猫那点力气，又济得了什么事？"

毕竟是成名刀客，脸早已让江湖上下人等恭维大了，祁连鹰窘迫万分，又不好就此说明来意，便假意道：

"我真的……真的是放心不下你……帮你……走镖的。"

"谢谢你啊，不过，我虽本事低微，却无须你帮忙，再者，我的生死荣辱，也用不着你放心不放心的。本姑娘习惯以小人之心度君子之腹——你不会是缺钱花了吧？不过，本姑娘明确告诉你，哪怕你为了帮我走这趟镖，折了胳膊断了腿，送了命，也不会得到一文钱。本姑娘可是看见钱眼就往进钻的人。"

祁连鹰知道沙漠红在说反话，那泄了的心气不觉上来了，眼前一片光明，心底一派坦然，他纵身下马，朗声笑道：

"真人面前不说假话。在下就那点出息，遭人耻笑多年，先前的脸皮越是耻笑越厚，现在，已经被耻笑得没有脸皮了。实不相瞒，在下听人说，女侠武功非凡，华容绝代，想就近一睹芳容，心中便无憾了。请大侠见谅，亦望大侠成全。"

"要看就大大方方看，人长了脸，难看好看，都免不了让人看。那样偷偷摸摸的，哪有个大侠的范儿？"

沙漠红笑着，顺手解开了头巾。解开头巾后，笑声戛然而止，一身一脸都是凛凛然，萧萧然。

"啊？"祁连鹰惊叫一声，双膝跪地，将面前的沙地砸出两个深深的沙窝儿。

"你怎么了？"沙漠红诧异。

"啊，啊，啊 ——"，祁连鹰两眼翻白，大张着嘴，活像人在咽气时的光景。

沙漠红毕竟涉世不深，又是从没遇到过，让她无任何心理准备的突发事件，一时心慌，回头忙喊队里略通医术的伙计前来查看救护。这时，祁连鹰一口气终于倒过来了，他哮喘病人似的，波峰浪谷般大喘着气，说：

"天 —— 天 —— 仙 —— 啦，天仙 —— 啦！"

沙漠红这才稍稍明白过来，她觉得这人真是好玩。这个念头一生，她一个惊悸，死死掐住这种一厢情愿式的善良。江湖险恶，眼前这人又是出入花丛的惯手，一个大男人，又是成名刀客，以如此夸张到下作的言行蛊惑一个自己并不熟识的女子，可见，这人心底之阴暗，行为之龌龊，真是登峰造极了。当年，她艺成拜别师父塞北狼下山时，恩师特意嘱咐她说：

"心术端正持身端正的人，为人处事一般都会像圣人说的，执两端，用其中，有时可能情形特殊，两端会偏高偏低一些，不会太过离谱。徒儿以后一定要对言行登峰造极的人时时保持高度警惕。说坏话，做坏事，达到登峰造极的人，当然要警惕，对这类人保持警惕，差不多的人都可做到，可是，对于说好话，做好事，达到登峰造极的人，更要保持警惕，对这类人保持警惕，可不是一般人能做到的了，而对人造成致命伤害的人，恰恰是这后一类人，徒儿切记。"

想起恩师的话，再看眼前祁连鹰那种呼天抢地的样儿，顿时，看在眼里的全是祁连鹰那颗肮脏的、险恶的心。想起母亲当年的遭遇，和由不负责任的父亲给自己的童年造成的屈辱和苦难，沙漠红不觉打了一个寒战。随即，一腔厌恶和由厌恶激发的怒火冲天而起。自从拜塞北狼为师以后，在师父的开导下，她积久的心气和怨气渐渐平顺，轻易是不发火的，下山后，无论遇到多么凶险的处境，无论面对不逞之徒怎样无耻的挑衅和胡言乱语，开战前，她都能保持平和的心态，绝不会乱了方寸，而这次，她自觉心底一片散乱，头脑昏昏沉沉。她居然泼妇似的歇斯底里地大叫一声：

"无耻淫贼 …… 滚开！"

祁连鹰吓了一跳，抬头一看，刚才那张春花秋月般的脸，已变成一颗摔碎在地上的半生西瓜，绿的，红的，白的，一地混乱。他不明白这是怎么了，马上想到一点是自己的唐突所致，看见因为他的缘故，眨眼间一件烛照古今的瓷器损毁了，宛如无数只毒蝎，挥舞着毒螯，扎向他的心尖。一阵战栗过后，他嗫嚅说：

"好好——妹妹，你——你这是——"

"滚！滚不滚你？"沙漠红抽出自己那把让江湖上下闻风丧胆的问天钩。这是她自己设计，由师父请有名铁匠为她打制的应手兵器。钩分三叉，形似大厨的捞肉钩子。三股铁钩同时指向祁连鹰的下巴，要是双方正在对决中，沙漠红只需手腕一抖，祁连鹰的头就会离开身子，很难看地在沙地上乱滚。

此时，祁连鹰倒从突如其来的心痛和震惊中清醒过来了，他依旧跪在那里，昂起头，语调舒缓字正腔圆地说：

"女侠，相信我，在下虽然不堪，却对你没有丁点坏心。如果哪里冒犯了你，你动手吧，死在你的钩下，祁连鹰得其所哉，无上光荣。"

如果祁连鹰此时兵器在手，沙漠红哪怕是担着偷袭别人的恶名，都会用她的问天钩送这个万恶淫贼归天的。可是，他手中没有兵器，哪怕他是自己的死敌，而此时，这是一个跪在自己面前的死敌。此时下手灭了他，实在有些下作。她将铁钩略提一提，钩住祁连鹰的咽喉，有些气急败坏地嘶喊道：

"你滚不滚？不滚，你的狗头就滚了！"

祁连鹰大无畏地昂起头，镇定地说：

"你要是想看看人头在沙地上滚动的样子，我，祁连鹰情愿成全。"

沙漠红无奈，想收回问天钩，又没有收，她回头喊道：

"还不动手，给我打死这个淫贼！"

沙漠红不便动手，她是刀客，刀客任何时候都得按刀客的规矩行事。不是刀客的人，自然可以无视刀客的规矩。几个早已严正以待的粗猛伙计，等的就是这一声。他们挥舞棍棒蜂拥而上，将祁连鹰一顿劈头盖脸乱打。

祁连鹰不像一个活人，倒像是一尊没有生命的泥塑，端端正正跪在那里，头上身上，红血飞溅，一会儿颓然倒地。这是几个粗通武艺的粗壮伙计，情况紧急时，给护镖刀客帮手的。与高手搏命，他们武艺粗疏，不济大用，打一个不还手的人，他们手中棍棒的分量是很足的。看见祁连鹰死都没有任何躲避和反抗的动作，沙漠红心尖那儿忽地一软，挥手制止了伙计。她看见倒在沙地上的一团烂肉，让那个略通医道的伙计上前查看。伙计摇摇头，悄声说：

"恐怕不济了。"

沙漠红说：

"尽心吧，侥幸活了，是天不灭他，不幸死了，咱们算是代行天罚。"

歇息了一会儿，沙漠红看见死狗一样蜷缩在沙窝的祁连鹰，顿感百无聊赖。她指挥驼队打点货物，重新上路。临走了，她已上马，回头看一眼仍像死狗一般蜷缩在沙窝的祁连鹰，心下颇为伤感，毕竟都是同行，刀客饭是一口提上头挣饭，挣了饭又常常难以下咽，说起来，同是天涯沦落人，相煎又何必太急啊！她从怀中掏出塞北狼送给她的治疗跌打损伤的应急特效药，示意那个略懂医术的伙计给祁连鹰上药。她看见祁连鹰的坐骑拴在一棵高大的白杨树下，也许已经察觉到主人出了问题，她让伙计牵来，拴在距离祁连鹰最近的地方，又命人将祁连鹰抬到树荫下。她看见祁连鹰坐骑鞍上插着一长三短四支标枪，心中忽地一热，原来，祁连鹰是徒手，对她没有任何防备。一阵凄楚涌上心头，眼泪差点夺眶而出，莫非真个孟浪了，冤枉人家了？事已至此，又该如何呢？她想起师父当年与河东刀客崆峒雁交好，在一个客栈，两人纵酒而歌，师父喝醉后，崆峒雁剁了师父的一条腿。这还不是最要命的，这个流氓刀客竟然当众给师父的佩刀上撒了一泡尿。师父少了一条腿，并不影响他的武功修为，可是，一个刀客被另一个刀客侮辱了佩刀，那是终生之辱，是无论以什么方式都无法洗刷的永恒之耻。师父连报仇雪耻的心情都绝灭了，他宣布封刀退隐，从此不再在江湖露面。只因为她为母雪耻情切，师父被求不过，答应收她为徒，又因师父德高望重，驳不过江湖同仁的情面，有时也出来做一些主持公道的事情。她担心万一有崆峒雁这种下作刀客路过，借此臭了祁连鹰的兵器，便令伙计取下兵器，小心地压在祁连鹰身下。安顿了这一切，沙漠红这才怀着满腔愧悔和牵挂上路了。

这次在来独流地的路上，她远远地便认出了祁连鹰，她心中颇感难为情，正想避开，祁连鹰却打马飞来，到了跟前，翻身下马，拱手道：

"谢过女侠不杀之恩，还有赐药之情以及善待兵器之义。这恩，这情，这义，小可当以一生真诚报答。"

沙漠红只好拱手还礼，她没有下马，一时极为尴尬。好在她是女子，女子在男子面前，是允许有一些小小的不讲道理的。她笑道：

"你怎么没死？"

祁连鹰又以夸张的表情，不正经的口吻说：

"本来我已经死了，到了鬼门关，听见身后妙音菩萨呼唤，回头一看，原来是你，我就不想死了。"

"不理你这个大贫嘴！"

沙漠红打马绝尘而去。她太小瞧祁连鹰了，她指挥伙计暴打祁连鹰时，那几个粗莽伙计倒是下了死手的，可他们出蛮力一个顶俩，打人还是不得要领。习武之人，只有学会挨打才可学会打人，祁连鹰挨打的功夫绝不低于打人的本领，伙计打他时，他运足内功，将要命处护持得密不透风，那些粗莽伙计只知乱打，看起来，打得血头烂身子的，却并无大碍。沙漠红安排伙计给他做的一切，他心里感动着，又在忍不住偷笑，甚至有些犯贱的冲动，几次试图睁开眼睛，说几句混账话，让沙漠红亲手揍他一顿。

这次，祁连鹰与沙漠红同时受雇于杨家，沙漠红完全不知情，祁连鹰却早已知道，也都是他一手操纵的。他想着，与她并肩作战一场，他把自己的本质完全展露于她，让她对他产生好感。上次，不怪沙漠红对他下狠手，怪他自己轻薄了。

面对无敌秀才带有侮辱性的挑战，祁连鹰真想打马上前一镖捅死他，或者，根本用不着如此麻烦，随便发一支小镖，他断无活着之理。

无敌秀才一出场，无论怎样装神弄鬼，祁连鹰一眼看出，这是一个一天武功都没有练过的人，哪怕他有什么独门暗器祖传秘术之类，也绝不会给武功高强者造成什么伤害。祁连鹰想着：我看出这个混混没有武功，难道沙漠红会看不出？我杀了此人，非但无法显示我的武功修为，倒显得我缺少武德了。他立马阵前，像看丑角戏一样看无敌秀才的表演。巴音王当然也看出了无敌秀才没有武功，但他是和洋人交过手的，僧格林沁多厉害的人，三千精骑，如暴风从大地上刮过，可是，一个都没有突入洋人阵地。刀对刀，枪对枪，洋人未必是大清勇士的对手，可是，洋人真他妈是洋人，手中那洋玩意，居然那样厉害。听说这个无敌秀才是与洋人有些瓜葛的，看他那孱弱不堪又有恃无恐的样子，说不定手中真有什么洋玩意呢！在西北刀坛，巴音王向来不愿把自己与别的刀客并列，他认为别的刀客无论武功高低，都是没有见识的土鳖，根本不知道这个世界是什么样子，他自己呢，是和洋人打过仗的，虽然打败了，也算是打过，打过，打败了，和纯粹没有与洋人交过手，那完全不一样。"那不一样，那咋能一样呢，你只听过猪哼哼，没有吃过猪肉，你还以为猪肉的味道就是猪哼哼呢。"巴音王经常对人这样说，说这话时，他往往要大手撩起，一下子将手撩过肩膀，快要拍着自己的后背了。

巴音王说对了一半，西北刀客没有与洋人在战场上真刀真枪交过手，却是见过洋人的。这几年，不断有洋人穿梭于河西走廊，走路总是寻寻觅觅的，与人交往总是喜欢打听一些事儿，比如哪里有古墓，哪里有佛家洞窟，还有山川地理之类，他们手中总是拿着一样东西，见了这个那个完全没什么意思的东西，比如残破的长城什么的，双手举着那玩意儿，眼睛藏在那玩意儿后面，两腿叉开，撒尿不像撒尿的，咔嚓咔嚓个不停。据说，那小小的玩意儿能把高可摩天的山都能装进去，把人装进去更不在话下了。据说，只要装进那玩意儿里面，山虽然还在原地蹲着，并不缺少什么，可山里藏着的宝贝，就让人家连根挖走了，人只要装进去，表面看，你还是你，可你已经不是你了，你的身子还原模原样的，你的魂已经让人摄走了。你的魂一旦装进人家手中那玩意儿里面，人家让你干什么你就得干什么，你要是女人，人家让你脱裤子，哪怕是青天白日稠人广众，你都会把裤子脱了，你却浑然不觉。

"我才不上你的当呢，让祁连鹰这个土鳖先上吧，等你亮出藏在身上的洋玩意儿，我再相机出手也不迟。"巴音王想到这里，嘴角撒过表示优越感的一笑，偏过脸对祁连鹰笑说："鹰兄，不才老矣，所谓老而不死是为贼，胜败名声已然无用了。老朽今番前来并不为与谁争胜，只是想看看刀坛后生才俊到底修为如何。阁下是当今刀坛的希望所在，何不一展身手？当然，鹰兄要是慑于无敌秀才威名，就此铩羽，也未必不是明智之举。"

祁连鹰恨得牙痒痒，巴音王看似压低声音在跟他说话，嘴唇锉得小，音量却吐得粗，是那种恨不得让满世界的人都听得见的声音。祁连鹰进退两难，将那只长镖拔出来，提在手中，要打马上前时，又把眼睛四处乱瞟，想看看大家的反应。现场没有什么特别的反应，完全不像以往那种，唯恐天下不乱，恨不能唆使蚂蚁与老虎打架的兴奋。他还在犹豫，无敌秀才却说：

"不才行走江湖多年，曾听道中人说，大侠巴音王曾让洋人的洋玩意吓得尿了裤子，一直想向巴音王当面求证，一者呢，不好开口，这毕竟是一件丢人事情，一者呢，彼此都忙，总是缘悭一面。也是天缘到了，今日当面讨教，到底是也不是？"

"胡说，胡说，简直胡说！老子败给洋人是真，何曾尿过裤子？谁说的，老子砍他八百刀！"巴音王抽刀在手，摆出了砍人八百刀的架势。

祁连鹰终于逮住了报复巴音王的机会，他撇嘴一笑，说：

"巴音王果然英雄盖世，在下算是见识了！不过，以不才浅见，巴音王手中的刀是与洋人搏杀过的英雄刀，英雄刀切豆腐，岂不辜负了？所以，你不是让洋人吓尿了吗，何妨再尿一次，一泡尿淹死说闲话的人，那才配得上巴音王的盖世威名呢。"

一地爆笑，众刀客个个捧腹大笑，沙漠红虽偏过脸去，仍掩饰不住一脸莞尔，民众稀里哗啦乱笑，连一脸肃穆的塞北狼都咧嘴一乐。

巴音王在花喜鹊那里得到的一星半点儿温柔心肠，在一地哄笑中顿时溃不成军，他双腿使劲一磕马肚，坐下马原地腾起几尺高，马蹄未落地时，手中刀已向祁连鹰劈面挥了过去。两人本来是并排站着的，相距不过半丈远，以巴音王这种凌厉刀法，又是突然出手，要是一般的人，绝难逃过身首异处下场。但，他的刀却砍空了，将那片空气砍得呜呜乱叫。他有些纳闷，本来是不屑睁眼睛看的，这一刀出去的结果会与他心中所愿严丝合缝。

凭手感，这一刀砍空了。

刀客交手，都是一招换一招的，你砍空了，对手绝不会放过这个空当，他想都没想，一手略在马鞍上按一按，身子已经离鞍三尺高，一支火爆的铁镖正好刺向他与马鞍之间的空当中。他将手中刀就势反跳，荡开那支直戳戳的铁镖，稳稳地坐在马背上，随手又向祁连鹰挥出一刀，祁连鹰一镖刺空的当儿，已然提起马头，人与马空中一旋，已在一丈开外，巴音王一荡一劈，两刀也都落了空。

"好！好武艺！"无敌秀才适时开口一赞，一地都是叫好声。

内行看门道，外行看热闹，无敌秀才哪里看得出，这一来一往，虽一个没有打着一个，兵器之间还都有着相当的距离，其实，胜负已经分出来了。独流地的人同时把自己今天的生死抉择都忘了，一直听说刀客如何如何，今天亲见刀客交手，果然好看。年纪轻些的人拿不准事情的轻重缓急，马上将刚才的交手与以前两家的械斗场面联系起来，真是不比不知道，人家这真是比武，咱们虽然打得热火朝天人头落地，实在不上档次。他们吆喝着，为双方喝彩鼓劲，希望这场架打下去，永远不要停下来。

逃过一劫的祁连鹰喘息连连，转身向巴音王拱手道：

"巴音王果然厉害，在下永远不会再说你尿裤子的事情了。"

"祁连鹰客气！尿没尿过裤子，其实无关紧要。"

两人罢战，算是不握手但言和了。无敌秀才呵呵一笑说：

"你们这两个江湖混混，不敢接受我的挑战，自己倒打起来了，什么意思嘛！"

塞北狼也觉得不能再这样拖延下去了，把一场肃穆的决战场地变成了上演丑角戏的戏台，这是对刀坛的不尊重。可知，刀坛的尊严是用刀树立起来的，如此游戏化，怎么得了。这都是他这公证人执法不严所致。他抖擞精神，还没开口说话，一种庄严气象已经统摄了全场。他说：

"无敌秀才，老夫再问你一句：你究竟是继续参与刀客决战，还是就此退出？以老夫浅见，你还是退出吧，没有人会为难你。"

"这是什么话？真正的老夫浅见，又老又浅之见！一个刀客向另外的刀客挑战，是一个刀客的义务，也是天赋之权，为何独独让我退出，刀坛规矩就是这样随意被更改被亵渎？难怪刀坛日薄西山后继乏人，原来都是你们这些又老又浅的人翻手云覆手雨，刀坛蟊贼，是可立斩无赦者也！"

无敌秀才一席话，说得塞北狼羞惭满面。他说的是事实，刀坛确实不景气，可那因素很多，比如，海路开辟，西洋商船云集，丝绸古道的终端又多为荒凉萧条之地，加之沿途政府孱弱无力，关卡林立，盗贼公行，中原商人大多都转走海路了，西域商人也多选择海路贸易，现在能够正常进行的只剩下五条穿越大沙漠的驼道生意。生意淡薄了，刀客自然少了用武之地，许多刀客转行给富家豪宅看家护院，雇主固定了，少了真刀真枪的历练，自然后继乏人了。可这，难道是他塞北狼一人的责任？不公平，不公平嘛！然而，这是事实，身在刀坛，刀坛的兴衰荣辱，自己岂可置身事外，把自己撇清了？塞北狼向无敌秀才抱拳躬身说：

"无敌秀才一番斥责，不才如醍醐灌顶。不瞒你说，此番高论，夜深人静时候，不才也曾暗自反省过。只是天地倒悬天河倾，老夫才智菲薄，无力翻转罢了。"

"真正的推卸责任！挟泰山以超北海，非不为也，是不能也，拔一毛而利天下，非不能也，是不为也。设若我们刀坛人士，个个以天下为己任，为振兴刀坛克尽绵薄，刀坛境况岂能惨淡如是！请问塞北狼，还有在场诸位，为了刀坛盛衰，你们究竟拔过自己身上的几根毛？你们舍不得自己身上那几根不值钱的毛，我无敌秀才看不下去，冒着粉身碎骨的凶险，情愿拔光自己身上所有的毛，借以惊醒刀坛沉睡者，却被一而再再而三推诿拒斥，是何道理，是何道理，天理何在，天理何在！刀坛祖宗啊，你们怎么摊上了这些不肖后人啊！"

　　无敌秀才本是搅局的，他的一番即兴胡说八道，关于天下大势丝路商贸大局，倒是他在外多年奔走的眼中所见心中所想，至于刀坛的是是非非，则纯粹是为了搅局。他不知道，他的胡说正好是正说，说得恰如其分，这种见识，绝非刀坛之外的人能够具备，这种话，绝非刀坛中的泛泛之辈说得出。说中了刀坛情形，触动了刀坛中人人都心知肚明却不愿也不忍正视的残酷现实。在场的所有刀客好似听到了刀坛就此解散的朝廷敕令，个个垂首敛眉，黯然无语。无敌秀才来劲了，他骑着早已疲惫不堪的老叫驴，在场中转来转去，将破蒲扇挥舞来挥舞去，即兴说：

　　"所谓大厦将倾，安有完卵？你们，你们不思救亡图存之策，却为了人家那区区赏金，聚众斗殴，好似风雨欲来，燕雀眼看要遭灭顶之灾，却为一只虫子掐得死去活来，想想你们的往日故事，看看你们今天的行为，羞也不羞？我为你们哀叹者一，羞惭者二，痛哭者三，呜呼，呜呼，我无敌秀才生不逢时，怎么摊上了这么一帮子鼠目寸光的愚氓同行啊！"

　　谁都听得出，无敌秀才在借天下雨，贬低同行，抬高自己，但刀客们却不这样想。无敌秀才说中了他们的心事，他们是靠这条商道生存的，商道繁荣，他们活得滋润，商道衰落，他们成了枯水河里的鱼儿。其实，比无敌秀才所言还有更严重的，随着大批洋枪的流入，刀客武功再高，一个手中有洋枪的弱女子都可以让你蹲下撒尿你不敢站着撒。对前途的忧虑，让在场的刀客心气一泄无余，包括沙漠红再也没有足够的肢体语言支撑自己那睥睨万端又娴静可亲的矜持了。她端坐马背，低首敛眉，马耳旁边的那撮红毛，如苍白空无的地平线上一颗红日冉冉升起，这一刻，在她的眼中闪现出一种叫作光明的东西。

　　场面再也难以维持下去了，巴音王和祁连鹰决不可接受无敌秀才的挑战，大嬴即是大输，不是他俩输了，是整个刀坛输了，是整个刀客行的合法性遭到了颠覆，过去、今天和未来，刀客的存在都会让人感到莫名其妙。刀客界最讲的是规矩，每一条规矩都拥有无上的神圣性，可是，没有一条规矩是皇皇成文的，完全在于当事人的临时搬用。谁主持制定的规矩，谁来执行规矩，执行规矩者的资质是什么，都没有严格的边界。没有边界的规矩和没有规矩并无两样，甚至比纯粹没有规矩还要糟糕，许多不逞之徒正是利用规矩的模糊性，以执行规矩之名行颠覆规矩之实。比如，当下的情形，一个确定无疑的江湖混混，借用刀坛规矩的名义可以把十一名当世一流刀客当猴耍。公平地说，这不怪人家，是规矩本身出了问题，人家在借规矩打规矩，合理利用规矩。刀坛对决向来都是一对一，相沿成习即为规矩，可是，并没有明确规定，一人不可以同时挑战两人。而遭受这样挑战的两人都会视为对自己的轻蔑，不接受挑战吧，等于你临阵逃脱，接受挑战吧，输赢都是输，前提已经将你置于输的境地。

塞北狼说："老夫行走刀坛半辈子，今天算是长了见识，这公证人是无法当下去了。要继续打，你们另请高明担当公证人，要是不打，怎么了结才算合情合理？刀坛是大家的，大家拿主意吧。"

"大侠的主意就是我等的主意！"十名刀客异口同声说。

"那好，谢谢诸位同仁抬举。以老夫看，今天的刀客对决，事实上并无对决的行为，但已经摆开了对决的架势，总得有个了结，既无胜败，是不是以和局收场？而主导和局产生的是无敌秀才，那么，赏金便归于无敌秀才，今天的对局，最好命名为秀才和。如此，决战双方都有面子，无敌秀才又可获得赖以糊口的赏金，而自古又以和为贵，一举而数得，我等以维持商道和平为己任者，岂非得其所在？"

"谨遵大侠训诫！祝贺无敌秀才以和取胜！"

十名刀客齐齐抱拳，向塞北狼行礼毕，又向无敌秀才致礼。无敌秀才也抱拳回礼，收了不正经，一本正经说：

"实不相瞒，在下就是独流地人士，贱名杨修平，刚从东洋留学归来，今天搅了诸位好事，心中实感不安。在下真正意图是，借此真心与诸位结交，诸位都是洞明世事之贤达，如今山河破碎，国将不国，我等难道就这样糊里糊涂打打杀杀下去吗？不才在独流地专候，诸位若有兴趣，随时都可于此相聚，这里是有志者永久的家。至于赏金，实在不好意思，算是杨某借大家的，在下将用在适当的地方，保证不会贪墨一文。"

刀客们表情落寞，来时逶逶迤迤，走时却逃也似的，个个飞身上马，呼啸而去。

第九章

无敌秀才的独门秘籍

　　从日上中天登场，此时已是夕阳西下光景，几乎都是杨修平一人在演独角戏。外表的吊儿郎当并不能消解内心的恐惧，在出场前，他全身都在颤抖，几乎无力跨上驴背，登场后，他强自镇定，而强自镇定是要耗费比吓得发抖还要多的心力。他的精神一直处在高度紧张状态，而又要保持大无畏的表情，半天的内外煎熬，几乎让他变成一张被熬干榨尽的空皮。胯下的那头老叫驴没料到，在它为主人耗尽全部忠诚，获准荣退，安度最后岁月时，却遭遇了这场磨难，看着一匹匹只需一抬腿就可踢死它的骏马，马背上又是一些杀人不眨眼的刀客，而它是深知自己的少主人的。少主人那两下子，别说与刀客对阵，随便一个不通武功的壮汉，一声暴喝，都会让少主人尿裤子的。而这个少主人却不自量力，大话连篇，骂这个，讥讽那个的，你这是干吗呢，它伺候老少主人大半辈子了，也算是见过一些世面的，快死了，却对这个世界一片茫然：你看看，少主人居然是胜利者！

　　老叫驴驮着少主人折腾了半天，内心的煎熬，体力的虚耗，早已心力俱废，终于挨到刀客走了，主人滑下驴背，老叫驴心气一泄，再也支撑不住，就势颓然倒地。杨修平伸出一根手指，向杨存志随意一指，淡然说："去，把驴给我喂上！"他又指着白家的一个小孩，向树杈上一指，决然说："把那个给我取下来！"白家小孩不敢有任何怠慢，鼠蹿上树，取下包裹，递给杨修平。杨修平伸出食指，随便一划拉，喝道："双方族长留下，其余人等都给我回去！"

杨白两家的人一哄散了，杨灭白和白灭杨像两个听话的孩子，低首敛眉，垂手站在一旁，静候杨修平的训诫。杨修平手里提着从树上取下的那一袋黄白之物，什么话都没说，蹒跚着，向河边走去。太紧张了，太累了，活这么大，杨修平还没有经历过这么熬煎人的事情。两个族长此时像两条老狗，对主人忠诚了一辈子，以前调皮捣蛋过，对主人的言行在内心质疑过，对主人的指令，虽是执行了，但犹豫过，试图反抗过。这时，一切都是淡定，淡定的澄明，澄明的淡定。

　　独流水本来水量就不大，春旱水枯，只剩下一步宽窄的水流，裸露的河床青石磊磊像是撒满河滩的刚剪了毛的羊。杨修平来到河床最窄处，也就是上下独流地接壤处偏于上独流地数十步的地方，他将提拎着的羊皮袋随手扔在一块表面平滑的大青石上。羊皮袋发出一阵零乱而响亮的叫声，好像那是一只活羊，好似里面装的是活着的生命。两个族长心里各自随着羊皮袋叫了一声，差点都叫出口，各自在心里骂了一句：狗日的，不是你的东西，你不心疼！两个族长满以为杨修平是要给两个家族分配利物的，生怕把什么摔坏了，生怕把摔坏的分给他。失而复得，比先前还多出许多的，听刀客说是一个叫什么田青萍大掌柜赠送的银子，两个族长内心兴奋得像两个接到出手阔绰大嫖客的窑姐儿，各自把双手倒搓着，在磊磊青石上行走。

　　那是一桩难度极高的活儿，只有腿脚灵便的年轻人才可纵跃自如。他们这种年纪已经不适合走这种路了，他们又是掌管家族权力的人，自从继任族长以来，再也用不着走这种不是人走的路了。但他们在卑贱少年时练就的跳跃青石块的功力，在这一刻都回到身上，好似忽然记起了某个淡忘已久的有趣故事。两个老人其实远比杨修平干练，找着感觉后，蹦蹦跳跳，每一脚都会不偏不倚准确无误地踩在合适的地方。羊皮袋在青石块上发出惨叫声时，他俩各自一呆，暂时扰乱了心智，脚步也乱了，两人同时差点一脚踏空，好在都只剩最后一步了，各自身子歪了歪，各自又端正了。

　　杨修平并不急着说话，他爬上大青石，昂起头，把眼睛扔给天地间只剩下一抹余晖的夕阳，目光迷离而空洞，表情惨淡而冷峻。晚风适时而起，两面高山，挡住了风路，所有的风都拥挤在狭窄的河床，风好似也急着回家，像一群归圈的羊，互不相让。杨修平还穿着那件破旧的灰布长袍，风从长袍的下摆钻进去，缘腿而上，直到丹田上下部位才同时发力，杨修平的腹部鼓起来，已经不堪承受劲风催迫的破布袍，像是一个已经脱离母腹，却被无来由阻隔的婴儿，手脚乱抓乱蹬，长袍发出一阵阵撕裂的声音。杨修平很享受这样的时刻，在读古书时，他的脑海里逐渐聚拢起一些形象，看不见实体，无法准确描述，但却是活灵活现的。壮志未酬的英雄，就应该在夕阳西下时分，伫立苍茫天地间，眼望一无所有的虚空，这种场景也适合怀才不遇的文人，前不见古人后不见来者，那么，我就是古人，我就是来者。

"天啊，地啊，我来也！"

杨修平是面朝着虚空的，两个老人站在他的背后。大青石让他们各自所在的位置产生了巨大的落差。今天，杨修平笑傲于刀枪阵中，目无杀心澎湃的刀客，诸葛亮舌战群儒，视江东才子为无物，一古一今，一个是古圣先贤，是真是假，业已灰飞烟灭，留下的是传说，一个是自家儿郎，而今日却是亲眼所见，想必诸葛亮当年亦不过如此吧。所谓英雄不问出身，古人把人能够想到的，能够说得出的道理，都说完了，说透了。

两个在各自家族中说一不二惯了的老人，此时举头仰望着杨修平的后背，那储满晚风的长袍，使得杨修平有着一种虚肿的伟岸，他的腋下正在生长着一对冲天的翅膀，羽翅迎风抖动，哗哗的震荡声，让两位老人同时生出了拽住他的冲动。

此时，杨修平回过头来，两位老人举头仰视，却见杨修平泪流满面。他们以为他是让风吹了眼睛。他们哪里懂得，杨修平是因为冷，高处不胜寒的那种冷，他恍然觉得，自己已经站在一个时代的制高点了，国运民命一身所系，舍我其谁，而又四顾无路，气吞八荒，而又气血两亏。要改变一个泱泱万民的老大帝国谈何容易？哪怕是让生于斯长于斯的小小村庄寥寥寡民发生一些改变，都是一桩仅凭个人之力难以完成的旷世工程。当他回过头看见两个家族掌门人，自小看见他们便不由得心怯气沮，直到留洋归来再度见到他们，仍然克服不了这种心理障碍的困扰，而此时，他在俯视他们，他们竟然是那样渺小猥琐，真的像是两只牙齿脱落干净的老狗，或是今天被他压在胯下累瘫的老叫驴。他忽然有些可怜他们，由他们出发，进而可怜父老乡亲们，几十年来，两个家族多少鲜活的生命，喘息于他们的威权之下，而多少生存发展的机会，都像压在这块青石下的草，艰难地破土发芽，又无奈地枯萎死去。在这一刻，白天比武场上获得的自信，如那强劲的晚风，一下子蓄满了身心内外。他伸出脚尖，踢一踢羊皮袋，漠然说：

"这些东西咋办嘛！"

杨修平嘴里念叨着，不像是请示或征求谁的意见，他又伸出脚尖，踢踢羊皮袋。羊皮袋如一只被捆缚了四蹄等待宰杀的老羊，凄惨绝望地叫了几声。两个老人的心口那儿随着叫声一抽，再一抽，心里同时骂道：狗日的，有踢猪踢狗踢人踢烂石头踢土坷垃的，哪有踢宝贝的？宝贝可是通灵神物呢，它们不会说话，可它们是长着眼睛长着腿的，它们看得见谁真心稀罕它们的，它们只会往稀罕它们的人那儿走呢，这可是拿你的小命换来的，两个村庄几百号人可都指望它们活命呢。要是往常，两个老人都会在第一时间，不约而同伸出手去，一人扯住一条腿，将这不学好的从高处扯下来，踏在脚下，捶不死他，也要让他一生一世都记着怎么善待宝贝。今天是个例外，反正他又没有使劲踢，反正宝贝又不是豆腐，踢吧踢吧，狗日的踢吧，反正宝贝是你狗日的拿你狗日的命换来的，踢吧踢吧，想踢就踢，你踢你的命呢，无所谓的，踢吧踢吧。杨修平果真又将脚尖伸向了羊皮袋，这次他没有踢。他不耐烦地说：

"你们倒是说话啊！"

"哦哦，哦……"两个老人像是在婆婆面前做错事的小媳妇，一脸惶恐，嘴里先不表示任何意思地答应着，在这当儿，想好了要回的话，两人同时说："谁家的……谁家拿回，余下的嘛……"

"这是谁家的？"杨修平笑笑地问，却是那种讥讽的，不怀好意的笑。

这种笑，两个老人都是懂得的，他们有时候处罚家族中犯了错的人，并不怒形于色，而是像这样笑笑的。

"听清楚了：这是我的，我一个人的！"杨修平收了笑，换成一种商人的脸色。

"啊，你的？怎么是——你的？明明——"两个老人怔怔地望着自家儿郎。

"这些东西昨天是谁的？今天早上是谁的？刀客决战时，你们谁想起来这些东西是谁家的？"

道理不用讲，连这个道理还需要人给他讲，那他是不配为人的。两个老人嗫嚅了半天，一时说不出一句囫囵话来。

"这样吧，我拿出一部分我当刀客挣到的酬金，吃独流地的饭长大的，我情愿回报独流地。你们回去，连夜筹备人力，懂石匠活儿的把一应工具预备齐了，不懂技术的预备劳动工具，只要会喘气的，一个不少，明早赶太阳出来，所有人必须到场！"

"干啥嘛！"杨灭白自恃是杨修平的亲爷爷，他想他完全有资格询问孙子一句。

"修水坝。"杨修平漠然说。

"修水坝？"两个老人同时惊叫一声。杨灭白伸出双手，胡乱在河滩比画着，急口急舌地说："你看看，多少代人了，修了多少水坝，一场洪水什么都没了，水坝导致洪流不畅，倒把洪水逼上台地，农田都淹了，使不得，使不得，再不要白费力气了。"白灭杨随声附和着，这一阵，他们两人达成了高度的共识。

"那是你们不懂章法，这么小的工程，洋人那里小孩子都会的。"杨修平说着，看见两个老人还在那里呆着，便抬高嗓门说："你们到底干不干？不愿意干，也罢，反正我尽心了，你们要死要活，随你们，我走了。"

杨修平说着，弯腰提起羊皮袋，两个老人同时扑上来，一人扯住一条胳膊，连声说：

"干，干，闲着也是闲着！"

杨修平是在太阳贼似的从山后伸头探脑时来到修造水坝工地的。此时，狭窄的河滩上已经挤满了人，老少男女，真是能喘气的都来了。杨修平明白自己已经在上下独流地建立了威望，他并不想立刻表示出与父老乡亲打成一片的样子，必要的矜持，适当的距离，才是威望延续下去的保证。他的眼睛直视前方脚底几步远的地方，没有向左右前三个方向稍许偏移一丝眼神，这样的目光，谁都知道，事实上什么东西都没有放在眼里。他要把大家所做的一切都视为理所当然，把他在这个群体中的至高无上也视为理所当然。

经过一夜的休整，杨修平一扫昨日的疲惫，身心内外都是勃勃然的，他抬腿跨上那块大青石。想起昨日他是攀爬上去的，腰部力气不够，差点滑下来，刚才到了跟前，他是悄悄估算了的，原来大青石足够大，却不是那种陡直嵯峨的石头，而是有着缓坡的。走到大青石边上，他一脚踩牢一个石窝，腰腿同时用力，只一步稳稳当当上去了，如元帅登上了点将台。走到青石顶上，太阳也正好从山后探出头来，他顿时有了旭日东升的感觉。大青石缓坡和顶部加起来，也不过一人高低，可就是这么一点高度，便已拉开了人与人的距离。杨修平全身都沐浴在朝阳中了，站在下面的人，身上只有一丝淡淡的光线。杨修平生出了一种卓尔不群感，他迎着阳光，努力地使自己全部的脸都处在阳光照射之下。长年处在学堂，胸中又怀着凌云壮志，首次出击的成功使他容光焕发，阳光与他的容光相辉映，他便有了人间太阳的感觉。而站在青石下的人，大约是长年操劳于田园屋舍，夏阳的暴晒，冬日的酷寒，生活的艰辛，生命的无保障，面孔是黑黪黪的，神情是卑贱猥琐的，气象是浑浊的，衣着是褴褛的，而当下所处的地理位置又是需要仰视的。杨修平特意穿上了立领黑色学生套装，索性将假发辫留在家里，披发齐肩，中分为二，在晨风吹拂下，发梢微微飘动，自有一种傲然天地间的风姿。他抬起右手，缓缓伸出去，然后，猛地举掌向上，阳光趁机将光线尽情涂抹在他的那只手掌上，他将手掌向下一压，人们的头颅随着手掌都低了下去。他大声说：

"你们想活下去吗？"

"……想。"河滩上传来断断续续犹疑不定的回应声。一丝沮丧掠过心头，杨修平猛地一甩头，将沮丧甩向虚空，他凌厉喝道：

"到底想不想？"

"想！"这一次是整齐而坚定的呼应。刚才杨修平误会了大家，谁不想活下去呢，他问了一个不该问的问题，大家的脑子没有转过来，经过一次训导，这次转过来了。

"好！想活下去就一定能活下去。我再问你们：你们想不想在独流地活下去？"

"想！"从杂沓的呼应声中，可以判断出，这是所有人的声音。

"好！只要想，就一定能在独流地活下去。但是，我要告诉你们，依照你们先前的活法，既不可能在独流地活下去，也不会在任何一个地方活下去，你们只有死路一条。要想活着，要想在独流地活着，只有一条路，那就是走我给你们指引的路！"

杨修平的手挥舞不定，青石下的人不知道他的手到底要指向何方，一颗颗头颅跟着他的手转动着。杨修平的手终于安定了，大家的头颅也安定了。杨修平不再挥手，挥舞过的那只手垂吊在右胯上，大家的眼睛始终盯在那只手上，生怕一眼错过，再也找不到活路了。杨修平再度举起右手，这次，手掌不再挥动，他大声说：

"根据今天的出勤情况看，大家的态度是端正的，现在我给大家分工。"

在太阳完全升起来，阳光照射在每一个人身上时，杨修平已经分工完毕。所有的人都有活干，所有的人分到手的恰好是适合自己干的活儿，技工壮劳，老弱妇幼，各就各位，井井有条。大家这才真正佩服杨修平的才干了，昨日对杨修平已经佩服了，但主要佩服的是他那种胡搅蛮缠随机应变以假乱真的能力。上下独流地的人都是踏实过日子的人，一个好的家长，就是让自家那几口人在日常生活中各安其位，劳动中，让他们各尽其力，族长比家长管的事宽，归于实处，担负的还是家长的主要职责。而在这么短的时间里，将两个村庄的貌合神离、貌神都相悖的临时吆喝在一起的每个人都安顿得停停当当，说是宰相之才，有可能高看了，当个县官没有问题。上下独流地的人见识局限，在他们的人生中，只能确切感受到县官的存在，至于帝王将相，那都是传说，在他们的眼里要把谁看成是县官，就等于把那个人当成这个世界上至高无上的人了。

真的是一个小工程，五天时间，上下独流地的人依靠原始工具，一座水坝便建成了，一丈高低，三丈宽阔，蓄满水后，大约有十丈左右长短水面，水坝的头尾各留一个分水口，只要没有人改动，上下独流地在任何时候，得到的水都是同样多，水位抬高了，两个村庄河边的耕地，大部分都可以实现自流灌溉。杨修平给大家讲解了水坝的原理，人们这才明白，以往建坝为何不成功，是水坝堵住了洪水的去路，新坝是滚水坝，水从坝面流过，而坝里的水永远是那样多。水坝是建在上独流地范围内，杨修平估算，蓄满水后，会淹掉上独流地三亩左右良田，白灭杨慨然对杨灭白说，是这，下独流地你看上哪片地，不用杨家人耕种，白家人耕种好了，每年的收成一颗粮一根草不剩，都给你送来。杨灭白嗔道，你把杨家人看成什么人了，不就是几亩地吗，多大的事！修平将羊皮袋扔在两个老人中间的地上，淡然说，这是那些东西，修水坝的工钱该是多少，你们分分吧。白灭杨当即涨红了脸，像挨了一刀那样，原地跳起多高，惨叫道，你这是打你舅爷的脸呢！杨灭白的反应没有白灭杨那样激烈，却也像是一群马蜂挥舞毒刺向他袭来，他剧烈挥动着双手说，胡闹，胡闹，简直是胡闹！

白灭杨看见坝头上有一方巨石，圆滚滚的，煞是可爱，心中忽地一动，晚上回去，他派人火速招来白家一个手艺高超的石匠。那一晚，河边叮叮当当的凿石声响了半夜。连续五个昼夜的奋战，人们早累瘫了，很多人是听见了凿石声的，族长没有发话，谁都懒得理。第二天，恢复了精力的人想去看看自己的劳动成果，率先去坝上的是杨家的一个人。正是太阳初升时分，却见一束阳光火辣辣地照射在巨石上，巨石上凭空多出凿痕深邃的三个字来，那人不识字，大惊失色，像是灾难降临，漫无目标一顿狂呼乱叫，引得上下独流地一片狗吠。许多人闻声加快脚步赶到坝上，识字的人一看，当即笑得泪花飞溅。巨石上凿刻的三个字是：

秀才和。

老天爷若要有意为难人，便时时处处与人闹别扭，若是打算成全一个人，又会时时处处看人的眼色行事，像一个大奸似忠大诈若诚的小人。坝成的那天晚上，一个冬天过去，一个春天又过了大半都没有下过像样雨雪的天空，毫无来由的，阴风扫月，黑云弥天，飘飘洒洒地落了一场雨，直到往日太阳升起时分。雨不是很大，却是一场及时雨，有了这场雨水，在地里苦苦挣扎的夏季作物可以苟延残喘至少半个月了，如果真像杨修平当众夸口的那样，水坝半个月就可蓄满水，就可灌溉农田了，那么，这场雨就是救命雨。救了的还有秋季作物的命，干旱，无水灌溉，已错过一个节气了，农田板结，无法犁地，秋庄稼也无法下种，赶上这场雨，可以赶种一茬小秋作物，还可以种菜，水坝可以使用时，正好赶上用水高峰。夏粮是一定要减产的，以小秋补大夏，以菜蔬补粮食之不足，如此，日子便可以延续下去了。

农忙季节，上下独流地从来没有闲人，一场小雨，山川原野活了，所有的人活了，所有的畜禽都活了，村庄恢复了生机。两个村庄只有杨修平一个闲人，本来他就是两个敌对了二百年家族的共同的亲人，现在，除了亲人，他还是两个家族共同的恩人，救命恩人。他像领主那样，背着手，在两个村庄转来转去，无论到了哪个村庄，无论遇到谁，长辈，同辈，小辈，男人，女人，小孩，见他过来，无论他们在干什么，都远远地一律避让在路边，给他一张布满巴结的脸，皱巴巴地笑着问候，转呢？他摆摆手，淡然说，你忙你的。五畜六禽好像也明白这个到处闲转悠的人是它们的救命恩人，狗见了他，摇摇尾巴，低下头，羞涩地躲向一边，母鸡见了他，没有下蛋，也不到下蛋时候，都要向他咯咯叫几声，大约是提醒他，它是一种会下蛋的生灵，无论到谁家，他都别忘了吃鸡蛋，他给了它们活下去的机会，它会努力下蛋的，所有人家都应当慷慨拿出所有鸡蛋招呼他，没有他，今天的它们，不知道在干什么呢。

杨修平很享受这样的生活，这样的氛围，这样的目光，还有，这样的高高在上中的浓浓情意。

第十章

美女刀客的绝世情仇

这样领主般的日子，杨修平其实才享受了大半天。

那天午后，太阳刚偏西时分，一阵马蹄声同时踏碎了上下独流地忙碌而平静的天地。马蹄声是从下独流地方向响起的。下独流地的人都在田间忙活着，抢占一场小雨带来的生机，听见马蹄声响，所有人的第一反应便是刀客寻仇，而寻仇的对象不外乎杨修平。与往常械斗一样，正在自家庄院门前瞭望火热田间劳作场面的白灭杨，一个箭步冲到那棵高大的桐树下，敲响了铁锣。

桐树上桐花繁盛，要是雨水丰沛，一树桐花会给一个村庄带来花香。今年的桐花花朵儿还是那样繁盛，一朵朵酒盅似的花朵垂挂在树上，可那酒盅是空的，倒不出酒来，桐花也是有香气的，但却像空酒杯里留下的残酒余味，有一些没一些的。有了这场雨，桐花眼看着鲜润了，香气也弥散开来，白灭杨此时正在吮吸那桐花的香味。铁锣挂在树上大约已经上百年了，寒风热风，岁月侵蚀，几代人的敲打，早已残破不堪，像是一个百岁老人，嘴是有的，说话的欲望是有的，说出的话却前言不搭后语，声音苍老浑浊。下独流地的人听惯了这种锣声，像是孝顺儿孙听惯了耄耋老人的声音，而一夜雨水，让所有的生灵一时都从混沌中清醒过来，变得耳聪目明。锣声响起的同时，狗叫声，鸡叫声，驴叫声，草木丛中，天空中，飞禽的鸣叫声。不是欢叫，是那种大战前的鼓噪。下独流地的人被随时都有可能发生的械斗，训练成下马为民上马为兵的乡兵团练了。手中没有应手家什，他们挥舞各种劳动工具冲向连通上独流地的大路。

　　下独流地的人一眼就认出了那飞奔的白马，那骑在马背上飞奔的人，就是前几天前来决战的女刀客沙漠红。

　　一片红绸巾严严地包裹着头，一双眼睛像是两个黑窟窿，那匹名叫霹雳红的马头上，那撮红毛真的像是雨后晴空中的一道火舌飞蹿的霹雳，突入村庄的腹心地带。沙漠红并不打算与人纠缠，她一提缰绳，霹雳红飞上一条田埂，避开大路，直奔上独流地。此时，上独流地的锣声也响了，人的呼喊声，鸡鸣狗叫驴吼，各种声音杂沓斑驳，片刻间，将村庄搅成一锅粥。下独流地的人没有拦挡住沙漠红，自恃强悍的男人觉得这是自己的失职，让一个家族蒙羞了，他们挥舞着手中的劳动工具，随后向上独流地赶去，在此生死攸关之际，要活都活，要死同死，上下独流地，地分上下，人人同命。

　　沙漠红打马径直来到水坝前，杨修平正在欣赏自己的杰作。马蹄声在下独流地响起时，他已听见了，他听出那是沙漠红那匹霹雳红的蹄声，他也嗅出那是沙漠红的气味。说不上是什么气味，但确定无疑，那是她的气味。一定要说一个让自己、让他人相信的气味，那便是让他有些上瘾的樱花的气味。这种气味在犷悍的西北内陆是不可能有的。回国后，他再也没有闻到过那种让他迷醉的气味，他贪婪地、忘情地吮吸着，像是一个饿急了的婴儿，终于捕捉到了母乳。对满世界的嘈杂声他充耳不闻，只有那渐趋轻快的马蹄声，还有那渐趋浓郁的气味。他大张着嘴，朝着马蹄声和樱花香味的方向，大口大口地吞咽着，仿佛在吞咽着某种坚硬的东西，好几次，食道不畅，几乎令他窒息。沙漠红并没有看见杨修平的身影，但她确实看见了他。她是凭着某种难以言说的直觉追踪而来的，像是往日凭借着某种直觉在追踪一个狡猾的对手。哪怕在百里不见人烟的沙漠，哪怕在茂草掩盖一切痕迹的草地，只要她锁定的目标在这里出现过，她一定不会丢失目标的。对于那个假冒刀客的无聊秀才，她也是在刀客决战中的一面之缘，但他的行迹气味，哪怕相隔遥远，其实都宛在眼前。她一眼看见那个真实的他后，不觉地，心底一阵慌乱：我来这里干什么，我找他干什么？她已明确感到，他已经知道她的来意了。

　　杨修平还在那里朝着沙漠红的方向吐纳着，喉结凸凸凹凹的，肚腹收收放放的，祁连鹰在沙漠中胡杨林边的样子，像一只乌鸦在心头划过一道阴影，沙漠红心中越来越剧烈的慌乱顿时找到了解药：莫非也是一个挨揍的东西？沙漠红暗中一使劲，霹雳红懂得主人的肢体语言，一个加速，一头冲向面前那只呆鸟。只有一丈远了，那只呆鸟一动不动，自顾自在那里成精作怪，霹雳红有些犹豫，到底是借力纵起，用两只前蹄给那家伙胸前踹两个透明窟窿呢，还是就地收住？没有主人的明令，但直觉告诉霹雳红，主人并没有致此人于死地的杀念。这在路上，它已经全数知悉了。前几天离开独流地时，主人在背上，它看不见她的神色，但它能够觉出主人的满腹忧伤。她的那颗心，一会儿前行，一会儿凝滞，前行是赌气式的，凝滞是进退维谷的。主人的师父一定是看穿了爱徒的心事，多少次都劝她不必送他，他要独自上山。碍于师徒情面，主人又是极孝顺依恋师父的，她坚持将师父送上胭脂山，在主人师父闭关修行的岩洞中，霹雳红亲眼看见主人的魂不守舍，这在它为主人服务的两年多时间里，是从未有过的。主人是一种情绪分明的女子，正如这个地方四季分明的天地。她动怒时，便是真的怒，发自内心的怒，欢喜时，又是发自内心深处的欢喜，尽管她能把持得喜怒不形于色。而她真的忧伤时，她会找一个荒僻的地方向天地恸哭。这种师父修行岩洞一般的阴冷，在主人那里它是第一次感受到。主人坚持将师父的被褥衣物清洗、晒干，缝补整齐后，才与师父依依作别。而在下山时，霹雳红真切地感知到了主人的身轻如燕及那种归心似箭的心情，主人并没有明确指示它朝哪个方向走，但它知道。

可是，自信满满的霹雳红在前蹄腾空的那一霎，自信心却一泄无余。在两只前蹄距离那人的胸部只有一尺远近时，它仍然没有得到主人的明令。巨大的惯性只能使它往前冲，不可能退后了。在这一闪念间，霹雳红自己作出了决定，它将蹬出的前蹄就势收住，成蜷曲状，两只后腿挺得僵直，借以减弱惯性。它原地立起，两只前蹄蜷缩在距离那人鼻尖约有一寸远近的空中。

杨修平好似一尊泥胎，身子一动未动，表情也没有任何变化。沙漠红见此情景，心中的某个坚固的大厦轰然崩塌，她身子往后缩一缩，霹雳红借力旋转身子，将两只前蹄稳稳落在地上。沙漠红气急败坏，迁怒于霹雳红，一掌连一掌，在霹雳红的屁股上拍了十几掌，恼道，你这匹不争气的死马，你为什么不一蹄子踹死他，难道你的蹄子只是用来走路的么！霹雳红心下暗自欢喜，它又一次让主人合情合理地从尴尬境地逃离出来。在山上的时候，主人心不在焉，竟将师父的一件九成新的内衣当抹布用了，师父是一个视天地为无物视自身为泥丸的世外之人，当然不是心疼那件内衣，而是心疼爱徒为心事苦恼。他催促她即刻下山，主人羞臊难当，又吃不住师父的催迫，她只好含羞答应，但她的内心是痛苦的，她为自己心中有了事，而把师父驱赶到次于自己心事的位置而羞愧，更恼怒自己的不知轻重。她怏怏呆呆来到树下，凭借习惯动作解开缰绳，跨步上马时，却一脚踏空了。这一惊，使她的神智有所复苏，她定睛一看，霹雳红僵卧在地，头歪在一边，两只眼睛扑闪扑闪，闪射着两束诡谲的光。沙漠红心中忽地一动，神智完全开启了，她在霹雳红的屁股上轻踹一脚，悄声说，你这个没皮脸的！塞北狼站在岩洞口目送徒儿，沙漠红迈着轻快的步子，回到师父身旁，恼道，我不想走，师父非要赶我走，你看看，马病了，想走也走不成了，我到底能吃你多少饭嘛，那么讨师父嫌的！塞北狼呵呵笑着说，人不留人马留人，马病人病人马病，可怜师父又得破费些许斋饭了啊。

　　沙漠红并没有下马，她俯视着这个老僧入定一般的冒牌刀客。刚才的危险，对于哪怕久经战阵的成名刀客，都不会如此镇定的。能做到这一点，要不就是傻透的人，要不就是天生的英雄，剩下的只有一种可能了：他看透了她的心。对于前两种可能，沙漠红当即否定了。一经证实是最后一种可能，一丝甜蜜掠过沙漠红心尖，只是轻轻划过，好似谁拿着一块洋糖在小孩子的嘴唇上一抹，又急速拿开，小孩子刚尝到甜头，甜头又不在了。接下来的是一种羞耻感，你一个大姑娘家的，火急火燎地来找一个只有一面之缘的男子，你是从正经人家出来的正经女子吗？你是经过师父严训出来的刀坛名门正派吗？你是不是平日就是一个守身松泛的轻薄女子？谁都知道，你是私生女，你从小跟着母亲在万里驿路上寻找自己的生身父亲，而最终以弑父了局，你是不是和你的母亲一样，嘴里唱着花儿，怀里搂着男人，将来还要生一个只知其母不知其父的私生子？你这样做，他怎么看你，他人怎么看你，你怎么看你……一连串的质疑，让沙漠红在山上反复加固起来的心理防线哗然崩摧了。而那个拨动她死亡般冷寂心弦的人，此时，仿佛老僧入定完毕，缓缓睁开眼睛，将目光一齐聚拢在她的脸上。

　　那是一种什么样的目光啊，雨后天空般澄明，深山古刹般清幽，沙漠戈壁般广袤而荒寒，绿洲原野般坦荡而丰富。

　　沙漠红的心在颤抖，是被突如其来的幸福的闪电击中的痛楚，她的神智在眩晕，是那种爬到雪线以上四肢无力般的瘫软，她的血液暂时凝固了，是那种如临深渊如履薄冰的小心翼翼，她的脉搏暂时停止了跳动，是那种船到码头车到站的万事大吉。那人说：

"我知道你……会回来的。"

这是一句完全不得体的话，火上浇油，头发丝上挂秤砣，给快要坠落悬崖的人再推一把，种种的不妥，不智，都汇聚于这一句话上。沙漠红此前的种种忸怩，种种羞怯，种种畏难，种种猜测，种种关于女子尊严和名节的顾虑，全应在这一句情难自已而导致急不择言语无伦次的问候语上。沙漠红跃身上马，一把抽出那把名动江湖的问天钩，在杨修平眼前舞一个凌厉的花子，咬牙切齿喝道：

"无耻秀才，你的死期到了，亮出你的兵器来！"

"我是无敌秀才，不是无耻秀才。我知道死期到了，我的兵器已经亮出来了啊！"

"你就是无耻秀才，我说你是无耻秀才你就是无耻秀才。你的兵器在哪儿？"

杨修平迎上一步，用胸腔抵住沙漠红的问天钩，淡然说：

"你说我是无耻秀才那就是无耻秀才，不过一字之差嘛。你看不见我的兵器吗？"

"在哪里？"沙漠红将问天钩抽回来，提在手中。

"原来是眼大无神啊！"杨修平指指心口说。

正是他的这件独门兵器使她一败涂地。她最为担心最感到羞耻的一种可能性，果然以唯一可能性的真实面目，摆在她的面前。羞愤之下，唯一能够遮掩自己脸面的便是打碎照见自己脸面的镜子，问天钩蛇信子样蹿出，搭在对方的独门兵器上，只需手腕轻轻一抖，就会收缴对方那件独门兵器的。杨修平感到心口那儿一股尖锐的疼，他拿出生命的本能支撑着，事已至此，他不能逃避，再说，他也没有能力逃避，他已经是倒挂在肉钩子上的一吊肉了。杨修平的一副死人相，给沙漠红造成的错觉则是视死如归。遇见一个在死亡面前如此镇定的人，等于毁弃了制造死亡的武器。她拿着问天钩的那只手在颤抖，问天钩在颤抖，她的心在颤抖，她的全身都在颤抖。她颤抖着问：

"你知道什么正在叩问你的心口吗？"

"问天钩。"

"你难道不知道它的厉害？"

"知道。"

"那你还不躲避？"

"一者，我没有能力躲避；二者，我愿意被问天钩叩问；第三，我的心经得住任何叩问。"

"你不是无敌秀才吗？"

"无敌者，无私敌也。在下只有公敌，没有私敌。"

"公敌是谁？"

"罪恶的世界，罪恶的人，罪恶的朝廷。"

在沙漠红的世界中，随处都是朝廷的不合作者和反叛者。所谓刀客，其来源大多为流浪武士，湘军平定西北战事后，有头有脸有门路的，有些人谋得一官半职，或蓄有资财，去做富家翁或逍遥公了，有些人得不到妥善安置，流落西北，无依无靠，便结伙立帮，组织袍哥山堂，原先为军官的，摇身成为堂主或各级会首，普通军士则为喽啰打手，还有一些失业农工商人士，白道走不通也入了黑道。这些人，大多都有公开身份，士农工商都有，行商坐商，客栈饭馆烟馆妓馆赌馆的老板跑堂，商铺伙计，商帮货运工人，乡村土地承租人，等等，无所不在，无孔不入。其中有些身怀武功者，或为豪门富户看家护院，或为商帮押运货物，或受雇于某些势力，为其寻仇讨债争抢地盘，谁给钱，给谁干活，接活时，只需考虑报酬是否合算，自己有无能力拿下，至于合法非法情理道德之类，都是其次。这些人里面，大部分人并不公开与官家对抗，只要官家不找他们的麻烦，官家对他们睁只眼闭只眼，他们对官家也是井水不犯河水，少部分人则不然，他们或遭官家迫害，或被官家抛弃，或看官家腐朽无能萌生异志，或天性自由，不愿受制于秩序约束。

沙漠红自省，她就是最后这一种人。

自幼随母亲流落万里驿路，沙漠红见到的这种人多了，少女时代又追随塞北狼学艺，有机会深入到这个群体的核心，独自行走江湖以来，又成为其中的一分子。她深知，这个群体是庞大的，其力量是无与伦比的，西北社会表面上在官府手里，实际上，早已被架空了，百工百业，从上到下，从里到外，乃至地方大员，无不江湖化了。官是朝廷的官，领着官俸，穿着官服，说着官话，坐着官轿，掌着官事，明着的是这些，谁又知道暗地里他们是什么角色呢？至于那些混迹市井的各色人等，哪怕是街头卖艺讨饭的，你可千万别看走眼了，也许他就是哪一路香堂的堂主。

话是这样说，这样的话从杨修平嘴里说出来，沙漠红还是吃惊不小。内心的一番剧烈震荡，早已让她娇喘吁吁了，她强打精神，以固有的强悍口吻说：

"你都不怕我扭送你去见官吗？"

"官有什么好见的，又不是没见过官。官要是有你这么好看，我情愿待到官府一辈子都不出来呢。骑在马上干什么，随时准备逃跑吗？"

沙漠红在马背上惴惴惺惺，欲下不下的，杨修平伸手一拽，她借势跳下马来。杨修平指着水坝自豪而决绝地说：

"走，看看我修建的水坝。"

沙漠红将马就近拴在一块石头上，小媳妇似的，亦步亦趋跟在杨修平身旁。上下独流地的人早已踪迹而至，远远看见沙漠红折腾杨修平，想近前来解救，明知于事无补，还会坏事，万一惹恼了这个女刀客，杨修平的命就在她的一念间。观望了一会儿，上下独流地的人虽然生活得踏实朴拙，却也是懂得一些风情的，看得出不过是青年男女间的一些情长理短。农活正忙，都去忙了，只留下杨白两家的族长和几位老者，万一需要他人排解，他们凭着一张老脸，也要把这个女刀客的杀心泡软的。到底还是没有恶性事件发生，他们暗笑笑，各自走了。

沙漠红跟着杨修平绕水坝走着，忽然想起师父看穿了她的心思催促她下山，而霹雳红成精作怪诈病不起时，师父说的"人不留人马留人"的话来。

那晚，安顿师父歇息后，她独自来到她当年拜师学艺时独居的小岩洞。这孔小岩洞相距师父居住的大岩洞约有数十步，背靠悬崖，面前五步远，也是悬崖。她的居处师父一直给她留着，里面的陈设原模原样，她每次离开后，师父显然从不曾涉足。母亲满怀着一生的羞耻和绝望悬梁自尽，她又亲手屠灭那个给母亲也给她造成无尽伤害的父亲后，世间只剩下师父一个亲人了。每次走镖回来，她都要上山看望师父，就像出嫁的女儿回娘家，尽管她还没有出嫁，她也毫无嫁人之念。自从刀客决战中见了杨修平后，她的心弦不知怎么被这个陌生的男子拨动了，她痛恨自己的没出息，可是，越是痛恨自己，越是拿自己没办法。她甚至把自己的心思变化，与背叛师门相联系。在山上，她管不住自己的心，心里眼里都是杨修平，她觉得她正在当着师父的面背叛师父。这令她羞愧难当。她必须下山，必须到独流地做一了断，她并没有一心想着与杨修平续写姻缘，她只想真正见他一面，给自己的心一个交代。

那晚，她独自坐在岩洞前的悬崖边，双脚吊在悬崖上，天地一派漆黑，惯于在夜间出没的禽兽，不时发出高高低低的叫声，冷风顺着崖壁一波波蹿上来，侵入裤脚，蹿扰周身上下，让她在清冷中心底一派澄明。想起师父说起人"不留人马留人"的话来，不觉想起母亲带她在万里驿路上流浪时，不断哼唱的《阿干歌》来。

阿干西，我心悲，

阿干欲归马不归；

为我为马何太苦？

我阿干谓阿干西。

阿干身苦寒，

辞我大棘往白兰。

我见落日不见阿干，

嗟嗟！人生能有几阿干。

阿干，就是阿哥。据说，歌中唱的是古代吐谷浑人的故事。弟弟继承了王位，心中忌惮哥哥，逼迫哥哥离开领地。哥哥带着属于自己的部族，从遥远的辽东，在大草原上，一路向西游牧。弟弟愧悔，派使节请求哥哥返回。哥哥说，听从他的坐下马的意愿吧。他骑上马，那匹马怎么也不肯掉头向东。哥哥一路游牧到兰州南山，他的后代建立了辉煌数百年的吐谷浑王朝。哥哥决意西去后，弟弟思念哥哥，日夜高唱这支曲子，成为流行西北地区的一首名曲。母亲错把负心人当成心上人，在万里驿路上走了几个来回，把这首歌不知唱了多少遍，她至死也不相信，她的心上人真正是一头活畜生。沙漠红在母亲的一声声歌唱，一腔腔幽怨中，把男人当成了天生仇敌，心想自己终生再也不会理会什么狗屁"哥哥"了。谁知，这个狗屁哥哥，却在剑拔弩张中与她不期而遇。

除了这首《阿干歌》，母亲经常挂在嘴边的还有《我把我的大眼睛想着》。她以为她的心上人也在像她寻找他那样寻找她，她幻想他也在唱着歌，行走在万里驿路上寻找她。她是以"他"的口吻唱的：

> 白龙马出世转天下，
>
> 胭脂马还没有生下。
>
> 我把我的憨敦敦们想着，
>
> 哎哟我把我的大眼睛们想着，
>
> 哎哟我把我的乖嘴们想着。
>
> 你不要旁人捎上个话，
>
> 阿们俩还没有罢下。
>
> 我把我的大身材们想着，
>
> 哎哟我把我的憨敦敦们想着，
>
> 哎哟我把我的乖嘴们想着。

　　母亲是有名的花儿歌手，与花喜鹊是同门姐妹，花喜鹊遇到了托付终身的人，而母亲唱哑了嗓子哭干了眼泪耗尽了心血的"阿干""憨敦敦""大身材""乖嘴"，又在哪里呢？让沙漠红心下惶恐忧虑的恰好是这些。杨修平几乎就是母亲歌声中，用那些男性因素组合起来的一个人。阿干，他比她年龄大，憨敦敦，他的脸相憨态可掬，大身材，他也算上高大威武，乖嘴，更是他的活写照，伶牙俐齿，口辩滔滔。正说反说胡说乱说，骂人不带脏字，说白撂谎不拐弯儿。这样的男子是怀春少女的心中偶像，却也常常成为女人的陷阱。少女的心先期掉落陷阱中，接着失足失身，陷阱中究竟有什么，是福是祸，要看本人的造化了。母亲在这口陷阱中痛苦一生，搭上了自己的名节，赔上了自己的性命，连带为女儿赢得了一桩弑父的罪孽。沙漠红自从懂事后，就生活在母亲的泪水和歌声中，她知道，母亲苦苦追寻的是她没有见过面的父亲。起初，她心里暗怀着兴奋，哪怕吃不饱穿不暖颠沛流离，她也要装出高兴的样子，只要把父亲找回来，所有的付出都是值当的，别的小伙伴都有父亲，她怎么可以没有父亲呢？渐渐长大后，阅历增多了，见闻也多了，她从别人的闲谈中得知，她的父亲是一个中原行商，带着货物来往于丝绸古道上，是一个有名的摧花辣手，走到哪里，生意做成与否，第一件事便是泡妓馆，然后走村串户，出入商铺市廛，谈着生意，瞄着妇女，只要入了他眼的，他一定要想办法勾引到手，一夜风流过后，大清早再也找不到人了。

沙漠红就是这样来到人世间的。

母亲寻找的脚步渐渐虚飘无力，母亲的歌声渐渐暗哑涩滞，母亲的容颜渐渐苍老黯淡，母亲心中的那个爱人已渐渐蜕变为不共戴天的仇人。女人如果真爱起来，那爱会让整个世界都变得浅薄庸俗，如果一旦发现爱非其人，从而由爱生恨，那爱有多深沉，恨便有多刻骨。母亲宁死不舍的决绝，激发了沙漠红拜师学艺铁血弑父的决心。据知情人说，沙漠红的生父后来得知有这样一个女人在苦苦追寻他，他浅笑笑，轻蔑地说，真是个女人，头发长见识短，脱裤子睡觉，穿上衣服各是各，还找我干什么？我让你相逢不相识。他每年来一趟西北，年初动身，一路贩运周转，一直到极西的国界，然后东返，还是一路贩运周转，一趟生意，正好是两年时光。很多不幸怀了他骨血的女人在找他，他不断变换姓名，变换行头，曾与好几个先前有过一夕之欢的女人春风再度，说起往事来，她就是曾经的那个她，他也是曾经的那个他，可是，曾经的昏天黑地的一夜忙乱，谁又能把谁的面目记那么清楚呢？每逢此时，他擅长的又是装傻充愣花言巧语，一次次脱身而去，他的成就感在一次次累积。

沙漠红的母亲可不是别的女人，不是有这个男人更好，没这个男人也不至于走投无路的女人，他是她唯一的男人，心中的唯一，身体的唯一，生命的唯一，他的姓名踪迹可以更换遮掩，但他的身体记号却是天生的。他的屁股上有一片红色胎记。沙漠红记住了，塞北狼答应收她为徒后，问她喜欢什么兵器，她不假思索说，铁钩。艺成下山后，她给自己的如意兵器命名为：问天钩。她用问天钩，几乎问遍了万里驿路上一切形迹可疑男子的屁股。每见一个形似自己父亲的人，她二话不说，一钩问出，对方的裤子四分五裂，她瞥眼一看，打马飞去。驿路上到处都在传说，一个绝色妙龄女子是个女中花痴，专好脱男人的裤子。有些心术不正的男人，远远地看见有骑马女子，无论是不是那个花痴女子，争相宽衣解带撅起屁股，觍着脸，等着那女子青眼相看，一求艳遇光临。与此不相干的女人见状，羞红了脸，远远地打马走避，如有强悍的家人陪护，撅起光屁股的男人恰好是挨打的姿势，给寂寞无聊的人们增添一桩百说不厌的喜兴。侥幸遇到的是那个女花痴，这些男人所得的苦乐大抵是相当的，沙漠红放慢马蹄，走近了，约住马，低头细看一眼，那个男人兴奋得难以自持，屁股尽量撅起，面积尽量暴露得大一些，火眼灼灼，两腿颤颤，涎水伶仃，忸忸怩呢喃，迷狂到不知生死时，屁股上一记刺疼，只觉一阵疾风从头顶刮过，清醒时，回头只能看见一道纷纷扰扰的黄尘。沙漠红下手是有轻重的，遇到这样不要脸的男人，她只是薄施惩戒，用问天钩的钩背迅猛一击，给那扇肮脏的屁股上留下一片深刻的青紫罢了。

沙漠红终于找到了那扇有红色胎记的屁股。

那是一个午后斜阳时分，甘州城外驿道边乐滋滋客栈，木桩环绕着一片土坯房舍，土红色的斜阳，土白色的屋舍，花喜鹊已经很少亲启歌喉为客人唱花儿了，近来，她收留了一名从河州来的花儿歌手，艺名奇怪有趣：窗前明月。艺绝色绝，言行更绝。她声称她的歌声是献给天下所有有耳朵的生灵听的，无论好人坏人男人女人飞禽走兽，但听歌的男人，包括雄性禽兽，都必须在距离她五步开外，谁要是离她近了，她宁死不开口。哪个男人非要与她亲近，必须满足两个条件：一是出身为王侯贵胄之家的嫡系青年子弟，二是自身富比王侯。门槛设置奇高，身价扶摇直上，一时哄传远近。那些自以为满足两项条件的人闻风而至，那些与两项条件不沾边的人也不甘落后，因为他们是生着两只耳朵的，混着听一曲绝色人的绝艺，也不枉了自家那两只听惯了糙话混账话的耳朵。

这种机会哪能少了沙漠红的父亲。

沙漠红没有见过她的父亲，不知道父亲长了一副什么模样，但她却是认得父亲的骨头的。窗前明月算是花喜鹊的同门师侄女，她专门为她搭建了一座歌台。一台之隔，站在台上的歌手风姿尽显，自然地与台下的听众拉开了距离，也给那些怀有非分之心的不逞之徒增添一些难度。直觉告诉沙漠红，与父亲最后了断之日已然来临。那时候，她还在数百里之外的凉州一带游荡，她调转马头，一路西奔，直达乐滋滋客栈。

站在远处瞭望，客栈外的空地上，真个是人头攒动，斜阳下，一颗颗人头像是被洪水摧毁的西瓜地，一颗颗黑西瓜在洪水中翻滚招摇。沙漠红是从小听惯了花儿的，花儿的旋律飞越人头，飘向天际。女歌手嗓音清越婉转，余音随着一团团清风，飘向遥远，与远处的海市蜃楼融为一体。沙漠红竟然有些忘情，坚硬的心酥酥变软，她差点调转马头远去。她不愿意担当一个不速之客的角色，乍然阻断歌手的忘情歌唱，败坏那些真正花儿迷的兴致。她骑乘的还是先前那匹老马，几番调转马头，老马频频回头，不愿就此离去。

沙漠红懂得她与父亲最后的时刻再也躲不过了。她一咬牙，打马飞奔到客栈外，朝人群漫无目标叫了一声她父亲的名字。台上的花儿声戛然而断，台下的人讶然回首，在无数的人头中，沙漠红发现了一颗人头。她打马直奔过去，挥起问天钩，那人的裤子四分五裂，散落在地。斜阳照在那片红色胎记上，狰狞的红，丑陋的红。沙漠红一眼看见那片红的一霎，立时头晕目眩，眼泪夺眶而出。她想再看一眼那人的脸，不幸的是，她看见的是让她长久恶心的东西，那人的裤裆里居然还有一杆直挺挺的肉橛子。尽力压下去了呕吐的欲望，积攒在心底长达十八年的屈辱，还有母亲一生的屈辱顿时翻转上来，她再次喊了一声那人的名字。那人居然机械地应了一声。沙漠红咬牙道：

"我是你的女儿！"

"哦，女儿啊，我的女儿啊，我的女儿好好漂亮哎！"那人眼里光华四射，在斜阳下，波光流荡。现场所有的人都知道江湖上有这么一个人物，今日初见真容，而此人见了他的女儿，眼中竟会放出这样的光。奇淫之人必遭奇祸，人们一时呆若木鸡，花喜鹊率先反应过来，嘶喊道：

"畜生，真正的活畜生啊！"

窗前明月也以她穿云裂帛的歌喉振臂叫道：

"师妹，灭了他！"

沙漠红闭上眼睛，眼泪还是喷涌出来，挂满脸颊，她挥起问天钩，颤声说：

"你可知这把铁钩的名字？"

"早知道，问天钩。可是，你的问天钩问到的都是无辜的屁股，嘿嘿。"那人颇为自得地笑了笑。

"知道便好！问天钩问天天理何存，天问问天钩钩下无情！"

沙漠红嘴角渗出血来，两眼紧闭，泪湿脸颊，一钩，一钩，一钩，当那人成为一堆肉泥后，她拨转马头，迎着斜阳落荒而去。

沙漠红一时心飞天外，杨修平瞥见她的神色变幻无常，知道她大约是进入了某种情景，也不去打扰她。他只是担心路面参差不平，生怕她这样魂不守舍的，脚下会有什么闪失。走了一段路，他发现他的担心纯粹多余，她的心不在路上，脚上却是生了心长了眼睛的，走起路来，比他这种全神贯注的人还要稳当。他有些羡慕起习武的人来，一技在身，走马天下，栉风沐雨，快意恩仇。绕水坝一圈走完了，杨修平瞥见沙漠红回过神了，脸色如云破天开，光霁满天。他笑问：

"你看看我的水坝如何？"

"什么？什么水坝？"沙漠红一个激灵，诧问道。

杨修平笑笑，指指正在蓄水的水坝，沙漠红赧然道：

"抱歉，我刚才走神了。"

"神儿走了，总会回来的，只要人儿在，不怕神儿不回来。"杨修平意味深长地说。

"什么神儿人儿的，人家可不懂得你们洋学生的这些怪名堂。"沙漠红盈盈一笑，杨修平看见，独流水清浅的水流泛起一片盈盈波纹。

杨灭白其实是一个善解人意的古板人，当他看见沙漠红并没有对杨修平动武以后，一边吆喝大家回去忙地里的活儿，自己带着家人火速回家，他让杨存志将一间存放柴火的小屋清理干净，石槽、拴马桩，一应物事都要齐备，杨存志心中有所明白，却装糊涂说，牲口棚好好的，还整这个干什么，杨灭白两眼一瞪，厉声说，看不见人家那是战马，能和你的土牲口混圈混槽吗？杨存志不敢顶嘴，心里老大的不愿，还是快手快脚动作起来了。杨灭白亲自指挥老伴儿媳，将边厢供亲戚客人留宿的屋子，打扫清洗一番，给土炕铺上簇新的白羊毛绵毡，绵毡上再铺上早已准备给杨修平成婚用的褥子、被单，棉被也是给杨修平成婚用的，红绸被面，白土布被里。

人老了，古板起来古板得像是河滩里的青石板，作起怪来，却怪得让人哭笑不得。杨灭白看见田埂上招摇着含苞待放的野花，亲自去揪了一把，洒在小屋里的日用器具上，他使劲抽抽鼻子，觉得尘土味还没有彻底盖下去，出门抬头瞅见桐花倒是惹眼，自己又上不了树，便吆喝来村庄几个顽童，让他们上树去，掠下一地桐花。杨灭白亲自弯腰一串串捡起来，抖落了尘土，双手捧回小屋，遍洒在各种器具上。他又抽抽鼻子，屋里只有花香，闻不到尘土味了，这才满意了，出了小屋门，将屋门关好了。站在小屋门口，与院子对面的一间小厢房相望而相隔，他为自己的独出心裁，才真正算是满意地笑了。

遥对的小厢房是杨修平居住的屋子，沙漠红住这边，杨修平住那边，两人趴在屋里的窗户上都可互相望见，要想走到一起，却要经过这么宽敞的院子，一定会弄出响动的。如此，可以适当地限制他们有可能的亲近，在外人看来，也妥当一些。毕竟是青年男女，该注意的一定要注意，门风是祖传的礼仪道德之风，是顶门立户之风，一点都不敢马虎。

正是杨灭白的这些独出心裁之举，让沙漠红把她的那颗漂泊不定的心彻底留在了独流地，留在了杨家。自懂事起，沙漠红的家是万里驿路，客栈，寺院，岩洞，背风向阳的沙丘下，别人家的屋檐下，农户的草垛，凡是能够暂时栖身的地方都是她的家，家中也只有她和母亲，所有的家产除了母女两人身上仅可遮羞御寒的衣服，再就是母亲的一张嘴。母亲以卖唱为生，当客栈客人休息娱乐时，母亲凑上去唱花儿，遇到心地良善的客人，多少能够给几文钱或食物衣物之类，而行走在这条路上的好人不多，地痞流氓，无业游民，江湖匪类，散兵游勇，不法商贩，妓女烟鬼，一切社会渣滓应有尽有。母亲遭到调戏是常有的事。母亲一曲罢了，由她双手端着一只破碗上前向客人讨赏，给了赏钱的，她要鞠一个躬，说声谢谢大爷赏脸，不给赏钱的仍然得向人家鞠躬言谢，有时候讨不到赏钱，还被客人扇耳光，飞脚踹。稍稍懂事后，她曾经要求母亲不要再过这样的日子了，她愿意找一个安定的地方，哪怕多么破烂荒凉的地方都行。母亲不答应，母亲要给她找回父亲。这种日子的结束，与其说是母亲对找回父亲的绝望，还不如说，是因为她大了，而在无数人的眼中，她已经具备了女人的身体价值，而且，是天生尤物的天价。母亲没有办法从她给自己设计的命运笆篱中抽身出来，更无力改变自己的心境和处境，而她为了一个男人搭上了自己的一生，眼看她又要将唯一的女儿带上与她相似的悲苦之路，她选择了自己了断。也许，母亲想的是一了百了，眼不见心不烦，或者，由此置女儿于死地后希望女儿能够找到复生之路。

沙漠红母女是万里丝绸古道上有名的人物，有的人，即便是行商，终其一生，能够从中原腹地到极西国界之间，徒步三两个全程都了不得了，可沙漠红母女硬是走了六个来回。最初，母亲抱着襁褓中的她，一路走，一路唱，唱她的阿干，唱她的憨敦敦、大身材、大眼睛、乖嘴儿；她能走路了，一手领着她，日月风雨在重复，母亲也在周而复始地继续着这种没有尽头的行旅。直到她十四岁的生日过了，母亲自动铡断了自己的人生苦旅。沙漠红决意给母亲治丧，丧葬费是花喜鹊资助的，她声称，师姐出资送师妹归西，理所应当，并不需要师侄女以任何形式偿还。那天，来了很多人，据说，在千里河西走廊境内，凡是听过她母亲歌声的人都来了。当然，这是夸张，这是善良的长辈们在抚慰她孤苦无依伤痕累累的心灵。听过母亲歌声的人成千上万。没有夸张的是，母亲的一生，在这一天达到了辉煌的顶点，前来送葬的人，少说也有千人。其中不乏豪客名流，田青萍，巴音王，塞北狼，等等。就在葬礼上，花喜鹊提出让沙漠红拜哪位大师学艺。以武艺而论，巴音王当然是首选，可被巴音王一口回绝了，他是一个真诚坦率的人，他说，他是一个无家无业居无定所的流浪汉，带一个女子不方便，他也嫌麻烦。他说的没错，沙漠红也不愿跟他去，她坦言她不喜欢他，人们生怕巴音王不高兴，他却高兴得哈哈大笑，好似别人在夸他。田青萍有意收留沙漠红，在他的商帮，她愿意干什么都行。可沙漠红什么都不愿干，一心要习武。最佳人选只剩塞北狼了。可塞北狼说自己是方外之人，又是废人，漂泊半生，在有生之年，只愿尽享清闲。花喜鹊话一出口，塞北狼还在托词婉拒，沙漠红已就势趴在地上，口称师父，庄重地磕了三个响头。塞北狼急了，坚决不接受沙漠红的礼敬，众人苦劝，他还是不答应。沙漠红却说，你答应也罢，不答应也罢，我已经认定做你的徒儿了，今后师父走哪儿，徒儿便跟在哪儿。沙漠红说到做到，一路跟随塞北狼上了胭脂山。

在学艺的四年中，沙漠红的家就是师父为她安顿的那孔小岩洞，白天，家中就她与师父相依为命，夜晚，她从来都是孤身一人。沙漠红不愧是自小走过漫漫长路、吃过无数苦的人，身体条件所有的女孩子都无法与她比，男子与她能比也挑不出几人。她的武艺几乎一天一个长进，塞北狼教她什么，她很快就能学会。仅用了一年多时间，塞北狼已教完了自己的平生所学，再没有什么可教了。沙漠红从小积聚的仇恨，此时再也不可抑制了，她要求下山。塞北狼眼看着这么一个小姑娘，心中又怀着这样大的报仇欲望，在暗流涌动的江湖社会里，要不很快会被淹死，要不会成长为一个女魔头来。这怎么得了，两种结果都是最坏的他最不愿意看到的。他拿出师父的威严，严令沙漠红上半天苦修武功，下半天由他带领修习儒、佛、道三教经典，借以磨炼其心性。果真，沙漠红在山上，找到了一种类似家的感觉，师父就是她的亲人，师父的大岩洞，她的小岩洞，就是她家的两间屋子，师父的马，她的马，如同农家饲养的役畜，山中的一片被师父开垦为农田的平地，就是她家的田园。她的心性在青灯黄卷之乎者也和田园耕作的熏染下渐趋平顺，而她的武艺也由外及内。

四年后，与塞北狼真刀真枪切磋，已经不落下风了。

看着眼前的情景，这完全是无数次出现在沙漠红梦中的情景，嗅吸着飘荡在院落中的气味，也完全是沙漠红无数次在梦中饕餮过的气味。她实在想不起来，哪年哪月哪日在哪里，在她的心灵深处，她给自己建构了一个家的模式，如今，那个空幻的家的模式幻化为真，好似她是高明的工匠，她画出了一个家的图纸，杨修平家的人投工建造起来了。

仔细想来，大约是她刚记事时吧，有一天很冷，一定是冬天，那天下雪没有，她记不清了，但地上是有雪的，厚厚的雪，森白的雪，大风在平坦无垠的走廊腹地，肆无忌惮地扫荡着，风将沙地上的积雪搜刮起来，像小孩玩扬沙子游戏那样，风在扬起雪片时，也没忘了捎带上沙砾，雪片和沙砾在空中搅和在一起，在风中翻滚着，力气攒足后，横空砸下来，砸在头脸上，砸在身上，那个冷，那个痛。后来，沙漠红知道这是一种被称之为风搅雪的雪，天上没有下雪，风将地上的雪弄到天上，再下下来。一天水米未进，她实在走不动了，也不想吃东西，她只想随便坐在哪里或躺在哪里，她坐下或躺下的地方，就是世界的尽头，她再也不想动了。母亲不许，母亲已无力抱她背她了，母亲只能拽着她的手，她几乎是在蜻蜓点水样走路。黄昏时分，她们来到一个村庄，一个好心的老大爷收留了她们母女。什么都模糊了，沙漠红至今对那顿饭记得无比清楚，好似那顿饭还停留在她的肚肠里，还搁在她的眼前。那是一碗热腾腾的搓鱼子。将面条搓成一条条寸长的小鱼儿的模样，煮熟了，添加了肉和菜蔬，再炒。那是当地人用的大老碗，洗脸盆一般的大老碗，出苦力的男人吃饭用的大老碗，母亲吃完了一碗，她吃完了一碗，主人问她还吃不，她是要说还吃的，母亲却代她说饱了，吃不下去了。母亲在任何时候，哪怕是快要饿死的时候，都要求她吃饭时要有个女孩子样，细嚼慢咽，每顿饭，哪怕是吃粗糙的干粮，母亲都是垂范在先，她习学于后。而这次，母亲没有要求，母亲狼吞虎咽，她理所当然地狼吞虎咽。她从心底认为，吃饭就该像个吃饭的样子，这样的饭吃起来香，别人看着也香。这是唯一的一次，这是最让她快意的一次饕餮。

撂下碗，困意顿时掩盖了世间的一切，再次睁开眼睛，已到了第二天日上三竿时分，母女俩又要上路了，主人家苦留不住，说了很多不能此时上路的理由，几乎所有的理由都与她的年龄有关，但是，母亲却一刻也不愿耽搁，她的使命就是走路。

主人家无奈，将早饭端上来，母亲已经不像昨夜那样吃饭了，她自然也不能再快意饕餮了。这时，她发现，这是一个四合院人家，正厢，偏厢，客房，牲口圈，老爷爷老奶奶，大叔大娘，大哥大嫂，兄弟姐妹，猪马牛羊，田园树木。原来，这就是家，一个人就该有这样一个家，一个小孩就应该在这样一个家中出生长大。

那一个风搅雪之夜，沙漠红找着家了，可母亲不愿在这个家多住一天，也许，母亲有她心中认定的家，母亲要走，她只能跟着走了。她把那个家藏在心底，跟着母亲继续流浪。现在，她回家了，这次，走与留，决定权在自己。

沙漠红对这个家，对自己的小屋满心喜欢。每个早晨，当东方天际出现鱼肚白的时候，她便悄然起身，她怕打扰别人，独自轻移碎步出了大门，来到河边田园里。水坝里的水越蓄越多，不久，就可以灌溉农田了，而许多家中有壮劳力的农户，开始人工挑水或用畜力驮水了，他们生怕前几日的那场小雨，不够维持庄稼等到水坝蓄满水时需要的墒情。杨修平劝那些人不要白费力气了，那些人笑着说：力气又不是钱，也不是粮食，用光了，睡一觉，又会回来的。勤勉的人总比懒得不动弹的人要好，哪怕白费力气，也是勤勉的表现。杨修平不再劝说他们了。沙漠红来到水坝前，许多人都已经运了两三趟水了，他们看见沙漠红，都在黎明前的黑暗中，露出谁也看不清楚的笑脸，老远给她送上问候。上下独流地的人不知该怎么称呼她才算得体，比她年龄小的男孩女孩，叫她一声姐姐，不存在什么疑难。难以启口的是那些与她年龄相仿的男女，叫姐姐，不合适，叫妹妹，女人可以这样叫，男人这样叫，会生出歧义的，长辈无论男女，也不好开口，直接叫她的艺名，显得生分，再叫什么，又没有一个合适的名头。见面了，他们便什么也不称呼，直接开口说话。这在当地人那里，习惯上被称作"冒搭话"，就是不用称谓的说话。其实，上下独流地的人，都盼着给她正式的习惯性的称呼呢，长辈叫她修平家的，比杨修平年龄小的同辈男女，称呼她嫂子、表嫂之类，年龄比杨修平大但辈分小，或是那些年龄小，辈分也小的人，该称呼她什么便是什么。可是，谁也摸不准她跟杨修平当下到底是什么关系，将来会是什么关系，在没有听到杨灭白的正式通知前，谁也不敢冒昧。那些隔着黎明前的黑暗问候她的人，开口便是：练功呢。哦，练功呢。她回应一句，双方各自完成了一桩礼节，便各走各的。

沙漠红宁愿被人视为早起是为了练功，要不，一个年轻女子，平白无故这么早起来，不种不收不担不挑的，像个什么话。她不是为了练功，她只是想把双脚真实地踏在生活的大地中。脚下的泥土是赖以生存的土地，眼前的流水可以浇灌赖以为生的良田，头顶的天空，给赖以为生的农作物带来阳光风雨，身边的这些人，忙时，是忙于全家的生存，闲时，是一个忙人忙过之后的休憩。

　　第三天一大早，沙漠红在村中转悠了一圈，太阳冒花时，回到杨灭白家，全家人都起来了，她先向杨灭白道了谢，再一一问候家中老小，声言要走了。杨家人急了，都上前来劝她留下，有的问是不是生活不习惯，没吃好没住好，有的问是不是谁惹她生气了。杨灭白甚至怀疑是杨修平欺负她了，厉声叫杨修平出来，给沙漠红赔罪。沙漠红一一否认，只说自己还有要紧事，正是农忙季节，自己做不了任何事，还要给家人添麻烦。沙漠红要走的消息不知是怎么走漏的，不大一会儿，上独流地的长辈们齐齐来到杨家，接着，下独流地的长辈们也火速赶来了。先由两位族长代表家族，劝沙漠红留下，白灭杨甚至说，女娃，杨家要是待你不好，住到我们白家，我们不敢保证像敬拜观音菩萨那样侍奉你，但是保证可以把你当自己的亲生女儿那样爱惜。杨灭白惶恐不安，心想人在自家住着，难保照顾不周，对白灭杨提出的质疑也不敢回嘴，只在一边惶恐着。杨修平不像别的人那样苦口婆心，倒像是对待自己的结发妻子，他沉着脸，看也不看沙漠红一眼，以相当凶狠的口气说：

　　"一定要走，就让人家走！谁让咱老祖先瞎了眼，放着大平原不去，非要躲在这鬼都不愿来的地方呢。别说人家看不上这个地方，要不是家在这儿，我一天都不想住的。"

　　沙漠红嗔道：

　　"你说的什么话，谁嫌弃这里了？给你说，这几天是我过得最舒心的日子，我真的是有事。你这样一说，我还真走不成了，反正是你不让我走的，不要嫌我赖着不走。"

　　听了沙漠红的表态，所有的人都如释重负，送上欣慰的笑容。

　　沙漠红哪里想离开了，她的心已经安妥在这里了。她只是作势要走，一个女孩子，主动找上门，已经颜面无存了，再这样不管不顾地住着，让人怎么看怎么说，今后以什么样的脸面见人？这一来，她便可以心安理得地多住一段日子了。

第十一章

秀才抱得美人归

一切正如杨修平所言，半个月后，秀才和水坝的水蓄满了，青幽幽的一池水，把上下独流地的男女老少爱得死去活来。无论年齿深浅，谁也没有一次见过这么多的清水。这哪里是水，这是生命，两个村子杨白两家所有人的生命，这是囤里的粮食，有了这池水，按照农时种庄稼收庄稼就是了，杨白两家守着这片老天爷赐予的宝地，怎么会缺吃的？以后缺的可能只有自己那不够大的胃口。看见两股清流，一股通过下分水口欢快流进下独流地干渴到极限的农田里，通过上分水口的水顺着引水渠绕一个弯儿，缓缓地流进上独流地的农田里，白灭杨趁人不注意，悄悄瞥一眼通过分水口的两股水，果如杨修平之言，一家不多，一家不少。要是依照以往在水的问题上那种锱铢必较的目光看来，杨家是吃了亏的，分入上独流地的水等于是倒流，引水渠一点坡度都没有，水流极其平缓，若不细看，仿佛是一渠静水，而分入下独流地的水，借着自然坡度，带着喧嚣声，一头扎进农田里。还有，水坝建在上独流地的地盘里，坝水淹没的是上独流地河道两边的农田，这就等于，是杨家人在出技术，出资金，出土地，在为白家人谋福祉了。白家人只是出了与杨家相当的人力罢了。白灭杨一阵酸楚从心底涌上，半辈子了，心底涌上的酸楚不知有多少，唯有这次是幸福的酸楚。随着那股酸楚联袂涌出的，还有一个浪漫的想法：他想请一台大戏，戏台搭在坝头平地里，让上下独流地所有的人欢乐三天三夜，一切费用都由白家承担。

当白灭杨把这个想法说出后，杨灭白懂得他的心思，笑说：

"你的戏瘾发了啊？你想听戏，我给你唱，我白唱，你白听。"

白灭杨也笑道：

"就你那一嗓子啊，你要是对我有气，我宁愿挨你一顿打，戏嘛，还是免了吧。"

两人斗了一会口，杨修平伸手捣捣白灭杨的腋窝，笑说：

"还没有发洪水呢，你就急着庆祝啊。"

白灭杨豪迈地说：

"我外孙那本事，别说发洪水，老天爷发神经，这水坝都会没事的。"

在杨修平的劝说下，白灭杨暂时放弃了铺张浪费的打算，但他让杨修平一定答应他，明年如果粮食大丰收，由他做东，请上下独流地的人看一场大戏。

沙漠红被杨白两家的人留住后，再很少到村子里露面了。她像所有待字闺中的大姑娘一样，藏身家中，帮助家里女性料理家务琐事。她是从来没有过正常家庭生活的女子，别说针线茶饭这些女人自小必习的业务，就是洗洗涮涮洒扫庭除都不在行。按杨家的辈分，她与杨修平一样，都是孙子辈的。爷孙隔代亲，杨灭白老两口稀罕孙子，对孙子的朋友，先自稀罕了八分。加之，沙漠红又是如此的光芒四射，又是身怀绝技的奇女子，奶奶膝下是有三个孙女的，哪一个又比得了沙漠红，而眼见得，沙漠红有可能成为自家一口人，别的孙女说到底都是别人家一口人，一时间，她把对所有孙子辈的爱，都集中在沙漠红身上了。她知道沙漠红当下还是江湖中人，这些人有这些人的规矩，即便没有这一层讲究，她也不会叫她的艺名，她称呼她：女子。奶奶这样叫，爷爷，儿子儿媳辈的，也都这样叫。杨修平的三个妹妹，两个妹妹已经出嫁了，只有小妹在家，三个妹妹都叫她姐姐。沙漠红很自然地，杨修平称呼谁什么，她也跟着这样称呼。但她在称呼杨修平爹妈时，没有随着杨修平，而是称呼姑父姑母。这又与未过门的儿媳称呼未来的公公婆婆有别，当地对这种角色的称呼，向来都是姨父姨妈。

沙漠红颇费心机地规避了在称呼上自己主动求婚的嫌疑，心里坦然了，面情上也坦然了。每天，看看奶奶和姨妈操持某种家务时，也跟着溜边儿，边看便做。针线茶饭，洒扫庭除，喂猪喂鸡，喂猫喂狗，里里外外，无不参与。奶奶只允许她做一些轻松干净的活儿，稍微辛苦一些、脏一些的，坚决不让她插手，比如洗洗涮涮的活儿。奶奶笑说：

"女子，我要是有你那一身武艺，我啥活儿都不干，缺吃的，缺穿的，眼睛一瞪，别人乖乖儿地给我送来了，要啥有啥。"

沙漠红笑弯了腰，她不再无声地笑，笑的口型不再是盈盈的，似笑非笑的，而是那种表示开心的笑。笑毕，她瞪了奶奶一眼。奶奶把自己刚说过的话忘了，不知道好端端的，她瞪她一眼干什么，心想这是练武出身，脸色说变就变。她笑说：

"死女子，好儿白眼的，你瞪奶奶干什么？"

"你不是说我眼睛一瞪，要啥有啥嘛，怎么啥都没有？"沙漠红笑说。

奶奶这才反应过来，一时笑得头晕眼花。

日子流水般一天天过去，沙漠红来到独流地已经满一个月了。这一个月，除了最初的几天，除了杨家人，上下独流地的人，谁也没有再见过沙漠红。倒是杨修平，每天都在村里村外转悠来转悠去，好多次独自上了山顶，出门没有见他带走什么，进门没有见他带回来什么。除了全家吃饭时间，杨修平很少见到沙漠红，她像所有没有过门，但因为各种各样原因提前到夫家生活的未来媳妇那样，跟着家中长辈女性，低着头，忙这忙那的，不会瞥一眼自己的未来丈夫的。这一天的午后，白灭杨派人约杨灭白出来在坝头见面说话。老哥俩一见面就斗上了，杨灭白说：

"黄土都淹到脖子的人了，做事怎么还鬼鬼祟祟的，有事不能来家里说吗？做贼似的。"

"跟贼打交道时间长了，多好的人，都会变得贼兮兮的。"白灭杨坏兮兮地回敬道。

"这么说，你是承认自己贼兮兮的了？有什么贼主意你就说吧，我跟你做一次贼。"杨灭白知道白灭杨没有特别重大的事情，不会以这样的方式跟他联系的。

"唉，我说，你真是老糊涂了，娃和女子的事情就那样不明不白摆着啊？都二十多岁的人了，别的男娃女娃这个年龄，几个娃都抱上了。"

"你让我咋说嘛！"杨灭白正为杨修平和沙漠红的事情头痛，真要是不明不白的事情，随便找个话题，给他们说破就行了，可这明明白白的事情，他们在形式上都做得明明白白了，可实际上却还糊里糊涂的。说是两口子，既没有说成一句话，也没有举办仪式，两人生活在一个家里，却又不在一起住，连闪面儿的机会都不多。

要是在自己家里土生土长的孩子，媒妁之言父母之命，该咋办就咋办，他们不给自己做主，别人替他们做主罢了。孙子呢，在外面跑了多年，谁知道人家在外面都学了些什么，行为方式分明不是自家一口人了，女方呢，也是骑马耍刀子的人，更不能按一般的女娃子要求。好几次，他都想把他俩叫到一起说一说，想来想去，实在张不开口，万一被他们谁一口回绝了，再要回转过来就难了，他也想分别说一说，还是怕一言不合，把好事变成坏事。活了大半辈子人，经历过多少风风雨雨，处理过多少纠缠不清的事情，在自己孙子的婚姻问题上，杨灭白第一次感觉到自己竟是那样的无用，那张把死人都能说得活蹦乱跳的嘴，一下子变成了猪嘴，除了吃饭，只会乱哼哼。他把自己当下的为难毫无保留说给了白灭杨。这在先前绝无可能，纵使祁连山压在身上，把自己压死，他也绝不会在自己的老对手面前叹一口气。杨灭白长叹一声说：

"你老弟做事向来鬼鬼祟祟的，现在正是你发挥长项的时候啊。"

白灭杨冷笑一声说：

"真是江山易改本性难移，光明正大的事情干吗要鬼鬼祟祟的？"

白灭杨心中早有了主意，出资唱大戏以此感谢杨修平并改善与杨家关系的愿望被否决后，他就在注意观察，他一定要为杨修平做一件事情，要让杨家人明白，他白灭杨是心中有数是非分明之人。他看到了杨修平和沙漠红的情况，也看到了杨灭白的束手无策。这种事情给谁谁都为难。事情是明摆着的，杨修平如果把事情挑明了，岂不是担上了以主欺客的嫌疑，让沙漠红主动开口，那绝无可能，于情于理，那是打人家女娃子的脸呢。白灭杨动情地说：

"咱们兄弟们实话实说，你老哥就修平一个嫡亲孙子，你没有看见吗，咱的娃在外逛了一圈，早已不是咱们这种老脑筋了，难道你不想早点抱上重孙子延续家族香火吗？你看看修平娃，不知道心里想的什么，至少没有想着给你传宗接代。现在正好，我看沙漠红，虽不是咱们正常人家的女子，内外都算是顶尖的女娃呢。趁着两人心里正在热火，咱们给撮合了，怀里抱上娃娃，拴住他们的心，哪怕拴不住，他们逛他们的，他们的娃娃咱们养着，不也一样嘛！"

杨灭白长叹一声，苦了半天脸，嗫嚅说：

"你站着说话腰不痛，你让我咋办嘛！"

"你给我说几句好话，我给你出一个好主意。"白灭杨一脸坏笑说。

"我哪有好话给你说，不骂你就算说好话了。好话坏话赶紧说你的，反正修平也是你的外孙子。"

"哎哟哟，杨家人不讲理，真正的。好吧，杨家人不讲理，白家人得讲理。咱们请花喜鹊为大媒，向塞北狼提亲。"白灭杨得意地说。

"你说得轻松，花喜鹊是你家树上的花喜鹊，给地上撒一把谷子，就啾呀啾呀地飞来了？我以为你有什么好主意呢。"杨灭白神情沮丧地说。

白灭杨从怀里摸出一样东西，用手捏紧了，在杨灭白面前划拉一圈，笑说：

"有这样东西，别说一个花喜鹊，八个花喜鹊都会啾呀啾呀飞到咱家树上的。"

"使不得，使不得！"杨灭白变了脸色，像是谁用弹弓对准了他的头，他在挥手挡石子。"使不得！"他挥着手，倒退着双脚说。

不用细看，他是认得那件东西的。那是白家的家传宝物，据说，就是为了这个，白家祖先才从兰州城流落河西，为了躲避官府追杀，才落脚于四面与人间隔绝的独流地。

那是一本手抄书，原为大明朝朱元璋十四子肃王府所有。肃王世代镇守兰州城。第一代肃王是武功出身，后世的肃王却好文。肃王派人到民间，搜集整理西州调，也就是流行于西北各地的民间曲调。整理成册，肃王大喜过望，未等刊刻面世，在一个晚上，底稿却丢了。整个西北都是肃王管辖的地盘，他派遣兵马，动员社会上的各种力量，四处查找这部书稿的下落，终于有人打听到，书稿为兰州城一个姓白的流浪花儿歌手所得。可是，在街头卖唱多少年的白姓歌手，突然在人间蒸发了，连同他的家人。

手抄本名为《大明西州艳词俚曲总汇》。数百年过去，册页早已变得黑黄僵硬，稍一翻动，都会掉碎纸片儿。白家祖先冒着被灭族的风险，将这部书稿保存至今，平时，都在历代族长手里，只有在重大祭祖仪式中，拿出来闪一下面儿，又赶紧秘藏起来。先前，两家打嘴仗时，杨家人经常挂在嘴上的话是：你白家从老祖先起就是贼骨头，王府的宝物都敢偷，还有什么不敢偷的。可是，对任何一个外人，杨家人与白家人一样守口如瓶，都情愿用整个家族的性命去保守这个秘密。杨灭白凛然说：

"你这人一大把年纪了，做事怎么头重脚轻的？快收起来，我的孙子哪怕打光棍，杨家哪怕断种了，也不会做这种没名堂的事情！"

"你听好了：我是给我外孙子办事用的，与你杨家没有关系！再说了，宝剑赠壮士，红粉送佳人，你我两家人再没有出过唱曲儿的，把它送给好家，让更多的人能够听到老祖宗留下的好曲子，不好吗？"白灭杨表情凛然，却是一番语重心长。

"使不得，使不得，"杨灭白摆摆手，摆手的幅度愈来愈小，猛然，停摆的手又使劲一摆，决然说："使不得！"

"我家的东西我做主！黄鼠狼吃过了地界，管了你杨家的事，还要管我白家的事不成！"白灭杨以不容置疑的表情不容置疑的口气，作出了最后的决定。

两人商定，由杨存志和白光祖为求婚特使，先去甘州请花喜鹊出任大媒，花喜鹊如果答应了，他们不必返回复命，带上花喜鹊直接去胭脂山，请求塞北狼以父亲的名义，允许沙漠红嫁给杨修平。聘请花喜鹊担任大媒的礼物由白家出，就是那本曲谱手抄本，给塞北狼的彩礼理所当然由杨家承担。

事情说定了，事不宜迟，第二天的后半夜，两人便出发了。他们是秘密行动，没有惊动任何人，直到他们骑着马走出整个独流地进入沙漠，也没有引起一声狗吠。天亮后，杨灭白有意把家里家外都看了看，发现与平日没有任何变化。心下颇感自负，又多少感到惭愧。光明正大的事情，干吗要鬼鬼祟祟呢，这是他挖苦白灭杨老贼的话，反过来用给他，也并不冤枉他。这不是他向来做事的风格，可由事不由人，万一让那个东洋的水泡了脑子的孙子知道了，他要是出面阻止怎么办，还有那个女刀客，谁知道这些在外面逛世界的年轻人心里怎么想，会作出什么事来。哼哼，给你来个人不知鬼不觉，到时候，一个是替你葬母的恩人，一个是对你恩重如山的师父，女方那一头，哪怕她心里还有若干曲曲折折，这两个人出手，都会给你抹平了。至于自家儿郎，好办得很，高看你一眼，你就是出门了又返回家的半个客人，平日高看你一眼，礼让你几分，要是不识抬举，你就是孙子，我杨灭白的孙子，杨家的子孙，老先人手定的家法族规，上应天理，下合地理，中间走的人情道理。多少代人了，家族中也出现过一些强悍人物，可在祖先手写的那一页麻纸面前，最终都低了头弯了腰，头比别人更低，腰比别人更弯。为什么，天比祖宗大，祖宗比你大，没有天，就没有祖宗，没有祖宗，就没有你，你可以不抬头看天，但你必须在祖宗面前低头。

杨灭白这样一联想，信心马上足了。

　　白灭杨也在想事情，他这样做，当然有感恩的因素，毕竟是杨修平给白家带来了新的生机。如果仅仅从现实功利的层面评说白灭杨的举动，那真正是浅薄了，别人用浅薄的眼光把他看浅薄了。他深知杨修平和沙漠红对整个独流地的意义，世道眼看要大乱，他虽然足不出独流地，听着一年四季东西来回扫荡河西走廊的风，从中也能听闻到许多信息的。世道真的乱了，往日鬼都不会光顾的独流地会成为宝地，那些失势失意的达官贵人，那些身负仇怨的强梁豪霸，只有先把命保住，才有可能东山再起。虽说，强龙不压地头蛇，那要看龙有多强呢。到时候，以杨修平的见识，以沙漠红的武功，和她在刀坛的人脉，独流地也许还可勉强保持龙蛇和平共处，到时候，他再把谜底揭破，让杨灭白在他的远见卓识下自惭形秽去吧。还有一层，沙漠红如果能够以明媒正娶的形式顺利嫁给杨修平，那将是上下独流地焚茅断草开辟以来，第一个正规嫁来的异姓女子，独流地的婚配向来在上下独流地之间进行，我把女儿嫁给你家儿子，你家女儿嫁给我家儿子，没办法，过去过来就这两姓人。每一代人中，也有若干独流地之外的女人分别进了杨白两家生活，但那不是嫁，有的是流浪迷路的女人，有的是杨白两家派人劫掠、拐带来的女人。没办法啊，婚配断档了嘛！沙漠红如果顺利嫁来，且不说有他的半分功劳，单独站在独流地的立场上看，那将是独流地起死回生走向兴旺发达的好兆头。

　　杨灭白说白灭杨做事鬼鬼祟祟，真正鬼祟的是他。白灭杨送给花喜鹊什么礼物，当面给他看了，他送给塞北狼的礼物，却是秘密的。他将礼物用一张羊羔皮反复包裹好了，亲手交给杨存志，郑重说：

　　"千万不要让白光祖看见！"

　　一切都是按照最初的计划按部就班进行的，当花喜鹊从白光祖手中接过手抄本后，喜鹊般啾呀啾呀叫了好多声。那天，她穿了一袭刚上身的红底黄花湖绸旗袍，她双手捧着书稿，叫着，双脚跳着，真像是一只因为什么事高兴的花喜鹊。情绪稳定后，她的眼泪再也收敛不住。两位使者都是男性，也不好过分解劝，任由她自己止住眼泪。花喜鹊从小漂泊于江湖，早已练就了一腔明敏心性，她挥手擦去眼泪，赧颜道：

　　"你看看我，二位有什么见教，老身当鞍前马后，尽力而为。"

杨存志说明了来意，花喜鹊娇叫一声，说：

"我以为什么天大的事情呢，山一样的重礼，必然是天大的事情，谁知是这事情。快快快，老身不能收你的礼！"

花喜鹊说着，忙把书稿往白光祖手里塞，白光祖和杨存志两人都吓坏了，最担心的事情发生了，说不动花喜鹊，必然说不动塞北狼，这趟差事算是办砸了。随即，他俩都释然了。花喜鹊说：

"给我家侄女找一个合适的人家，一直是老身的心病，你们不找我，我还打算找你们呢。我没见过杨家那小子，听人说，倒是配得上我家侄女的。礼物还给你们，你们要我做啥，老身风里风里去火里火里去。"

花喜鹊揎拳捋袖，像是一个受命出征的将军。两位使者坚持不收回礼物，白光祖给花喜鹊转达了白灭杨的意思，说是家父一向认为，花儿属于普天之下喜欢花儿的人，而在花儿界，花喜鹊德高望重，这本珍贵手稿，只有在花喜鹊手里，才能体现先贤的良苦用心。几句话说得花喜鹊又是涕泪涟涟，她说：

"天下之宝，当属天下人公有。老身先代为保存，绝不据为私有。"

花喜鹊当即雇了一辆马车，又带了几个手脚头脑都灵活的伙计，一行人马，快马加鞭去了胭脂山。花喜鹊身任大媒，自然由她说明来意，塞北狼一听喜形于色。杨存志见状，知道事情已经有九分成了，便双手捧上礼物。塞北狼并没有拆开看，看了一眼羊羔皮包装，像是突然挨了一刀，血流如潮，脸上马上化为失血过多的那种残黄。手中的桦木棒不觉离身摔落地上，他的独腿当即一软，直戳戳磕在硬地上。他对着礼物连磕三记响头，口称不敢不敢，弟子何德何能。在场众人都不明白其中缘由，都在那儿莫名其妙惶恐着，一片声劝塞北狼收下礼物。塞北狼心下顿然明朗，他要是再把持不住，一桩江湖上的惊天秘密，恐怕再也守护不住了，他跪着，双手接过礼物，连声说：

"诚如遵命！"

别人哪里知道，羊羔皮包裹的是如是刀，西北刀客始祖用过的，一把八寸长短的杀羊刀。始祖谢世时，留下口谕：谁手中有这把刀，谁就是理所当然的刀坛领袖，谁要是不尊刀坛规矩，无须持刀人动手，犯事者见刀自行了断。可是，到了第三代盟主那里，盟主却将刀坛至高信物当成了诛锄异己谋取私利的工具，他看谁不顺眼，发现谁的武功有可能超过他，甚至为了霸占同门师弟的妻子，都以对方违反这规那矩为借口，滥杀无辜，诛求无已，众多刀客为了自保，或隐居，或退出刀坛，或结帮对抗，一时西北刀坛风雨飘摇，呈一派不可收拾之势。经过多年混战，杀了盟主，四大帮派脱颖而出。但更大的混乱，更残酷的争夺又以新的面目出现。四大帮派都认为，在诛杀无道盟主的战争中，自己这一派居功至伟，理当得到如是刀，执掌刀坛。互相间谁也不服谁，又经过三年的血雨腥风，有一天，手中有如是刀的那一帮派，突然发现刀不在了，而其他三个帮派并不相信，战至最后，当四个帮派都沦落到无力再战时，方才发现如是刀确实不在那一派手中。

各方就此罢战言和，联手寻找刀坛信物，西北刀坛进入没有盟主，各自为政的混乱时期。因为这个，古道交通一度中断，商运停止，引发百业衰败，沿路客栈都成了空无一人只听见朔风穿堂呼啸的鬼屋。大清取代大明，江山易主后，内地和西域的商帮联名要求朝廷恢复驿道秩序。民间的事情，官方不便干预，但朝廷明确表示了支持恢复驿道交通的愿望，商帮等于获得了尚方宝剑，公推十大商帮中的老大晋帮出面，邀请各路刀客聚会，明确要求，暗里活动的刀客，必须亮明旗号，公开活动，否则，各路大小商帮将拒绝雇佣他们；本来就在公开活动的刀客，当众申明自己的旗号，旗号一旦公开打出来，终生不得变更，而且，终生享有刀客的应有待遇。

刀客大会如期在甘州举行，因为找不到始祖信物，经过会商，大家同意变通，每一届刀坛盟主的诞生，由十大商帮各派一人，加上十名信誉良好的刀客，组成公选联盟，双方各提举三名候选人，然后，一人一票，得票最多者为刀坛盟主。最近的一任盟主无影子便是这样选举诞生的。

无影子当选盟主前，其实为无名刀客，武艺到底如何，谁也没有真正见识过。但，他却为国家立有大功。左宗棠大帅西征时，苦于大军粮草运输困难，十万大军如果从河西走廊到新疆巴里坤，耗时最少三个月，而为十万大军供应粮草，再加上供应粮草者自身的耗费，这将是一桩难以完成的巨大使命，这直接关乎西征的成败。有没有更近的一条路，行军所需时间省下来了，等于把什么都省下来了，而且，从单纯军事角度而言，还可收到兵贵神速之奇效。无影子自告奋勇，愿为先遣军团带路，从很少有人敢走的西路驼道横插新疆，出其不意，占领据点，接应大军。左大帅采纳了这一建议，果然大获成功。先前，中原与西域的商道，主要以河西走廊为主干道，辅之以三条沙漠驼道，组成交通网络，很多人是知道西路驼道的，但畏惧于出没无常的沙尘暴，还有路途本身的艰险，除了个别小型商队偶尔冒险一走外，大型商队从不敢涉足。无影子此举，证明这条路线也是可以供大队人马通行的。

边疆战事结束，正好赶上了上届盟主年老归隐，公选联盟共同提名无影子为盟主候选人。只有他一个候选人，自然是全票通过，这也是西北刀坛实行公选制以来，唯一一个获得全票的盟主。可是，无影子在就任盟主的第二天，便从公众视野中消失了，西北刀坛进入了有盟主，但事实上没有盟主的时代。

塞北狼乍然见了消失数百年的刀坛至尊信物，而这个信物竟然是要属于他的，对刀坛规矩向来的敬畏，对仁义礼智信向来的坚守，一时让他五内如焚。但他必须先接受下来，必须先要守护住绝顶机密，然后再见机行事，把至尊交给至尊，方不失为一个真刀客。他稳稳地站起来，笑一笑说：

"抱歉，在下失态了。忽然看见同仁遗物，不禁触景生情啊。"

塞北狼暂时瞒过了在场所有的人，大家都以为那是哪个刀客的遗物，杨存志先前是见过这把刀的，与普通杀羊刀没有什么两样，父亲说，不能只看刀子的形制利钝，这是祖先遗物，一定要妥善保管。父亲将刀子压在柜子最底层，反正家里不缺杀羊刀，每一把杀羊刀都比这一把好使，杨存志也从没有想过使用这把刀。没有引起他注意的是，这把刀的刀柄上并排刻着两行字：

一行是：

"刀是无上刀，人是无上人，见刀如见人。"

一行是：

"如是者刀，如是者人，如是如是。"

塞北狼也没有见过这把刀，可他知道这把刀的来历和刻在刀柄上的内容，更知道这把刀在江湖上的分量。

四个人代表四个方面，原则不用商议已经确定，大家都同意，当竭力促成杨修平与沙漠红的婚姻。需要商议的是采取什么步骤，把能够想到的问题尽量做到谋在事先，免得出了什么纰漏，坏了好事。按当地风俗，应该有了两个大媒，男女双方各一个，由媒人之间协商一应事务，再与各自雇主沟通。大家觉得，风俗是风俗，还可以变通，特事特办，由花喜鹊一人身兼双方大媒。看见大家都这样信任她，花喜鹊欢喜得花枝乱颤，她说，孩子们虽都是咱们自家儿女，但咱家的儿女不是凡俗人物，婚礼应该与凡俗之人有所区别。杨修平虽是杨家儿郎，但他代表的是独流地，杨白两家都是他的家，沙漠红是江湖中人，又是塞北狼大侠的爱徒，西北刀坛就是她的娘家，这一来，有些麻烦，塞北狼大侠是以父亲的身份出面的，这只是凡俗人眼中的娘家，西北刀坛这个娘家呢，还应该有一个德高望重的人出现在婚礼现场，这才够得上礼数。

大家频频点头称是，都觉得花喜鹊考虑得周全圆满，白光祖更是喜出望外，虽然还没有征求父亲意见，但他认为，父亲一定会高兴的，这是白家无端地得到了一个天大的面子。塞北狼稍作思忖，试探说：

"巴音王倒是合适人选，只不过……这个怪人……"

"哎嗨！"花喜鹊双手猛地一拍大腿，突然娇叫一声，把正在沉思的众人吓了一跳。花喜鹊也觉得脸有些烧，这是什么庄严场合，她居然一不留神，把在莺歌燕舞中女人应付场面的姿态作出来了。这一声娇叫，既代表对某人某事的惊叹，也表示当事人对某人某事带给自己的荣誉或利益的满不在乎，还可以作为在遭遇尴尬场面时自我脱困的一种技巧，而当下，与这些都不沾边。花喜鹊很快调整了情绪，她毕竟是在卖笑寻欢场合厮混太久的人，再次拍了一记大腿，以满不在乎的口吻说："要说是这事儿，包在老身手里，把那个蒙古老兵痞嘛……"

花喜鹊自觉失口，讪讪地笑了笑，不往下说了。一个女人说一个男人，用的是这种过分亲昵的口气，已经表明了，她与这个男人有着非同寻常的私密关系，有这种私密关系垫底儿，她有着对这个男人绝对的支配权。除了杨存志和白光祖，他们两人都是在极端传统而又极端封闭的农家生活的，自然不大懂得风月场的诸如此类的曲里拐弯，别的人可都是一叶落知天下秋的。大家都知道，先前，巴音王与花喜鹊来往紧密，巴音王只要来到河西，下榻之地一定是乐滋滋，他喜欢听花喜鹊的花儿。至于再有什么更进一步的亲密，他们没有公开，别人也不好妄加揣测。尽人皆知的却是，巴音王和花喜鹊翻脸了，巴音王为此砸坏了客栈的围栏。后面的柳暗花明，塞北狼也不知道，听见花喜鹊这样大包大揽的，心下明白了九分，可不明白的那一分，当下只得糊涂着。花喜鹊带来的那几个伙计，围在一边忙这忙那，把来自四个方面的主人，都当成自己的主人小心伺候着，听见自己的主人这样说，各自窃笑笑，为了掩饰，忙转过身去。塞北狼是何等心性明敏之人，剩下的那一分糊涂立即云破天开，整个是十分的冰雪明白。他十分庄重地说：

"娃她姑，这事儿为难你了。其实，巴音王大侠言行虽然有些怪诞，心底却是极好极仗义的。"

花喜鹊外表风风张张的，在风月场厮混了半辈子，没有一双洞察秋毫的眼睛，没有一副九曲回环的肚肠，没有一颗拨浪鼓一般的脑瓜，早把自己混同为尘埃了。她明白塞北狼已明白了所有，而这其实是她心中需要的。一个女人日夜厮混在男人群中，到终了，却没有一个知己体己的男人，好听点说，这是出淤泥而不染，守身如玉；说白了的话是，这个女人只不过是男人手中的一件可有可无的玩物，随玩随扔，她得不到男人的心，男人也不把她放在心上。巴音王的特殊经历，使他与别的刀客不一样，别的刀客纵有绝世武艺和圣人一般的道德，获得的名头也只是局限于武林和民间，名头越是显赫，官府越是厌烦，而巴音王的江湖地位，却是由武林、民间和官府共同抬举的。自己已是半老徐娘了，获得的却是一颗名动天下的英雄的心，夫复何求啊，又有什么见不得人的。所谓惺惺相惜，塞北狼也是江湖重器，让他知道，她与巴音王的私情，算得上是明白人相遇明白人了。她又听塞北狼将她称为沙漠红的姑，也就是说，他把她比作自己的嫡亲妹妹了。花喜鹊当下的激动是发自内心的激动，自从懂事起，整天不离口的曲儿是哥哥呀妹妹呀，遇见的男女不是哥哥姐姐就是弟弟妹妹，先前被包养的十几年间，她过着锦衣玉食颐指气使的日子，可她明明白白知道，她并不属于任何一个具体的男人，她的那个他，不但从事实上没有把她当作他的唯一，在他的心里，她只不过是他在万里驿路上的一个客栈。这个内地商人，每年来河西一趟，每次在她那儿逗留十天半月，比候鸟待的时间还短。他死了，留下的是这一处客栈，和依然茕茕孑立形影相吊的她。如今，客栈依旧，客栈里有了与她秋虫相抱互取温暖的巴音王，客栈外，有了嫡亲哥哥塞北狼，有了嫡亲侄女沙漠红，马上又有侄女婿杨修平，要紧的是这都是些什么人啊，连带的还会有独流地杨白两家数百口的亲戚。一个靠倚门卖笑为生的女人，在人老珠黄时节，却得到了天大的恩惠，这恐怕真是人在做天在看，她花喜鹊在人渣荟萃把人头当羊头卖的风月场厮混半辈子，没做过一件亏心事，没有坑害过一个良家妇女，她的善心让老天爷看见了，给了她一个天大的善报啊。花喜鹊顾不得抹去眼泪，脸颊上挂着盈盈泪珠，起身对着塞北狼盈盈一个万福，庄严说：

"哥，需要妹子做什么，你当哥的尽管吩咐吧，咱们自家的事儿，做什么都是该当的。"

一行人先结伙回到甘州，安顿塞北狼在乐滋滋客栈住下来。花喜鹊随杨存志两人回到独流地。花喜鹊进了沙漠红房间，顺手关了门，两人叽叽咕咕说了半天话，再度开门后，花喜鹊满面泪痕，眉宇间却透着喜庆，沙漠红也是泪湿脸面的样子，表情忧伤而羞涩。这当儿，杨灭白和白灭杨共同召见杨修平，把事情的根根茎茎都给他抖搂清楚了，看见他还是那样怏怏不睬的嘴脸，白灭杨率先动了怒，他说：

"你狗日的可掂量清楚了，你以为你谁呀，喝了几瓶洋墨水，你还真把自己当洋人了？多少人的面子在这搁着，你掂量你伤起伤不起？再说了，人家女娃差什么，说句良心话，要是我的女娃，我还看不上你呢，你能干什么，肩不能挑手不能提四体不勤五谷不分的，要是遭了年馑，第一个饿死的就是你……"

白灭杨说得兴起，嘴里的咸淡话像是高山顶上滚下的一块石头，越滚越顺畅，惯性越大，再也收煞不住了。虽是好意，别人这样说自己的孙子，杨灭白不乐意了："我孙子有那么寒碜吗，这不行那不行的，把我饿死了，也不能让我的孙子饿死，你操的闲心。"杨灭白脸色越来越难看，心中的恼意正在累积，杨修平却嘿嘿一笑说：

"舅爷，说了半天，你在说谁嘛！"

"我说谁？咦，咦，咦……"白灭杨牙疼似的叫了几声，终于缓过气儿了，他说："我老汉说了半天，被说的人居然不知道说的是他！那我后面拉屎前面乱动，不是在出闲力么？"

"你出闲力又不是一回两回，大半辈子你出的都是闲力！"杨灭白趁机揶揄了白灭杨一句，然后笑说："好坏也是自己的外孙子么，贬得一无是处，贬了别人，捎带也把你自己贬了。我孙娃子我最了解了，听了这天大的好事，心里在急得乱抓乱挖呢，是不是，修平？"

"知我者，爷爷也！"杨修平笑着，双手做着乱抓乱挖的动作，一下子把所有不好明言的话都说明了。

"真正是外孙子，离层子，我老汉真是后面拉屎前面乱动出闲力呢，有人家亲爷爷，我这个外爷只好去外边待着了。"

白灭杨不是说笑话，他真的有些伤感。杨修平上前一步，双手扶住他，笑道：

　　"我原以为只有女娃子吃醋，没想到老汉也吃醋！我早都想请你给我当礼宾先生呢，怕你不给面子，这下不怕了啊。"

　　婚礼上出任礼宾先生，那是至高的荣誉，不仅本人德高望重，福寿绵长，还要儿女孙子孙女齐全，俗话说，酒席宴前分贵贱，礼宾先生就是一场婚礼中最尊贵的那个人。白灭杨心里高兴，嘴上却说：

　　"等我瞅着你顺眼了，再说吧。"

　　杨灭白拉下脸，对杨修平说：

　　"你婚礼长婚礼短的，你就这样糊里糊涂让人家女娃子嫁给你吗？你还是留过洋的人呢，脑子是不是让洋书堵住不透气儿了！"

　　"哦，知道了。"杨修平答应一声，欢天喜地去找沙漠红了。

第十二章

婚礼上的致命目光

　　婚礼如期进行，那天来的人真多，预期中的人都来了，完全在预料之外的人也来了。田青萍竟然带着窗前明月千里迢迢，专程从兰州赶来参加杨修平和沙漠红的婚礼了。他带来的礼品，更是让所有的人目瞪口呆。不是什么大家常见的金银宝器绸缎衣物之类，而是一套完整的西洋新式学堂的教学设备。他在甘州城郊买了十亩地皮，自己出资建一座新式学堂，聘请杨修平出任校长。生意场如战场，谁也不敢保证百战不殆，为了不致因为生意的起伏影响学校的正常运行，田青萍事先抽出一笔巨款作为办校基金，将来哪怕在生意上多么需要资金周转，也绝不会打这笔资金的主意。他成立了校董会，由杨修平，沙漠红，塞北狼，贡生出身的甘州学界耆宿、祁连书院山长汤之盘、窗前明月五人组成，田青萍平时在兰州，由窗前明月代表他出任校董，动用资金时，五个人共同签字画押，才可在由田青萍控股的晋商甘州票号中提取。学校定名为经世新式学堂。毕竟是千里河西走廊第一所新式学堂，各方面的条件都不完备，必须经过试运行阶段，除了按照西洋新式学堂的方法招收培养适龄学生外，还以河西地区现有人才储备，专门设立一些学制不定的实用职业技术培训班。这一切，都由杨修平正式出任校长后具体筹划实施。

　　经世学堂的校舍建设已经开工，田青萍购置的、当礼物送给杨修平的一应教学设备，当然不用带到婚礼现场了，先存放在田青萍设在甘州的四通堂商号的库房里，他带来的只是清单和给杨修平、沙漠红、塞北狼等人的聘书。

还有让所有人都大感意外的两个人来到了婚礼现场。一个是甘州守备索洛敦，一个是索洛敦的六姨太柳知杨。这索洛敦是满族正红旗，祖上曾经做过尚书，到他父亲这一代衰落了，到了他，又有了重振家门的气象。他倒不像别的满族子弟，靠着祖荫，不学无术，无所事事，日子也过得脑满肠肥乐滋滋儿的，他是凭靠军功获得升迁的。朝廷若真的论功用人，他应当在内地重要州府，获得一个更高更好的职位，可他只得来到偏远贫瘠的甘州。朝廷说得好，说是甘州乃边关要地，坐中四联，东接兰州，连通中原，北依大漠，辐射蒙古草地，南控祁连，虎视青藏高地，西达新疆，遥领西域，四达之地，必是四战之地，前明洪武皇帝，最初将肃王府设在甘州，取的便是以最忠勇可靠之人管领要害之地，如今，西北平静不久，社会时有动荡，正好是他这种栋梁之材为国效力的机会。

索洛敦还没有傻到听不出真话假话虚话的地步，这是为了将他挤出中枢而用场面说辞给他灌的迷魂汤，既然无能为力，他便装出很受用的样子，慨然受命，为国守边去了。来了以后，索洛敦发现，边地有边地的好处，财赋收入虽然微薄，却可自收自支，税收负担较轻，每年还可通过陕甘总督府，从朝廷那里弄来许多补贴。当熟悉情况后，发现这里与内地相比，非但不穷，其实还很富裕。黑河横贯甘州全境，举目都是平畴旷野，地广人稀，农田大多都是自流灌溉，又北依北山，南贴祁连山，山中多的是珍奇宝物，中间是连接中原与西域的商道要冲，自古以来便是一条黄金通道。更大的好处是，这里远离权力中心，山高皇帝远，自己就是一方土皇帝，日子自在着呢。上任八年，连娶五房小妾，二姨太三姨太四姨太五姨太，虽出身低微，三个出身妓女，两个由正房的丫鬟升位，但却个个算得上是貌美如花。而新近迎娶的这六姨太柳知杨，年方十九，不仅貌美如花，还算得上大清国第一批正经八百受过新式学堂教育的女人呢，只因在内地做官的父亲犯了事儿，家道中落，又被父亲在官场的死敌苦苦追逼，不得已避居甘州，被索洛敦一眼相中，经人说合，纳为第六房小妾。官宦女子，外相可人，又受过新式教育，索洛敦也仿效洋人和京城一些高官做派，挽着柳知杨的纤纤玉手，以夫人身份出席各种礼仪活动，而柳知杨也确实为他壮了不少行色。

本地最高军事长官出席平民子弟婚礼，畏官如虎的甘州人从未听闻过，好在独流地的人，因为从来没有见过什么像样的官儿，也把官不怎么当回事儿，当主持婚礼的巴音王宣布嘉宾就位，恭请索洛敦就位于最显著位置时，猛然才反应过来，这里应该安排两个人的位置。果然，索洛敦一身武将冠带，挽着柳知杨的小手，高视阔步，向最中间位置走去。巴音王灵机一动，亲手将摆成品字形的三把太师椅匀出两把来，并排紧挨着置于正中位置。

这在独流地人看来，简直是在颠倒乾坤。

独流地的人，哪怕给老年女性祝寿，除非老年女性的配偶已经去世，否则，绝无可能坐在主席位置的。今天这算什么事儿，要是正房，因是官太太，宰相家的丫鬟大过七品县官呢，这还说得过去，一个屁大的女子，还是第六房小妾，花枝招展的，又让男人挽着手，难道你年老腿软走不稳了，还要坐在主席位置上，你让这些七老八十的男人，坐在你的下手，成什么体统？独流地的人纵然心中有千百个不服气，眼看着巴音王做的坦然，塞北狼面无表情，杨修平和沙漠红一脸平和，又生怕因为自己见识浅薄，主张礼仪规矩不成，反倒出了洋相，也都睁大眼睛，柳知杨碎步挪动一步，他们的眼珠子跟着转一下，眼珠子转了数十下后，碎步止了，一地的眼珠子也止了，睁大眼睛再看，竟然发现，那个位置好似天造地设，柳知杨天生就该坐在那儿。

接下来是田青萍，他也挽着窗前明月的手，款步走上礼宾台。这又是巴音王始料未及的，他慌忙又将两把太师椅挪到紧挨索洛敦两人座位的旁边，田青萍两人走到位置后，心里却犯难了，索洛敦本应居右，柳知杨居左，他们两人坐反了，田青萍两人如果对应着坐，他居左，便与柳知杨比肩而坐了，让人看去，好像他俩是夫妇关系。这万万使不得，只好将错就错，他让窗前明月与柳知杨比肩，他坐在窗前明月左首。当白灭杨、塞北狼等人依次落座后，主宾台看上去有些不搭调，柳知杨和窗前明月成了主宾，而台上其他的人都成了陪衬。

河西走廊的成名刀客大多都来了，沙漠红他们都是早知道的，许多都和沙漠红既有合作，也有交手，刀客间的交手，只要出于刀客的权利与义务，哪怕打得昏天黑地，只会增加友谊，而不会结仇结怨。无敌秀才好似天外来客，旗号一经打起，便轰动了整个刀坛，而他很快又让刀坛百年难得一见的奇女子甘愿以身相许，这才是真正的轰动。祁连鹰刚听说沙漠红居然要嫁给无敌秀才时，对他的打击远远超过了那次沙漠红对他的暴打，一连几天，他像绝症病人，在大白天，看在眼里的天地都是一片昏黑。他本来要单骑独闯独流地，向沙漠红问个明白，与杨修平见个高低的。冷静下来一想，自己在女人堆里厮混那么多年，还是深知女人的性情女人的心的。这女人啊，心中没有谁，你哪怕拿金银宝贝埋了她，你哪怕采取强力控制了她的身体，她的心照样不在你身上，相反，她要是心中有你，你哪怕是个叫花子，你哪怕是个五毒俱全的下三烂，她照样跟着你刀山火海九死不悔。像沙漠红这样的女子，她既然看中了那个假冒刀客，一定是有她的道理的。他要亲自看看，她的道理何在，也给自己的那颗心有个交代。

婚礼依照独流地的风俗一项一项进行。由白灭杨一手牵着杨修平，一手牵着沙漠红，将两人送上新人位置，宣布婚礼开始。别的新婚夫妇，拜天地拜高堂夫妻互拜，三拜便罢，而杨修平和沙漠红却拜了四拜。在拜过天地后，第二拜是拜先贤遗泽。花喜鹊捧出那本手抄本，算是她作为娘家人给沙漠红的陪嫁，塞北狼捧出如是刀，把武林界和自己合为沙漠红的娘家，算是给女儿的陪嫁，塞北狼明确宣布，如是刀归无敌秀才掌管。话说得再也明白不过了：无敌秀才是当今西北刀坛的无上至尊。在场的刀客们，突然看见圣物现身，个个呆愣一霎之后，纷纷倒地拜祭，在主宾台上的巴音王事先并不知情，见状，纵身跃下台来，对着如是刀深深一揖。他是刀客，但他不愿意把自己混同为普通刀客，他是曾经获得过皇家功名的特殊刀客。

在一个以官职大小论尊卑的群体里，索洛敦是现场唯一的官员，又是在自己的治下，他当然最为尊贵了。但，他心知肚明，大家也都清楚，田青萍是今天最为尊贵的嘉宾。他不是什么官儿，但在西北地界所有的官儿，从陕甘总督，到甘肃提督，再到甘凉道台，直到甘州知府、守备，这大大小小的官儿，向来对他都投以三分青眼。因为他有钱。有钱等于有权，在很多时候，有钱是胜过有权的，因为权力是有权限的，而钱没有边界，只要管官的官儿认你的钱，被管的官儿所管的官儿，都是你俯首帖耳的下属。索洛敦打仗是能手，混官场差一点，但对这些基本的常识，心中也是明白的。他打听到田青萍今天要出席这场婚礼，便找了一个为朝廷延揽人才的堂皇理由，堂而皇之来了。他是为田青萍而来的，别人未必明白，对谙熟商场官场暧昧的田青萍，这都是写在脸上的文章。在他的眼里，索洛敦虽是小官，却是需要倾心结交的强力派地头蛇。当轮到他出场时，他手捧着原先决定由他当众亲手授予杨修平校长职位的聘书，起身款步走到索洛敦面前，深深一躬，然后，转身宣布由索洛敦守备大人代劳。索洛敦事先并无心理准备，突如其来的荣誉，使他差点显出受宠若惊相。到底是朝廷命官地方大员，他稍一迟疑，便款款走向耀眼位置，抑扬顿挫宣布完毕，又顺口夸赞了田青萍和杨修平，又为一对新人送上了热情洋溢的祝福。

索洛敦哪里懂得田青萍的心机。

杨修平路过兰州拜谒田青萍时，他已打听到了杨修平的身份。洋人在外炮舰威逼，各地会党纷纷起事，各种明暗势力到处煽风点火，山河板荡，改朝换代之势已昭昭然，只是时间问题。为人处世和商场征战一样，要有先见之明，眼前要有多条道路备着，临时抱佛脚，抱着的永远是佛走过的脚印。朝廷虽然处在风雨飘摇中，朝廷依然是当下自己最要紧的靠山，会党这边是备用靠山，而这个有可能的靠山，目前还处在极端艰难时期。俗话说，宁给饿汉子一斗，不给饱汉子一口，咱给他中和一下，既不慢待饱汉子，也不能让饿汉子饿肚子。如此，从饱汉子那里获得更大的现实利益，在饿汉子那里储备未来的利益，左右逢源，八面玲珑，方可立于不败之地。而与当下还处在地下状态的会党来往，那是要冒灭族风险的，既要结交杨修平，以此为桥梁，打通整个江湖势力，又要让自己置身事外。正好，给杨修平的聘书是你守备大人颁发的，那么，将来一旦会党事发，不是别人求你守备大人高抬贵手的问题，最心急上火，最希望息事宁人的，一定是你守备大人了。出席一场婚礼，你获得了暂时的荣耀，而你不知不觉已是田青萍网中的一只鱼儿了。

做了新娘的沙漠红，有着万千幸福感的支持，本来就光彩夺目的外貌，当下更是美艳逼人。祁连鹰望了一眼，顿感颓丧，再望一眼，已是气血两亏。他感到了自卑，从内心深处喷涌而上的自卑。在女人面前，从气势上，哪怕是王侯宝眷，他非但从来没有自卑过，只要他一眼看中，心中油然而生的念头，就是想办法让她们为自己一一玉体横陈。当下的打击，让他不敢正眼再看沙漠红，他深知，即便将来沙漠红给他一个好脸色，他恐怕只有落荒而逃的份儿了。在他万般沮丧时，不经意的一眼瞥在了柳知杨那里，而意外的是，柳知杨正好瞥了他一眼，不知她是有意还是无意，两束目光在喜气洋洋的婚礼现场砰然相撞，祁连鹰分明感到，他那颗奄奄待毙的心又充满活力了。

第十三章

独流地没有别人

　　杨修平在家中度过了一个月的新婚生活，接下来，便奔走于独流地和甘州之间。独流地说起来偏远，却与河西走廊的腹心地带甘州城相距不到二百里路程，只是中间隔着一大片沙漠，独流地便显得与世隔绝了。田青萍赠送的那匹雪无痕正好派上了用场。雪无痕跟随杨修平几个月了，整日无所事事，都快要无聊出病来了。一看主人要外出，又是走长路的模样，雪无痕不禁仰天长啸。

　　雪无痕只用了大半天时间，已经跑出独流地百里开外了，这里已是绿洲腹地，村镇毗连，人烟扰攘，杨修平在农家客栈吃饭休息，店主人帮他照应雪无痕。一个时辰后，人有了精神，雪无痕劲头十足，子夜时分，一人一骑已安然抵达乐滋滋。花喜鹊在这里专门留了一间上等客房，是专门接待杨修平夫妇的，他们夫妇不在，房间一直是空闲的，哪怕别的客人夜半到达无处下榻，这间客房的门也不会因此打开的。

　　一夜休整，人精神，马精神，杨修平骑马去了经世学堂建设工地。

　　主体建筑已经成型了，依照图纸，整个校舍将是青砖铺地，白粉敷墙，红瓦盖顶，围墙则用白粉敷墙，上覆琉璃为檐。杨修平骑马绕墙基转了一圈，一下看出了门道，心下不得不佩服田青萍的卓越眼光。不愧是一代富商，人家为何能在到处流沙横绝又是盗匪出没无常的稀薄大地，把生意做得如此红火，确实有着超凡的个人能力。

校舍位于绿洲边缘，大多地皮原本为附近农户的换茬地，种一茬，撂几茬，等地力自然肥足了，放水进来，耕种一茬，然后再撂几茬。农户的土地很多，这些与戈壁滩交汇的土地，在他们眼里都是可有可无的。田青萍出了少量的钱，便签订了地契。这还不算是得意之笔，校舍只划出了三边围墙的墙基，另一边并未划定地界，与那个缺口相连的是广阔的戈壁滩。戈壁滩向来是无主之地，里面稀落生长着各种沙生植物，附近村庄的农民，有时候在里面放羊，没有多少牧草，大多都是羊在绿洲草地吃饱后，主人与羊在广阔世界里散心的。

杨修平打马跃上一座小沙包，放眼一望，眼界为之大开。黑河擦着甘州城的边儿由东向西招摇而去，这片戈壁滩稍低于黑河河床，随便扒开一道引水渠，将河水引入戈壁滩，在乱石滩建起房屋，可以开办各种小型手工作坊和养殖场，乱石较少土层稍厚的地块，可以种植牧草或农作物，到时召集无业游民前来就业，也可为学生提供生产实践场所。经世学堂的蓝图豁然出现在杨修平眼前，他不觉兴致大起，打马回到乐滋滋客栈，着手制订招生计划，四处打听各路民间人才，准备礼聘他们前来执掌教席。

杨修平在甘州与独流地之间穿梭来往了半年之久，寒冬来临之前，校舍主体工程全部竣工，按照他的规划，那片万亩大小的戈壁滩，也正式从县府拿到了荒地开发执照。他在靠近校舍主体建筑的戈壁滩上，已经建起了实用技艺传习所和陆军武备训练所。每个月他都要回家一次，每次在家逗留两天，然后又飞马回到甘州。

沙漠红的身孕渐渐沉重，这是上下独流地两家共同的大事，每家各差遣一名生育经验丰富的老年妇女，昼夜不离，陪伴在沙漠红身边。她们的报酬折成小麦，由两个家族在各自的义仓中支给。杨灭白不同意这样做，说他杨家难道沦落到了养不起自家媳妇的地步，还要别人供应，白灭杨听见这话不高兴了，专门派遣善于骂战的白平杨家的，带着他的口谕前去质问，让他说清楚：谁是别人？白平杨家的领命后，满心欢喜，半年没有骂战了，她似乎已经被人遗忘了，她成了白家一个可有可无的人，她们母子按月在家族义仓中支取粮食，虽说这是专门抚恤为家族利益死难者遗属的口粮，但她总觉得心里有些亏欠。男人是男人，她是她，她认为，这也和种地一样，不种地的人就不配吃粮，她没有给家族干活儿，却在领取家族抚恤粮，她心里不踏实。她和她的孩子不愿意担着一个吃白饭的名声。

白平杨家的像是一只在笼中关久了鸟儿，刚出笼，振翅试飞，还有些不太适应，终于心态和飞翔姿势都调整到位了，她甩开膀子，一路号叫着，向杨灭白家直奔而去。上下独流地的人过了半年水波不兴的日子，今年本来是一个大灾年，因为秀才和水坝的兴建，秋粮的大丰收抵消了夏粮的减产，全年拉均，算是一个中上年。和平稳定的日子让他们那根从生下来便一直绷紧的弦儿松弛了，忘记了战备这档子事儿。

当白平杨家的号叫声震彻村庄时，上独流地的人一时全愣了，不知道发生了什么事儿。号叫声在下独流地响起时，下独流地的人也愣在那里不知所措。还是杨平白家的头脑中的那根弦儿虽然松弛了，却没有废弃。半年来，她也始终处在惶惶不可终日之中，女儿出嫁了，儿子与她分门另过，在义仓里支取的抚恤粮却是按死难者的份额给的。无论家里有多少口人，家族为了让每家的所有成员都能够在一个屋檐下过日子，实现幼有所依老有所养，规定凡是与父母分家的后辈，都不得享受前辈的遗泽。杨平白家的抚恤粮便是专供她一个人的，她想暗中给儿子那里匀一些都不行，万一被人察觉，整个抚恤粮是要停供的。连续几年的缺水，粮食减产，许多家庭缺粮，而她的粮食却吃不完。往日，她担负着骂战的责任，她觉得她在为家族做事，每到领取抚恤粮时，心里是坦然的，脸上是有光彩的，而这半年，她什么事也没有做，每次领取抚恤粮时，虽没有人说什么，不好看的脸色都没有，但她仍然是一心一身的惶恐。她时刻都在准备着。终于她听到了白平杨家的骂战声，仿佛优秀的战马，马思边草拳毛动，她在第一时间已将全部精神抖擞而起。在寒风中，她矗立自家门口，在侧耳倾听族长的传唤。

白平杨家的带着一声声号叫冲入杨灭白家了，杨平白家的还没有听到族长的传唤。是不是传话的人在路上崴脚了，在路上遇到什么好玩的事情误正事了，或是迷路了？想起迷路，她自己把自己惹笑了，她伸出巴掌，在自己脸上轻轻扇了一巴掌，斥道："没皮脸的，亏你想得出？自己摸错自己脚裆的家什都有可能，怎么会迷路呢，你以为你也是留洋回来的？"她的一身热血沸腾了，又自我扬汤止沸下去，再次沸腾，再次止沸，三番五次折腾，她已是大汗淋漓。想起自从自己做的那些羞于启齿的事情被发现后，好几年了，身体欲望的极度膨胀，意志力的极端克制，她的内心早已被撕扯得七零八落，只有在骂战时，她能够真切地感觉到，体内积久的浊水如溃坝的洪水，带着一种摧枯拉朽的破坏欲，向远方奔泻而去。

杨平白家的终于听到了族长的传唤。

不过，那已经是第二天的午后了。

白平杨家的一脚踏入杨家后，杨灭白心里暗叫道：坏了，坏了！他不是怕白平杨家的会给他带来什么具体的灾难，她虽是奉命行事，怎么说，面对的是杨家的族长，嘴头子上还是能把住分寸的。他害怕让沙漠红知晓了杨白两家过去做的那些事儿。怎么说，这都是不敢见人的家丑。自从沙漠红进门后，杨灭白整个像是换了一个人，时时刻刻都在注意着自己的言行举止是否得体，因了刻意的缘故，他的言行举止却越来越不得体了。他害怕以往那种横霸的走路姿势让她误以为他是一个横蛮不讲理的人，走路时便轻手轻脚的，这一来，却像是做贼，或要偷听别人的什么机密。他原来说话时，都是高声大气的，粗话脏话混账话张口就来，反正家族中哪一个人都是他骂得着的，骂错骂对都无关紧要，这是老祖先赋予他的神圣的骂人权力。这一下，他说起话来，也轻言轻语，文绉绉的，而他从没有这样的说话习惯，原来说话时的洪水滔滔不见了，倒变得嗫嗫嚅嚅，前言不搭后语。白平杨家的打上门后，他正在太师椅上闭目养神，心里想着坏了，却一时找不出应急之策。他歪坐在椅圈里，仰起脸来，睁着迷惘的眼睛，怔怔地看着白平杨家的在他面前手舞足蹈。好半天，他听她反复说的只有一句话：

"谁是别人？"

白平杨家的在族长那里只领受了这么一句话，族长并没有授予她自由发挥的权利，她便一个字不敢多一个字不敢少，翻来覆去这样说。杨灭白终于听清她在说什么了，可还是不明白她的意思，惊愕且含混地回说：

"谁是别人？"

杨老太生怕动了沙漠红的胎气，与两个伺候沙漠红的妇女，还有沙漠红的婆婆，在没有听到族长的传唤时，自作主张，好说歹说，将白平杨家的劝走了。白平杨家的总觉自己没有完成族长交给的任务，一边往大门外后退，一边还在质问：

"谁是别人？"

这是什么意思嘛！

谁是别人？当然别人是别人了，自己难道是自己的别人不成！

白平杨家的走了许久后，杨灭白塞满脑海的还是这个问题。令他一时闹不明白的不是这个问题有多么高深，恰好这本身就不是个问题。不是个问题却被当问题提出来了，而自己这么善于发现问题解决问题，多少难死人烦死人的问题都没有让他犯难过，这个不是问题的问题，却把他难住了，只能说明这是一个大问题。他不敢掉以轻心，现在与先前不一样了，孙子回来了，孙子可不是一般的人，是留洋生，是西北刀坛的至尊，孙媳也不是一般的人，要紧的是如今正怀着杨家的血脉，以前丢人，顶多丢满上下独流地，如今丢人，可就丢到江湖上去了。他暗中派遣精细的人去白家探听，白平杨家的来杨家闹事的缘由，反复说的那句话究竟指的是什么。

晚上，杨家派出的两个细作同时回来了，一经说明，杨灭白恍然想起，他确实说过这话。这话说得不得体，说得有些伤人，以前这样说是合适的，现如今情况变了，再这么说是不对的。这是他的错，错了就得认错，皇帝错了，都下罪己诏呢，他又不是皇帝，犯错是免不了的，错了就得认错。可这错咋个认法嘛！老皮老脸的，又是一族之长，他已经不是他个人了，他错了，就等于杨家全族人错了，他向人认错，就等于杨家全族人向人认错了。这可了不得，在大是大非面前，在涉及整个家族的面子面前，千万马虎不得。

杨灭白一夜无眠，在土炕上翻来覆去，昨天，今天，明天，道理，情理，个人，家族，思前想后，比古比今，比前比后，天大亮了，太阳出来了，他头脑昏昏沉沉，四肢疲软无力，但心中的主意随着太阳的升高，也渐渐明晰了。他正要派人传唤杨平白家的时，心中忽地又是一动：毕竟是咱理亏，要是让杨平白家的如此这般上门一闹腾，让孙媳知道了事情原委，岂不是给她造成杨家不讲道理的坏印象？不妥，不妥，凡事三思而后行，智者千虑必有一失，先前千失万失那是先前，如今情况不一样了，一失都不可有的。

杨灭白躺在土炕上，半睡半醒，说是死了，粗气在一波波喘着，说是活着，被窝隆起的形状，又像是一条死狗。昨夜，老伴给他担了半夜的心，知道他遇到了大事，难事，又不敢多问，后宫不可干政，身为族长发妻，在家族大事面前，她向来是懂得自律的。没有睡好，早上又要照顾孙媳，年纪大了，步履本来已经颠顸，现在说话颠三倒四，走路颠三倒四，做事颠三倒四，添的乱比帮的忙多多了。照应沙漠红的两个婆子在家族中身份低微，只知低头忙活，哪敢抬头说话，沙漠红觉着家中出事了，昨天白家那个女人摆出的完全是一副闹事的架势，可她是新媳妇，家中也无人告诉她到底发生了什么事儿，她又是一个完全没有家庭生活经验的人，心里有些急，却只能装糊涂。看见奶奶精神状况如此差，她劝老人家去休息，老人家都表示自己一切都好，劝了几次，老人家自己实在坚持不住了，就听了劝。

老奶奶回到房间后，发现丈夫躺在土炕上，还是一副死眉瞪眼的模样，心里真的急了，忍不住把后宫不可干政的祖训丢在一边，以妻子的身份问丈夫怎么了，哪里不舒服。还好，丈夫并没有因此训斥她，而是把事情的来龙去脉给她详细说了一遍，而且还有向她讨主意的意思。这是绝无仅有的事情。丈夫都沦落到向她讨主意的地步了，那一定是比刀客决战还大的事情。老太太心中哪有什么好主意，她一厢情愿地想，孙子媳妇可是干过大事的人，孙子不在，在家的人，自家丈夫是干过大事的人，可他应付不了当下的大事，那只有干过大事的孙媳了。

老奶奶蹀躞到沙漠红房间，把丈夫说给她的，原模原样说给孙媳。沙漠红心中感到好笑，又不便笑，没有笑出来，涌上心头的却是一番感动。杨白两家的两个老人，真是可爱到乖张的地步了，都是为了关心人，却为一句没有意思的话弄出了谁也说不清楚的意思。她笑说：

"奶奶，上下独流地没有别人，都是自己人。"

老奶奶呆愣了片刻，忽然眼前一片光明，她跌跌撞撞赶回房间。她没有说这话是孙媳说的，万一说得不对，丈夫怪罪起孙媳，那她就是一个拉闲话的是非婆子了。所有的责任她一人担着，她说：

"这么简单的事情，老不死的，都想不明白。听我说：上下独流地没有别人，只有自己人！"

"哎哟！"杨灭白惊叫一声。"哎哟！"他再惊叫一声，双手拍了好几下脑门，惊叹说："真是一语惊醒梦中人啊！是的，上下独流地没有别人，只有自己人。我的老婆看起来像头老母猪，要多糊涂有多糊涂，原来是吕端大事不糊涂啊。"

老奶奶不知道丈夫说的什么"捋端捋偏"的糊涂话，她说对了话，老头子在夸她，她却是听出来的。身为长辈，不诿过他人，不与他人争功，这才是应有的长者风范。她"嘁"了一声，表示了不屑，然后说：

"看把你德行的，你以为你是谁，你也只有娶我这样一个拿不出手的臭老婆的薄命了。给你说，这话是咱孙媳说的。"

"哦！"杨灭白一句话没有说完，头一歪，顿时鼾声冲天而起。

直到日上中天时，杨灭白恍然睡醒了，又恍然想起还有一件要紧事没有做。他晃了晃脑袋，听见里面咣里咣当乱响。还是没有想起什么事儿来，却更加坚定了一定是有什么事儿的。他再次晃了晃脑袋，这次加大了晃动幅度，脑子里面还是一阵咣里咣当乱响。响了一会儿，也许是某些杂沓堆砌的东西各自复位了，不再乱响了，迷失的事情也找回来了。他惊叫一声：

"快快，快叫杨平白家的！"

一会儿，杨平白家的吱吱扭扭来了。杨灭白往常给她安排事务时，是不用眼睛看她的，他的眼睛随便向着某个地方，随便说一声事由就罢了。这次，他很意外地看了她一眼。他为自己的超常行为深感意外，她也为族长的意外行为倍感意外。一夜无眠，她的眼神本来就是滞呆呆的，在意外面前一时又反应不过来，那双眼睛便有些仇人相见的境况。杨灭白的脑子其实也在僵滞着，眼神也是滞呆呆的，猛地看见一个家族下人竟然用这种犯上的眼神看他，心里一个愣怔，脑子里的东西算是彻底复位了。他是记着的，自从沙漠红进门后，他时刻提醒，要有修养，时时刻刻，对人接物，说话言谈，吃饭走路，都要显示出大家族掌门的修养。他心中的不快一晃而逝，他温和地说：

"你在干什么？"

"从昨儿到今儿，我一直在等老爷的示下呢。一眼都没眨，一口水都还没喝呢。"

"等 …… 等什么示下示上的？"

"不是昨儿那边骂战了吗，咱们难道 …… 难道 ……"

"哦 ——"

杨灭白这下彻底惊醒了，如同一个国家，对方都向你宣战了，都打上门了，作为一国之君，却连一个响屁都不放，不言不喘的，这让对方怎么看，这让自己的部属怎么看。这是关乎尊严的大事。既然杨平白家的有这种想法，那么，一个家族的人有这种想法的一定不会少，白家人大概所有的人都在窃窃偷笑杨家呢。他的斗志呼的一声蹿起来了，并呼地站起身来。这当儿，沙漠红的影子从他心头掠过，他立即冷静下来，笑说：

"你没吃没喝没睡的，还骂得动么？"

"骂得动！只要是骂战，连续骂几天都不算是事儿！"杨平白家的使劲晃了晃膀子，又甩了几记屁股，眼见得精神昂扬了。

杨灭白转头一想，又冷静下来了。他喊了一声，来了一个在家中打杂的女人，他让她带着杨平白家的先去吃饭。

只是一泡尿工夫，杨平白家的风风火火来了，脚步刚劲，火眼灼灼。杨灭白说，让你吃饭的，你又跑来干什么，杨平白家的说吃了，带她来的那个女人补充说吃了三个蒸馍，喝了一碗粥。杨平白家的挺直腰板，证明此言非虚。杨灭白挥挥手，那个女人退下，他对杨平白家的说：

"这次不骂战，所谓兵者诡道也。哦，当然你是不懂得这些的。你悄悄地去，悄悄地对白灭杨说一句话：上下独流地没有别人，都是自己人。"

杨灭白不知道，杨平白家的非但一宿未眠，从昨天正午时分白平杨家的打上门那一刻，直到现在，她都没有回屋。她一直端端正正站在自家院门口，四肢直挺，昂首向天，浑身蓄满了力，只等族长的一声传唤，领命后，像脱缰的野马那样，直扑下独流地，要扑出一种肃杀的压倒一切的气势。她就这样站着，头顶有太阳时，虽是冬日的太阳，还是有些温度的。她的心正热，脑子正热，身上也被一种热度充盈着。从没有多少热度的阳光的缝隙中挤过来的寒风，一波波地侵袭着她的身外身内，但她并不觉得冷。夕阳将最后一抹光晕收回后，随着斗志无可奈何的消退，身体困倦了，肚腹空瘪了，寒风也趁着白天让位于黑夜，变得恣意妄为，塌陷的斗志和身体，在寒风那里，她如同一张腐朽的羊皮，寒风如果从前面而来，在她感到肚腹冰凉时，后背同时也感到了冰凉，如果寒风从后背而来，她的肚腹则同时发出寒风那样的啸叫。子夜时分，上下独流地一派静谧，野外偶尔传来什么异响，狗们都缄默无声，这些号称忠实的生灵，其实也是会偷懒的，也懂得多一事不如少一事的混世技巧，它们也知道，最大的事故无非是狼入羊圈狐狸偷鸡的事情。这是多大的事儿，如此寒冷的冬天，狼和狐狸到哪里去觅食，总不能让它们都冻饿而死吧，它们都死绝了，人豢养狗的必要性，狗的生存价值又在哪里呢？老天爷不是胡乱制造生灵的，既然都是老天爷的创造，生灵之间都是平等的，每种生灵都有其活下去的理由，都有着自己的生存方式，家养的以家养的方式生存，野生的以野生的方式生存，狼偷羊吃，狐狸偷鸡吃，遵循的都是它们的生存法则。再说了，狼不会一次吃掉一群羊的，狐狸一次不会偷走一窝鸡的，它们只是保命而已。冬天过去，食物丰盛了，狼会去抓野羊吃，狐狸的食物更丰富了，野鸡野兔旱獭老鼠，能吃的就多了啊。

　　这一晚，在上下独流地，杨灭白是醒着的，他是醒着躺在自家热炕上，别的生灵没有睡觉，都有事情可做，唯有杨平白家的，既一宿未眠，也无事可做，她就那样站在自家的院门口，伫望着什么也望不见的沉沉天地。后半夜，其实她是知道的，哪怕非要有一场械斗，谁也不会选择在这个时候。祁连山下的冬夜，河边的乱石经常会被冻裂的，纵有千般仇恨万丈怒火，这个时候寻仇，还不如自杀干净。杨平白家的不是那种一根筋的女人，能够在骂战中常常处于上风的女人，不仅需要辩才无碍，还要有随机应变的头脑。几次三番，她都想回去睡觉，睡到天大亮，一点事儿都不会误了的。可当她转身回屋时，沮丧的心情阻止了她的脚步。肚子饿着，回到屋里了，不给自己弄饭吃，那你就是一个懒女人，饿死都算是懒死的。懒女人是从来不受人待见的，可她没有回屋去，饿肚子就有理由了：谁家的锅灶是安在露天的？一个人的光景，屋里烟火少，大冬天的，人冷清，屋里的水缸经常会封冻的，黄昏时，也没有顾得上烧炕，土炕一定与河滩的青石板一样冰冷。那么，她回屋了，睡在冷炕上，一定会被冻死，别人知道她是冻死的，那多丢脸的。要想睡觉，必须烧炕，烧炕必须亲自动手，冷炕烧热，至少要半个时辰。为了睡一场觉，这么麻烦的，又何必呢。她站在门外，不回屋去，腿脚活动着，又不致冻死，一举两得，何乐而不为呢。杨平白家的经过一番艰难的折冲樽俎，决定今夜就守候在自家院门口。她在那儿跳着脚，双手倒搓着，活动出来的热量足以抵抗那铺天盖地的寒冷。累了，歇一歇，冷得受不了时，又跳脚搓手，直到天亮。

　　旭日东升时分，杨平白家的冻饿交加，再也坚持不住了。可是，这个时候，却不能回屋休息了。你一个寡妇家的，大白天睡觉，晚上在干什么？你一个女人家的，天都大亮了，你还赖在热炕上，你以为你是皇后娘娘？她决定不睡觉了。她将自己养的几只鸡从笼里放出来，给院子里撒上比平时多出一倍的食物，看见鸡们在那里欢天喜地饕餮，自己疲惫至极的身心也有了些许缓解。她又将本来已打扫干净的院落，再仔细清扫一遍。距离吃午饭的时间还早，她睁大眼睛把能够找到的活路，都做了一遍，终于等到了杨灭白的传唤。

　　杨平白家的用残存的一点激情，以最快的速度，最大的热情，一口气跑到族长家。从族长那里得到了从未得到过的礼遇，她的激情再度爆发，不料，肠胃太空了，饭又吃得猛了，困倦迅猛袭来，几乎让她随时都会昏晕过去。好在族长安顿她要悄悄的，她便拖着绵软无力的身子，一步一步挨到白灭杨家。白家人早都发现了她，但看不出她是来骂战的，以为她是正常走亲访友来的，也都不在意。她顺利地见到了白灭杨，极度的困倦让她无力抬起眼皮，她的眼帘低垂，看上去有种温顺的可怜和可爱。白灭杨正襟危坐在太师椅里，他知道杨家不会做缩头乌龟的，一夜的沉默，绝不是息事宁人，而是在酝酿着更大的报复行动。晚上，他睡了一个好觉，他精神焕发。昨晚交过夜后，杨家没有行动，他已算定这是一个平安夜。杨平白家温顺的神态，并没有让白灭杨放松警惕，相反，祥和的天空往往是风暴来袭的前兆。"默如雷。"他想起了这条先贤训诫。他的神色平和，心弦高高提起，将自己守护得密不透风。杨平白家的强自抬起沉滞如铅的眼皮，嗫嚅说：

　　"上下独流地没有别人，只有自己人。"

　　白灭杨听清楚来人说什么了，可他在等待这句话后面的话。等了一会儿，他没有听到下一句话，便抬起眼皮。他看见她也在努力抬起眼皮看他。她在等待他的回复，他在等待她的下文。双方僵持了一会儿，他心中无底，率先打破僵持，轻声说：

　　"我听见了。还有呢？"

　　"上下独流地没有别人，只有自己人。"杨平白家的得到了白灭杨听到她说的话的回复后，确认了一次，方才转身施施而去。

第十四章

花儿皇后心头的绝顶机密

冬季的河西走廊，寒冷让天地一派空阔，地上的草木枯萎了，夏秋季节的拥挤和喧闹不在了，仿佛一个散场的集市，地上的人们都在猫冬，在不得不走出屋子后，缩着脖子，佝偻着腰，应付差事般做完不得不做的事情，又赶快缩回屋里去。天空中，阳光半睡半醒的，浑黄的，缺少热情的光束，在寒风中摇晃着，落在哪儿算哪儿，候鸟都迁徙到不知什么地方去了，无处可去的鸟，只有和这片天地间的生灵一起苦熬寒冬了。它们从窝巢里出来，大约也只是与自己存活的这片天地打一个照面，表示自己仍然活着，仍然依恋着这片天地。冬天的原野并没有给它们提供什么可口的食物，对于乌鸦而言，不过就是一些冻饿倒毙的动物尸体，而寒冷让这些尸体很不容易腐败。它们需要野狗，或狼什么的牙齿锋利动物的协作，它们站得高看得远，发现哪里有动物尸体，便一路叫嚷着，向目标飞去，那些生着利齿的生灵按照乌鸦指示的方位寻踪而至，地上的这些生灵撕开尸体僵硬的皮毛，掠去主体部分，乌鸦则在一旁跳跃着，捡拾着剩余的边角废料。

杨修平一个月回一趟家的生活节奏，也因为寒冬做了些许调整。在大寒来临前的那一次回家之旅中，沙漠红将自己亲手缝制的一挂镶有布面的羊皮袄披在他身上，送他到门外，当他跨上马背时，沙漠红说：

"天眼看要大冷了，你安心在城里做事吧，尽量少回家。"也许，沙漠红也觉出了自己说话的声音有些寒冷，忸怩了一下，似乎添加了一些热度，她笑说："家里这么多人在照顾我，你还有什么放心不下的，倒是你，孤身一人，家里人都不忍心你来回奔走。"

杨修平看着突起在眼前的那颗危如累卵的肚皮，笑说：

"难为你了，你多保重。"

雪无痕似乎懂得主人的心思，并不急于奔跑，在沙土路面上，匀称的碎步踏出一路和谐的节奏。自从沙漠红发现自己怀孕后，夫妻俩再也没有在一起过夜。她的理由无懈可击，她担心他惊动了胎儿。他不在的日子，有些夜晚，她需要年老的女人陪伴，有些夜晚，她愿意独处。而当他回家时，天刚擦黑，她便借口身体不适，要求别的女人陪伴她休息。沙漠红是上下独流地所有人的重点照顾对象，杨家人如此，白家人亦如此。杨灭白已经三代单传了，依照独流地人固有的观念，无论谁，都应该香火相传，绵绵瓜瓞，永世不绝，哪怕谁家生出儿子，专门为了与对方械斗，那也该拥有儿子。沙漠红不与杨修平同床共枕，所有的人都知道，上下独流地从来没有什么秘密，守护秘密的方法只有守口如瓶一种办法，而泄密的渠道千条万条。所有的人都从心底认为，沙漠红是对的。其实，上下独流地的人从来没有这么多讲究，女人除了产后的两个月里，与男人停止夫妻生活外，在所有的时光里，男人只要有这方面的需求，女人从来都不会有任何拒绝行为的，包括行经期间。这是女人的义务，也是男人的权利，同时，也是女人的权利，也是男人的义务。生育，抓紧一切时间生育，正如敬业的农人，庄稼收成好坏，有无收成，那是老天爷的事情，不误农时，勤种勤收，精耕细作，全要靠自己。

好几个月了，夫妻之间没有任何亲密行为，兴冲冲回家去，蔫耷耷离家走，心中虽有不快，也都以善解人意的宽容自行化解了之。在外逛了许多年，多少同胞同道，过着花天酒地的日子，而他从来都是洁身自好。他明白他身负的使命，最初是家族的使命，后来是国家的使命。留洋以来，他没有耽误过任何一节课程，哪怕是东洋老师宣扬大和民族优越论的课程。不了解对手，是难以在与对手的搏击中占据上风的。每个周末，他都出入学校所在城市的所有街衢里巷，观风俗，察民情。在每个假期，他将节省下来的所有资金，都用来旅行考察。在沙漠红之前，他没有与任何女人亲热过。正当青春火热年纪，说是不好女色，那是骗人的假话，伪君子，太监，但，在好色与好德之间，他无怨无悔选择了后者。家国大事，时藏于胸，岂可逍遥于女人裙裾间？

　　经过男女之事，和纯粹没有经过男女之事的人，对男女之事的理解大相径庭。新婚蜜月期间，沙漠红虽然没有明确拒绝与杨修平同床共枕，但他能明显地觉出她从里到外的不热心。他以为这是新嫁娘的固有姿态。可是，他发现，每一晚在入睡前，她都要急急忙忙先熄灯，后宽衣解带，两人只好在黑暗中摸索着完成这一程序。他以为她害羞，也没有多想。过了几天，在他的一再纠缠下，她勉强答应让他看看她的身体。他兴奋异常，惶急点亮了豆油灯。在昏暗的灯光下，一具西洋油画中才可一见的美轮美奂的女人身体展现在他的面前，他像那些所有把艺术当成生命的艺术家，从头到脚，略无遗漏地把属于自己的艺术品吻了一遍。他沉浸在无限的幸福中，强烈的幸福感，几度几乎令他昏厥过去。当他内心的狂热稍稍消退后，忽地觉得，他真的是在欣赏一件美轮美奂的人体雕塑，人体雕塑从来都是只供眼睛看的，而无法与活人肌肤相亲。再完美的人体雕塑，其本身是没有温度的。他在与一件羊脂玉女性人体作品亲热。他的嘴唇所到之处都是冰清玉洁，他的身体所触都是冰清玉洁，而他身体所及之处，那件玉雕都在下意识地绷紧了，全身都在索索发抖。他笑说，我们是合法夫妻，都那样了，还紧张什么呀。她无语而瑟缩。他这才发现，她双目紧闭，牙关紧收，一副不胜苦寒的样子。他说，你睁开眼睛看看我呀，我都看过你了，你还没有看过我呢。她切切说，求你把灯熄了啊，两口子，要看一辈子呢。

　　杨修平就此再没有见过沙漠红不穿衣服时的身体，而沙漠红从来就没有见过他脱光衣服后的身体。起初，他并没有太在意，相反，以一个男人天生的龌龊心理出发，他倒心安了。一个从小混迹于污泥中的女子，却纤尘未染，对于一个男人来说，这是上天的赐予啊。杨修平其实并不真正懂得沙漠红的心思。她渴望有一个家，自懂事以来，梦境中出现最多的便是生活在属于自己的家中。幼小时，梦境中的家庭成员中，有父母兄弟，有爷爷奶奶，有猪狗牛羊。长大后，家里多了一个人，这便是一个自己叫丈夫的男人。她和这个在男人一铺炕上睡觉，生儿育女，然后成为这些儿女的父母。她是懂得这些人生程序的。既然嫁做人妻，就拥有了生儿育女的义务，而儿女必须通过与自己丈夫的肌肤相亲才可获得。这些道理她也是懂得的。但她从心里厌恶男人，确切地说，是厌恶男人的身体，厌恶所有男人的身体。看见每一个男人，映入眼帘的不是那个男人的脸，而是一扇扇万般恶心的屁股。她一再从心里挥出一只决绝的手，试图将这些屁股从眼前赶开，可是，那些屁股像是三伏天湿地里水草丛中的蚊蚋，越是驱赶，越是蜂拥而来。结婚后，她一遍遍地在心里树立一个信念，杨修平是自己主动选择的丈夫，他不是别的男人，他的屁股不是她见到过的任何一个男人的屁股。她的理性只能维持一个白天，夜晚来临，到了宽衣解带时刻，只要看见杨修平，哪怕他的衣着还是整齐的，他已经不存在了，在她的眼中，一个男人的屁股塞满了整个房间，而且，屁股上的那团红色胎记，宛如夜半升起的一颗太阳，向她喷涌着火辣辣的阳光。这个时候，她油然升起于内心的第一冲动，便是抽出自己的问天钩，像她曾经做过的那样，把那颗给她带来无尽耻辱的太阳剁成永恒的黑夜。只有熄灭灯光，在什么也看不见的黑暗中，她眼前的幻境彻底消失后，她从心里到身体，才可感知到，身边的那一个男人是她的丈夫，是时时能够激起她心底浓浓爱意的丈夫。

沙漠红不能把这些内心的机密告诉杨修平。这是一些说不清楚，别人也不会相信的机密。容易使人相信的机密，其实都不算是什么机密，真正的机密如同谎言，机密的拥有者哪怕将其广而告之，别人都会以公开的谎言对待的。她只能在心里接纳他，从心里爱他。在确定有孕在身以后，她的心里真正踏实了，她拒绝与他亲热的理由是那么堂皇，她在家人面前，也不再感到不自在。

杨修平只好把在沙漠红那里的遗憾和不快深深地掩藏在心底，说什么他都要善待她，宽容她，她对他的情感他是能够体会到的，而对于她人生的不幸经历，他怀着巨大的同情，他甚至认为，她的人生的所有不幸，都与他有关，他相信，一个人的福分是老天爷在暗中分配的，他虽生于农家，但在那个小环境中，爷爷至高无上，他又是长门长孙，最终了，还有幸成为长门里唯一的孙子。自小，全家人都围绕着他转，因了爷爷身份的特殊，杨家人都在围着他转，哪怕整个家族只剩下一个馒头，那一定是他的，哪怕整个家族只剩下一张笑脸，那也一定是笑给他的。他享用了超过他应该得到的那份福分，而那些超出的部分，正是老天爷从沙漠红那里给他搜刮来的。老天爷永远是公平的，这只手给你多了，另只手一定会把多出部分扒拉回去，前半辈子老天爷给你多了，一定会在你的后半辈子克扣一些。他从心底认为，他与沙漠红从邂逅、相知到结缡，都是老天爷的一手擘画，目的只有一个：损他的有余，补她的不足。

杨修平一这样想，心胸一下子和冬日的河西走廊一样敞亮。他用双腿稍作暗示，雪无痕会意，长啸一声，撒开四蹄飞奔起来，在身后洒出一串长长的尘雾。

在家中受到的冷遇，恰好促使杨修平把全部精力投入到经世学堂的筹划中来。还在筹建阶段，校董会还没有开始运行，学校基建这一块事实上都由窗前明月一手经办。窗前明月的公开身份是西北商会驻甘州代办专员，鉴于她与田青萍会长的特殊关系，而所谓的西北商会，日常运行经费绝大部分都来自田青萍，所以，实际与他私人的商号没有什么两样。校舍后期规划出自杨修平之手，在那片戈壁滩，他说哪里需要做什么，准备用来干什么，大约需要多少经费，他将草图画出来，窗前明月都是一一照准，筹措经费到位，组织工匠施工。偶尔闲暇时，杨修平望着窗前明月忙前忙后的身影，也有些纳闷：这么漂亮的女人，与田青萍又无正式名分，他为什么不把她留在身边，相隔千里，这条商道上从来都是红尘扰攘，难道他对她如此放心？沙漠红要不是在老家，换一个角度，让他待在老家，让沙漠红在外奔走，他一定不会答应的。客观地说，窗前明月仅从长相看，要比沙漠红漂亮，沙漠红自小奔走于万里风尘之中，身上却没有风尘气象，谁一看都是正经人家的正经女子，待人冷淡而保守，在风月场里厮混出经验的男人，一眼便可以看出，这种女人是不容易上手的，枉自出闲力生闲气扯闲淡，趁早见色辟易为好。祁连鹰那样倾心于沙漠红，一受挫于胡杨林，再受挫于独流地，当他看见沙漠红与杨修平喜结连理后，他对她的那颗心已死定了，说难听的，即便沙漠红主动向他投怀送抱，他也不会接纳她的。祁连鹰要女人的身体，更要女人的心，虽然，只要是漂亮女人，他都喜欢，用情不专，却是真喜欢，他鄙薄那些喜欢女人，但只是把女人当玩物的花花公子，他曾扬言，对于这种摧花辣手，他见一个杀一个，绝不手软，他要为天下姐妹，尤其是有姿色的天下姐妹，主持公道，为真心喜欢漂亮女人的男人正名。这几年，西北地界有许多豪门纨绔，被人杀了，人人都说这是祁连鹰干的，经官府追查，每一桩凶案发生时，祁连鹰都在很远的地方，他有绝对的不在场证据。其实，各级官府大都是动静大动作小，并未下决心追查，被杀的都是一些专门以勾引奸污官宦富家女眷互相炫耀的无耻之徒，有些办案官员的内眷就曾让他们得手过，要不是碍于上峰官威和同僚脸面，他们恨不得亲手杀了这些流氓无赖，如今，有人替他们雪耻了，恨不能把一心的高兴公开为一脸的高兴，哪还会尽心尽力捉拿凶犯呢？

大约也因为这层缘故，祁连鹰与无数的女人不清不白，却没有人真正痛恨他，鄙薄他。甚至，有些男人明明知道自己的某个内眷着了祁连鹰的手，也装聋作哑，只是对他加倍警惕，用心看好自己的人罢了。祁连鹰在这些事情上也向来懂得分寸，他不像被他杀了的那些家伙，混了人家的女人，还要把这种私密事儿满世界张扬出去，一者显示自己的能干，再者臊那个女人的男人的面皮。祁连鹰痛恨的正是这个，对于一个良家妇女来说，名节远比身体要紧，你要了人家的身体，还要毁了人家的名节，这事儿真不是人干的。而对于一个男人来说，脸面远比事实重要，你踢烂他的屁股都没事儿，裤子提起来遮住，他照样可以在人面前高视阔步吆五喝六，可你如果当众在他的脸上吐一口唾沫，他不疼也不痒，擦干唾沫，脸还是那张脸，可他已经没有脸了，他已经无法站在别人面前了，纵然你高官厚禄，可别人只要看见你的那张脸，首先想到的是一张挂满肮脏唾沫的脸。祁连鹰深知这一道理，每上手一个女人，来往时，都拿捏得风雨不透，来往一两次，顶多三五次，哪怕对方真的离不开他了，他都要给对方郑重摆明道理，然后，友好分手。若是遇到沙漠红这种天生的从一而终意志如铁的贞淑女子，上不了手，他也不勉强，从心里对她们生出无限的敬意，然后，在她们遇到困难时，他还会出手相助。

祁连鹰因为爱慕过沙漠红，决定出手助杨修平一臂之力。他在看到杨修平张贴在河西走廊各地客栈的招聘人才启事后，毛遂自荐，要求担任经世学堂的国术教练。杨修平笑说，大侠名头巨大，难道不嫌屈尊，不怕同仁耻笑么？祁连鹰正色道，实不相瞒，我曾无限中意沙漠红，可除了差点被打死外，不曾得到青眼一顾，而她却向阁下投怀送抱，可知阁下定非凡品，这是我祁连鹰自愿投效麾下的动因，切莫要两相辜负。杨修平心下感动，忙向祁连鹰拱手行礼，祁连鹰回礼毕，庄严说，从今以后，你是校长，我是你的属下教员，名分既定，尊卑已明，你尽你的职责，我尽我的义务，绝无错乱。

接着，祁连鹰向杨修平提出一个堪称惊世骇俗的建议：聘请柳知杨出任经世学堂教员。杨修平以为祁连鹰在开玩笑，笑说大侠出神入化的武功，不会是他人出神入化想象出来的吧？祁连鹰正色道，刚才说过了，你是我的上司，我是你的属下，从今往后，在从属关系存续期间，你我之间没有私事，只有公事。杨修平笑说，我赞成你的处世态度，可是，这想象力未免有些离奇吧。祁连鹰说，校长大人，据属下所知，当今千里河西走廊地界，真正受过新式教育的只有二人，第一个，当然是校长大人了，第二个，非柳知杨莫属。属下已打听得明白，此女子自小受教于天津卫圣玛利亚教会女子学校，其父为官，其许多直系亲戚为洋务买办，在华洋各界，遍及士农工商，人脉广布，正是有了这份人脉，其父所犯本为死罪，却只得了个抄家夺官的结果。

杨修平想了想，笑说，大侠，本人深感你为学校付出的用心，也佩服你的广博资讯，可是，你可能没有明白我的意思，人家是守备大人的内眷啊。

祁连鹰笑道，属下何尝不懂得校长的弦外之音，无非是高官宝眷，不会降尊纡贵罢了。恕属下直言，校长明于洋务，却暗于国情人情。试想想，如今官员们缺什么，什么都不缺，不缺权利，不缺金钱，不缺美色，缺的正好是他们平素得不到，乃至不屑于得到的东西。而今，朝廷上下"师夷长技以制夷"成为最响亮的口号，什么立宪啊，议会啊，新式教育啊，女子教育就业啊，等等一大堆，这些时髦玩意，成了官员们晋升的脸面和阶梯。女子执教，这在内地早已不鲜见，假如在偏远的河西走廊，有一个官员的宝眷出任第一所新式学堂的第一位女教习，校长试想，你要是那位女子的丈夫，你会怎么做？

"好啊，好啊，可是，这关节如何打得通呢？"

"无须打什么关节，公事公办罢了，与别人一样，校方出具聘书罢了。为了以示特殊尊重，最好是由校长亲自出面相请，为避男女嫌疑，校长可以携窗前明月一同前往，事情大约就成了九分九了。"

杨修平正愁本地缺少受过新式教育的人才，正着手在内地高薪聘请呢，而据他对当今学界的了解，嘴头子上怀有家国使命的学人随处可见，可若要涉及他们的切身利益，且不说舍身以赴了，拔一毛而利天下的人都找不出来几个。索洛敦真的有这种胸怀，柳知杨真的肯吃这份苦，那可真是解决大问题了。杨修平冷静一想，此事未必不可为，行不行，试一下，不要妄下结论。无论结果如何，他都有些佩服祁连鹰的远见卓识了。

晚饭后，杨修平请花喜鹊陪她出去散散步，花喜鹊笑说，洋学生浪漫都不分季节，不看对象，这么冷的天散步是季节不合，和一个老婆子散步，是散步对象不搭调。杨修平笑说，你我都是特立独行之人，反季节而行，方才显得与众不同，洋学生与一代花儿皇后结伴散步，更是珠联璧合，光芒照耀天地。几句话说得花喜鹊花枝乱颤，她很在乎花儿皇后的恭维，当年她正当红时，是应该得到这个名头的，可惜，那时没有这个说法，现在有这个说法了，她的花儿也凋谢了。如今公平地说，配得上这个美誉的，非窗前明月了，从长相气质到艺业修为。出了客栈，她才知道，此行就是前去拜访窗前明月的。她故意说，杨校长啊，你莫不是故意寒碜我老婆子吧，把一坨牛粪和一朵花搁在一起，我老婆子读书不多，却也懂得什么烘云托月的道理。我不去了，你自己去，我在场，妨碍你们说话做事呢。花喜鹊作势要反身回去，杨修平忙搂住她的肩膀笑说，姑姑，没有你皇太后压阵，小侄儿我见不着人家皇后嘛！花喜鹊一听把她比作皇太后，又以侄儿自称，心里受用了，在杨修平腋窝拧了一把，笑说，你小子给姑姑老实交代，是不是看上那个小蹄子了？你可知，你是我的侄女婿，窗前明月也算是我的师侄女，你要是胡来，我老婆子一定先亲手拧下你的那朵朵骚肉肉来！说着拇指与食指撮起，作势搜寻着要拧，杨修平装作害怕的样子，边躲闪边半真半假说，姑姑，有这样跟自己侄儿瞎说瞎玩的吗？花喜鹊笑得喘不过气来，喘息定了，轻叹一声说，唉，况值青春好啊！杨修平把拉上她去找窗前明月的目的说了，花喜鹊是懂得事大事小的人，忙把脸色和肢体调整端严了，惶恐说，难得你们娃娃家在这些大事上还看得起你老姑姑，说句实话，老身在大染缸里滚爬大半辈子，香的没少吃，辣的没少喝，罪没少受，福也没少享，唯一的缺憾，就是没有做过几件正经事，我这侄女儿身份特殊，好说话便罢，不好说话，老身厚着脸皮也要说动她的。杨修平能够觉出花喜鹊的真诚，也真诚地说，谁说姑姑没有干正经事儿了，谁说这话，我这做侄子的首先就不答应。姑姑把自己心爱的侄女嫁给我，对我来说，就是我一生一世的大恩人。

两人说着话，来到晋商票号，窗前明月平时就吃住在这里。票号的大门口有两个彪形大汉一左一右，抱着膀子，瞪着眼睛，进出一只耗子都要查验公母的。他们也是刀客出身，现在不走镖了，专门看守票号。他们看见来人，都是常来常往的人，平日里，哪怕是多么熟悉的人，都是要经过详细盘问的，他们得了窗前明月的嘱咐，杨修平可以例外。两人都是江湖惯客，对人世间的渠渠道道一门清，他们知道，杨修平与花喜鹊同来，一定是为了避嫌。他们点头笑笑，还是按照规定，请两人填写会客登记簿。进了大门是套院，还有一道门，里面值勤的是两个年纪稍大的男人，分坐在两边耳房，听见脚步声，两颗花白头颅同时从窗口伸出来。杨修平知道，进去的人到右手窗前查验会客通行证。两块号牌就在手里捏着，他一并递给那人，那人又拿出会客登记簿，他再次填写完毕，这才可以进入后院了。

杨修平来过几趟，已经熟门熟路了，花喜鹊却是第一次来，所有手续办完了，回顾身前身后没有别人，不觉拊膺叹息说：

"我的妈妈呀，莫非真的是要拜见皇后娘娘嘛！"

杨修平笑道：

"你还怀疑我对贵师侄女有什么想法，深宅大院如临大敌的，想还不是白想。"

花喜鹊悄声说：

"世上无难事，只怕有心人，真嫖客进皇宫和进妓院一样方便。"

进了后院，杨修平不敢回嘴，害怕引出花喜鹊更多的话来，这时，却听一堵花墙后传出一声娇叱来：

"谁在这里口无遮拦的？"

杨修平和花喜鹊不好意思地笑笑，忙说是斗嘴玩的，窗前明月却非要问个究竟，花喜鹊推说随口说随口忘，谁还记得说了什么，窗前明月却不依不饶，依偎住花喜鹊的身子说，姑姑，你老人家忘了，我给你提个醒，你说的是皇宫呀什么的，记起了吗？花喜鹊本来也是喜欢玩闹的人，就把她与杨修平说的话原原本本都说了。杨修平不好拦挡花喜鹊，只好在一旁傻笑。窗前明月听罢，故作恼怒说，原来是一个背后说人的人。杨修平说，请专员谅解，是我轻薄了。花喜鹊揽过话茬说，好侄女儿，不怪人家杨校长，都是姑姑这张烂嘴，引逗得人家失口了。窗前明月转嗔为娇，偏过脸来，朝杨修平眨眨眼皮，笑问，那么，以杨校长看来，阁下现在是在皇宫，还是妓院？杨修平只好应付说，好像是皇宫。窗前明月并不罢休，追问道，既然是皇宫，比如有皇上皇后皇妃太监之类，那么，阁下请看看，皇上在哪儿，皇后皇妃在哪儿，太监又在哪儿？杨修平狼狈不堪，大冷天的，身上已渗出一层薄汗，他佯笑笑，想搪塞过去，窗前明月却用那双夜幕下无比好看的眼睛严阵以待，他只好说，只看见有皇后，不见别人。窗前明月等的就是这句话，她说，哦，只有皇后没有皇上，阁下是说皇后是寡妇了？没有太监，阁下是说皇宫大门洞开，皇后可以任意呼朋引类了？

三个人一路斗着嘴，穿过一条漫长而逼仄的甬道，一同来到院落右手厢房里。

这是杨修平从来没有涉足过的所在，先前几次与窗前明月商谈业务，都在前院会客厅。花喜鹊更无缘涉足这种私密之地，两人心下颇为感叹，外表看起来不过是甘州城随处可见的普通民宅，里面却是大有玄机啊。侯门深似海，原来是有来头的。

房间里炭火正旺，暖意浓浓，两个丫鬟模样的女子，正在忙里忙外。房间陈设极为雅致，房间正中墙上挂着一副中堂，杨修平看见字迹很是熟悉，细看，的确是左宗棠大帅墨迹，但内容却与主人不搭调。据传，这是左大帅新婚时自撰手书联语，有君子自况自励之意。联语为：身无半亩，心忧天下；读破万卷，神交古人。杨修平凑近了看，墨迹还新，纸，墨，笔，都是当地普通文人日常临帖所用的本地土产，质地都极为低劣，当地稍有身份的人，即使临帖习字，一般都不屑于用的。而这确实是左公真迹，上款空缺，不知左公书赠何人，下款却是完整的，并有"肃州大营"字样。以时间推断，此时，左帅确实在肃州大营，指挥大军收复新疆事宜。虽戎马倥偬，军资运送困难，以左帅之朝廷重臣，还不至于用这种粗劣文房吧。又一细想，左帅也许是出巡时，偶尔看见当地文士使用这种文房，心下好奇，提笔一试，而此时左帅已年近古稀，远在离家万里的西北荒漠军营，东南狼烟遍地，西北战事正急，忧心如焚之际，左帅忽然忆起当年新婚联语，信手书之，置于案头，幕僚不舍得丢弃，小心保存，又转赠于当地哪个为西征大业做过事情的人，以此流落民间，最后为田青萍所得。

杨修平注目左帅墨宝，心走游龙，一时忘了本分。花喜鹊一心装着的是来意，见此情景，生怕冷落了窗前明月，误了正事，正要说话，却被窗前明月以眼色止住。几个顶天立地式书柜，布满了两面墙壁，一函函书册，层层叠叠，整齐而又随意。靠窗摆着一副用花梨木打制的本木色文案，文房四宝俱全。杨修平还要去翻翻那一函函书卷的，恍然想起此番来意，慌忙回身过来，赧颜道：

"实在抱歉，我这人心神混乱，恐怕不堪大用。"

窗前明月笑道：

"以小女子看来，杨先生此语并非自谦，算得上是夫子自道了。想想啊，方才抱得美人归，心思又飞入皇宫啊妓院啊的什么地方了，确实是心神混乱啊。"

杨修平不敢接这个话茬，真心恭维说：

"原来专员也是坐拥诗书万卷啊。"

"哦，这么说，校长大人原来是把我当成不读书的刘项之流了？"

杨修平越发局促，不敢接话茬，亦不敢抬头正眼看人。丫鬟把一切收拾利落了，窗前明月方才正式邀请两人入座。主宾坐定后，窗前明月举起手中的茶碗，笑说：

"欢迎二位光临寒舍，我们索性以茶代酒吧。"

各自象征性地呷了口茶，窗前明月款款伸出右手，绕屋轻轻划出半圈，娇嗔道：

"夜半私访女流内室，也不事先打个招呼，你看手忙脚乱的，反倒说人家不懂得待客之道。"

"抱歉，真的很抱歉，我本来就是做事没有章法之人，事情一急，更是所虑不周了。"

"所谓事急不过夜，什么事儿，这么急？"

"我我……想给学校……聘任一位……女教员。"杨修平已经方寸大乱，连自己都怀疑此行是否心不在学校，而在与某人见面了。

窗前明月把杨修平折磨够了，这才展颜爽朗一笑。她不再搭理杨修平，却转过头去，与花喜鹊说：

"姑姑，侄女是信任你的，你说说，杨校长聘任那个什么柳知杨出任教员，究竟是教务需要，还是因为什么柳知杨杨知柳杨柳依依飞飞杨柳的？"

"你……你都知道了？"杨修平和花喜鹊同时惊叫道。

"君子好色，女子难道好色不得？"

杨修平这才放松下来，笑道：

"专员尽管放心，那是甘州的第一禁脔，甲兵森严的，谁敢妄开尊口？"

"第一禁脔？那么，谁又是第二禁脔呢？"

杨修平知道失口了，索性不再遮掩，笑说：

"禁脔不分第一第二，另一块禁脔，当然是阁下了。"

窗前明月莞尔一笑，却意味深长地说：

"只要是脔，哪有禁得了的？"

花喜鹊却不懂得二人说的是什么，不敢轻易插话。她见窗前明月脸有忧色，以为她误会了杨修平，便说：

"好侄女儿，这事儿倒是可以相信姑姑的。杨校长说咱们这地方偏僻，进过新学堂的人很少，那个守备小妾倒是一个难得的人才呢，杨校长与沙漠红伉俪情深，哪会对别的女人动心思呢？"

窗前明月笑道：

"他只要把学校办好就行了，我管他对哪个女人动不动心思干什么，要动动的也是他的心思，不动，心思也不在我这儿。"

窗前明月听起来是撒娇弄痴的话，当真吧，以其身份处境而论，完全是为赋新词强说愁，完全当戏谑之语吧，别说是在这种身份特殊人的面前，又是在这种特殊场合，哪怕是在倚门卖笑之地，身价稍高的倚门卖笑之人，在有他人在侧时，对一个男人说话，都很少有这种直截了当的。她的话，把花喜鹊惊得胸口乱跳，既不敢曲意附和，也不便贸然辩驳，只在那里呵呵嘿嘿不代表具体倾向地傻笑。杨修平作为当事人，在与窗前明月见面后，她的种种不合自己身份的态度，她说的种种不得体的话，都把自己与花喜鹊说笑时所说的不得体话挂上了钩，若是因此正事泡汤，他可以另想办法，关键是让对方误以为自己是一个轻薄的人，连带的也将他聘任柳知杨这桩完全正经的公事也当成了轻薄之举，这么一件有关全局的大事，因自己的几句无聊话而受到影响，实在是因小失大了。但他又不便解释什么，人家明明是说着玩的，你郑重其事的，说明你既无幽默感，说不准心中还真是这样想的，不稍加说明吧，话让她这样继续说下去，变成了她在陈述一个已有的事实，实实地冤哉枉也了。他只好也像花喜鹊那样呵呵嘿嘿的，不代表任何意义地傻笑。

两人哪里懂得窗前明月的真实心思，她不过是在借天下雨罢了。此番离开兰州，前来甘州协理商会事务，确实是受田青萍指派的。不过，她认为，田青萍指派她的动机不纯。她只是一个花儿歌手，母亲是妓女，她生于妓院，长于妓院，出人头地于妓院，自小见惯了繁华和堕落，长大了，反倒不以繁华和堕落为意，繁华不能使她动心，堕落不能使她丧志。不错，她的成名根源于美名远扬，但她更看重的是自己在花儿方面的修为。她以演唱花儿为生命，她希望她所有的荣誉和财富都源自于花儿。她与别的女孩子一样，羡慕虚荣，享受虚荣，羡慕被男人追捧，享受被男人追捧。她也知道，一个女子的美貌会给自己带来什么。虚荣，烦恼，享受，财富。五陵少年争缠头，车如流水马如龙。但她不是妓女，人生花季，岁月流金，可她坚持卖艺不卖身。非要走妓女必须走的路，也只是对某一个男人的献身。田青萍包养了她。她觉得物有所值，一个是西北大地的花儿皇后，歌声迷倒万人，美艳迷乱天地，一个是富可敌国的素封王侯，更兼诗书满腹，儒雅可亲。她知道，他不会给她什么名分，这也正合她意。当一个女人从一个男人那里获得名分后，也就意味着她失去了自由。她的名分是花儿歌手，她的歌声属于普天之下所有的花儿歌迷。她在兰州城拥有无数的歌迷，可以说，兰州城凡是长了耳朵的人和生灵，全都是她的歌迷。凭靠这样一个广大的歌迷群体，使自己过上锦衣玉食的日子，一点问题都没有。可是，歌迷如海，海纳百川，海也藏污纳垢，成为罪恶的渊薮。她需要人身安全，在兰州城愿意并能够给她提供人身安全的，可以说，上至督抚要员，下至黑帮老大，都是可以的。但她不愿意跟这两种人建立亲密关系。有儒商之誉的田青萍适时出现在她的生活中。

　　说良心话，田青萍待她不薄，有情有义，一个女人需要的，他都愿意，也有能力给她。但她最需要的，他却不愿意，好像也没有能力给她。这就是一个花儿歌手的自由。她成了他一个人的花儿歌手。她希望像一个花儿歌手应该做的那样，去各个花场当众演唱，以歌声酬劳自己的歌迷，然后，收取歌迷的馈赠。可是，田青萍却说，你唱一辈子歌得到的报酬，你给我唱一首歌，我给你的保证比这还多。这不一样，她说。虽然都是金钱财物，但这不是一回事，她说。先前公开演唱时，在花场，她发现一个年老的乞丐，蹲在墙角听歌，随着她的歌声的抑扬顿挫而摇头晃脑，听到苦花儿时，经常浊泪挂满脸颊。谁也不会去在意一个蹭歌的乞丐。在花场里，绝大多数都是蹭歌的。这是被允许的。有钱的捧钱场，没钱的捧人场，遇到一个出手大方的阔人，一场演出，全都够了。在一个冬至节，大雪覆盖兰州城，海报前几天已经贴出去了，她如约来到花场。歌迷如潮涌动，人数肯定是超过了天气晴好时节的。迎着风雪，她款步登台，激情歌唱，嘹亮的歌声随着风雪飞向街衢里巷。那天的歌迷出手格外大方，真是金银大秤论，绸缎随手扔。一曲，一曲，又一曲。高潮眼看过去，到了曲终人散光景，付酬的歌迷，蹭歌的歌迷，歌手，所有的人都尽兴了。那天，那个乞丐也来了，他蹲在老地方，那似乎是被大家认可的他的专属领地。他缓缓地站起来，朝兴高采烈准备散场的歌迷喊道：我请诸位听一支曲儿。他步履蹒跚走到前台，向窗前明月深鞠一躬，双手递上一枚铜板，低声说：我只有这些，我攒了半年，请不要嫌少。那一刻，窗前明月不觉泪如泉涌。她跳下台来，双手接过那枚铜板，紧紧地攥在手心，挥手擦去眼泪，大声问，老人家，你想听什么？随你点，我唱！老人家受到鼓舞，噙着眼泪，大声说，随你唱，你唱什么我都爱听！老人又转身向众人叫喊道，对不起了，我蹭了诸位半年歌了，今天算是我回请大家的！在一地的呼喊声中，窗前明月拿出平生本事，唱了一首东路花儿。她听出老人是洮岷南路一带口音，便又唱了一首"阿欧怜儿"曲调的《想颤了》：

常没见着也见了，

见了一面想颤了，

活把人心想烂了。

场里碌碡转圆了，

你成园里的茄莲了，

我们的相遇天作合，

想你想得泪婆娑。

真情的歌唱，九曲回肠的音调，纷飞的雪花，扫地的寒风，歌者泪婆娑，听者泪婆娑。老人果真是洮岷南路人，是听着"阿欧怜儿"来到人世间，唱着"阿欧怜儿"长大，又唱着"阿欧怜儿"随大军西征。西征胜利了，他失败了，他腿部受伤，大军解散，花完了为数不多的抚恤金，没有盘费回到家乡，至此流落兰州街头二十多年。窗前明月最擅长，唱得最多的曲调是河湟花儿，偶尔也会唱一曲洮岷花儿，他猜想她也许不会唱洮岷花儿南路派的"阿欧怜儿"。毕竟，难度太大了，如若没有长久在洮岷南路生活过，那种汉藏夹杂的口音和曲调，不是谁都能够准确掌握的。而窗前明月唱得太地道了，如果不是他事先知道她从来没有去过洮岷南路，他会误以为她是老乡呢。让他万分感动的是，她居然选择了这样一首歌唱给他，可知，这是专门唱给"连手"（情侣）听的歌啊，他从军出征时，他的连手正是站在山尖上，唱着这首歌为他送行的。那也是一个大雪天，绵密的雪花阻挡了两人的视线，但他走出十里地后，连手的歌声冲破雪花织起的幕布，仍然不舍地追寻着他的背影。他是懂得的，"阿欧怜儿"是藏语，意思是漂亮朋友，连手唱着阿欧怜儿在弥漫天地的风雪中为他送行，而窗前明月不是他的连手，她是天上的神，他是地上的泥，可她却给他唱了这样一首歌。这不是歌手的逢场作戏，她不是唱给她的歌迷的，她是唱给所有天下沦落人的。听着这首歌离家，在无家可归时，又听到了这首歌，人生的出发，人生的归宿，听着同样一首歌，从军西征无憾，此生无憾。

窗前明月去金银首饰铺，让金匠在老人给她的那枚铜板的边上穿了一只眼儿，她用红丝线拴上，贴着肉，挂在胸前，从不解下，洗澡、睡觉，都挂在那里。这是她的护身符，这是给她的歌喉颁发的标志着最高荣誉的奖牌，她将奖牌挂在发声的部位。她的各种首饰要有尽有，价值连城的也有，可她从不把那些阿堵物挂在胸前，她的足以迷乱天地的胸部，只有那枚铜板配得上昼夜占领她。

此时，窗前明月仍然贴胸挂着那枚铜板，她的体温，她的激情，她的对花儿艺术的真爱，已使那枚铜板成为她胸部的一部分，可她却远离了花儿，所谓的身份，在她与她的歌迷之间砌上了一道比祁连山还高峻的墙。她是什么身份，她有什么身份，她的身份就是花儿歌手，歌迷喜欢听她唱歌，她就是有身份的人，哪天歌迷们不再喜欢她的歌声了，她就是一个失去身份，从而也失去人生价值的女人。如今可好，她的歌声依然清越嘹亮，她的歌迷依然在迷恋她的歌声，可她不再唱歌了，她已经失去了身份，而她失去身份的缘由，恰恰是因为她有了身份。田青萍委派她来河西走廊，她没有意见，河西走廊仍然是花儿流行之地。可是，他不是让她来唱花儿的。她的身份是商会专员。她早已听出来了，田青萍没有明说，她已知道自己此行的使命。他是让她凭借色相笼络刀客，为他培植武装力量的。当然不是让她以肉体为代价，肉体只是诱饵，如同挂在房梁的腊肉，猫和老鼠日夜辗转反侧，却不能得手。"太下作了！"窗前明月其实从内心反感的是这个。要爱便爱，爱是真爱，要恨便恨，恨是真恨，哪有这样以感情为诱饵玩弄别人的。她把一肚子的愤懑发泄在杨修平身上了，不是因为杨修平说了什么不得体的话，做了什么不得体的事情，全部的缘由在于：她对他怀有好感。

对于窗前明月以玩笑遮掩的不友好，杨修平并没有想得更多，他把问题归结于在进门时他与花喜鹊的不得体的玩笑上，把这里比作皇宫，虽不得体，却无伤大雅，与妓院牵扯上，谁听着都不会受用的。再与窗前明月的身世联系起来，再加上她当下的没有名分的角色，虽与妓女扯不上，总免不了以色事人的嫌疑。他陷入了深深的自责之中。她对他的奚落是该当的，这恰恰说明了她的修养：仅仅只限于玩笑式的奚落。若是那些泼妇类的，在你的脸上美美地啐几口，也算不得过分。一个人说了错话，做了错事，得到适当的惩罚天经地义。杨修平保持着平和的脸色，默默地坐在那里，接受一个绝色佳人的审判。

杨修平不懂得窗前明月的心思，她并没有在意妓院呀什么的混账话，对于杨修平和花喜鹊，别说在她的院落中不会真的说这样的话，哪怕在荒无人烟的沙漠深处说完全私密的悄悄话，也不会这样说的。这是他俩做人的底线，也是她对他俩基本品行的认识底线。再说了，她从小生长于妓院，对这个名称早已视为正常了，妓院如同她故乡的名字，与张家庄李家寨没有任何区别。她真正在意的是杨修平将她比作"禁脔"。确实，她事实上已成为田青萍的禁脔。以田青萍的势力和他在黑白二道积攒起来的威望，他即便赋予她充分的行动自由，稍有点身份的男人，都不会轻易与她建立私密关系。原因在于，与她涉及私密，已经不是单纯的男女风化案，而是涉及社会公德个人道义层面：伤害一个道德君子仁义信士的脸面，你是人不是？哪个男人走出这一步，田青萍如何反应暂且不论，无数的人立即会将你推上道德的审判席，并将你开除出人籍。

窗前明月反感的正是这一点。禁脔之脔，我哪怕不吃这口脔，也禁止别人吃，我放开让别人吃，别人也不敢张口，张开口也无从下口。当下的情势却更为严峻，主人将脔高高挂起，又深深藏起，高高挂起，是为了引动美食家肚中的馋虫，深深藏起，又让你吃不着，要不让你肚中的馋虫饿死，要不让馋虫把你吃掉。窗前明月自从将那枚铜板挂在胸前后，就有了一个下意识的动作，无论在什么场合，稍一走神，便要伸手在胸口那里揉揉捏捏，当手指将铜板的真切信息传回她的意识后，她才能感觉到自己确实存在着，安全着。这很容易让局外人发生误会。那里是女人的身体上带有象征性的部位，自己有事没事，不分时间场合，在那里揉揉捏捏的，如果不被当成某种暧昧的暗示，至少也让人怀疑你那里是不是不舒服，据说，"病西施"的名号就是这样得来的。

房间炉火正旺，可这是寒冬，房间的温度依然很低，窗前明月穿着一件厚厚的紧身小棉袄，花喜鹊以女人的敏感和专业判断，小棉袄里面还应该有一件更贴身护心护腹的，用鼠皮或旱獭皮缝制的小玩意儿。花喜鹊猜得不错，小棉袄里面是有着这么一件小玩意儿的，但那不是鼠皮旱獭皮之类的饶有家资的女人都穿得起的东西。那是一件用藏羚羊的绒毛织起的小背心，田青萍耗资一千二百两白银，从西洋商人手中，专门为窗前明月购置的。那件小背心的柔软度、弹性、手感，都超过了小背心所守护的内容。田青萍与她亲热时，喜欢隔着小背心揣摩里面的故事，他笑说，这样的话，他的手心好似攥着一只刚会在地上奔跑的小鸡仔，毛茸茸的、颤悠悠的、痒酥酥的、暖洋洋的，似乎还可听见一种啾唧啾唧的声音。每逢此种光景，她的脸上娇笑着，身体配合着他的手矫情着，可她的心头却随着他手指的游动掠过的是一阵阵寒意：在人家的心里，动物的皮毛是优于我的身体的。

窗前明月近来心思格外烦乱，她一直无法确定自己是否真的存在，只有当她确切地触摸到那枚铜板后，游移不定的心才会稍稍安定，而只不过一晃眼的工夫，那种安定感又随风而逝了。她只有不断地揣摩那枚铜板。其实，不用揣摩，她都能真切地感受到它的存在的。紧身的衣服压迫着铜板，它为自己找到了一个合适的安身空间，它将自己的全部几乎都埋葬在一条暖融融的沟谷里，只有当两根它再也熟悉不过的指头前来召唤它时，它才快活地探出身子，短暂的交流，互相确认后，它又返回自己的领地。但她对自己向来引以为荣自信满满的身体上的美好部位，不再拥有完全的自信了，她需要用向来被自己和他人共同忽视的手指，去呼唤自信的存在，去确认自信的存在，正如一个母亲，哪怕自己的娇儿明明白白真真切切蜷缩在自己的怀抱中，她还要每间隔一会儿，用手，用呼唤，确认娇儿是否存在，是否安全。杨修平早发现了这一点，在兰州时，在独流地自己的婚礼上，他都发现了她的这一习惯性动作。那时候，他对女人没有什么感性经验，而他心里装着别的事，自然不会由此延伸到别的想法。当下，他发现她揉捏那里的动作幅度更大，更加频繁，他首先想到的是，她的那个部位是不是不舒服，是不是生病了。他的目光一直落在她右手的拇指和食指上，那两根手指到哪儿，他的目光紧随在哪儿，随着手指在那个部位的蠕动，他的那个部位也跟着忐忑起伏。但他又不便询问，那是一个无关的男人不该关心的女人的身体部位。

花喜鹊是女人，也是一个懂得女人身体和女人心理的女人，她早已发现了窗前明月这重复了多少次的动作。根据窗前明月的情绪状态，她意识到，她对杨修平的不够友好，可能是身体上出现了某种不适，导致了在情绪上的不稳定。从进门到现在，她心里一直装着的是杨修平安顿给她的事情。这是大事，开办学堂是比天还大的事情，而杨修平把这天大的事情，托付给了她这个以倚门卖笑为生的女人。这是多大的荣耀，多大的责任啊。她顿了顿，把自己的心态调整平和了，把自己的坐姿调整得更从容一些，然后朝窗前明月轻笑笑，问道：

"女子，身子不舒服吗？要是不舒服，要赶紧看看，小病不敢拖的。"

窗前明月闻言心中一动，又是一暖。女子！这是父母和至亲的长辈对自己未嫁女儿的称呼。这一动一暖，窗前明月从自家臆想出来的监牢中拔身而出：田青萍也许没有这层意思，只是让他最信任的人帮他做最重要的事情，杨修平肯定没有这层意思，是话赶话赶到那儿罢了。有些事一经联想，会把许多无关的事情都一股脑儿包进去，直到芝麻大的核儿包一层西瓜大的皮儿，里面没有支撑物，直到皮儿塌陷破裂了，方才发现里面是空的。心绪改善了，窗前明月为自己的无来由暗暗感到愧怍。花喜鹊询问的是她的身体状况，也只有拿身体说事儿，从自我囚禁的监牢中出来，方显得顺理成章。她伸手又在胸部那儿使劲揉捏一会儿，这次是故意的，她蹙眉说：

"大约……是这地方的水土……硬些，总觉得心里……堵得慌。"

"谁说不是呢。"窗前明月找到的借口实在是神鬼都深信不疑的。河西走廊地界，沙漠戈壁满眼都是，绿洲是在沙漠戈壁中间有水有土的地方开垦出来的，沙漠戈壁何其广阔，绿洲又何其狭小，南北又是绵延千里高可摩天的石头山横亘，吃的粮食是从砂石堆里种出来的，喝的水是从雪山顶上流下来的，水土哪能不硬呢。

"哎哟哟！"花喜鹊一拍大腿说："谁说不是呢，漫不说你这娇娇弱弱的小身板儿，又是从小在富贵温柔乡里娇惯出来的，就是老身这粗皮糙肉风吹雨打锤炼出来的糟糠之躯，初来河西时都是受不了的，肚皮整天胀鼓鼓的，觉得一肚子的狗屎，拉半天最多只能挤出一只响声巨大却没有多少臭味儿的屁来。不怕女子笑话，我那时最幸福的事情是，哪天痛痛快快拉出一泡屎，那一天我就高兴得哟，随便碰见一只野狗，我都想给它唱一曲花儿呢。"

花喜鹊一番粗粗拉拉的混账话，在这种情景下说出来，却是再也得当不过的。窗前明月笑得娇喘微微，杨修平今晚第一次像笑那样出声笑了笑，赧颜说：

"都是我们河西这破地方，当年害得姑姑不得安生，今日又轮到姑姑尊贵的侄女受罪，想想都是我的错，这账都记在我身上，算是我欠二位的。"

杨修平说得一本正经，还有痛心疾首的样子，窗前明月终于再也憋不住，呛啷啷一声笑，像是一朵迟开的花儿，终于想通了什么事情，要奋力追赶时令的节奏，轰然间盛开了。窗前明月笑得站了起来，站起来还在笑，她指着杨修平咬牙切齿说："我方才明白我的师妹沙漠红是怎样着了你的道儿的！"她忍不住笑，款步过去，双手搂住花喜鹊的脖子，一手指着杨修平，娇柔万端地说："姑姑呀，你可一定把你的侄女婿看好啊，他要是敢勾引我，你老人家可不能睁只眼闭只眼的呀！"

　　"他敢？只有我侄女儿勾引别人的道理，哪有别人勾引我侄女儿的道理！"

　　花喜鹊一句玩笑话，把窗前明月说了一个大红脸，确实，仅从目前各人所说的话而论，杨修平没有对她说过任何带有暗示或挑逗的话，只有她说给他的话中，真真假假也好，半真半假也好，真话假说也好，假话真说也好，要说有勾引的意思，那也只能说是她在勾引他。窗前明月毕竟是在无数个尴尬情景中一路冲杀出来的，她笑说：

　　"至于谁在勾引谁，谁将被谁勾引，是非自有公断。姑姑，你今夜大将雷霆出击，不全是为了看望你侄女儿吧？"

　　"哎哟哟！"花喜鹊又一拍大腿，失声岔气说："你看看，你看看，我这是老糊涂了。看望我家侄女儿当然是最主要的，其次呢，杨校长的意思是想请侄女儿出面去请那个柳知杨出任学堂的教员，又怕自己请不动侄女儿，姑姑的老脸不是皮厚些吗，这不就来了吗。"

　　"请那个柳知杨出任教员，本来也是我的意思。可是，校长不亲自出马，干吗要让我这个无关的人出面呢？"

　　花喜鹊笑着拍拍仍然依着她站在地上的窗前明月的腰部，笑说：

　　"我家这侄女儿什么都是天下第一的好，就是嘴不饶人。老身代杨校长说吧，杨校长觉得，毕竟男女有别，人家又是官宦人家的内眷，虽说是公事公办，该避的嫌还是要避的。侄女儿你就答应下来吧。"

　　"事情还没开始做，就想着避嫌了，想必，筹划这件事情的人，心中早有一个'嫌'字在的，恐怕是避不胜避啊。我家姑姑既然懿旨已下，那侄女儿只好尽力去做了。"

　　杨修平见窗前明月答应了，立即说：

"承蒙专员担待，那我明天派人把她的聘书送过来，只是多有劳动了。"

"可见，真的不想再见到我了。姑姑，你家侄女儿真的那么惹人厌烦吗？"

杨修平左不是，右不是，只好莽莽撞撞说：

"我是怕遭专员白眼儿，我是巴不得天天都能见到专员的。"

"别人怎样想是别人的事儿，与我有什么关系呢。"窗前明月说着，站起身来，双手从身后搂住花喜鹊的腰，头抵住花喜鹊的肩背，轻声说："好姑姑，你老人家难得来一趟，晚上就陪陪你家侄女儿吧。"

杨修平起身告辞，惶急脱身而去。出了票号大门，面朝无尽的黑夜，深深吸入一口冰渣子似的冷气，心里叹息说：

"人人都爱漂亮女人，可知，漂亮女人是多么难伺候啊！"

第十五章

手握变性术的洋郎中

　　正月二十是甘州传统庙会，也是年事活动的高潮，这一天过后，算是一个年过完了。甘州城乡的民众，从城区的大街小巷，从城郊的各个村庄，纷纷扰扰，汇聚于甘州城大佛寺，人数成千上万。秦腔戏班，杂耍艺人，花儿歌手，各种社火秧歌队，争相登台亮相，炮仗声，锣鼓声，歌声唱腔，甘州城沸腾了。

　　在大佛寺进香毕了，一部分人滞留大佛寺周围，各尽其力，各尽其好，尽情享受一场难得的人生快乐。一部分人则直奔城郊经世学堂而来。

　　这一天是经世学堂的开学典礼，甘州城有头有脸的人，留在庙会的不多，大多来这里了。

　　开学典礼现场不在围墙内的操演场，而在戈壁滩的空地上。这一片空地比操演场大多了，乱石、土堆到处都是，人们各取所需，不用站着了。在一座沙堆上建起礼宾台，蓝布帷幕，遍插彩旗，大号红灯笼挂满四周。道台大人，知府大人，守备大人，一应军政首脑民间耆宿全数到场。杨修平主持典礼，田青萍在兰州有事，不能亲临现场，由窗前明月全权代表。

　　站在礼宾台上居高远望，经世学堂的规模堪称壮观，校本部古色古香，建在戈壁滩上的实业部几乎包罗了农工商军各种实用的，且为社会急需的训练班。第一批招收的各种学员多达五千名，有年仅七八岁的适龄学童，他们是按新式学制招收的正式学生，也有三四十岁的中青年男女，他们是前来参加实用技术训练班的。他们中，有的人全家都来了，父母学习实用技术，孩子从一年级起始，接受新式教育。教员队伍更像是一支杂牌军，汤之盘几乎将河西地界所有拿过各等功名的，和没有功名，但学业不错的耆宿硕儒十三人，都聘任为教员，这些人的脑子是古董些，教学生国文、历史，都没有问题，这类人中有几位，为养家糊口，日常以算卦测字看风水为生，杨修平别出心裁，请他们给学生讲授天文历算土建堪舆等方面的知识。受聘的郎中则担任医护训练班的教员，一些商号的账房则出任财会训练班教员，有名的石匠、木匠、铁匠、金银匠、建房筑屋把式、庄稼把式、裁缝等等，都成为各个实用训练班学员。最为壮观的是武备训练班教员，有名的刀客如祁连鹰、巴音王以及参加过独流地刀客决战的大部分人马，还有几位著名的猎手，都闻讯赶来，自愿加盟，杨修平经过考核，也给发了聘书。教员阵容显得单薄的恰恰是新学这一块，受过正规新学教育的仅有杨修平和柳知杨。杨修平对此极为忧虑，请田青萍帮忙，田青萍也不含糊，从左大帅开办于兰州的织尼局和机器局中，高薪协调来五名技师，他们虽非正规新式学堂出身，却精通各种机械原理，算得上难得的实用人才，聊可弥补新学教员之不足。

经世学堂就这样风风火火开办起来了，这成为轰动西北、影响全国的一件大事。远在京津沪各地的报纸，纷纷派员前来查验，一时，经世学堂和杨修平的名字，出现在各种报纸的显眼位置。也正是这些消息的广泛传播，一连有八位有过留洋经历的有志之士，不远万里，从内地名都大埠，前来应聘教员，一时，经世学堂新学人才济济。这些新聘教员中，有学军工的，有学水利的，有学农业技术的，有学采矿的，有学路桥修筑的，有学西医的，看着这一批难得的人才，杨修平打心眼里高兴，对于学校，他又有了新的想法。经世学堂的办学宗旨，当然是普及现代基础教育，要从小学生开始，一路升级，完成中等教育。这必须从一年级开始按部就班，一轮下来，一个学生一级不落，最少需要九年。当地人对现代教育缺少最起码的理解，思想还停留在读书做官的老套路上，朝廷又将读书人的功名之路废止了，读书成为经世谋业的技艺训练。富人子弟用不着这样寒窗苦读，需要什么人才，花钱雇佣罢了，穷人子弟又等不起，等到自家子弟学成技艺养家，家早都不存在了。俗话说，新修的厕所还有三天的不臭，杨修平深知，许多人把自己的子弟送进学校，一是学校学杂费吃住全免，有些家庭贪图小利，等于有人替他们看护管教孩子了；二是贪图新鲜，也生怕耽搁了什么好事。最初的热情过后怎么办，学校还能办得下去吗？这下好了，受几千年小农经济濡染出来的急功近利头脑，让他们站在家门口看清世界大势，那是不现实的。现实的方略只有用立竿见影的教育手段激发人们对教育的热情。各种实业训练班，学员有一定的文化水平更好，纯粹的文盲也不是不可以，只要头脑灵活手脚勤快，一年两年，乃至半年几个月，学一项简单的谋生手艺，也是可以的。如此运行九年，第一届受过正规新式教育的学生毕业，此后，年年有毕业生，学校的运转便可以实现常态化了。

因陋就简因地制宜的办学思路梳理成型后，杨修平召集骨干教员会谈，向大家通报了自己的想法，征求大家的意见。他原以为，那些受过正规新学教育的教员，会对他这种偷工减料的新式教育嗤之以鼻，而那些一脑子旧学的老古董，又会对这种非驴非马的教学方式摇头晃脑，哪知不等他通报完毕，会场便是一片应和声，新派人物以新思想新眼光，称赞他学以致用，走到了时代前列，旧派人物以老脑筋老眼光，赞扬他的办学理念，是孔圣人因材施教有教无类思想在两千年之后甘州大地上的卓越实践。

杨修平的办学理念，也得到了田青萍和校董们的一致支持。起先，杨修平担心大量开办实业训练班，要购置大量教学实验设备，又容易被人诬为不务正业，田青萍可能会以资金压力为由拒绝。所谓校董，实际的出资人其实只有田青萍一人，其他挂名校董会迎合田青萍一同反对。他率先声明，只是利用现有校舍设施，走开源节流滚动发展之路。田青萍笑说，杨校长拿出了一个大兵团作战规划，派出去参战的却只有小股游兵，大脚穿小鞋，举步维艰啊。他说无须动用原来拿出的办学基金，需要什么资金，校方列出细目，他无条件满足。说完，他又笑着说，杨校长显然是为我田青萍着想，害怕我会在几两银子面前裹足不前，一事当先，把他人放在首位，自是君子风范，在下心领。不过，大家不必担心，田某半生都在银子堆里打滚，最喜欢也最擅长的就是玩钱儿，诸位专心校务，把学校办好就是了，只要是办学所必须，咱们各当一面，诸位只需考虑如何花钱，筹钱的事儿，田某自有处分。

经世学堂就此转移了办学理念，改为两条腿走路，基础教育与实业训练并行，当下，则以实业训练为重点。鉴于学员基本上都是文盲或半文盲，年龄大都在十三四岁到三十七八岁，具体的教学活动也采取两条腿走路，一方面，由受过正规教育的教员，利用教学实验设备，一一拆解分析原理，一方面，由实践经验丰富的教员，采用师傅带徒弟的方式，面对面，手把手，一个环节一个环节，直到自己能够亲手熟练操作，再学另外一种技艺。

对于小学一年级的课程，那些受过正规新学教育的教员，自然暂时是用不着的，杨修平便把他们全部投放在实业训练这一块，国文有那些老先生，他们的国文水平在大学堂担任教职都说得过去，柳知杨教英文、美术、音乐，杨修平教日文、算术，祁连鹰教国术。给小学生开设日语课，还曾引起过一番争论，大家认为，当今世界英美国家占主导地位，让小学生从小学习英文，有利于向英美世界学习先进技术，这没有问题，可是，小小的日本，从来都是大中华眼中的末流国家，费这么大的劲儿，学这种语言干什么。杨修平说，英美虽然强大，但距离中国遥远，说到底，对中国构不成致命威胁，而日本却是守在中国家门口的大敌、死敌，中国与英美国家无论矛盾多少多大，都达不到你死我活的程度，而与日本，迟早会有一场生死决战，我等学人，若不早作基础准备，到时候，恐怕连撰写投降书的人都会找不出来的。杨修平说服了大家，日文顺利成为常设课程。

一切都在按部就班进行，杨修平在按部就班运行自己担任校长的经世学堂，沙漠红在按部就班地成为一个母亲。

二月二，龙抬头，这天早上，沙漠红顺利产下一个男婴。前几日，杨修平安顿了学校事务，已先期赶回。回家时，他特意带着学校的西医教员蒋传贤。他曾在美国学医五年，主攻内科，也兼修过妇幼科目，他随身带来了一应接生、护理医用器具。男人接生，独流地的人听都没有听过，男人没有生过孩子，怎么懂得接生呢。更要紧的是，让一个男人在女人身上胡乱挖抓，这和一个男人主动给自己的女人招嫖客，又有什么区别呢。在这个问题上，杨灭白和白灭杨两个最为古板的人，却率先站出来，支持杨修平。他们对那些呼天抢地的人说，你们懂得什么，男人接生的一定是男娃，女人本来怀的是女娃，一经男人的手，生出来就变成男娃了。杨家需要男娃，谁敢在这个根本问题上胡乱纠缠，万一把男娃变成女娃，那是老天爷才可承担的责任。自从杨修平举手之劳，破解了困扰独流地多少代人的用水难题后，杨灭白和白灭杨一心认定，只要是杨修平的主意，那一定是天底下唯一正确可行的主意。

沙漠红生下的是男娃，在男医生的帮助下，生产极为顺利，婴儿哭声嘹亮，刚落地，都会睁着明溜溜的眼睛胡乱张望了。这在独流地，也是从未听说过的奇闻，别的孩子出生后，都满月了，有的眼睛还是迷迷瞪瞪的，一副没有睡醒的样子，生下就可以睁开眼睛看人，那不是贵人，便是妖怪。

第一次做父亲，杨修平与所有初为人父的人一样兴奋、惶恐。对于男孩女孩，他并不格外讲究。产房传出生了男娃的消息后，杨修平忙着支应医生，杨家的男女老少，把照应产妇和婴儿的事情都撇在了脑后，一个个奔走相告，有的妇女竟然匍匐在地，放声号哭。下独流地的人早已整装待发，白家有身份有地位的男女，早已来到杨家，与杨家人一同守候了，那些聚集在水坝旁边等候的人，听到消息，啸叫着，一路奔跑过来。杨灭白和白灭杨一看场面过于浩大，生怕冲撞了产妇和婴儿，各自挥起手，像赶苍蝇那样赶人。杨灭白的手势，主要赶的是杨家人，白灭杨驱赶的则是白家人。

蒋传贤将母子隔离，沙漠红要看看自己的孩子，蒋传贤抱着让她看了一眼，告诉她是男孩，然后，又抱进了另一个房间。到了晚上，母子身体状况都稳定后，蒋传贤才把婴儿抱进产房，让沙漠红亲自照应。在豆油灯昏暗的光晕中，沙漠红偏过脸去，看了一眼身旁的男婴，这是我的孩子吗？这是我生出的孩子吗？我也会生孩子吗？她看了一眼，害怕似的，眼神赶紧逃开。过了一会儿，婴儿所在的身体的这一侧，好似有一根不可抗拒的绳索在拽扯着她，她试探着再回过头来，看了一眼婴儿，眼神逃到中途，忍不住回转来，又看一眼，这是我的孩子吗？这是我生出的孩子吗？是的，这是我生出的孩子，这是我的孩子！沙漠红的信念坚定后，再也不愿将眼神移开，好似一错眼，孩子就会在自己的视野中消失，就会成为别人家的孩子。自己的奶还没有下来，孩子来到人世间吃的第一顿饭，居然不是自己的母亲做的。中午，当需要给孩子喂奶时，上下独流地十几位正处在哺乳期的妇女早已等得急了，她们一手揭起衣襟，在男女老少众目睽睽之下，各自亮出了两颗饱满的乳房。还是乍暖还寒时节，从祁连雪峰上居高俯冲而下的冷风，打在粗皮糙肉的脸上仍然很疼，而那一颗颗柔嫩的乳房，在冷风中，像视死如归的勇士，雄赳赳，气昂昂，骄傲而又悲壮。终于从冬日的压迫中冲决而出的阳光，趁机将一片灿烂铺洒在那一座座雪峰上。蒋传贤医生像是一个为出征勇士送行的将军，勾下头，目光坚定，从一排乳房面前走过去，然后，在一对乳房面前停下来，伸手在其中的一只上一拨拉，说：嗯，就是你了！在那轻轻的一拨拉下，一股乳白箭一般直射出去，带着凌厉的响声，拍在蒋传贤的胸部。乳房的主人顿时意气风发，一手抬着一只乳房，高视阔步，紧跟蒋传贤，进了临时开辟的婴儿护理室。

婴儿在熟睡，小小的肉疙瘩，居然有着轻轻的鼻息。沙漠红大为好奇，将耳朵贴向婴儿的脸，听到了，听到了，真的是人在熟睡时的鼻息！这令她害怕，令她振奋，令她激动，这是她的孩子！就在此时，她感觉心口那儿如潮涌动，千条万条热流，如千条万条毛毛虫向着同一个目标迅速汇聚，紧接着，两颗乳房如在沙漠中行走时遇见泉水，行人将已经空瘪的皮囊一股脑儿丢入泉水中，泉水发着咕嘟咕嘟的震响，眼见得皮囊饱满了。她看见，两股乳白色的奶浆从原来封闭的乳头上破茧而出。她不知道该怎么办，为了让她安心休息，伺候她的女人躲在了外间，婴儿还在熟睡，这可怎么办呀，她害怕惊醒婴儿，她轻轻地呻吟了一声。两个女人闻声同时跑进来，低头一看，欣喜地叫道：奶来了！好似所有的人都是嗷嗷待哺的婴儿，奶奶颠颠儿地来了，婆婆兴冲冲地来了，杨修平做贼似的高抬腿低落脚地来了。哎哟哟，奶水这个足啊，小狗娃几天就吃成大狗娃了啊！沙漠红看见奶水白白流淌，想着一定是要把婴儿弄醒的，奶奶却说，第一口奶有毒呢，不能给娃吃！沙漠红闻言，双手举着奶头，不知所措。奶有毒？我的奶有毒！看见杨修平在旁边急的双脚乱跳，奶奶一把将他揪过来，让他吃奶。杨修平羞红了脸，看见沙漠红不知所措的样子，以为这事儿真是他的责任，便低下头，撮起嘴唇，凑了过去。奶奶一把拨开他，笑说：没皮脸的，跟我重孙子抢饭吃！几个女人笑着，七手八脚扶起沙漠红，让她坐着，俯下身去，先将一只奶头对准婴儿的脸，她们让她向婴儿挤奶。她双手举起乳房，试着一使劲，只听得扑哧一声，一股奶水端端正正射在婴儿的脸上。一股，又一股，婴儿突然遭到袭击，神情愣了一下，又愣了一下，终于睁开眼睛，哇哇大哭起来。奶奶伸手用奶水给婴儿洗脸，又将婴儿全身洗了一遍。然后，用绵软的土布，将婴儿周身擦洗一遍。她早已累得上气不接下气，却不让别人插手。

将婴儿重新包裹后，奶奶喘息定了，伸手轻轻地抚摸着婴儿的脸，这才心满意足地说：

"娃儿长大后，肯定是一个白面书生，不知道又会害得多少女娃神魂颠倒啊！"

蒋传贤在独流地停留了五天，他留下来是为了专门照顾沙漠红母子的。这期间，正好赶上独流地两个女人生产，杨白两家各一个，两家都请他去接生。他笑着对主人说，让一个男人给自家女人接生，还不习惯吧，两家人都说，杨修平是什么人，人家的媳妇是什么人，人家又是什么人家，人家都不在乎，我们如果在乎，那只能说是穷在乎。一个人说得更直接，他说，郎中嘛，是不分性别的。这话把蒋传贤逗得哈哈大笑。他还给三十多人看了病，有的人确实有病，有的人什么病都没有，是凑热闹，图新鲜的。第一个请他看病的是一个白家的年轻媳妇，她得的是妇科病，下身终年淋血不止。所有人都知道那个女人的病情，郎中早都下了判断，说这病只能托岁月了，就是活一天算一天的意思。听他答应出诊了，所有女人都赶去看这个给女人接生的男郎中怎么给女人看病。大家看见他从怀里掏出一个明光耀眼的怪哇哇的物件，塞进那个女人怀中，只听那个女人哇的一声惊叫，忙要双手掩怀，却来不及了。只见他又把两支枝丫插入自己耳朵里。她们问这是干什么嘛，他说，听病啊，她们惊叫道，病又不会说话，还能听见，他说，病和活着的人一样，五官七窍都有的。所有的女人都哇了一声，再也不敢开口乱问了。过了一会儿，蒋传贤从女人怀中取出那个怪哇哇的东西，收起来，从随时挎在肩膀上的药箱里取出几片白乎乎的东西来，把那个女人的婆婆叫来，给安顿什么时候吃，怎样吃，吃多少。又把那个女人的婆婆和男人叫进内屋，避开众人，嘀嘀咕咕不知说了些什么机密话。重新出来后，大家发现那个男人的脸通红着，一脸都是没意思。

蒋传贤离开后，女人们问那个女人，郎中塞到她怀中的那个怪哇哇的东西是什么味道，苦的甜的，还是酸的，女人红着脸说，不苦不甜也不酸，冰哇哇的。女人们心里想象不出冰哇哇的究竟是一种什么样的味道，冬天把冰橛子含在嘴里抓在手里，也是冰哇哇的，自家的娃娃，自家的那个不要脸男人，冷天把手塞进自己的怀里，也是冰哇哇的。冰哇哇肯定和冰哇哇不一样，因为郎中从怀里掏出的那个怪哇哇的东西和所有给人带来冰哇哇感受的东西都不一样。她们也想着试一试郎中手中的那个怪哇哇的东西究竟是怎么一种冰哇哇。她们便瞎说自己也有病了，这儿那儿的，不说四肢，不说头部，反正生病的部位都在上半身那一片。她们想着，只有把那个怪哇哇的东西塞到怀里才会有冰哇哇的味道。那个郎中是个和善的郎中，是个好说话的郎中，谁提出看病的要求，他都会笑笑的，把那个怪哇哇的东西塞进人家怀里，果然冰哇哇的。呀，真是的，真正的冰哇哇的嘛！看过病的女人奔走相告，逢人便说：那可真是，可别小看了那个怪哇哇的东西，真正的冰哇哇的，那和所有冰哇哇的东西，都不是一样的冰哇哇。郎中将那个怪哇哇的东西给每个要求看病的女人带去冰哇哇的感觉以后，都要给她们说说他听到的她们身上的病。还真的查出了好几个女人身上是有病的，有的病还不是小病。说得真准啊，活模活样的，活灵活现的，病真的是生着会说话的嘴的，把她们身上的不舒服都说给郎中了啊，那些被查出身上有病的女人，一个个感慨万端。

沙漠红母子一切平安，蒋传贤还有重要的教学任务，必须马上赶回甘州。杨修平还得在家里守候几天。蒋传贤也是骑马来的，不能让郎中一个人回去。杨灭白迅速作出了决定。在他作出决定的当儿，白灭杨来了，看得出，他是来兴师问罪的。他绷着脸，说出的话也是紧绷绷的，他说，有那样做事的吗？咱老先人慢待过人吗？人家郎中大老远给咱们的人上门看病来了，一个大男人给女人接生，糊了两手的血，咱们就那样让人孤单单地回去？杨灭白事实上已有妥善安排，一听白灭杨的口风，心想应该把这桩争面子的事情让给白家人。他说，我心中没个好主意嘛，这不正想着嘛，正好你来了嘛，你的好主意和叫驴的尿一样多，你给咱撒出来一个嘛。白灭杨说，那主意还用想啊，只要没有忘记老先人的待人之道，不用想，主意活活地在眼前摆着呢。是这，咱用轿子抬着郎中给送回去。你家出四个人，我家出四个人，让四个人先走，在半路歇着，等着，一路轮换着，速度快，不累人，不要耽搁人家郎中的事情。

这正是杨灭白想好的主意，他笑说，还是老弟你的好主意多，我想了半晚上，脑仁仁儿都想疼了，也没有想出这么好的主意来。白灭杨哼了一声说，闲不着你的，以后需要坏主意时，还得请你出马了。

杨存志带着一个杨家人，两个白家人打前站，他们前出二十里地，留下两个人，另两个人再前出二十里地，在那里打尖休整。白光祖带着一个白家人，两个杨家人，一路轮流抬着蒋传贤。出发时，上下独流地除了沙漠红和几个坐月子的女人，能喘气的都来了。蒋传贤笑吟吟坐上轿子，他骑来的那匹马，看着主人并不使唤它，甩踢撂胯打响鼻，想办法在折腾事儿。两人抬着轿子，一人牵着马，马不好好走，影响行程。一人干脆骑上马，马这才像马那样上路了，另一人跟在马后奔跑，两人轮换着，很快与先期出发二十里地的那两个人汇合。简单交接手续后，后来的这两个人在这里休息等待，由那两个人一人骑马，一人跟着，向下一站进发。正如两个族长预想的，第二天日上三竿时，一行人马已进入甘州城。

本来是不用进主城区的，杨存志临时动议，建议送行队伍拐一个不小的弯儿，从东门进，穿过主城区，绕南门，再从西门回校。他的建议得到了大家的热烈响应，蒋传贤难为情地说：劳驾诸位跑了二百里砂石路了，这么辛苦的，咱们还是就近回校吧。白光祖慨然说，这么一截子路算个什么嘛，只要心里高兴，再跑这么远的路，跟玩儿似的。蒋传贤心里也赞同这样做，只是劳累大家，心里过意不去。

风声早传出去了。蒋传贤是留过洋的，担任经世学堂医护训练班的教员，这个甘州城尽人皆知，可是，这个郎中，在所有人的眼中都怪哇哇的。戴白帽子，穿一件白大褂，这是死了父母亲后孝子的打扮，爷爷死了，孙子服的都是半孝，孝服齐腰，白帽子的帽檐要用黑的、蓝的或灰的布片遮去一些，也不能穿全白的鞋，只有父母亲才可享受全孝。好白眼儿的，你爹你妈又没死，你服得什么全孝嘛，这多不吉利的，这不是催着逼着你爹妈死嘛。嘴上还捂着一片白布，咳，你又不是驴，给驴戴上笼嘴，是防止驴偷吃粮食，不好好干活，你难道是偷吃的？驴的笼嘴是人强行给它戴上的，驴并不愿意戴这个玩意，你自己给自己戴笼嘴，难道你还没有驴聪明？留过洋的人咋都是这人，洋人的脑子是不是有毛病，脑子有毛病的人就是难对付，你看那些疯子傻子愣子，大冬天的，别人穿着皮袄都冻得发抖，他们光着身子满街跑，谁见过把他们冻死了。脑子有毛病嘛！难怪咱们大清国，这么大的国家，这么多的人，那些如狼似虎的兵勇，砍起人的脑瓜来，真是手起刀落，眼皮不眨，也没见使多大力气，人头就像西瓜一样满地滚呢，滚着的人头嘴里还在说着头长在身上时没有来得及说完的半句话。可是，在洋人那里，却反转回来了，他们像是老百姓在他们面前那样，他们的头也被洋人当西瓜砍。你看看，你看看，洋人肯定是脑子有毛病，要不咋就这么厉害呢。杨修平不算怪人，那是在自家门口做事呢，由爷爷奶奶父母亲管教着，要是远离家乡，不知道会作出什么怪章法呢。你看看，你看看，他居然让一个男人给自己的女人接生，女人那个地方嘛，幼小时，不回避父母，嫁人了，不回避丈夫，咋能让别的男人看呢。接生嘛，恐怕不止看了，不止看这巴掌大一块地方了，哎哟哟，我的天神爷啊！这是这几天甘州地界发生的最大的事件，人们的街谈巷议茶余饭后，最轰动的就是这件事儿了。过了几天，风头变了，人们哄传，杨家三代单传，儿媳这次怀上的本来是女娃，杨修平又是留过洋的，知道洋郎中能把女娃转换为男娃，蒋传贤虽不是洋人，却是学会了洋人的手艺，你看看，你看看，他果然把女娃变成男娃了。古人说，死人事小失节事大，可是，古人又说了，不孝有三无后为大，自己的女人只是让一个男人看见了私处，并不算真的失节，比起无后来，那算什么呀，有的人家没有儿子，还抱养别人的儿子给自己顶门立户呢，有的还借别的男人的种呢，谁说过什么，在传宗接代面前，老天爷都是睁只眼闭只眼的。

人们要看看这位能化女娃为男娃的神奇郎中。甘州城里从来不缺少闲人，他们早已打听清楚了蒋传贤的动向，连同送行队伍的临时动议都掌握得真真确确。消息风一样吹出去，在太阳冒花时，甘州城已经万人空巷，他们守候在街头，抢占最佳观看位置，墙头上，屋顶上，大树上，早已爬满了人。送行队伍过来了，站在街边的人试图涌上前去就近观看，那些闲人早有准备，一人手持一根一丈长短的枣木杆子，朝那伸出队伍的人头，不分黑发白发，齐齐地斩削下去，被击中的黑发白发急速缩回去，队伍像一堵石头墙那样严整。

闲人的敬业精神赢得了处在不利位置的人们的尊重。位居高处的人视野因此更加开阔，被挡在他人身后的人，也不至于完全看不见。闲人手中的枣木杆子只敲打那些逸出队伍的人头，并没有禁止人们的嘴。高处低处前面后面的人都在一片声儿高喊：

"洋郎中！洋郎中！"

送行队伍放慢了脚步，让更多的人更多地看蒋传贤几眼。蒋传贤真是一个善解人意的郎中，他索性让轿子停下，他揭开轿帘，钻出身子，站在地上，笑吟吟的，向大家招招手，然后，翻身上马。他依然戴着白帽子，穿着白大褂，只是没有戴驴笼嘴那样的白口罩。人们都能看见他了，都能看见他的全身了。蒋传贤向人们频频挥手致意，每一次挥手，便能赢来一阵歇斯底里的呐喊声。

"洋郎中，洋郎中，白帽子，白褂子，白脸白手白脖子，女子变儿子，一把揪住男娃的牛把子！"

在这样人多嘴杂的场面，是容不得别人说话的，蒋传贤也不打算解释，对于愚昧的人，最大的吸引力也许只有愚昧，先吸引住他们，然后，再把他们从愚昧中解救出来。

　　果然，当天下午，经世学堂门外便聚集了一大批人，有老有少，有男有女，他们要拜洋郎中为师，学习能把女娃转换为男娃的医术。在离开独流地时，蒋传贤已经意识到了，获得了杨修平的同意。蒋传贤将报名者的情况一一做了详尽考察，最后招收了其中的八十名青年人，三十名男性，五十名女性，分为医疗班和护理班。从他回来的那一天起，前来请他接生的人络绎不绝，尤其那些男丁稀少的家庭，希望他能够使出化女为男的神奇医术，出诊费可以倾其所有满足郎中。对这种情况，蒋传贤一概拒绝，他没有那种神奇医术，在一个产妇那里失去效用，现代医学短时间内就很难在这地方开展了。他的借口是，教学活动繁忙，没有时间出诊。

　　可是，这样的理由毕竟太过牵强，大多都是甘州城乡产妇，距离学校并不远，晚上又不上课，出诊还是可以的。他决定，尽量虚词应付，等到这批学员获得一些起码的生育知识后，可以帮他开展工作。对于有些生男生女都可以的家庭，他则答应帮其接生，医护费用全免，但要求产妇来到学校，并允许学员现场观摩。对于这样的要求，产妇家人答应一半，反对一半，答应来学校生产，反对让学员就近观摩。他们的理由很充分，他们说，我家女人让你一个男人把该看的看了，不该看的也看了，该动的地方动了，不该动的地方也动了，你还让那么多人乱看，碰上那些心术不正的，把我家女人身上的某些特征说给别人，再碰上更坏的，说是跟我家女人这样那样的，人家都能把身上的某些别人不可能知道的特征说得一清二楚，你让我咋能心安嘛！正好，大多数人在这样的要求面前望而却步，蒋传贤心里过意不去，却也只能得过且过。甘州地界新生儿成活率一直很低，连对半都达不到，而产妇的死亡率又极高，向来都在三成以上。人们把妇女生产比作过鬼门关，一点也没有夸张，有些贫寒人家，都是举债娶妻，有的儿女都长大成人了，娶妻所欠债务还未还清，而娶来的妻子在之前的生产中早已难产而死。

　　终于有一户人家想通了，那是居住在甘州北门外农村的朱家。他们原来也算得上小康人家，种着二十亩水田，不愁吃不愁穿的。可是，前后给儿子娶妻三次，儿媳都因难产而死，三对母子都没有保住。迎娶第二个、第三个儿媳，加上丧葬费用，掏空了家底，还搭上了几亩地。第四个儿媳的迎娶费用，则全部来自卖地所得，家中只剩下一亩地了，儿媳到了预产期，能不能顺利生产，一家人整日忧心忡忡。据城中的神婆婆说，这家人老祖先是土匪出身，杀人太多，冤鬼一直找不到他，终于找到他的后代了，当年，他杀了多少人，后代就得死多少人，不够偿命，就让他家绝后。人们都相信神婆婆的话，正经人家的女儿再也不敢嫁给他家了，第四个儿媳是花费大价钱从远路买来的。朱家老人说，只要母子平安，哪怕只能保住一个，如果儿媳活着，这一胎保不住，还可再生，瞎雀都能碰得着谷穗子呢，大人保不住，能保住娃娃也行，是男是女都行。让男郎中接生咋了，人家杨校长是什么人，留洋生，校长！人家的女人都不怕男人看，不怕男人摸摸揣揣，咱们怕什么，让留过洋的郎中看了，摸了，揣了，不丢人，那是咱家儿媳的造化！让别的郎中看看，又咋了，戏子一辈子都在让人看，看得人越多，人家唱得越起劲，你想看人家，还得掏钱，你想让人看你，掏钱都没人看！

一条道理想通了，就像开通了一条灌溉总渠，支渠，分渠，斗渠，毛渠，河里的水可以顺着渠道流入田地的每个角落。

"走，咱去住到学校，让那个姓蒋的郎中给咱接生！是给自己生娃娃，又不是给人家郎中生娃娃，给自己生娃娃，郎中还管吃管住免去药费，只不过是让人家的徒弟看看嘛，天下哪有这样的好事！"

朱家儿媳被家人送来了。蒋传贤让她躺在白布床单覆盖的床上，从怀里掏出那个怪哇哇的东西，塞进她的怀中，她顿时感觉冰哇哇的。她嫁来后，才得知朱家以前的不幸遭遇，后悔已经来不及了，生产在即，她铁了心认定，她没有几天活头了，生产之日，就是她与她的孩子命尽之时。她并不觉得那个传说中的怪哇哇的东西有多怪，也不觉得传说中的冰哇哇的东西让她有多难受。郎中让她干什么，她就干什么，反正没几天活头了，娘家又不在这里，自己又不会留下后代，人咋说闲话都行，反正她听不到，亲人也听不到，不嫌自己的嘴受累，爱咋说咋说。郎中从她怀中取出那个冰哇哇的东西后，又让她揭起衣襟，露出肚皮，郎中用手在她的肚皮上揣揣摸摸的，轻一下，重一下的，说实话，比自家男人的手揣上舒服多了，郎中长得像男人，那手咋就不像男人手呢，自家男人的手揣在身上，那简直是在用带刺的荆棘在划拉嘛，这手简直是棉花嘛，光滑的，细腻的，摸到哪里，哪里从里到外都是个痒。这手也不像是女人手，女人的手没有男人的手那样扎人，却也是带了刺的，细细的刺，像麦芒，像秋庄稼叶子边沿的锯齿，扎不疼人，也让人浑身不舒服。朱家儿媳最后得出的结论是：这个男郎中之所以可以接生，完全是因为他生了一双不男不女的手。

男郎中的事情做完了，他又把那个怪哇哇的东西给了他的徒弟。男徒弟，女徒弟，一个个轮换着把那个怪哇哇的东西，学着师父的样儿，一次次塞进她的怀中，到了后来，对那个怪哇哇的东西，她都没有冰哇哇的感觉了。然后，又是一个个轮换着，像他们的师父那样，摸揣她的肚子。折腾了大半天，男郎中给她盖上雪白被面的被子，让她躺着。他则带着他的那一帮徒弟，躲进另一个房间里，不知在嘟嘟囔囔说什么。这时候，朱家儿媳格外想念自己的男人，嫁到朱家后，当她听说自己三位前任的遭遇后，她从内心一丝儿也没有待见过自己的男人。在她眼里，她的男人简直就是一个杀人魔王，杀人不用刀子，杀人的刀子就是他吊在裤裆的有时变大有时缩小的肉瘤子。每当他把那个肉瘤子亮出来后，她的第一个念头，就是伸手给揪下来，最好用刀连根都给剜出来。她已经上当受骗无路可逃了，她死了，她的娃娃死了，他还会去欺骗别的女人的，她不能再让别的女人受害。有一夜，当她的男人像往常任何一个夜晚按部就班亮出他的那个东西后，她真的一把给揪住了，她使劲一扽，居然没有扽下来，男人便像杀猪那样，双手抱住那个东西满炕翻滚。她吓坏了，公公婆婆赶来问是怎么回事，自家男人疼得脸都变形了，挣扎着说是自己不小心磕着脚丫子了。男人真是好男人啊，可见男人纵有千般万般的不是，心还是向着自己女人的。朱家儿媳从此打消了这个念头，一心配合男人做男人想做的事情。这是命啊，自己生就的命，与自己的男人有什么关系呢。

让男郎中和他的一帮子男女徒弟，把她的身子看过了，摸过了，揣过了，让怪哇哇的东西冰过了，一屋子都是白色，白墙壁，白床单，白被子，男郎中和他的一帮子男女徒弟，都戴着白帽子，穿着白褂子，嘴上捂着白布片子，她还没有儿子，而这些跟她毫不相干的人却都给她戴着全孝，她还没有见过这么庄严肃穆的丧事，自己短暂的人生中，能有这么一个结局，也不枉在人世间走了一趟。最好的是，在人生最后的时光里，让她见上她家男人一面，她要对他说，你是个好人，下辈子我还给你做媳妇。

朱家媳妇没有盼来家人，那个男郎中却推门进来了。他笑笑地对她说，祝贺你，三天后，你就可以生产了。我想问你，你是回家待产，还是在学校待产？男郎中说的话，有些她懂得，有些不大懂得，什么待产不待产的，什么话嘛，我咋就是个听不懂呢。她说，我不知道，这些事儿你得问我男人，我肚子里的种是他的，他说了算。她发现那个男郎中想张开嘴大笑，嘴张了老大，却无声地笑笑。他说，好的。转身出门去了。她听见了门外的说话声，有男郎中的，有公公婆婆的，也有自己男人的。自家的三个人是按平时在家说话的顺序说的，公公说，你看嘛，你说咋弄就咋弄，我们人交给你了，都听你的。婆婆接着说，你看嘛，你说咋弄就咋弄，我们人交给你了，都听你的。自家男人说，你看嘛，你说……咋弄就……咋弄，我们的人……交给……你了，都听……你的。最后是那个男郎中的话，他说的话和给她说的话一样，连口气都一样，好的。

朱家儿媳在学校医护训练部病房住了三天，每天都由学校供给吃喝。每天早中晚各一次，和初来时一样，先由男郎中把那个怪哇哇的东西塞入她的怀里，再在她的身上摸摸揣揣一番，接下来，他的男女徒弟都学他的样子重复做一遍，然后，师徒们退到另一间房里嘟嘟囔囔，不知道说些什么。她的公公和男人回家了，她的婆婆留在这里照料她。也没有什么让婆婆照料的，吃的喝的用的，她心里刚这样想，都送来了，男郎中的所有女徒弟则带着她，一日三次在戈壁滩上乱转悠。她的婆婆成了光吃饭喝水，一件活儿不干的闲人。第三天一大早，她的公公和男人来了，男郎中给他们说她这一天要生孩子的，却没有说是这一天的什么时辰。父子俩天还没有大亮就赶来了。他们白着急了一个白天。直到往常要熄灯时分，她的肚子突然疼了起来，男郎中把她的家人全部赶了出去，留下了他和他的所有徒弟。

原来，女人生孩子没有人说的那么可怕嘛！朱家媳妇心里想着即便能保住命，至少也得在鬼门关前打一个晃悠的，不料，男郎中和他的那一帮徒弟，三弄两弄，她只觉下身一阵撕裂的疼痛，在她快要疼死过去时，肚皮忽地一松，好似一脚踏空了，她听到身边谁说了一声：生了，是男娃！

朱家媳妇迷迷糊糊听到有人打开房门出去了。她不知道，那是男郎中的一个男徒弟，他出去给她的家人报喜了，他说的话，后来在甘州城引起了巨大的轰动，他说：

"生了。"

"生了？"全家人都浑身一抖。看见报信人不再说话，全家人的嘴唇同时抖动起来，公公的嘴唇里率先抖出一句话来："活的，死的？"

"活的。"

"活的是娃娃，还是大人？"

"娃娃和大人都是活的。"

"男娃，女娃？"

"本来是女娃。我师父给弄成男娃了。"

三口人在第一时间同时哭出声来，那个男徒弟严肃地说："你们哭吧，哭几声，男娃又转成女娃了。"三个人同时止了哭声，那个男徒弟说："母子的命暂时是保住了，能保多长时间，那可说不定，女娃暂时是转成男娃了，什么时候再转回去，也说不定。"

"那咋办嘛！求求你，给你师父说说，一定要想办法啊！"

三个人的嘴同时张开了，都没有哭出声来，赶紧又将嘴合住。男徒弟举目望天，过了一会儿，他说：

"你们家向来命薄，养不了娃娃，别说男娃，女娃都养不了。娃是自己生的，但要借众人的福分呢。赶紧让更多的人知道你家生了一个活着的娃，本来是女娃，让郎中转成的男娃，说不定，娃的命能够保住，男娃不再转成女娃。"

三个人想都没想，掉头冲进城里，大街小巷，一声又一声，一直喊到第二天旭日东升，满城的人都被吵得没有睡好觉，但他们乐意，甘州城所有人家，有了这个神奇郎中，从此以后，不怕绝后，妇女也不怕难产而死了。

蒋传贤不知道那一晚甘州城发生了什么重大事件，天明以后才知道事情的原委，他准备将那个散布谣言的徒弟好好批评一顿，想想，又作罢了。

杨修平本打算等到儿子满月，给儿子取了名字后，再回学校的，沙漠红说，你又没奶给娃吃，待在家里干什么？学校还处在草创阶段，不要让人说我把你缠住不让你走。杨修平说，天底下最大的事情，就是自己的老婆和孩子，天下事天下人人人有份，多我不多少我不少。沙漠红哂笑说，先生已看破红尘，不当校长了是不是？

经世学堂正在酝酿一场地震，杨修平在沙漠红的催促下回到学校，才觉得自己回来得很及时，沙漠红未必会预感到学校的什么事情，敬业和谨慎却在事实上帮了他。其实，也没有太大的事情，主要是几位留过洋的教员看不惯蒋传贤的做法，他们认为，他们放弃在内地优越的工作环境和生活待遇，远赴西北苦寒之地，为的是传播现代文明，为国家培养人才，开发大西北，为促进国家富强助力。可是，你看看那个蒋传贤，一个受过现代文明训育多年的留洋生，把自己与西北社会最愚昧的群体混同为一体了，到处在传播这种完全违背科学的观念，他已经堕落到神婆子的地步了。

蒋传贤给朱家媳妇的成功接生，经了朱家人的一力渲染，在甘州地界引发的轰动空前巨大。许多人都是知道朱家的情况的，对神婆子的断言都深信不疑。在朱家媳妇住进学校待产时，人们都在密切关注着事态的动向，难道这个留洋的郎中真的敢于与神鬼叫板，靠自己那双不男不女的手，改变老天爷给一个人、一个家庭注定的命运？奇迹还是在人们的眼皮子底下诞生了。经了人们的口口相传，到了后来，传言的内容虽还有不尽统一之处，人们形成的普遍共识是：朱家媳妇本来怀的是死胎，在生产前，那个姓蒋的郎中带着他的徒弟，用手反复给死胎叫魂，死胎活过来了；本来朱家媳妇是难产，死胎是横着的，经了几天的叫魂，死胎活过来，自己调整了胎位，难产变顺产，母子平安；娃儿生下来后，姓蒋的郎中一看是个女娃，他问朱家媳妇要男娃还是女娃，朱家媳妇说要男娃，姓蒋的郎中当即施了法术，娃儿马上由女娃变成男娃了。

几位留洋的教员听到这些传言已经风靡甘州城乡，并已飞越甘州地界，东到凉州，西到肃州，千里地界上，这几日，不断有人前来学校探信。至于是否会传到更远的地界，他们深信，那只是时间问题，在这个从古以来的大通道上，消息的传播远比货物的流通快捷得多。如此下去，如何得了，人们怎样看待他们这所以普及新学为宗旨的学校，怎样看待他们这些有过留洋背景的教员？他们一经交流，很快达成共识：暂且不要经过校方，给同事留有脸面，私下促其悬崖勒马，出面澄清事实真相，以正视听。八个人共同找蒋传贤谈话。那时候，蒋传贤正在给另一个连续生出死胎的产妇接生完毕。婴儿是活的，而且是男娃。产妇的家庭有些背景，众多家属们早已准备好了炮仗，还有锣鼓等响器，已经整装待发，要上街奔走相告了。八个教员一看这阵势，忙阻止这些家属，家属却说：不给老天爷打声招呼，万一老天爷怪罪到我们娃娃头上，你们给我顶门立户吗？

蒋传贤闻声出来，听见产妇家属这样说自己的同事，脸色还没有变过来，那些家属们，却齐齐跪下来，向大家赔罪了。但是，给人赔罪可以，磕头作揖，挨打挨骂，坐牢放血都可以，对老天爷的礼数却不能荒废。他们有他们绝对的道理，得罪了人，罪是赔得起的，罪是可以衡量的，该咋着就咋着，得罪了老天爷，罪是赔不起的，罪没有深浅，没有边界，阳世里赔不完，还可以延续到阴间。自己把一辈子搭上，还有可能延续到后辈儿孙，他们家媳妇一直生不出活着的娃儿，神婆婆说了，是他们的祖上得罪了老天爷。

产妇家属还是按照他们的计划，兴师动众上街了。蒋传贤知道同事们的来意，摊开手，赧颜道：

"诸位同仁都是为蒋某着想，为学校的发展着想，为科学文明的尊严着想，蒋某先向诸位表示敬意，再向诸位表示歉意。实不瞒诸位仁兄，愚弟当下内心之痛苦与困惑，真可谓灾难深重，正要请教诸位的：是要严守科学道德和科学精神，将所有科学之外的人继续拒之于科学大门之外呢，还是以大家能够接受的愚昧手段先将徘徊于科学门外的人拉进科学门内，再行科学训育呢？还请诸位兄台不吝赐教。"

八位教员各自张开嘴，看得出，都是憋满了一嘴饭，都是憋满了一嘴话的，又憋得过于满了，各自蠕动了一会儿，又把嘴都憋住。蒋传贤笑道：

"诸位仁兄既然不肯面训愚弟，愚弟定当一一登门请教。"

八位教员与蒋传贤没有任何过节，相反，都是留过洋，又不辞万里为国家做事的，天生的惺惺相惜，他们不是因为涉及个人私利与某个具体的人具体的事过不去，正因为这事儿是蒋传贤做的，他们觉得，更应该维护科学的尊严，不能让同仁丢了留洋生的脸，更不可给科学抹黑。回到各自房间后，八个人都把各自的心底儿用心清理了一遍，检查其中是否夹杂着个人恩怨或一己偏见。

没有，确实没有，以科学使徒的名义起誓：确实没有。

八个人在各自的房间，在同一时间，得出了完全相同的结论。

八个人需要理清各自思路，互相交流，拿出靠得住的意见。他们觉得，不能以私交的名义与蒋传贤交涉，这是公事，说小点，是学校正常的公务交流，说大点，有关一个国家科学的底色，乃至对人类科学文明的尊重。整个国家的现代科学刚刚起步，而河西地界，现代科学还处在空白状态，他们这些来这里播撒第一粒科学种子的人，如果撒下的是劣种，是坏种，那将贻害无穷。没有人出面组织，但八个人却在同一时间，齐齐来到了同一地点。八个人想到一起了，既然是公事，那么，在谁的房间都有私议同事之嫌。他们来到平时研究交流教务的公共教研室。

刚起了一个头，还没有展开讨论时，一个人直戳戳推门而入，虽然八个人心里想着这并不是私议，更非密谋，乍然被人撞破，心中还是咯噔了一下，有了一种不可告人而被人撞破的尴尬。定睛看，来人却是那个柳知杨，教员中，唯一算得上是教员的官员小妾柳知杨。他们一时不知道如何解释自己当下的行为，如果郑重声明，他们不是搞什么密谋活动，人家又没有这样问你，等于是此地无银三百两，如果不做声明，更显得非但是在密谋如何害人，简直和密谋造反差不多了。八个人愣在那里，张着嘴，像是八只饿坏了的鸭子。柳知杨并没有让大家难堪多长时间，她学着江湖见面礼，抱拳一圈，笑说：

"诸位兄台密室聚首，难道在密谋什么衣带诏么？"

柳知杨公开说这是密谋，都是有点幽默感的人，也确实不是在密谋，大家反倒都放松了，一人说：

"是啊，大家都缺钱花，正在密谋怎样把美丽非凡的柳知杨小姐卖了，换几杯酒资。"

"那好，索性咱们一起商量吧，争取卖出个好价钱。"

大家纷纷起身让座，柳知杨也不推辞，大大方方坐下来。有人把大家的想法说了，柳知杨撇嘴说：

"这事儿我早风闻了，你们居然瞒着我，哦，我猜出来了，别看你们满嘴男女平权什么的，心底里还是认同女人头发长见识短。"

八个人急忙否认。

八个人把自己的想法简单说了，柳知杨说，我也是这样想的。八个人以为找到了同道，想着多一个支持者，越说明他们的想法是对的，是出自公心的。接着，柳知杨说，咱们同事也许多时日了，见面多说话少，找着不如碰着，今天正好碰见诸位仁兄，女人本来话多，小女子可要让诸位仁兄的耳朵受些煎熬了。

"洗耳恭听，愿闻高见。"八个人一片声说。

柳知杨讲了一个故事，故事的主角就是朱家媳妇和朱家人。对于朱家的情况他们也风闻了一些，可他们不知道的是，朱家人听信神婆婆的话，说是祖上所欠冤债太多，导致女人生产不顺，这些冤鬼吃软不吃硬，朱家媳妇这次如要生产顺利，就必须用刀划开产妇阴部，吓走冤鬼，前面的两个媳妇，都是这样母子双亡的。柳知杨强调说，这种事情并非朱家特例，而是河西惯例。

八个人还没听完，脸色已经苍白，听完了，各自浑身抖颤。柳知杨笑说，如果我将来生孩子不顺，轮到座中哪位仁兄操刀，可千万不要手软啊。除了这个地方，我们国家还有无数这样的地方，女人的命运就是这样的。

柳知杨说完，站起来，像刚才进门那样，向大家行一圈抱拳礼，转身袅袅娜娜而去。

在杨修平回校那时，八个人和柳知杨齐聚在蒋传贤那里。早上下课后，他们就在门外等候，蒋传贤正在给一个难产妇女做剖腹产手术。他们和产妇的家人一起，都在外面焦急地等待着，他们共同盼望手术成功。看见校长回来了，家属好似见到了更加高明的郎中，齐齐涌上前，向杨修平哭诉他们的不幸，求杨校长施展回天法术，保大人小孩平安。杨修平说，请你相信我们蒋大夫的医术，他是老天爷派给咱们甘州妇女娃娃的守护神。柳知杨是八个人特意邀请来一起见证他们如何向蒋传贤真诚道歉的。看见校长回来了，他们共同推举柳知杨代表他们向校长说明原委。柳知杨也不客气，不过，她并没有把平息这场有可能产生不良后果风波的功劳揽在自己身上，而是率先声明，开始她和八位同仁的想法是一致的。这让八个人很感动，也很惭愧，先前他们对所有官员都没有什么好感，对一个官员的小妾更是在内心保持着高度的轻蔑，他们觉得，与这样的人同为新学教员，实在是莫大的耻辱。只是看在正义事业的分上，他们才勉强与其同列。杨修平笑说：

"我个人认为，二十年后，诸位今天的想法和做法都是对的，但愿只需二十年。到那时，如果在下还有幸于诸位同列，我愿意以生命做代价支持大家，坚决维护科学的尊严，对抗一切假科学之名的反科学言行。道歉就不必了吧，我相信，蒋先生与我，与诸位兄台的想法都是一致的。"

"明人不做暗事，有过必改，有错必须当面认错。"大家异口同声说。

蒋传贤做完手术，告诉产妇家人母子平安，他伸出右手食指，比画着说，你家那个小子，待在他妈的肚子不愿意出来，一心要把大人憋死，自己也不愿意活，我用这根指头，在他妈的肚皮上一划拉，呵呵，不出来还由他了？你们回去给所有你们熟悉的和不熟悉的人说，再遇到难产千万不能用刀子割产妇肚子，老天爷最反感和他较劲的人了。家属一听是小子，当即齐齐下跪，各自给蒋传贤磕了三记响头。蒋传贤让家属留下一个年龄稍大的妇女照顾产妇，别的人暂且回家去，十天后再来接人。

众人一同来到校长办公室，一人说，刚才柳小姐给校长说的不是事实，柳小姐当然出自宅心仁厚，可是，献身科学的人，必须自己先要把追寻真相放在首位，他大体讲了他们几人的想法和接下来的行动方案。他掏出由八个人联署的请愿书，一式两份，一份是给杨修平校长的，一份是给校董会的。正好校长回来了，他们八人愿意当着校长的面，向蒋传贤老师道歉。杨修平笑笑，把两份请愿书顺手递给蒋传贤。蒋传贤没有看，他说：

"诸位仁兄难道会认为自己说错了，做错了？"

八个人面面相觑，还没明白他是什么意思。蒋传贤说：

"我衷心希望二十年后，我不需要这样说话，不需要这样做事，那可是我们今天之所以甘愿万里远赴的初衷啊！"

在场的人眼眶都有些热，柳知杨说：

"我代表杨校长感谢诸位同仁！"

"我委托你代表了吗？"杨修平笑着说，柳知杨话还没说完，先自笑了，大家一同笑了。

第十六章

无敌秀才的心魔

经世学堂率先发展起来的是医护训练班。这是事先谁也没有预料到的，当初设置这个专业时，大家都觉得，在这个由中医、巫医统治数千年的国度，西医在很短时间里，不可能得到很多人认同的。而蒋传贤却靠着用迷信宣传推广科学的医疗方法，双管齐下，让西医很快风靡甘州城乡。朱家人回家后，居然在自家原来供奉观世音的佛堂一侧，给蒋传贤建造了一座生人祠，日夜香火供奉，逢人便说，前来参观的人络绎不绝。在人们的口口相传中，蒋传贤真的成了神医。杨修平决定，在校区开设附属医院，由蒋传贤双肩挑，一边给学员上课，一边给患者临床治疗，医院日常医护工作则由学员担任，把学到的点滴医疗知识和具体的医护工作结合起来。杨修平又出面聘任了几位有名望的郎中，也是教学和临床双肩挑，一是为了改善和当地中医界的关系，二也是业务本身的需要，第三呢，杨修平虽不懂医，却敏感道，中医是国家的传统医学，几千年来，之所以能够发扬光大，必定是有其合理性和科学性的，中西医共存共荣，互相促进，才是科学的态度。他的想法得到了蒋传贤的积极响应，他家是中医世家，从小跟随长辈学习中医，不仅对中医怀有很深的感情，而且始终保持着高度的敬意。

学校附属医院收取患者合理的医疗费用，有些饶有资财的人，自己或家人得到及时救治后，感念蒋传贤的功德，都采用捐款的方式以示报答，很快的，学校附属医院成了经世学堂第一个可以给学校带来现实经济利益的专业。第二个见钱的专业是水利训练班。河西地广，大量的荒地千年万年在那里撂着，只因水利设施落后，无法浇灌，甘州更是河西走廊的低地，河西走廊最大的河流纵贯全境，黑河两岸一派平畴旷野，只需兴修一些小型引水工程，便可开发出大片良田。水利训练班开办半年后，授课教员李存善给杨修平建议，这批学员已经可以给他打下手，开展水利工程实践了，应当在离学校较近的地方，承揽一些小型水利工程，一者，可以给学生提供实践机会，再者嘛，呵呵。他没有说下去，杨修平也笑着说，再者嘛，呵呵。

经世学堂有了自己的收入后，杨修平主动找见窗前明月，让她找机会问问田青萍，这笔收入交给谁，窗前明月笑说，学校自己挣的钱，当然交给学校了，这个还用问田会长啊？杨修平说，这是用学校的师资校舍挣的钱，而这些师资校舍又是校董会的投资，利润应当归投资方，至少应该双方合理分利。窗前明月叹息说，田会长真是没有看错人，我的那个师妹呢，也没有看错人，这样吧，我让商号专门给学校再建一个账号，账务与校董会账务分离，这笔钱作为学校流动资金，随时支用，你一支笔签批就可以了。杨修平说，这样不行，钱非小事，没有监管不行。窗前明月说，简化手续的目的不在于让你胡乱支取，因为涉及经营，必然有亏有赚有出有进，支用手续烦琐，有时会很不方便的。杨修平还是不同意，窗前明月心中赞赏杨修平的严于律己，却也对他的书呆子气有些着恼，便说，你那一点点钱，专门上一次校董会，还不够麻烦钱的。杨修平却说，哪怕执行财务纪律花掉一百两银子，挽回的财务损失只有一两银子，那也得执行财务纪律，因为任何一个财务漏洞，都有可能造成不可估量的损失。窗前明月被气笑了，但也明白了这个道理。她到底是歌手出身，挣多多花，挣少少花，自己挣，自己花，哪里管过什么财务纪律，听都没有听过。现在虽是商会专员，财务收支问题她连问都不问，自有账房打理，自己需要钱了，也只是给账房报个数目，大多时候，在河西境内的一切花销，只需签字画押就行了。想想杨修平说的情况，不觉心里暗暗吃惊，这钱眼虽小，却可以挖出钻得过去骆驼的漏洞。她又不愿立即在他面前承认他的正确，便说，那好吧，你就交给我，我挣钱不行，花钱一个顶几个。花完了，学校需要钱，我再想办法给你筹措。杨修平说，那可不行，要是我个人的钱，只要我有，你怎么花都行，这是公款，一个铜板都不能给你。

说起铜板，窗前明月又习惯性地撮起右手拇指和食指在胸前揉捏，她这一习惯性的动作，顿时让杨修平一阵瞀乱。正值青春年少，自从沙漠红怀孕以来，一年岁月没有再沾过女人了。有了这层意思，他的心里涌上一层慌乱，他要立即离开这个地方。他脸红心跳，急口急舌说，反正公款不能乱花，你要是没有一个好主意，我先把钱想办法存起来，将来交给校董会决定，你在，我回学校了。说完，扭头就走。窗前明月叫住他，不满地说，你这人咋是这样，有事好好商量嘛，脾气还不小呢。杨修平嗫嚅道，我没有发脾气，我是想学校还有一件重要事等着我办理呢。窗前明月说，那这事就是小事了？杨修平只好勉强坐下，心绪不宁地说了一会儿话，结果心绪更加不宁，他突然说，要不这样，你看行不，在商号另开一个户头可以，但由我俩同时签字方可支取，怎么样？窗前明月说，这样好是好，不过，我怎么觉得哪里不对劲儿。杨修平一愣说，哪里不对劲儿？窗前明月悠悠地说，我觉得你有借机跟我多见面的嫌疑，我不是以小人之心度君子之腹吧？话说到这里，杨修平不便承认，更不好否认，承认了，有些难堪，否认吧，那不是明说自己不想见人家吗，这是什么话，这很伤一个女人的自尊的。他伴笑笑，岔开话头说，这么说，你也觉得这样可行？窗前明月说，钱是你挣的，管钱的主意是你想出来的，我能驳你的面子吗？

事情就这样说定了，杨修平逃似的离开窗前明月，回到学校，立即着手财务新账目的筹建工作。他的心口那儿还跳个不住，他也说不清楚，为什么他与窗前明月每次见面，气氛总是不大和谐，是他有意和她闹别扭？那绝无可能，既无前提，亦无必要，相反，见她的愿望似乎很强烈，与她单独见面的冲动时时都有。那么，是她有意与他闹别扭，这也于情于理都说不过去。或者，两人天生在性情各方面存在互相排斥的嫌疑。想想似乎是，似乎又不是。他知道，她虽是自小在倚门卖笑场合中生存的，长大后，说白了，还是倚门卖笑的生活，可她是一个持身端严的女人，别的男人是很难与她接近的，不得不与男人交往时，看起来，她在言笑晏晏，有时还免不了油嘴滑舌打情骂俏，但言辞间密不透风，绝不会因为她的言辞而对她生出非分之心。可是，为什么与他说话时，时不时地总要涉及男女情感问题，乃至私密问题，是有意，还是无意？说是有意吧，说话的口风如秋风过耳，说是无意吧，秋风又实在是窜入耳朵了。与其说是说不清对方，不如说更说不清自己。愿意与她见面，渴望与她单独相处，说是工作需要，可有些工作并不需要见面，更无单独见面的必要，见面就见面吧，为何每次在见面前，内心就会生出一种类似心怀鬼胎的惶恐不安，见面后，跟人家说话时，自己又时常心不在焉。不是不用心与她说话，而是生怕她看出他的心思，极力遮掩自己的心思，造成了心不在焉的事实。看得出，她发觉了他的心不在焉，而且对他的心不在焉很不高兴。给谁谁都会不高兴的，你找我说话，我用心跟你说话，你的心却不在你的心上，我到底是跟谁说话嘛。

想不清楚的事情就别想了吧，说不清楚的事情就别说了吧，反正我也没有说过什么出格的话，更没有做过什么出格的事情。杨修平每次都这样安慰自己，似乎自己也真的得到了安慰，很快便可投入到工作中去。

经世学堂的事业正在按部就班地、红红火火地开展着。

孩子满月的前一天夜里，杨修平赶回了独流地家中。给孩子过满月是一件大事，前些日子离家时，爷爷奶奶和白灭杨都反复叮嘱过，沙漠红对此好像也很在意，她没有明说，自从嫁给他后，她对他说话的口气一直很冷淡，包括两口子做那事儿时，他说，我想了。她说，那就想吧。这次，他说，我先去办理几天学校的事务，给娃过满月，我就回来了。她说，能回来就回来吧。谁都听得出，这话的另一层意思是：不能回来就不要回来了。他不愿朝后面的这句话上靠，他宁愿相信她向来都是那样说话的，说了一句就是说出的那一句，没有藏下的一句，说了半截子话，本来也只有那半截子话，没有你所想象的另半截儿。上次，他是心怀快快走出家门的，放马走出逼仄的独流地峡谷后，天地便是无遮无拦的空阔，他的眼界也空前的空阔了。

再回独流地，杨修平竟有些掩饰不住的志得意满。留学回家时，他心急如焚，几度出外几度返回时，他的心口时而通畅，时而壅塞，而这次，进入独流地峡谷口，天空变成长条形后，他感到的仍然是天高地阔。古诗说，近乡情更怯，先前，他在离家万里回家时，都没有这种感觉，回家就是回家，回自己的家，熟天熟地熟水熟人的，怯个什么呀。后来每次从甘州城回家，寻常来去，更无情怯一说。而这次，他却真的体会到了什么是情怯。原来，不是情怯，而是情切。过了峡谷口那段与流水交织在一起的河滩路后，本应放慢马蹄的，在外面谋生的人，回到家乡，一定要谦卑，走路脚步要轻，说话声音要小，无论见到长辈还是晚辈，待见的人，不待见的人，你都要像心怀亏欠的人那样。这有个说法，人家在替你守护着这片安顿祖坟的土地，他们使你将来的叶落归根有了保障。如果说，留洋回来那次打马飞奔回家，是情势所逼，为了营造某种威慑弹压的气氛，这次，却是因为情切。雪无痕很久没有奔跑了，得到主人的暗示，它在奔跑中，有意将四蹄踏出那种擂鼓般的节奏，欢快而坚决。

在自家庄院门口，杨修平翻身下马，顾不得拴马，撂下缰绳直奔沙漠红所在的左厢房而去。爷爷奶奶早听到马蹄声了，在他下马时，两个老人已经在大门口迎接他了，两张各自缺了许多牙的嘴，正朝着他笑吟吟的，他顾不得问候他们一声，或者回一记笑脸，直戳戳奔过院子，而父母也在正屋门口迎接他了，母亲笑吟吟地说：娃回来了啊！他只是嗯了一声，便奔进了左厢房。

爷爷奶奶年纪大了，杨修平已经隐身左厢房了，老两口才回转身来，脸上的笑容还那样挂着。看见孙子的急切样儿，他们脸上的笑容就那样固定下来了。杨灭白弯腰抓起拖扯在地上的马缰绳，对雪无痕说，喝水去了哎 ——

孙媳对孙子有些冷淡，孙子对孙媳也不算热络，两位老人早已看在眼里急在心上，孙子又是月儿四十不沾家的人，小两口又都是在外面混过世事的人，他们的关系要是出了什么问题，咋给人交代嘛，咋对得起人家女娃嘛！无论问题出在谁的身上，根本问题都在自家孙子身上，你一个男人家的连自己媳妇的心都捂不热，还怪得了别人？一事当先，先从自家人身上找毛病，这才是做人的道理。老两口看见孙子如此的急切，把他们都没有放在眼里，非但没有心里不快，相反，心里好似快马飞奔。杨存志两口子也看出儿子和儿媳之间，似乎有些不必要的客气，沙漠红在家中，虽帮着家人做这做那的，倒像是一个懂眼色的客人，自己的娃呢，直接就是一个客人，除了和自己的爷爷奶奶，看起来像是孙子和爷爷奶奶那样，和自己的父母是客人，和自己的媳妇也是客人。看见儿子这次那样不加掩饰的情切，杨存志在心里骂道：狗日的，对谁都冷冰冰的，到底还是认得自己的种种子呢。

就在杨修平要直奔左厢房时，母亲却大叫一声：

"站住！"

杨修平吓了一跳，急忙收住脚步，而这时，奶奶也在门口颤巍巍喊道：

"快，快，站住！"

年老了反应慢，奶奶看见孙子站在门外，刚由初见时脸上的笑意转换而成的惊恐一时还挂在脸上，杨修平看看母亲一脸的惊恐色，又看看奶奶脸上的惊恐色，不觉脸上也挂起了惊恐色。这时，才听母亲说：

"跑热了的人，把娃娃冲了咋办？歇歇再进去。"

杨修平这才恍然记起，家乡是有这种讲究的，说是在外游荡的亡魂有可能附了生人体，幼儿体弱，魂魄还没有凝聚起来，容易受到冲撞。杨修平不相信鬼魂之类的说法，却是相信，从野外回来的人是带了野气的，幼儿体弱，易被野气侵袭染病。他笑笑，就势坐在屋檐下，母亲很快给他端来一碗热水，他真的感到渴了，脖子仰起，一碗水见底了。

屋里传来婴儿的啼哭声，婴儿哇一声，杨修平心口那儿蹦一下，哇哇哇，哭声连续不断，他的心口那儿也如马蹄飞奔。这小东西，是不是也知道他爹回来了？用哭声迎接他爹，只有他做得出来，他倒是表示欢迎呢，还是表示反感呢？杨修平这才想起，到门口下马时，家里养的那只大黑狗，摇晃着尾巴，朝他汪汪乱叫。他顾不得理它，它便没意思地躲在了一边。不能慢待家中任何一个生命，杨修平噘圆了嘴唇，第二声出口，大黑狗就欢欢地跑进来，蹲在他面前。他想起身上没有带任何食物，便有些难为情，看看大黑狗，它的眼神是那样的热烈清澈，无欲无求。原来它对出门在外的主人没有任何物质上的要求，它只是希望主人还记得它，认得它是家中的一分子，主人在外经营天地，它在替主人守家。杨修平伸出右手，捏住大黑狗的耳朵，往起提一提，大黑狗将舌头翻卷上来，舔舔杨修平的手。

歇息够了，杨修平轻轻揭开门帘，轻轻推开虚掩着的屋门，搭眼一看，沙漠红脸朝门口，身后垫着几只枕头，斜倚在炕上，左手支颐，婴儿躺在怀里，她右手端着一只乳房，婴儿正在欢欢地吸吮。他不觉心跳加快，不是在窗前明月那里的惶恐，而是那种近乡情更怯的情怯，他轻轻走过去，伸手在那只被婴儿暂时冷落的乳房上轻轻捏了捏。沙漠红低垂的眼帘慢慢抬起，轻声说：

"你的娃在骂你呢。"

"我的娃骂我干什么？"他也轻声说。

"你动了人家的粮仓。"

"我打的粮食我动不得？"杨修平说着，也将嘴凑过去，叼住了空闲的那只。婴儿发现有人跟他抢饭吃，腾出嘴来，哭了一声，也许马上醒悟过来了，急忙伸嘴叼住已经属于他的那一只。沙漠红伸手推开杨修平的脸，红着脸，笑说：

"跟娃抢饭吃，好没出息的。"

杨修平说：

"你怎么不讲道理，总得有个先来后到吧，我在这里找饭吃时，他还在哪儿？"

"那么，你找着饭了没有啊？"沙漠红说。

"不是我舍不得吃，给他留着嘛！"

两人胡说八道一阵子，两人心里忽地同时一动：两口子原来是这样的，能够在一起胡说八道的两口子才是真的两口子。

婴儿吃够了奶，一手攀着他刚吃过的奶头，回过脸来，朝杨修平甜甜一笑。杨修平心尖那儿像是被一只手抓了一下，他情不自禁地弯下腰去，伸出双手要抱婴儿，沙漠红拨去他的手，笑说：

"你会抱娃吗？"

"我都会抱你，还能不会抱娃？"

"没见你抱过我，是不是抱错了？"

杨修平作势要抱沙漠红，沙漠红推开他，笑着说，你看你的娃在看呢，羞也不羞。杨修平说，我抱我的媳妇，羞什么，他管得着吗？

到了晚上，沙漠红房间里照样有两个年老的女人照应。鸡叫头遍时，杨灭白醒来，再也睡不着了。睡前，全家人商量，早上给婴儿撞名儿由谁执行。争论在老两口中间展开，杨灭白说当然由他了，他是孩子的祖爷爷，婴儿出世还有祖爷爷在看护着他，这是他的造化，这事儿世上并不多，没有多少人有这种幸运。她的老伴回嘴说，你是祖爷爷，我还是祖奶奶呢，我给他不生出爷来，哪有他的爹，又哪有他这个小东西。杨灭白说，你看你路都走不稳，腰来腿不来的，哪敢让你抱出去呢。这话说服了老伴，老伴笑笑说，就是的，我不跟你争了。

不能太早，也不能太晚，赶在太阳刚露头时，正好抱上婴儿出门，像是初升的太阳那样，讨个吉利。再说了，出去的早了，万一碰上窃贼，万一碰上那些夜不归宿不学好的人，碰上野物，难道还要他们给孩子取名不成。杨灭白早早起来，将自己手脸洗了再洗，老伴嘲笑说，再洗也洗不出我重孙子的屁股样儿来。杨灭白说，能洗出你的屁股样儿来也是好的。老伴捂着没牙的嘴，咯咯儿笑。其实，老两口是争着玩儿的，老伴怎么会跟自己的丈夫争呢，一起生活一个甲子了，除了生孩子当仁不让外，所有出头露脸的事情，理所当然由男人去做。男人是一个家庭的脸面，自己的丈夫还是一个家族的脸面，哪有把脸藏在暗处，把屁股摆在明处的道理？儿子长大后，男人想孙子，孙子还没长大，他就想重孙子了，孙子生来就是个犟种，说是读几天村学，认得自己的名字就罢了，他却读上瘾了，跑到兰州去读书，读完了，又跑到比天边还远的地方去读书了，这一溜烟就跑了五年，终于娶妻生子了，使她活着时能够亲眼看一看，亲手抱一抱重孙子，都没有几天的活头了，也许这是两口子能看到的最后一件风光事，她哪会跟自己的男人争呢。心里不争，嘴上还得争，让他老东西也知道，不是她心里一点想法都没有，不是她不懂得风光，是她让着他，让了一辈子了，这是这一辈子最后一次让他，到了阴间里，她一定不会再让他了。

杨灭白一直蹲在厢房的门口抬头望东边平时升起太阳的那片地方。现在还不能出大门去，今天的大门必须专门为婴儿打开，他不会走路，但必须要让他第一个出门，他出门碰上谁，他就会从谁那里获得自己使用一生一世的名字，谁就是他的一生一世的恩人。终于，他看见太阳花花了，只有几股光线，像是老猫的胡子，那几股光线端直直朝天翘着，半空里光华四射，而大地上仍是夜晚没有收尽的阴影。杨修平起来得也早，他早早去了孩子所在的屋里，帮助两个伺候月婆的妇女伺候孩子，帮助沙漠红穿戴整齐。这可是一个多月来，沙漠红第一次脚踏土地抬头看天啊，辛苦了，作为女人，真是辛苦了。让这样一个骑着快马奔驰在无尽原野的女侠，像平常女人那样给人做媳妇，生孩子，坐月子，他杨修平简直是一个暴殄天物的人。沙漠红穿上结婚礼服，与当地所有的新娘子一样，都是一身绚丽的红色。而所有在农家生活的新媳妇，在生了孩子后，一般都不会再穿这种鲜艳的衣服了，都要把自己装扮得尽量灰暗一些，以此表明，从此，她是专此一家专此一人的女人，他不悦己不容，他悦己亦不容，她就是死心塌地做人做鬼都在这个家了。沙漠红待产前，自己最宽大的衣服都显得窄小了，婆婆要用专门给她预备的土布，给她做一身宽大的衣服，被她阻挡了，她笑说，怀孕才能穿几天，生了孩子又不能再穿了，不是白白浪费了么。她让婆婆将自己的宽大的旧衣服找出一身就行了。婆婆很感动，这么懂事的媳妇，这么会过日子的媳妇，她果真找出一身她当年怀杨修平时的衣服来，衣服是拆洗以后存放起来的，婆婆又重新洗了一遍。沙漠红穿在身上，前后比照一番，很是满意。而婆婆心中却涌上一丝内疚，如花一样的媳妇，为了给自家传宗接代，不得不穿上这么臃肿累赘的衣服，实在是给花骨朵上撒了一把灰土嘛。

沙漠红在坐月子时仍然穿着这身破旧灰暗而累赘的衣服，她似乎穿出感情了，又要穿着这身衣服出月子。杨修平看见，二话不说，动手就给她脱衣服，她看着在身边忙活的两个妇女，红了脸，嗔道，你干什么呀！杨修平说，这么难看的衣服，你好意思穿出去见人？沙漠红假意说，你嫌我难看就不要看。杨修平说，我嫌衣服难看，谁嫌你难看了。沙漠红说，嫌衣服难看就是嫌人难看。两人一边争辩着，沙漠红在半推半就中还是脱了那身衣服，一个妇女早已找来了沙漠红的婚服。沙漠红说，咋能穿这种衣服嘛，那个女人笑说，少奶奶，以老身看，别的媳妇是不能穿这种衣服出月子的，少奶奶却不能不穿这种衣服出月子。沙漠红红着脸，在杨修平的帮助下，边穿衣服边说，这话是咋说的呢？

两个女人把该收拾的都收拾利落了，屋子里只剩下小两口和婴儿了。杨修平目不转睛看着沙漠红，把沙漠红看羞了，她低下头说，看什么看，没见过？正在这时，杨灭白干咳两声，这是打招呼，家里人在做某些不方便事情时，都以干咳为信号。杨修平嘴唇都噙圆了，还是转过身去，揭开门帘，笑说，要进来就进来，吭吭个什么？杨灭白笑道，我知道你是个没出息的，给你打个招呼。杨灭白半真半假一句话，把沙漠红说得无地自容。杨灭白不管不顾，哈哈笑着，小心抱起炕上的婴儿。妇女在包裹婴儿时，大概预知还要再包裹一遍的，小棉被的一角没有包裹严实，杨灭白顺手撕开，张大嘴在婴儿的小鸡鸡上吮了一口，咂咂嘴说，嘿，狗日的真香！沙漠红笑着，接过婴儿，重新包裹严整了，交给杨灭白。杨修平说，爷爷，那里是什么味道，看把你香成那样？杨灭白得意地说，哼，你自己想吧，不给你说！

杨灭白在全家人的注视下，仰望着冉冉升起的太阳，走向大门口。他在那里顿了顿，好似终于下定决心，一把拉开大门，这时，却听得几声啾啾唧唧的鸟叫。细一看，两只燕子站在门楣上，并没有因为大门的忽然开启而惊慌飞去，它们朝着院内啾啾唧唧地鸣叫。奶奶说，啊，那是去年在咱家垒窝的那两只，又飞回来了啊，你看你看，腿上的那根红丝线还是我拴上的呢。

果然，一只燕子的腿上有一根红丝线。杨灭白感慨地说：

"燕子认得旧主啊，这么快的，春天真的来了啊。"

家人都以为杨灭白要出门去给婴儿撞名儿的，他却返回来了。老伴说，你咋回来了？他说，不是有名字了吗。老伴说，你没有撞见人啊。他说，不是撞见燕子了嘛。杨修平说，燕子又不会说话。杨灭白白她一眼说，谁说燕子不会说话，你听听？两只燕子好似懂得人话，更大声地在那儿啾唧啾唧。杨灭白说，人以为光自己会说话呢，其实，飞禽走兽都会说话呢，只是人听不懂罢了。

婴儿取名为杨双燕，乳名啾唧。奶奶说，娃的大名倒还好听，小名不好听。杨灭白正色说，你老东西懂得什么，燕子的叫声是天底下最好听的声音。

杨双燕的满月酒与杨修平和沙漠红的婚礼一样，其规格和规模在上下独流地当然是空前的，在甘州地界，也是一个人在一辈子当中很难见到的。这不是杨修平和沙漠红的初衷，他俩都是不愿热闹的人，可是，架不住上下独流地所有人的压力，亲情的，家族的，乡俗的，他们要是不答应，似乎有故意与父老乡亲为敌的嫌疑。其实，真正的压力来自于田青萍和西北刀坛。田青萍说，这不是在给你们杨双燕过满月，这是给经世学堂，给西北刀坛做广告，壮声势。

当然，真正的满月酒还是局限于上下独流地的亲人中间。这么偏僻的地方，兴师动众的，客人不方便，主人也没有接待能力。另一场满月酒是在甘州城补办的。沙漠红和孩子来不了，等于是一场没有主角的满月酒，其意义完全在于以满月酒的名义聚会了。酒场设在学校，一切费用均由田青萍承担，而所收贺礼则归杨修平。

田青萍不愧是一个成功的商人，他能利用一切机会谋利，如果一定要按商场将本求利原则计算，这场满月酒的投资与收益比为一比一百。以目下的行业利润而言，鸦片贸易算是最高了，各个环节分成下来，也不过十倍利润。潜在的利润是无法计算的，这场满月酒，让经世学堂成为西北地界的焦点，各种荣誉，各种赞誉，以贺礼为名的各种真金白银的捐助纷至沓来。贺礼归杨修平是田青萍主动提出，也获得校董会通过的。其实，田青萍借此在考验杨修平，看看这个人究竟是见钱眼开急功近利之人，还是真的会有所担当。杨修平并没有意识到这是考验，他只是凭着天性做事。当负责收礼的执事将礼单送上来后，他打听到田青萍还在窗前明月那儿，便先派一个人前去通报，要求面见田会长。田青萍当即回了名帖，约好在商号附近的一家饭店见面。

杨修平按时赶去时，田青萍已经先到了。先到的还有窗前明月、花喜鹊、索洛敦、柳知杨、蒋传贤，让他颇感意外的是，塞北狼也来了。杨修平先以晚辈的身份向塞北狼、花喜鹊行了私礼，然后又以朋友的身份，向大家行礼致意。接着，他双手捧上礼单，交给田青萍。田青萍接过礼单，说这是什么嘛，杨修平说是礼单。田青萍问是什么礼单，杨修平说就是犬子满月宴上的礼单。田青萍笑说，那是你的犬子的满月宴，又不是我的犬子的满月宴。田青萍要把礼单还给杨修平，杨修平不接，正色说，田会长要是看得起杨某，觉得杨某还可为经世学堂做一些事情，那就请收下礼单吧。众人不好插言，田青萍却把难题推给了众人。这个嘛，这个嘛，从众人嘴里反复出来的只有这句话。索洛敦也连说了几个这个嘛，却没有下文。田青萍首先不能放过的人就是他。田青萍笑说，我等都是小民，见识有限，索大人身为国家栋梁，又屈尊与我等为友，面对如此纷争，何不赐教一二？索洛敦拱拱手，哈哈一笑说，田会长要是发现甘州地界哪里有蟊贼，老朽自当冲锋陷阵，这事儿嘛，非老朽所长。田青萍又征求塞北狼的意见，塞北狼稍加思索说，索大人说他对这事儿不在行，自然是谦虚了，老朽可是真正的不在行。不过，承蒙田会长垂询，老朽不妨说一句外行话，按理来说，礼单应归杨校长，可诸位知道，杨校长又是一个散淡人，田会长呢，向来仗义疏财，再说了，些许小钱儿，田会长也看不上眼，以老朽看，开办学校是一件利国利民功在千秋的大事善举，二位都是急公好义的仁人志士，何不把这笔经费用于学校？

　　塞北狼的话犹如拨云见日，一下子把大家都解脱了，众人一片附议声。窗前明月和柳知杨把自己当成了局外人，始终一言不发，这时，也不觉叫起好来。杨修平也如释重负，笑说，大侠到底是大侠，此正为小生心中所愿。田青萍笑说，既然是公议的结果，我也尊重大家意见。不过，这笔钱不可归入办校基本金，杨校长不是建议将学校经营收入另建账户以便临时支用吗？这笔钱来的正当其时也。还有一点，杨校长不愿单独管理学校临时经费，这自然是杨校长的高风亮节了，但是，这笔经费还是由杨校长专管专用，其他人就不必参与了。杨修平还想说话，田青萍笑说，杨校长莫非是连自己都不信任，抑或是，不敢担负责任？杨修平只好不再推辞。

　　杨修平是一个心地单纯之人，别的人又不知内情，只有窗前明月心里有话说不出口，脸色还要保持得比正常还要正常。这分明是田青萍对她和杨修平的一种防范措施，斩断他们之间一条正常的来往线路，这等于又给她的脚上戴了一副镣铐。奸商！窗前明月下意识地抬起手，按在胸前那枚铜板上。开春了，天气还是乍冷乍热的，她穿着的也是乍冷乍热时的衣服，比冬天的衣服薄一些，比春秋的衣服又厚一些，手中的铜板若有若无的，觉不出冰凉，也没有冬天捂在厚棉袄里的那种温热。

与田青萍预期的一样，杨修平用那笔礼金，还有学校先期赚到的一些钱，加上在独流地刀客决战时他获得的利物，在属于学校的那片戈壁滩的深处，接近沙漠地带的一道早年被洪水冲刷出来的沙沟里开办了一所军工厂。由留英回来的教员常不世担任厂长，从兰州聘请的那五名机械师正好派上了用场，又从学校工队中抽调一批从事过木匠、铁匠、石匠、金银匠的手艺人为工人，还选拔了一批手脚勤快心灵手巧的人为学徒。杨修平说动了窗前明月，通过她在田青萍商业网络中建立的人脉关系，很快采购到了军工厂需要的各种设备和原料。

对于这些情况，田青萍知道得很详细，他假装不知。在去拜会索洛敦时，他故意说，我们大清国这样大的国家，这样多的人，这样深厚的文化，西洋除了俄罗斯，大多数国家还没有我们一个省大，人家又是万里远征，我们屡吃败仗，几万人打不过人家几百人，你看看吧，从六十多年前第一次吃败仗，直到现在，我们哪一丈赢过，如今，老佛爷和皇上一起驾鹤西去了，把江山丢给一个吃奶娃娃，你老人家都是国家栋梁啊，所谓覆巢之下无完卵，西洋人为什么厉害，不是他们的人有多么厉害，要是一对一，刀对刀，我敢说老大人一个会打得他们十个人一齐叫爹，可是，人家手中拿的是什么，咱们拿的又是什么？

田青萍的话说中了索洛敦的心事。事实上，西洋火枪火炮已经配备朝廷军队好多年了，但甘州地处偏僻，军费有限，士兵大多都是空枪空炮操练，有的扛枪操炮几年，还没有真正放过一枪一炮。田青萍夸赞了索洛敦的武功，又道出了索洛敦的尴尬，索洛敦既感觉得意，又不免心生悲凉。他叹息说，谁说不是呢，以前咱们没有技术，不会造枪造炮，现在好歹有了造枪造炮的人，却没有钱造。田青萍说，经世学堂好像就有一个专门学过军工的人，他们手头好像也有一些闲钱，是不是先让他们试造，造出来了，穷书生又用不着那些，当然要给大人使用了，还可以训练出一批懂得这些技术的人才，总是有用场的。索洛敦一拍大腿说，那好啊，造出造不出，都是好事啊，应该支持的。田青萍说，这事儿跟我没有关系，我也只是听说，大约也还局限于他们所谓的教学实践那一类吧，无论如何，我作为校董，代表校方感谢索大人的支持。索洛敦说，为地方培养有用人才，出了什么事，自有老朽一力担当。

田青萍要的就是这句话，他借口师生心中不踏实，向守备府索要了一份批文。他没有把批文交给杨修平，而是暗暗压在自己手中，随身带回了兰州。

各地会党起事的消息不断传来，杨修平心里暗暗着急，却不愿开展实际行动。他对自己近来思想的变化都有些摸不着头脑。仔细追索起来，他的思想变化应当起始于学校开办以后。开办学校的最初动因，他确实有借学校这个平台，传播新思想，发展新会员，积蓄武装力量，准备在适当时候，一举攻取甘州，以此为基地，坐中四连，东进西出，东取兰州，西夺迪化，以河西走廊为根据地，左右回旋，南北呼应，形势有利，则乘胜扩大战果，形势恶化，则足以自固。可是，每当看到学员们如饥似渴的学习劲头时，特别是看到蒋传贤施展医术，很快在民众中掀起求学热潮后，他的内心受到了深深触动。推翻了满清王朝，真的就能实现国家复兴？推翻了满清王朝以后，建立一个汉族王朝，就可以实现强国富民梦？依照有些会党首领说的，推翻帝制后，将建立一个老百姓当家做主的国家，像西洋各国那样。西洋各国的情况他还是了解一些的，真的就是老百姓在当家做主？东洋的情况他更了解，人家皇帝也有，官僚、军阀、地主、资本家都有，为什么人家就可以很快地强大起来？说到底，是人家的教育程度高，民众普遍受到了一定程度的现代文明教育，大批的科技人员活跃在社会生活的各个方面，以高素质的民众组成手握先进武器的军队，大清国当然不是对手了。你看看，蒋传贤是怎样赢得民众欢迎的，是用反科学的方式推行科学，是用古老的愚昧制造新的愚昧，是用愚民之术吸引愚民，是用迷信为手段开展科学启蒙。他为什么支持蒋传贤？他不这样做不行啊，他不这样做，他的医术，在老百姓那里，才是真正的巫术。

暴力只可解决表层的问题，只会使朝廷的名字发生了改变，只会使各级衙门里出去了一些人，进来了一些人，只会使一部分土地和财产改变了主人，而如果民众还是先前的那些民众，国家一定还会是先前的那个国家。

折腾这个干什么呢？以千千万万的人头为代价，以整个民族的前途命运为抵押，就是为了这些？血沃中原肥劲草，遍地人血就是为了浇灌出一地茂盛的野草？

犹如千里长堤溃于蚁穴，杨修平觉得原来在意识深处绷得很紧的一根弦，渐渐地松弛了。真正让他那根弦松弛下来，有时甚至垂挂在地，几乎混迹尘埃的，是在看到杨双燕出生的那一刻。以前真的没有想到，或偶尔想到过，却没有深想的问题是：人究竟是怎么来的？原理当然他是熟知的，从村庄长大，对世界可能会很愚昧，对生灵的生殖繁衍，却再也熟悉不过了。还是个乳臭未干的孩子时，他看见自家的公鸡压在母鸡身上，母鸡咯咯乱叫，这和同伴遭受欺负有什么两样？天生的正义感，让他还在走不稳路时，就生出了为弱者伸张正义的冲动。他一步三跌前去干涉，爷爷发现他的动机后，捉住他的手，问他要干什么，他两眼冒着稚嫩的怒火，指着公鸡说，它欺负母鸡。爷爷揪揪他的耳朵，悄声说，母鸡下的蛋，就是让公鸡踏出来的，你也是你爹从你妈屁眼里踏出来的。

杨修平不懂得为爷爷保密，那样说鸡是可以的，说孙子的爹妈肯定有失父亲的尊严。在全家人吃饭时，杨修平吃了一口妈妈喂给他的鸡蛋，忽然想起一件事来，他将鸡蛋吐出来，在妈妈严肃的瞪视下，他仰起脸说，妈妈，我以后再也不吃鸡蛋了。妈妈问他为什么，他说我吃了母鸡的孩子，人也会吃了你的孩子的。他的话把全家人都逗乐了，也弄愣了，小小的人居然会生出这种想法。妈妈问他为什么会这样想，他没有当即回答这个问题，他问妈妈，鸡蛋是不是公鸡从母鸡的屁眼里踏出来的。公公婆婆在场，妈妈什么话都不敢说，羞红了脸，伸手在儿子的脖子斫了一下，喝令他好好吃饭不许说话。杨修平说，妈妈不说我也知道，鸡蛋是公鸡从母鸡的屁眼踏出来的，我是爹爹从妈妈的屁眼踏出来的。他的一番高论，把全家人都说呆了，首先应该制止他继续说下去才是，妈妈又羞又臊，方寸大乱，她厉声说，你听谁说的？杨修平指着爷爷说，爷爷说的。

这场事故让全家人在很长时间里互相不敢见面，见了面，不敢抬头看对方，好似家人之间的一桩不可告人的私密被所有的家人同时撞破了。解铃还须系铃人，眼看一家人在一起生活由最初的不自在，变成了互相间有了隔阂，在一次吃饭中间，杨灭白笑说，修平说的那句话，就是我说的，他迟早都会知道的，何必隐瞒他呢。

说破无毒，话说破了，那种不自在很快便消失了。

杨修平却把这种生命的制造原理，没有与自己联系起来。直到发现沙漠红怀孕后，他才悚然一惊，啊，我真的要从一个女人的屁眼里踏出孩子了吗？人常说，结婚生子，原来是这么浪漫，又是这么实际，男女间在被窝里的那件人人知道却不可告人的事儿，你不说，人都知道是什么情景的，那里面不仅有皮肉的欢乐，还有着如此重大的玄机。这是一种权利，是一种义务，更是一种敬仰生命的仪式。当杨双燕出生后，杨修平对生命延续传承的理解，才真正由抽象化为具象了。两个人居然可以变成三个人，那么一个肉疙瘩居然会用眼睛看人，居然会哭闹，居然会吃奶，没有人给他教过这些啊，他怎么就会了呢。此时，他恍然想起，奶奶领着他在村子玩耍时，一个还在襁褓中的婴儿，大人拿一块馒头哄他，他伸手要，大人故意不给他，他便张嘴哇哇哭，奶奶感叹说，柿饼大的手，都知道抓馒头吃呢。生命是多么神奇啊，自己是多么神奇啊，夫妻间做的那件不可告人的事情，其结晶却可以甩开大步堂而皇之走天下。自己是这样，他发现，沙漠红自从怀孕后，目光中隐隐出现一种类似于秋月的亮光，有时，她会不知不觉泪眼盈盈，而她看人的目光，不再是先前那种旁若无人的冷漠，目光像是回春的大地，时刻有着一种活的东西在涌动。

我的生命，以这样的方式，从我的父母的生命中走出，我的儿子的生命，以同样的方式，从他的父母的生命中走出，所有的人，无不是这样按部就班地完成自己的生命过程的。但是，我却要立志用暴力阻断一些人的正常的生命延续流程。假如谁像我阻断别人那样阻断我，我的爷爷奶奶爹爹妈妈何以自处，我的妻儿如何自处？将心比心，杨修平想着自己要杀死一对老人的孙子、一对父母的儿子、一个女人的丈夫、一群儿女的父亲，还没有付诸行动，他的心已开始颤抖了。

看见杨修平没有实际的动作，会党西北分部派人来施加压力，杨修平答应很快组织一次有影响的行动。过了一些日子，还不见他有什么行动，西北分部便在甘州设立了河西特别支部，要求杨修平出任书记长，杨修平推辞说，学校业务繁杂，万一暴露目标后，会丧失会党在河西的最重要的基地。分部使者把这些情况报告上去，分部决定杨修平可以不担任河西支部书记长，但必须无条件接受河西支部书记长的领导。杨修平答应了，来人没有说他的上司是谁，只说有什么任务支部会派人来找他，交代了联络方式。

第十七章

出入官员小妾卧室的刀客

祁连鹰自从出任国术教员以后，工作的热情无限高涨。他实际上担任的是国术教导部的部长，教员都是他出面聘任的成名刀客。巴音王虽也在国术教员之列，但他向来是一个不愿在同一个地方生活很长时间的人，每次来甘州，他都住在乐滋滋，他与花喜鹊的关系早公开了，两人在一起亲亲密密的，都没有什么名分，他们也不在意这些俗套套，别人也不在意，都希望两个漂泊半生的人有一个好的归宿。巴音王来学校一趟，无论祁连鹰正在干什么，他都会把所有业务停下来，把所有学员召集在一起，请巴音王训示。巴音王顾不上给学员传授什么具体的武功要领，教员中，他是唯一与洋人交过手的，又长年在外奔波，对外界的情况比较了解。巴音王担负的是政治教员的责任，学员从他那里得到了许多新鲜的知识，外国的，本国的，朝廷的，民间的，学员感到了自己肩上的责任，渐渐地明白了他们学习国术，不仅是为了将来护镖谋生，还有更重大的使命。杨修平没有想到他会如此敬业，就正式任命他为武备训练班的总教习。祁连鹰与那些使过火枪的、上过战场的教习一起，给学员传授各种军事技术。武备班还没有到结业的时候，各种社会组织都前来预订学员了。

柳知杨也很敬业，她担负着普通班的教学任务。普通班都是七八岁到十二三岁不等的一年级学生，班务管理的任务非常繁重。作为一个被人伺候惯了的官员内眷，她伺候起孩子来，耐心细心都超过了一般人。这让校内校外教员学员都很佩服。

唯一碍眼的是，她是乘坐双人小轿来学校上课的。两个男性轿夫，两个贴身丫鬟，轿子到校门口落地后，轿夫并不就此离去，而是在附近随便找一个地方，玩，或者睡觉，到午饭时，把人抬回去，下午上课时，再抬来。两个丫鬟则与主人形影不离，除了上课，她们一人捧着茶壶，一人拿着布帕，站在教室门外守候。下了课，柳知杨回到教员活动室，准备下一节的课程，她们二人则站在一边伺候。师生员工对此实在看不过眼，知道这不是柳知杨心中所愿，但这与教书育人的环境实在不协调，他们便向校长提意见。杨修平也觉得这是个问题，曾暗示过几次柳知杨，不知道她是不明白，还是揣着明白装糊涂，表情是懵懵懂懂的，行动并无任何改变。杨修平只好回过头来做教员的工作，无非是团结一切可以团结的力量，把学校办下去，办好，是正事，是头等大事。再就是那一类，新旧时代交替，新风尚一时来不了，旧规矩一下子消除不了。如何等等，都是大话空话车轮子话，他自己说得没有底气，大家也都表示理解。

跟这事真正较上劲的是祁连鹰。柳知杨身边随时有人，无人时又在课堂，他想跟她说一句话都得不着机会。有几次，他真想把两个轿夫和两个丫鬟赶走，或者给他们下迷药，让他们好好休息半天，至少给他一次和她说话的机会。使这种下三烂手段，对他是轻而易举，可他向来不屑于做，哪怕是面对强大的对手，赢要赢得光彩，输要输得坦然。好几次，他想指使他在江湖上的朋友帮他做，临到下决心时，又收手了。他觉得，他现在与以前不一样了，以前混江湖时，他都不屑于做，如今是新式学堂的教员了，照搬校长和老师们常说的话，这是在教书育人，艺高为师，身正为范，这与人们对习武之人的要求一样，武艺高的人很多，但武艺不等于武德，身为师父，先要给徒弟传德，然后传艺，德艺双馨，才是为师之道。可他实在想和柳知杨说说话了，说心里话，他之所以放弃自由自在的江湖走马生活，甘于把自己关在校园里受约束，别人不约束你，你自己都得时时注意自己的言行，在很大程度上他是冲着柳知杨来的。自从在独流地杨修平的婚礼上见了一面，没有说过话，只是目光隔空的一雲对接，她已经种在他的心里了，他相信，他在她的心头也掠过了一抹印痕。他和许多女人好过，姹紫嫣红，绿肥红瘦，曾经沧海，阅人已多，可他从未与女学生有过交往。他活动的地域和领域里，没有这样的人物。至于受过新式教育的女学生，在柳知杨之前，他不但没见过，都没听人说过。听说洋女人很是开明开放，完全不像他们这边的土女人，哪个女人的相好多，自己的丈夫不但不反对，还觉得光荣，好像自己拥有一个人人羡慕的稀世珍宝一样，洋女人们要是看中哪个男人，她们还会主动追求男人的。这都是传闻，祁连鹰对这样的传闻怦然心动，为亲自验证这样的传闻激动不已。柳知杨不是真正的洋女人，这只是相貌的差异，他相信，她的心是洋的，心洋了，身体也算是洋的。聊胜于无吧，他这样安慰自己。

教员和学员意在驱逐柳知杨轿夫和丫鬟的行动还没有正式启动，便宣告流产。杨修平不知道，这是祁连鹰暗中鼓动的。祁连鹰为此沮丧了好几天，但他并不打算放弃。来暗的不行，就来明的，迂回战受阻，就直接打攻坚战。他在时时寻找机会。他发现，柳知杨在给学生上美术课时，只要天气晴好，一般都在外边。她带着学生，一人手里拿着一本画夹，在戈壁滩寻找一片视野开阔的地方，指导学生画天画地画草木画沙丘石头。画画的地方距离她的房间很远，返回时要走一刻钟路程，而美术课一般都是一天最后一节课，柳知杨不怕影响下一节课，学生在路上边玩边往回走，她或者与学生在一起玩，或自己走走看看，一副富贵闲人的样子。

祁连鹰瞅准机会，那天，在柳知杨与学生一起返回时，他从一个沙丘后面闪身，挡住柳知杨的去路。事先，他在心里预设了两种结果，坏的一种是，如果她遇见他，有意让学生跟紧她，或她有意跟紧学生，他便会明白，她心中对他没有好感，并不打算与他交往，这事儿大概也只好到此为止了，假装邂逅，问候一声罢了；好的一种是，她并不刻意躲避他，防范他，那就有些意思了。

祁连鹰遇到的是好的一种。

四目相对，祁连鹰没有说话，柳知杨给她的学生们说，你们在这里玩一会儿，不要跑远了。

孩子们欢呼雀跃，在大大小小的沙丘上疯玩起来。柳知杨没有说话，画夹夹在左边腋下，高扬着脸，却把眼皮耷下来，左脚稳稳站着，右脚尖敲打着一只鸡蛋大的鹅卵石，下巴一点一点的，像唱歌的样子。

我想看看你画的画儿，祁连鹰说。

我知道你不是想看我画的画儿。柳知杨将脸偏向一边，更高地扬起，夕阳铺展在她脸上，白里浮泛着一层红晕，一根根细弱的绒毛，像是春水中飘荡的柳絮。

这还是个孩子啊！祁连鹰心中一声浩叹，想着这个还是个孩子的女孩子已经嫁做人妇了，在一个牢狱般的深宅大院里，与别的五个女人，同侍一个风烛残年的武夫，那是何等的残酷啊。他的心口那儿忽地一痛，他觉得自己真的应该为这个女孩子做一些事情。他说，我想看看你。

可你刚说的是看画。

看见你以后，我不想看你的画了，只想看你。

那你快点看，我还要回家的。

我想跟你好。

那是你的事情。

你不答应，我没法跟你好啊！

我答应了，你也没法跟我好。

你把你的那两个丑丫鬟支开，在你的宿舍。

胡说！圣人教化之地，岂容污损！

那么，到你家里？

戒备森严，你来不了。

只要你给我说明你住的地方，给我机会，我来不了，是我的事。

那好，守备府东北角哨楼，房檐下挂一只红灯笼的晚上。柳知杨始终没有正眼看祁连鹰，说完，风摆杨柳而去。

柳知杨是故意难为祁连鹰的。在杨修平和沙漠红的婚礼上，她一直觉得有一束特别的光在笼罩着她，那束光是带着刺的，像是夏日正午沙地里太阳的反光，让她无可逃避。她抬头看天，初春的阳光还处在冬眠惺忪中，惶恐中，她的目光与那束强光砰然相撞。她的心口那儿一抖，她的目光急忙逃开，心口那儿仍是一抖，一抖，回家多少天后，想起那束目光，心口那儿仍然一抖，一抖。大部分夜晚，她都是一人独居，外间里睡着两个丫鬟，夜半风打门窗时，她在沉沉夜幕中，总会与那束目光相遇，发出风打门窗那样的震响。她不屑于与另外五个姐姐争男人，相反，她希望他少来自己房间几次，最好永远不要理她。在他理她时，她总是爱理不理的样子。他也甚觉无趣，而他在另外五个女人那里，可是一件稀世珍宝啊。她说动索洛敦，应聘经世学堂教员，完全是因为无聊，而当她在校园忽然看见那一双曾经刺穿自己心扉的强光后，敏感道，难道真的要发生什么意外的事情了？继而，她又一想，独自苦笑笑。想什么呢，白天轿夫丫鬟寸步不离，校园众目睽睽，晚上，独居哨楼，楼高三丈有余，上楼的木梯设在内壁，楼上有丫鬟值夜，楼下有家丁守护，院内值夜兵丁四处巡逻，别人有心，近不了我，我有心，近不了别人。

柳知杨知道这个名叫祁连鹰的刀客，随时随地，明里暗里，在给自己琢磨事儿。她心里感到好笑又好玩，此人真算是一个不明事理的人呢。今天，她早都看见祁连鹰了，她故意带着学生朝祁连鹰隐身之地走。他心里想的是什么，她心知肚明，他不便开口说的话，她帮他把话往他希望的那儿引，他要求什么，她答应什么。她也不骗他。她以圣人教化之地为借口，拒绝与他在学校交往，倒不是矫情，她自小便对学校树立了坚不可破的敬畏感。她给他说的，她居住的地方和信号，都是准确无误的。她在心里已经描绘出了一幅线条色彩清晰的画面，正如她指导学生时画在素描纸上的画面一样。一个男人在楼下，仰望高楼，楼上红灯笼风摇烛影，一个红袖素面美人，将窗帘掀起一角向楼下偷窥，楼下男人心急火燎，却老虎吃天无处下爪，帘后美人吃吃暗笑，楼下男子抓耳挠腮，一夜，一夜，又一夜，这样的一个个夜晚，将是多么有趣的夜晚啊。

柳知杨低估了祁连鹰的能力，她对江湖之事所知甚少。江湖上的名号固然有徒有虚名的，比如无敌秀才，秀才是确实的，仅以武功而言，无敌肯定是牵强的。无敌秀才是临时客串，名未必一定要副实。祁连鹰却是一招一式拼杀出来的名号，名与实如果距离过大，那名号早已或者化为笑谈，或者归于尘埃了。祁连，匈奴语"天"之意，用之于山，则为天山之意。山与天齐，横绝天地，而山中之鹰，日日翱翔于山之巅，翅膀划开蓝天白云，一双凌厉眼俯视山中一切，倏忽间，一个俯冲，一双利爪让目标无所遁形，在其钢刀一般的尖喙下，任何坚韧的皮毛都如破布片一样四分五裂。这才是空中之王，这才是祁连鹰。祁连鹰纵横万里驿路多少年，除了吃过沙漠红的亏，再都是别人吃他的亏。柳知杨不晓得江湖故事，她藏身的那座哨楼，可以让别的不逞之徒望楼拊膺长叹，用来做祁连鹰的窝巢，恐怕还嫌轻易了些。

白天上完课，晚上就没什么必须做的事情了。往常的晚上，祁连鹰还要带着几个出色的徒弟，来到戈壁滩空旷处，给他们传授难度较大的武艺。活动得累了，师徒并不急着回到那冷寂的宿舍，散坐在戈壁乱石上，谈天说地，打发那漫漫长夜。有了这桩玫瑰之约后，他还是带着徒弟较量武艺的，不过，戌时未毕，他已有些心不在焉，刚交亥时，他便抬头望一眼虚无的夜空，漠然说：习武要循序渐进，急不得，回去休息吧。

回到宿舍，他换上夜行衣，悄然溜出宿舍，纵身跃过学校围墙，身影融入夜幕中。他来到守备府围墙外，耳朵贴墙，倾听一会府内动静，依据脚步声远近稀稠，默算出巡夜人的数量和间隔，然后，才来到东南角。仰首望去，果然有红灯笼一盏，悬挂于哨楼屋檐之下。对于哨楼，先前他是略知一些的，哨楼与城墙是连为一体的，这儿是城墙拐角，也是容易被攻击的薄弱点。别处城墙一律用青砖砌起，四个拐角却用戈壁青石砌筑，雄厚高峻，坚固耐用。城墙夹角在城头对接出一片平地，本为守御者的集结点和守城物资的中转地，后来，在这里加建了一座哨楼，目的在于能够看到隐身远处一片洼地的对手。索洛敦娶回柳知杨后，看见这个比自己的大女儿还小五岁的洋学生小妾，生怕她与别的妻妾住的近了受欺负，当然也有别的想法，便把哨楼的外部做了改造，里面进行了精心的装修，白天采光，夜晚赏月，天冷向阳保暖，天热通风乘凉，算是一处理想的富贵温柔乡了。

祁连鹰认准了哨楼外沿的那一圈城墙垛口，解下缠在腰间的飞爪，手一扬，飞爪稳稳地抓住垛口，只见他身子轻轻一纵，如雄鹰起飞，接着，一道虚影已隐身城垛口下。哨楼原来的瞭望口被改造为一道落地窗。他避过昏黄的灯光，蹲伏在窗下，仰脸看见窗帘有一角被掀开了。听听隔窗有轻微的喘息声，继而，喘息声变为轻轻的窃笑，接着，又是一记沉重的叹息。他不知道这是柳知杨为她自己的恶作剧而激动，而得意，而忧伤，还以为她真的在等他。他伸出食指，在窗板上轻轻挠挠。只听里面咦的一声，有一双脚跳离了窗前。他稍用力再挠挠，听见里面有一双脚再次原地起跳，离窗户又远了一些。他在指头上又加些力气，再挠挠，里面没有脚步跳动的声音了。只有喘息声，渐趋急促的喘息声。他轻声说，是我。里面许久没有一丝动静，喘息声也停止了。他弯起指头，亮出可以敲破人脑瓜盖的指拐，准备敲击窗棂。这当儿，却听见屋内传来沙啦声，沙啦一声，停顿一会，再沙啦一声，终于停顿在窗前了。他轻声说，是我，祁连鹰，开门呀，柳知杨。

真⋯⋯真的是⋯⋯你？

不是蒸的，难道是煮的？

你怎么会⋯⋯来？

不是约定的嘛！

快，快……回去。

干吗又要回去？

不……不要。

你让我从哪回去？

从来的地方……回去。

回不去了，只能叫人打开楼门，我从楼梯回去。是你喊人来，还是我喊人来？

不……不……要。

只听窗门在里面响了一下，窗门裂开一个缝儿，祁连鹰飘身进去。屋里什么也看不见，祁连鹰通过常年练就的夜行本事，准确地分辨出，身边站着一个玉雕泥塑一般的呆人，这里是门厅，厅外有一间屋子，门厅内也有一间屋子。他身子一耸，将她顺势扛起来，轻移碎步，穿进内屋，将她轻轻放在一张床上。那个她还处在极度的震惊中，被木槌击昏的鱼一般，冰冷的，直挺挺在床上颤抖着。他脱了衣服，活动了一会儿，他觉出她的身上有了温度，不觉狂躁起来，闹出一拍一拍的动静来。她似乎这才活转过来，急切地伸出双手死死箍住他的腰，示意他轻点儿。趁着这间隙，他对着她耳门轻声说：

怎么了，不欢迎我？

害……害怕。

害怕什么？

害怕你是……鬼。

不要怕，鬼怕我呢。

说着话，动静又大起来。这时，她已彻底清醒了，急忙按住他，用肢体语言示意外间有人。他知道是丫鬟，故意问：

"难道索洛敦，索大人住在外间？"

清醒过来的她，心思无比敏捷，卓越的幽默感从遥远的虚空闪电一般回复自身，她知道他在逗她玩，便说：

"就是的，专门等着拿你呢。"

"那多好啊，把咱两个就这样子捆绑紧了，明天推在马车上，我的犯由牌上写着：奸夫经世学堂国术教员祁连鹰，你的犯由牌上写着：淫妇索洛敦索大人宝眷柳知杨。索大人站在咱们身后，戎装绶带，神采飞扬，像是一位立功边陲凯旋的将军。"

你真恶毒！柳知杨在祁连鹰的某处狠狠地拧了一把，祁连鹰没有防备，叫了一声。柳知杨听见外间屋里有了响动，双臂一挥，祁连鹰滚落一边，她飞快跳下床，顺手用被窝将祁连鹰捂住，轻移碎步来到屋门口。听见外间一串脚步声正在穿过门厅，她万分慵懒地说：

是芸香啊？

是，夫人，芸香伺候着您哪！

你这个死丫头，乱喊乱叫干什么，莫不是在偷汉子了？吓老娘一跳，还不睡死去！

是，夫人安睡，芸香知罪了。

刚才祁连鹰进屋没有从里面插门，柳知杨熟练地插上铁销。这当儿，祁连鹰已点亮蜡烛。柳知杨也不去制止，也不立即上床去，在地上扎出一个西洋芭蕾舞的亮相姿势。祁连鹰像是突然中了暗器，大张着嘴，两颗眼仁停留在两个眼眶中间，好半天一动不动。在昏黄的摇曳着的烛光下，那是一个有着绝世手艺的玉匠的绝世之作，连祁连鹰这种阅人无数的豪客也为自己先前的孤陋寡闻深感羞愧。他的心尖那儿被两根撮起的指头揪着，揪着，一股潮湿被揪起，上涌，上涌，最终，那股潮湿从眼中奔涌出来。他长叹一声，讷讷说：

"啊，原以为我祁连鹰算是万里驿路上的一个人物呢，总觉得自己日日倚红，夜夜偎翠，却原来不过是一头见草就吃的驴子，从今往后，我的眼里只可进去一人了，我的心里只能装着一人了啊。"

不觉的，柳知杨也泪眼盈盈，烛光下，那两串泪珠像是用痕都斯坦美玉雕琢出来的项链，被她高挂在脸上了。祁连鹰跳下床来，拦腰将她抱上床去。

鸡叫头遍，柳知杨说，天要亮了，你赶快走吧。

我到哪去，这是我的家。祁连鹰说。

柳知杨是故意这样说的，说话时，她从被窝悄悄伸出手来，捉住了一个她可以把握的物件。

她说，你的家？你怎么不从家门进来？

我爱咋走咋走，我的家我做主。咦？祁连鹰突然想起一件事来，他说，咱们约定的，我来了，你却半天不开门，是不是还约了别人？

柳知杨将握着物件的那只手用了用力，嬉笑说，不给你说。

祁连鹰明白，想要获知江湖秘密是要付出代价的，迎着那只手翻身上去。活动的间隙，趁着她在晕眩中，威胁她说：

"你说不说，不说，你家轿夫不给你抬轿子了。"

"好哥哥，好我的轿夫老爷，我说，我说，"柳知杨哧哧笑了会儿，娇声说："人家哪能想到……你真是个挨刀子的。"

祁连鹰明白了事由，得意地说：

"别说你这小小的鸟窝，就是金銮殿也挡不住我，就是天上的王母娘娘……"

祁连鹰正说得顺畅，一只手捂着他的嘴。柳知杨叱道：

"什么话都敢说！王母娘娘那是咱们的老祖奶奶。"

祁连鹰笑道：

"今天我算见识了什么叫恶人先告状。"发觉柳知杨没有明白过来，他边动作，便学着柳知杨娇喘微微地声调说："你这个死丫头，乱喊乱叫什么，莫不是在偷汉子？吓老娘一跳，还不睡死去！"

柳知杨一手捂住嘴，笑得一抖一抖的，祁连鹰像是骑马漫步在春草葳蕤的旷野里。柳知杨笑够了，叹息说：

"人世间的事情真是说不清，淫妇最爱骂别的女人是淫妇，明知道人家连公鸡都不瞧一眼的，还是张嘴就来一声淫妇。"

"以我看，天底下最好的女人就是被称作淫妇的女人了，天底下要是没有淫妇，就不会有奸夫了，你想想，天底下到处都是道德君子贞洁烈妇，你说人活在世上，还有个什么劲儿？要我说，这个世界是奸夫和淫妇推着往前走的。"

"照你这么说，是先有淫妇，后有奸夫了？依我看，你是把前后次序颠倒了。"柳知杨说。

"你说的倒是事实，但不合情理。淫妇之淫淫在心，心让一层皮包着，寻常看不见，奸夫之奸奸在皮，以眼睛看得见的奸皮勾出淫妇的淫心，这不就勾搭成奸了？"

两人说着不着边际的话儿，做着见不得天日的事儿，一晃，鸡叫三遍了。柳知杨一把推开还在跃跃欲试的祁连鹰，自己抽身出来，霍然起身，冷着脸说：

"快走！"

祁连鹰嬉笑着说：

"困死了，都不让人迷糊一会儿？"

"快走，快走！"

柳知杨不由分说，伸出双手，揪住祁连鹰的两只耳朵，一使劲，祁连鹰吃疼不过，乘势坐了起来。接着，他的衣物飞在他的身边，他一边默默地穿衣服，一边问下一次见面时间。柳知杨的脸仍是那样冷，她说：

"看见房檐那盏灯笼亮着，你要来便来，不来也行。要是没有那盏红灯笼，天黑，那些兵丁本来就没有什么眼色，以为有贼匪，说不定子弹会打在哪儿。还有，你我只是同事，你也看见了，我平时不和同事多说话的。"

祁连鹰心里有些怏怏，可也无奈，初次交往，已然颠鸾倒凤了，尚有小小的不和谐是正常的，若奢望一指琴弦，便可鸾凤和鸣，便有可能堕入其兴也速其衰也速的魔咒了。夜行衣扎起，飞爪在手，祁连鹰立时复归本色，向柳知杨拱拱手，沿来路飞身而下。正是黎明前黑暗天色，倏忽间与夜幕融为一体。

柳知杨悄悄拉开屋门插销，回到床上独自躺下，顾不得怀恋方才光景，已是沉沉梦中人。似觉只是一个不留神儿，忽觉有人在耳旁呼唤，又觉身子飘飘荡荡从空中跌落，蓦然惊醒，却是芸香。她催促她起床，说是到了上课时分。又见芸草在一旁慌手慌脚准备洗漱用物。柳知杨生怕芸香看出昨夜光景，抻一个冗长懒腰，恼道，你这个死丫头，吵得人家好半夜无法安睡！芸香不敢言语，赶忙扶她起身。她忽地觉得被单上一大片都是黏腻，知道是昨夜懒了，未能及时清理战场，便说，我可能来那个了，你去拿一条干净被单来。芸香转身风火而去，趁这空档，柳知杨飞快起身，卷了被单，丢入洗衣盆里，倾入半桶清水。芸草看见主人亲自动手做这下人的事儿，唬得屁滚尿流，急忙赶过来，急说夫人使不得使不得，就要抢夺被单，柳知杨叱道：你争着抢着干活儿，可你干的是什么活儿，上次老爷歇宿了，该洗掉的样样都在，你洗的什么床单？芸草吓得不知所措，柳知杨双手飞动，水花欢唱，该洗掉的虽没有完全洗掉，却也混迹于水中了。柳知杨看见芸草仍呆站在一边，便起身说，你还站着干什么，难道要我伺候你梳洗，被单晚上回来再洗，这次再洗不干净，仔细你的皮！

芸香抱着一条新床单，飞进屋来，一看旧床单已在水中泡着，还以为是芸草给主人献殷勤，干了该她干的活儿，便说，该你做的你不做，不该你做的你抢着做，抢着做倒也是好的，都是为了伺候夫人，可是你看看你干的活儿？上次的被单恰好是芸香洗的，芸草白受了主人的一顿申斥，现在又被芸香数落，便说，这是夫人替你干的活儿，都是咱主人对你宽容太过了，要是遇上那挑剔的主人，还动手替你干活呢，捶你都懒得自己动手，随便喊来几个粗莽匹夫，干你的那活儿呢。芸香被芸草骂得狠了，想好了回嘴的话，柳知杨听见一片声干活干活的，想起昨夜的光景，扑哧笑了，叱道，好你两个只配走石子路的死蹄子，手里不出活儿，嘴里倒是干来干去怪能干的。

芸香早已烧好热水，伺候柳知杨洗澡。只要当天有课，这是早上必备的功课。柳知杨认为，身为教员，给学生传道授业是天职，在礼仪风范上做表率，也责无旁贷。脱了衣服，在芸香芸草搀扶下，迈腿跨入澡盆的那一刻，芸香芸草同时惊叫道：

"夫人，这，这，这……"

柳知杨也被吓着了，因是为了给学生上课而清早焚香沐浴，她把这事儿看得与上课一样庄严，心底杂念尽被驱逐，纤尘不染，虚静澄明，眼睛是看见她俩那虚张声势的眉眼了，心思却还在蛰伏着，一时回不过神儿来。明白她俩眉眼所向后，她自己也猛可可呆了一呆。她的身上，在她能一眼看见的部位，遍布一片片瘀青。大的如手掌，小的如铜钱，颜色深邃的如晴空里的朵朵乌云，浅显者如雾岚流荡的晴空中的片片浮云。这个粗莽匹夫！她心里暗暗骂了一句，随即淡然说：都是芸香这个死蹄子大半夜失声作怪地，害得老娘半晚上睡不着觉，辗转反侧，捶胸顿足，不想把自己倒磕着碰着了。芸香草香都是没有经过人事的懵懂下人，男主人又是不常来与女主人过夜的忙人，偶尔前来过夜，也都是风平浪静的夜晚，没经过，没见过，没听过，被柳知杨轻轻松松地蒙混过去了，留给她俩的只有自己失职的惭愤，把那一千个小心一万个恭敬全数奉献出来，伺候得柳知杨如坐春风，身如飞燕，心如流云。渐渐地，面带娇羞，眉目含情，芸香芸草也把揪着的悬着的心，踏踏实实放了下来。

梳洗过后，柳知杨坐在穿衣镜前，芸香给她盘头，芸草在一旁打下手。天已大亮，屋内又有烛光帮衬，光线明亮而暧昧，柳知杨一眼看见镜中人，顿时两眼直了，镜子中另外两双眼睛也与这一双眼睛一般地直愣，在她头上忙乱的那双手揪着一撮头发僵滞不动了，旁边端着各色物件的那双手却抖抖索索地，终于将一个滑溜溜的物件从盘中抖出，掉在地上，发出一记脆响。

　　三双手同时被这声脆响叫醒了，坐着的，环抱在小腹部的那双手，本来是不用动的，却忙忙乱乱地，在头上身上忙忙乱乱一番，这一忙，原本不乱的都乱了。搭在头上的那双手急速忙乱起来，忙了先前需要整理的乱，又要忙那双本来该闲着的手忙出来的乱，一时，也忙忙乱乱地。旁边的那双手忙出了差错，忙弯腰查看跌落之物的状况，不料，瓷盘失去平衡，里面的许多物件，乘机滑落地上，弄出一片稀里哗啦来。好在，并无什么损坏，绝对该损坏的也完好无损，这也是一个绝对的意外。芸草为此吓得索索发抖，弄得重新回到瓷盘的那些物件也不得安生，呛里呛啷的。芸香是要安定自己的身心的，忙里偷闲，回头对芸草叱道：你做错了这么大的事，主人没有剥你的皮，你皮痒得难受是不是？芸草不敢回嘴，双手却还是不争气。柳知杨不用回头，她对着镜子里的那个瑟缩不住的人笑说，是不是野汉子要脱你的裤子？你不用怕，轮不着你，芸香早等不及了。

　　主人和下人开玩笑，这是主人对下人的绝大恩典，好似皇上的特赦令，芸香芸草一并笑起来，一并放松了。可是，三双眼睛看着那个镜中人，总也放松不到平日的那种从容。芸草乖觉，笑说：

　　"夫人，不是芸草为芸香这个死蹄子开脱罪过，她害得夫人没有睡好，夫人非但未见疲惫之色，倒是非凡的容光焕发了。"

　　这是柳知杨的心里话，自己当然只能在心里说，这也是芸香的心里话，几次滑到嘴边，都让她生生地噙住了，芸草说出了三个人的心里话。柳知杨笑道，真有恶人先告状的，照你这个死蹄子如此这般一说，那么，今后老娘活该让你们吵闹，不用睡觉了？

　　三个人在言笑晏晏轻松欢快中完成了去学校前的一应事体。

　　下了轿子，进了校门，平日见惯了教员和各类学生，男生女生，见了柳知杨，眼神都要呆一呆。如是往日谁看见她是这种神情，她心中可能会生出忐忑，疑心自己头脸上，衣着上，有什么不得体，今天，她却万分坦然，她知道别人生出这种神情的缘由。她不再像所有嫁做人妇的女性那样含胸走路，而是高扬头颅，高眉高眼，高抬腿，轻落脚，踏出古刹木鱼般的节奏来。她很享受这样的在众人瞩目下的孤傲独步，长这么大，嫁做人妇也已经满两年了，第一次明白女人应该是什么样子的。仅让男人对你目不移瞬，还不算是好女人，让女人也对你秋波荡漾，那才是不可一世的女人。

开课了，柳知杨神采飞扬，嗓音清脆而缠绵，那些大一点的男生，不看黑板看她，她的目光与教室里数十双目光中的一双偶尔对接，发出那双目光的脸必然会腾起一片红雾。她不去理会这些，一心投在讲课上。站讲台已经三个月了，第一次找到了为人师表的尊贵感。

柳知杨没有见到祁连鹰，她知道他像往常一样在上课，她能感受到他传递过来的气味。这是她第一次想看到他，不为别的，只想看到他。只看一眼，远远地看一眼，或邂逅一瞥，都行的。她看他的眼神与往日不会有任何变化，冷漠的，视若无睹的，大街上面前走过的任何一个陌生人那样的。不为别的，只是看一眼。她变化了，他有无变化？这个愿望在心里藏了一天，而终于还是未获一眼之幸。

一早上都是空前的兴致勃勃，午饭刚过，却是空前的困乏疲倦，像是漏气的皮球，身上从里到外，都是瘫软。不争气的眼皮，像是不贵重的芸香芸草，老是拌嘴打架，早上沐浴时身上发现有青瘀的部位，非但没有什么不适感，相反，只有那些地方是最惬意的。原来它们是睡着了，现在醒了，里外都是一种被粉碎的疼痛。还好，她时刻记着自己是教员，是为人师表的，是传道授业的，是风范育人的。她没有让自己的学生失望，也没有让自己留下遗憾。

柳知杨晚上回到家，匆匆吃完饭，回到自己房间，酉时刚过，她便让芸香摘了房檐下灯笼，严令芸香芸草，不许闹出任何动静，也不许任何人打扰她，她要睡觉。芸香说，要是老爷来了怎么办？柳知杨训斥说，老爷要是来了，你赶紧宽衣解带，用腰带把他拴在你的奶头上。你这个死蹄子，你不会说夫人身体不适，让他去别的屋快活吗？

那天晚上，交过戌时，祁连鹰来到哨楼下，发现那里一团漆黑，几次掏出飞爪，终于还是住手了。他心想，索洛敦正在继续他昨晚的未竟故事，心里生出一种惆怅，一种嫉恨。一个念头就此在他的心底扎了根。

其实，那天晚上，索洛敦不在守备府，祁连鹰错怪了她。他在守备府下辖的一所把总营视察防务，上面频频示警，说是会党分子大批渗入河西地界，密谋叛乱，索洛敦深感情由重大，四处督查守备事宜。

芸香和芸草没有这么早睡觉的习惯，生怕吵了柳知杨，将早上泡在盆里的被单端出房间，来到城头空地上，两人合伙清洗。稍远处的一盏灯笼将余光泼洒过来，上次没有清洗干净，早上挨了骂，主人亲自动手洗床单，比直接打骂一顿还令她们难受。这么一点事情都做不好，如何对得起主人待她们的一片仁义善心。她们也是知道的，别的像她们一样身份的丫鬟，稍有差错，便会遭到主人的责罚，被打死打伤也不算什么稀奇。而她们的主人从未打过她们，最多只是斥责几句罢了，她们觉得出的，主人斥责她们时口风也不是唾液中带毒的那种，和在家时，来自亲人的斥责差不多。被单很宽大，浸了水的，又很沉重，她俩决定，一人一头，排头搓洗过去，绝不漏过一点死角，到中间会齐了，再由一个人专门搓洗最容易染上脏污的中间部位。芸草忽然想起，主人早上让她换床单时，说是自己来那个了，怎么洗澡的时候又没说，她也没有发现异常。也许是那会儿刚被主人斥责，心里还在惶恐着，没有留意吧。被那事儿污秽的床单，可得下死力搓洗的，得先找准位置，把洋胰子抹上去，把污秽泡软了，才可洗得干净。

当芸草一只手摸索到她认为的最容易被污秽浸染的位置，那只手僵滞在那儿，好半天不敢动了。这哪是那事儿的污秽，分明是与老爷那事儿的污秽嘛。她虽没有经过人事，却是知道女人那事儿和女人与男人那事儿所造污秽的区别的，而手中感到的污秽，绝非如主人所说是老爷的，她记得再也清楚不过了，老爷是十五天前在这里过夜的，女主人是加铺了一条小被单的。早上老爷离开后，她清洗小被单时，发现上面只有指头蛋大小的一片污迹，在水中清洗时，那污迹在手指间的感觉水一般清淡。而这次，她摸索了好大一会儿，还没有找到污迹分布的边沿，这污迹简直与涂抹在被单上的洋胰子没有什么区别，滑腻，黏稠，似乎有铜钱厚薄。老爷哪能留下这般丰厚的污迹，再说了，老爷昨晚也没有来啊，老爷也不在家啊。

芸草的脑子掠过一个可怕的念头，难道夫人……这个念头刚起，便被芸草生生掐死了。这是什么混账念头，你作死啊你这个不要脸没良心的，谁不知道主人是远近闻名的贤良贞淑又一肚子洋学问的女子，这个哨楼里，除了老爷间或来过，公蚊子都没有飞进来过，自己又和女主人朝夕相处，哪会有别的男人把他那可厌的污迹泼洒在女主人的被单上？再说了，即便有人进房间，她与芸香所在的外间也是必经之地啊，四周都是鸟儿才可飞上的高墙，要说哪个男人不通过楼梯可以进入夫人的卧室，那只有神仙了。她暗想，夫人本来就是神仙一表的人物，无奈时运不济堕入尘埃，虽是如此，终究埋没不了她神仙的容貌神仙的心，说句该掌嘴的话，夫人嫁给老爷，又是做小的，实在是老天爷喝醉了胡拉乱扯的结果，假如真有什么神仙夜里光顾夫人，那倒是神仙遇着神仙了啊，只是遗憾了，有幸与夫人这尊神仙日夜厮守，已是天大的造化，要是能悄悄见上那位与夫人相会的神仙，这一辈子算是没有白来人世间走一遭啊。这个念头刚刚萌生，芸草就在心里替夫人把自己狠狠斥责了一回：你这个死蹄子，你也不看看你生了一副什么样的骨肉，神仙也是你见的，你跟着我，造化已到极限了，再还有什么非分之想，大冬天的天雷都会在你头顶守候着你呢。

芸草双手在使劲搓洗着被单，意识在使劲驱赶着闯入她脑海中的可怕而荒诞不经的念头，如此一来，她洗被单的动作看起来便格外凶狠，好似不是在洗被单，而是终于抓住了一个不世仇人，她要将他像面团那样，在反复的搓揉中，让他粉身碎骨。说好是一人一头往中间会齐的，芸香看见芸草并未招呼她，独自在那儿使劲，清洗的重点又在被单中间部位，她袖手在旁边站了一会儿，发现芸草眼睛虽然睁得很大，眼神却不知飞到哪儿去了，居然没有发现她没有干活儿。这死蹄子莫非心里想着偷汉子的事儿？芸香心中窃喜，乐得偷懒，又不敢溜到远处去玩，便倒背双手，像官家那样，绕着洗衣盆转来转去，感受着别人干活自己消闲的乐趣。

祁连鹰夜夜要来哨楼下仰望一回的，眼里看见的只是远处城头上的灯笼，还有天上的星月，自己心中眼中的那只灯笼，却像一个睡死过去的人，一夜一夜的不睁眼睛。每一次来，他都有飞身而上的冲动，飞爪抓在手里，扬起了，顺手收回，再扬起，还是顺手收回，终于还是压住那颗勃勃跳动的心，还有心里那束簌簌燃烧的火苗。每一夜，兴冲冲来，快快地回，一个白天，他的神情也是快快的。他想找柳知杨问一问，远远地看见她的身影了，到底还是没有迈出走向她的脚步。不知为什么，他竟然有些怕她。他可从来没有怕过女人，沙漠红指挥伙计要打死他时，他的心里仍然戈壁滩一般坦荡。以往，都是他主动勾引女人，当女人爱上他时，他决然离开她们。他不愿为自己的人生担责，更不会为一个女人的人生担责。双方的衣服都脱了，他对那个愿意给他脱衣服的女人负有责任，他要让她们高兴，双方的衣服一旦穿整齐了，他是他，她是她，各不相干，各走各的路。沙漠红是唯一一个让他遇到阻力的女人，从她那儿，他才知道，这个世界上真有不愿意给他祁连鹰脱衣服的女人，他并没有什么过分的举动，过分的言语，她为此居然要打死他。那一场打真是挨得舒服，我祁连鹰让一个女人打了，你信不信？你不信是有充足的理由的，可我信，挨打的是我，我真的被那个死蹄子打了啊。他没有再去纠缠沙漠红，他愿意神一样敬着她，若不是神，哪个女人敢对他痛下杀手，哪个女人又舍得对他痛下杀手？终于有了一个，这是多大的造化啊。

祁连鹰原以为在柳知杨那里，也会多少遭遇一些阻力的，没想到，比做一场美梦还顺畅，以至于第二天整整一天，他都有一种不踏实感，好多次他真的确信那就是昨晚的一个梦，梦境太真实了，他把梦当成真实了。那个白天，他一直躲着她，他生怕见面后，她在他身上看穿了他昨晚的梦。不敢直接去找自己心仪的女人，只敢在梦里偷偷摸摸的，什么人嘛！第二天晚上他去昨夜梦中去过的地方，肉体上的追求倒是其次，他分明地觉出，昨夜哪怕是一场梦，那也是一场敲骨吸髓的梦，他感到他像一只倒空了水的皮囊。一身轻飘，不是自己在走路，是风吹人走的。他是为了圆梦，验证到底是梦境还是真实。大约是梦境，一切与昨夜没有什么两样，只是没有那盏号令他飞入梦境的红灯笼。第二天，他远远地看见她了，她还是那个她，乘着轿子，带着丫鬟，他的同事。他依然没有勇气离她近一些，验证那个梦中让他要死要活的人到底是不是她。他牢记着她的话，在白天，他不能随便跟她说话。日有所思夜有所梦，那么，梦中有警示，梦醒当自警。梦是在夜里发生的，只有在夜里去验证，第三个、第四个夜晚，祁连鹰在哨楼下徘徊许久，还是没有看见那只指示梦境的红灯笼。

过了五个这样让他似真似幻的夜晚，这一夜，祁连鹰再度来到哨楼下，啊哈，红灯笼悬在那里，像是一颗初升的太阳，立即照亮了他的心扉。梦境与真实的妙合无垠，他顿时心明眼亮：那一夜，不是梦境，那是一桩巨大的真实。

见了面，有了第一次的铺垫，一切顺风顺水。间歇下来后，他说：

这几晚你很忙啊！

嗯，很忙。

都忙些什么？

做梦。

都梦了些什么？

什么都梦到了，只是没有梦到你。

可我夜夜都梦到你了。

你梦你的，我梦我的。

这不公平。

是不公平，这我知道。

你能不能也梦见我一次？

你不可能出现在我的梦中，你属于我的现实。

我是怎么样的一种现实？

就像现在这样。

这现实能够延续到何时？

到我不再做梦的时候，或者，在你出现在我梦中的时候。

祁连鹰自此坚定了信心，一定要成为柳知杨的梦中人。

第 十 八 章

美女刀客的尘世孽缘

祁连山的牧民驮着牧区的土产到甘州城交换他们的生活必需品。马帮是从独流地抄近道走的。以往，他们从不走这条线路，中间隔着两座雪山到独流地，又要穿过一大片沙漠地带。从另一条通道绕行，要多走两天路程，可也安全。这次，他们专门选择了这条不安全的路，目的在于顺路看望独流地的朋友。

牧区马帮来到甘州后，下榻于乐滋滋，人们都在卸载货物，一个人却大喊大叫要找杨修平。那人长发披肩，满脸刺猬一般的胡须，眼睛像两只铜铃，明溜溜的，与他目光对接，人会感到阳光一般刺目，仿佛能听见那对铜铃的响声。牧区的马帮来甘州贸易，近几年都在乐滋滋下榻，这里成为他们相对固定的据点，客栈大多都是老伙计，马帮大多也都是老面孔，可这次，客栈的老伙计却不认识这个头目模样的人。老伙计上前应付着，赶忙示意小伙计去找花喜鹊。花喜鹊也听见那人的叫嚷声了，趿拉着一双内地商人刚带给她的，在内地富人家庭刚流行起来的塑料拖鞋，慢悠悠走到楼梯口，双手款款环抱胸前，慢条斯理说：

"谁在这里乱喊乱吆喝的，这么不懂规矩！"

"你是谁，你一个娘们还敢教训大爷？"

"你先跪下磕三个响头，叫一声姑奶奶，省得我打你屁股。"

"你要是花老板，我就给你磕响头，叫你姑奶奶，你要不是，我当然不会打你，因为你是女人，可我会砸你客栈的！"

"你先砸了客栈，我再告诉你谁是花老板。"

"我没有那么傻，我师父砸了花老板的客栈，给人家赔了钱赔了情，把人都赔进去了。你不说清楚，我不砸。"

"你砸了，不要你赔钱赔情，客栈里的漂亮姑娘，你看上谁，谁就赔给你。"

"我才不呢，我师父把他赔给了花老板，心让这个女人牵着，走到哪里屁股还没坐稳当，就往这边跑，像一匹恋栈的老马。我才不呢。"

"巴图，你狗日的竟敢这样编排你的师父师娘，我真的要打你的屁股了。"

那个莽汉这才大笑着，像不慎跌倒似的，合身趴在地上，叫了三声师娘，磕了三个响头。花喜鹊呼扇着两只翅膀，从楼梯上奔下来，扶起那个叫巴图的汉子，在他的屁股上狠狠地拍了三巴掌，笑说：

"什么师父带什么徒弟，都不是什么好人！"

巴图从怀中摸出一只荷包，花喜鹊接过一看，忙喊来一个年轻伙计，让他火速去学校，将荷包交给杨校长。她则一手牵着巴图的一只手，说笑着，去了她自己的房间。

这个巴图确实是巴音王的徒弟，前几日，花喜鹊接到巴音王从蒙古草地委托商队带来的话，说是他的这个徒弟前几年犯了事儿，他托朋友，让他远离蒙古草地，躲入祁连山牧区了。这个徒弟又是喜欢热闹的人，憋了几年，想到甘州繁华之地散散心，让花喜鹊代他管教，千万不敢惹出什么事儿来。

回到房间，丫鬟捧上三炮台来，巴图顾不得喝这种茶的规矩，不用碗盖慢条斯理将茶碗中漂浮的茶叶刮向一边，他一手揭起碗盖，丢在茶几上，双手端起茶碗，只顾闷头喝。丫鬟添一回水，还没转过身去，茶碗又空了。花喜鹊笑着对那个丫鬟说：

"你站在那里别动，专门伺候我的徒儿。"

巴图一连喝完十碗茶，这才抹抹嘴，笑说：

"师娘原来是个吝啬人，用那么小的碗给人喝茶。"

"是你渴坏了，你们牧区我去过，喝的也是三炮台。"花喜鹊笑着说。

"这倒也是，不过，师娘的茶真好喝。"巴图笑说。

"师娘还有好东西呢，你要不要？"

"要，只要是师娘给的，都是好东西，我都要。"

花喜鹊向那个伺候巴图的丫鬟努努嘴，笑说：

"你看这个姑娘好不好？"

"好啊，师娘身边的姑娘哪有不好的。"

"送给你当媳妇行不？"

"那可不行！"巴图忽地红了脸，急忙摆手说。

"你不是说她好吗，你还说，只要是师娘送的，你都要。"

"除了人，嗯嗯，是除了女人。"

"为什么？"

"我和师父一样，是个脚上没根的人，哪能害了人家。"

"你师父在我这儿，这个姑娘也在我这儿，你们不是脚上都有根儿了？"

"还不知道……人家愿意不？"巴图的脸红到了耳根，绵厚的鬓发也遮盖不住那艳艳的红。

"嫣红，你愿意不？"

"嫣红听……母亲的。"嫣红先前是花喜鹊的丫鬟，因为乖巧伶俐，深得花喜鹊的喜欢，前几日，刚被花喜鹊收为干女儿。

花喜鹊专门为巴图和嫣红安排了一间客房。杨修平从学校回来后，花喜鹊给他说了这件事儿，杨修平觉得是件好事，他出面邀请了祁连鹰和几位教员，花喜鹊出面邀请了窗前明月，给两人举办了简朴而热闹的婚礼。

马帮在甘州出货购货三天，满载而来，满载而归，这些都是由花喜鹊指派伙计给办理的，马帮的人要不在客栈喝酒唱歌，要不去街上闲逛，巴图和嫣红则很少露面，日夜都在他们的房间中，不知在做什么。昨夜，巴音王又专门指派身边可靠徒弟给花喜鹊传话，说巴图先前曾是蒙古草地什么"独贵龙"的头儿，如今"独贵龙"已遍布蒙古草地，朝廷正在派遣大军弹压，指明要捉拿先前漏网的巴图。花喜鹊不知道"独贵龙"是一条什么样的龙，皇上是真龙天子，天下只有一条真龙，皇上自然容不得另外一条龙了。她不懂得这些名堂，也无甚兴趣，她只认准一条：凡是巴音王给她着意安顿的事情，她都要尽心尽力办好。

到回程日期了，巴图这才想起，在甘州三天，还没见过甘州的模样呢。不过，嫣红是那么的好，嫣红又是他在甘州得到的，他便觉得甘州一定和嫣红一样的好。

沙漠红给杨修平带来的那只荷包里，只装着沙漠红亲笔写的一张纸条：

夫君，这是我给你绣的荷包，才跟奶奶和妈妈学做女红，啾唧快满百日了。

杨修平双手捧着荷包，不觉满面羞惭，真的啊，三个月没有回家了，并无千山万水相隔的家，倒让自己弄成了这个世界上最远的距离。说是公务繁忙，真的能忙到抽不出三天的闲空，回家看一眼吗？

杨修平接到荷包时，当即安排了学校事务，距离啾唧满百日还有四天时间，在给巴图和嫣红办完婚礼的当夜，他便独自骑马出发了。他与巴图约定，巴图一定要从独流地返程，他在家中给马帮接风，也邀请他出席自己儿子的百日宴。

杨修平是子夜时分回家的，两天的路程他只用了一个对时。他不觉得困，雪无痕似乎也不困。这次他有了经验，大门是父亲给他开的，他本想亲自去拴马的，父亲却夺过缰绳说：你歇你的。大黑狗扑上来伸嘴叼住他的裤脚，身子绕着他转圈儿，他弯腰拍拍狗头，大黑狗这才松开了他。爷爷奶奶早已醒了，一试一试地要下炕来，被妈妈阻住。杨修平一步抢进厢房，看见昏黄的豆油灯光晕下，爷爷奶奶的脸上都挂满浊泪。他的心受到了强烈的震撼，他故作轻松笑说：

"有了重孙子，是不是把孙子都忘了？"

"好你个没良心的。"杨灭白笑着说。

"不管你的娃，看把我孙媳妇都累成什么了，这次打断你的腿，你就会老老实实待在家里。"奶奶一边抹眼泪，一边絮叨。

妈妈将熬好的半壶奶茶重新温了，直接把铜壶递给他，杨修平接过来，嘴对着壶嘴，没有换气，把半壶奶茶喝光了。妈妈说饭正在回锅，说话间就好了。杨修平坐在一只杌凳上陪爷爷奶奶说话。说了几句，爷爷奶奶却不见他言语，细看，他已经睡着了。这时，妈妈端饭出来，奶奶忙示意，妈妈看见儿子居然累成了这样，不觉流下泪来。杨存志安顿好雪无痕，进了厢房，见儿子是这种光景，对儿子的一肚子不满，立即烟消云散了。妈妈去了沙漠红房间，杨存志和父母目不转睛看着杨修平坐着睡觉，互相不再说话，生怕吵醒了他。

一会儿，沙漠红轻手轻脚出来了，奶奶悄声说：

"你咋出来了？让娃娃拖累一个白天，趁娃娃睡着了，你也不多睡一会儿。"

沙漠红轻声说：

"一天一把活儿都不干，不累。"

一家三代人坐在那里，默默无语，都在看着杨修平睡觉。约有半个时辰，左厢房忽然传来一声婴儿的啼哭，只一声，隐隐的，杨修平却一个激灵惊醒了，差点从机凳上滚下来，他说：

"娃哭了，快！"

揉揉眼睛，一看，全家人都坐在屋里，朝他笑。爷爷说，狗日的，心里还装着自家娃呢。沙漠红红了脸，低头说，我去看看啾唧，转身飘飘然去了。杨修平看着沙漠红的背影，忽地心慌意乱，也说去看看啾唧，妈妈问他什么时候吃饭，他说在路上吃了，天亮了，一起吃早饭。

回到自己的房间，灯却黑着，杨修平摸索进去，轻声说，灯在哪儿，让我看看啾唧。豆油灯点着了，杨修平低头看见睡在炕上的那个小人儿，鼻息微微，一脸安详。脸上白净净红扑扑的，头发剃光了，像所有乡村婴儿那样，只在脑门那里留一撮"气死毛儿"，黑黑的，煞是可爱。他伸出一根指头，想在啾唧的脸上摸一下，到了中途又停住了。他用指头凭空挠一下，又挠一下。沙漠红笑说：

"你把他弄醒了，晚上别想再睡觉。"

杨修平回头看一眼沙漠红，见她一脸绯红，站在他的身边，忸怩一下，又忸怩一下，新婚时，她都没有这样忸怩过。他突然意识到了什么，一把揽过她来，她推拒了一下，然后，紧紧抱在一起。

熄灯睡下后，她轻声说：

"看你那么累的，你好好睡觉吧。"

嘴里这样说着，却把身子朝他跟前靠了靠，一团热辣辣的气味像热炕发出的那种气味一样，让独屋久居的杨修平觉出了瞬间的窒息。热闹了一回，他笑说：

"想我吗？"

她轻轻捣他一拳，往他的怀抱的更深处挤一挤。

"想过这事儿吗？"

她重重地捣了他两拳，再往他的怀抱的更深处挤一挤。

他被她捣得疼了，也捣得精神了，两人又热闹了一回。他又笑着说：

"想过这事儿吗？"

他以为她又要用拳头捣他，她却没有，她一头扎入他的怀里，他觉出，像是谁把一杯热水泼洒在他的胸怀。他轻轻拍着她的后背，轻声说：

"对不起，是我冷落你了。"

她在他的怀里使劲摇摇头，讷讷说：

"是我冷落你了，你不要在意。"

两人都美美地睡了一觉。啾唧也许知道今晚特殊，一晚上都没有哭闹过。恍然惊觉，沙漠红哧溜一下从杨修平的被窝里钻出来，凑近一看，啾唧也差不多睡醒了，使劲眨巴着眼皮，小手捏成拳头，在自己的脸上乱打。沙漠红一把将啾唧揽入怀中，举起一颗奶头，稳稳当当塞进小家伙并未张开的嘴巴里，那张小嘴儿顺势便吮吸起来，一对眼睛还没有完全睁开，一双小手终于找到了目标，立即老实了。杨修平在沙漠红离开被窝的同时也醒了，他趴在旁边，呆呆地看着沙漠红熟练地做着这一切。他的心里涌上一种另外的感动，是他让一个秋风走马的女子变成了一对老人的孙媳妇，另一对老人的儿媳妇，一个男人的媳妇，一个孩子的母亲，江湖上走失了一个让万里驿路光华四射的奇女子，荒僻独流地得到了一个让独流水欢快流淌的好媳妇。他一手从她的身下插过去，握住一只肥嫩嫩活泼泼的鸽子，另一只手从她的身上绕过去，隔着小棉被，把住那个正在用心饕餮的小人儿。沙漠红轻声说：

"你都没有好好看过啾唧一眼。"

"是啊，你说我这爹当的。"杨修平赧颜说。

"没有怪你，我说的不是这个。一会儿给你看。"

啾唧吃饱了，小家伙万分惬意地抻了一个长长的懒腰。沙漠红笑着说，你爹累了，还说得过去，你到底给人干的什么嘛，看把你也累成了这样。说着，她翻身下炕，端着啾唧来到尿盆前，沙漠红刚打出一声口哨，啾唧就在尿盆里奏出了一串悦耳的音符。杨修平看着这一切，眼睛有些热，他长叹一声说：

"这世界原来如此美不胜收！"

沙漠红将啾唧重新放回被窝，杨修平忽发奇想，他说：

"怎么没见你撒尿？"

"这不是还没顾上嘛。你管得倒宽。"

杨修平腾地光脚丫子跳下炕，沙漠红还以为他要撒尿，没有防备，已被他稳稳端在手里。他像沙漠红端着啾唧撒尿那样，蹲在尿盆前，嘴里打出一串口哨，沙漠红忍俊不禁，真的洋洋洒洒撒了一回淋漓尽致的尿。将沙漠红重新放回炕上，杨修平准备借此与她玩闹的，却看见她双手捂住脸，倒趴在炕上，肩背一耸一耸地。他以为她不高兴了，急忙将她翻过来，挠挠她，笑说：

"我想我没为你做过什么事儿，跟你玩的。"

沙漠红噙着眼泪，惨笑笑，抽噎着说：

"傻子，哪有拿这个怪你的。我给你看一样东西。"

沙漠红从床上爬起来，顺手抱起啾唧，把孩子的小屁股亮给他。他笑着伸出双手要接过啾唧，沙漠红缩回手说，让你看的，谁让你抱，我还没有教你怎么抱孩子呢。他笑说，天下小娃娃的屁股都是一般般，有什么看的，我倒想看你的屁股。嘴里这样说着，还是低头看了。看了一圈，并没有看出什么花好月圆来。沙漠红用手指给他看，他才看见，啾唧的屁股根儿上，真的有另外的内容。

那是一团初升太阳般的红色胎记。

"哦，还有胎记，好认。"

杨修平一时还没有反应过来，笑着说。猛地，他想起一件事儿来，顿时明白了沙漠红特意给他看啾唧胎记的深意，心里那儿揪了一下，伸出臂膀，将沙漠红和啾唧紧紧搂住，哽咽无语。

沙漠红对此早已平静了。

月子里，啾唧大多时间被包裹着，屋里的光线黯淡，褓褓中的孩子，大多全身都是红茫茫的，她没有发现异常。直到满月后，有一天正午，阳光灿烂，奶奶让她把啾唧抱出来晒太阳。她没有带孩子的经验，在阳光下，仍将啾唧包裹得严严实实的，奶奶笑着，接过孩子，念叨着：阳光暴晒，草木长得快，风吹雨淋，娃娃脚儿勤。奶奶解开包裹，将啾唧的屁股迎向太阳，念叨说，让阳婆看看我娃的屁屁儿。阳光下，沙漠红却看见了那团胎记。她以为阳光刺花眼了，凑近一看，分明的一团红色胎记。她怔在那里，不觉泪如雨下。奶奶发现了，笑说，你坐月子晒太阳少，不要让太阳把眼睛晒坏了，快去阴凉下躲着。沙漠红木呆呆地站在阳光下，定定地看着啾唧的屁股，任眼泪肆意奔涌。奶奶觉得奇怪，转过啾唧屁股一看，也愣了。她们并没有吵嚷，家人好似都觉出了院子里的意外，前后奔出来。沙漠红的身世全家人都是知道的，一时不知说什么好。杨灭白从老伴怀里接过啾唧，拍拍那团胎记，笑说：

"谁说天无二日，天上的太阳是老天爷给所有人的，我家的太阳是老天爷给我一家人的。"

说着，杨灭白对着那颗太阳亲了一口，老硬的胡须让啾唧哇哇大哭起来。

沙漠红接过啾唧，默默地给他喂了几口奶，他很快就睡着了。沙漠红将啾唧抱回房间，避过了阳光，那团胎记并不格外耀目，她心想，这恐怕就是她一个多月没有发现的原因吧。她让啾唧侧睡着，她趴在一边，眼睛紧盯着那团隐隐的红，心里波涛连天。这是为什么，这是为什么！她悲苦的命运拜一团红色胎记所赐，少女时代的人生目标，就是让那团给她们母女带来无尽苦难和耻辱的胎记从她眼前消失，学成武艺后，她的人生动力就是亲手毁灭那团毁灭了她们母女人生希望的红色胎记。而今，她却生了一个带着同样胎记的孩子。是老天爷在作弄她吗？此胎记是否就是彼胎记？我亲手毁灭了那团胎记，以为从此遭受过的苦难和耻辱便一钩勾销了，谁知老天爷又将一团她永远也无法勾销的胎记还给了她。我何以自处？老天爷为何与我过不去？

杨灭白进屋坐了许久，沙漠红竟然都没有发现，虽是爷爷和孙媳，这与爷孙隔代亲并无区别，可是，杨灭白很少进沙漠红房间，她怀孕时，他想见她了，就喊她出来，啾唧满月后，他想见啾唧了，就直接喊：啾唧妈，爷爷想你了啊。沙漠红将啾唧抱出去，塞到他怀里，笑说，你是想见你家啾唧了，你心里哪有我？他便笑说，你让别人装到心里带走了，我再想你，那个人不高兴的。全家人因为有了啾唧，一直其乐融融。但，杨灭白却不进沙漠红房间。他在心里觉得，这个孙媳和别人的孙媳是不一样的，他的孙媳是遭过大灾难也见过大世面的女子，他一个乡下老农，要自觉自尊自爱一些，不能让人家嫌弃。沙漠红恍惚间觉得房间多了一样东西，定定神看，见是爷爷。忙擦一把眼泪，起身说：

"爷爷来了啊。"

杨灭白笑说：

"不欢迎啊？"

沙漠红忙手忙脚要收拾凳子之类，杨灭白说：

"别忙活了，家无常礼，爷爷只说一句话就走。你能成为我的孙子媳妇，是我孙子的造化，是我杨家的福分，啾唧成为咱家的孩子，那是老天爷对咱全家的恩宠。你父亲生下你，却没有养过你，他没有养过你是他的失职，你赡养他却是你的天职，老天爷给了你一个同时赡养父亲抚养儿子的机会，这是任何人都无法得到的恩典，你得明白这个道理。"

杨灭白的一席话，仿佛打通了沙漠红身体中的所有阻塞，人在屋子里，心却早已像先前那样，骑着追风快马，奔驰在广阔天地了。她情不自禁地双膝着地，恭恭敬敬磕了三个响头，轻声说：

"爷爷教训的是，孙媳明白了。"

杨灭白一言不发，也没有扶起沙漠红，转身出去了。

杨修平虽不知道这个过程，但却能感觉到沙漠红这段时间所经历过的情感折磨，而在这个时候，最该为她负责的人，最该给她力量的人，最该给她破碎的心以抚慰的人，他却不在她身边，乃至一度还在窗前明月那里心猿意马，身体没有出轨，心已经算是出轨了。这当儿，他甚至有些感激田青萍，是他壮士断腕，不惜放弃对一大笔资金的监管，及时斩断了他与窗前明月的来往通道，使得他今天在沙漠红面前不至于愧怍至死。他说：

"天气暖和了，啾唧也可以带出去了，咱们一起去甘州吧。你想做事，随便找一样你爱做的事，不愿做事，就在家带啾唧，我每天也能看见你和孩子。"

沙漠红坐在炕沿，低头整理啾唧的一些物件，好半天没有言语。他以为她没有听见，又说了一遍。她说：

"我们都走了，家里怎么办？"

杨修平思蹰了片刻，终于说：

"爷爷奶奶身体暂时还硬朗，爹妈暂时还能料理家里家外。再说了，你不会做农活，会做，老人们都不会让你做的。"

"一个家只有做农活这一样事情重要吗？"

"我是说，我是说，我照顾不上你和……家……"

"所以，你干脆把我带走，把家留给老人，是吗？你想想，你不在家，有我和啾唧在，我不在家，你，我，啾唧，都不在家了，这个家还是家吗？你让四个老人怎么活得下去？"

杨修平当即面红耳赤，他忙说：

"我不是……这个意思，我是说……我们经常会回来看望老人的。"

"你觉得那有多大的可能性？有我和啾唧在家，你两个多月都没有回家了，不是我给你捎话，说不定你都想不起这个家了。咱们带着啾唧走了，我不敢保证你多长时间能回家一趟，反正我不敢保证我，我甚至都不敢保证我还会不会再回这个家。"

沙漠红说话时，表情仍是先前那样冷漠，口气仍是一贯的散淡，可杨修平分明看见的是一颗喷吐着透明火焰的心，她对老人的道义感，她对这个家的依恋，她的责任心，她的时时刻刻把他人放在心口最重要位置的忘我情怀，而她，说到底，对于这个家，她只是一场风从远处吹来的落叶，再有风来，她依然可以随风飘荡，无须为她暂时的落脚之地担负任何责任。可她却把叶和根自觉地连为一体了，风吹叶飘，叶是不由自主的，可是，在风的间隙，叶儿哪怕在某一片土地上只可停留一瞬间，叶儿都要自觉地担负起对落脚之地哪怕一瞬间的责任，大地永恒的勃勃生机，不正是因有着无数的永恒的卑微的这些时时怀着使命感的生命的呵护吗？在这一刻，杨修平真正生出了有家的感觉，那颗随时都在滋生着漂泊冲动的心，才真正产生了回家的冲动。幼小时的离家求学，少年时的远走海外，长大成人后，人虽然回归故土了，但他回归故土的发自内心的冲动不是要扎根故土，而是要以自己在外面看到的世界为样板，把故土也改造成这个式样。是的，故土的颜色太过陈旧，故土的式样早已落伍，但是，给旧家具刷新漆，不是要把旧家具都砸烂了，翻新旧家具的式样，不是要把旧家具一把火烧了。皮之不存，毛将焉附？这个道理他其实是明白的，他正在投入的教育事业，正是出于这种考量。可在沙漠红那里，他不得不承认，他是片面的，他在大世界与小世界之间设置了一个本不存在的路障，他以大世界的名义在鄙薄小世界，而一个抛却了小世界的大世界，其实是被架空了的一个一厢情愿。他真诚地说：

"那我回家好吗，自古忠孝难以两全，在我看来，非但可以两全，还可以互为动力。我回家，一者家全了，二者，我们在独流地开办学校，照样可以培育人才。"

沙漠红扭过头来，一双眼睛不怀好意地在杨修平的脸上瞄来瞄去，杨修平被她看得心里发毛了，昂昂然说：

"你别那样看我好不好，我说的是真的。"

"我怕就怕你说的是真的，来的也是真的。"沙漠红笑着说。

"不说真话，难道要我说假话，不来真的，难道要我玩虚的？"

沙漠红长叹一声，笑着说：

"独流地才多大，才有多少人？有多少人才让你培养？你们这些洋学生啊，装了一肚子书，却还是好冲动，做事顾前不顾后的。"

这一刻，杨修平内心感到了从来没用过的虚弱，站在他面前的女人，不是他原来见到的那个披靡万里驿路的女侠，不是那个和自己躲在被窝缠绵给自己生孩子的小女子，她是一片渊深的海洋，如同他东渡大海时，他的船儿在她的海上飘荡，但他并不知道，她的海有多宽多深。他为她感到骄傲，他为她感到自豪。他笑说：

"原来是我肤浅轻薄了啊，你把你的救国济世大计给你家夫君也亮亮吧。"

沙漠红也不再绕弯子，她的计划是，杨修平继续在甘州照管经世学堂，他手中既然有一笔不菲的自主资金，何不在独流地也开办一所小学堂，给家乡的孩子提供一个读书识字的机会。杨修平真诚地夸赞了沙漠红几句，又颇感为难地说：

"在经世学堂招生时，我都想从家里带出去一些天资稍好的子弟去求学，可是，一想，路途遥远，孩子小，生活无法自理。也想过直接在独流地开办小学堂，无奈又无法解决师资问题，你也知道的，杨白两家虽然识字的人有几个，但还不足以教书育人。在外面聘任教员吧，哪个长眼睛的愿意来这个鬼地方呢。"

"哎呀，我怎么忘了，谁愿意来这个鬼地方呢，除了我这个不长眼睛的。"沙漠红乐呵呵地说。

"你？"杨修平一拍脑门，自嘲说："人说灯下黑，真正在灯下，你是一身洁白，炫目白昼，我却看不见灯下人了啊。可见多少人都在自误误人啊。"

"你别谦虚了啊，灯下白昼，你不是还有两个人入了你的法眼吗？"沙漠红颇含讥讽地说。

"哪两个？"杨修平招募了那么多人，他想知道，沙漠红最看重的是谁。

"什么床前明月光啊，什么柳知杨杨知柳啊！"沙漠红毫不掩饰自己的醋意。

杨修平呵呵笑着，模仿沙漠红的腔调说：

"还有什么万里沙漠一点红啊！"

杨修平往返于甘州和独流地之间，大约一个月来往一趟。沙漠红害怕把他累着，他笑说，别忘了，我是独流地小学堂校长，你的顶头上司，我不监督你的工作，你偷懒怎么办？

那一天，当杨修平和沙漠红生出在独流地创办小学堂的想法后，杨修平征求爷爷的意见，并把资金来源教员聘任等问题说了，需要爷爷做主的是，独流地要不要建学校，校舍建在哪里为好。杨灭白一听这事儿，当即不高兴了。训斥道：杨白两家到独流地扎根几百年了，难道就这样无用，建一座学堂还需要从别人那里拿钱？我孙媳妇当教员，那就是我家的事情，还需要另建校舍？你看看咱家行不行，如果行，我情愿搬出去。杨修平笑道，你搬出去住在哪里，你没处住，我也不想管，我奶奶住哪里？杨灭白笑说，你心里只有你奶奶，没良心的东西。

杨家这边还在商议，白家已经风闻消息，白灭杨火速派人过来提出抗议。这次，他没有让白平杨家的前来骂战，来人是白光祖。白光祖是晚辈，自然不敢直接向杨灭白发难，他直冲冲进了院门，高喉咙大嗓门叫喊道：

"杨存志，表哥，你给我出来说清楚，有这样做事的吗？"

杨存志闻声蹦出屋门，笑说：

"表弟，有话慢慢说，你乱嚷嚷什么嘛，快进屋喝茶。"

"你先不要叫我表弟，像我叫你一样，先叫我白光祖，再叫表弟。"

"好好，白光祖，表弟，快进屋喝茶。"

自从沙漠红进门后，两家并无多少摩擦，乍然听见白家表叔火天火地的，担心是不是自己做错了什么事儿。杨修平正好在屋里，她让他出去看看，他却把自己合身往炕上一撂，笑说，事不关己高高挂起，睡觉了。他装起睡来。正好到了给啾唧把尿时间，沙漠红端着啾唧，爬上炕，将那个小东西对准他的脸威胁说：你不露脸，说明你要脸没用，我让娃给你脸上撒一把尿。杨修平闭上眼睛，张大了嘴，嘴唇对准啾唧的小鸡鸡，吧唧着嘴，说，乖乖，对准了尿，千万不要浪费了啊，你的尿尿可全都是妈妈的奶奶变出来的，权当是赏给爹爹一口妈妈的奶奶吃。沙漠红拿他没办法，正要端着啾唧到院子里撒尿，只见一道水柱直射杨修平的脸。杨修平真的吧唧着嘴，咳喋有声。沙漠红吓坏了，双膝是跪在炕上的，又不敢丢手，忙跪着调整方向，方向调整过来了，啾唧的那泡尿也到了余韵袅袅光景。沙漠红在啾唧的屁股上轻拍一下，斥道，小杂种，你真敢啊！她身子往后一缩，在地上还没站稳，急忙去寻找布帕要给杨修平擦洗。这时，啾唧不高兴了，在炕上四肢乱打，哇哇大哭起来。沙漠红来不及管啾唧，忙爬到杨修平跟前，打着哭腔说，我吓你的，谁知道这个小杂种……杨修平睁开眼睛，双手在脸上一忽悠，把厚薄不匀的尿水涂抹均匀了，万分惬意地说，我听人说，身上没有沾染过自家孩子屎尿的爹不算是合格的爹，这下，我才算合格了啊。沙漠红心里的愧怍布满了脸面，她说，你不要生气，我真的不是故意的。杨修平这才留意沙漠红的表情，他笑说，你这人咋不经玩闹，童子尿嘛，又是自家屁大个孩子的尿，还甜丝丝的呢，真的，像你的奶水一样。沙漠红看见杨修平真的没有生气，羞红了脸，用布帕在他的脸上使劲一抹，斥道，不正经！

两人玩闹，啾唧发现没人理会他的抗议，气不打一处来，加大了抗争的力度。杨灭白和老伴同时蹦出屋来，他们碍于沙漠红的颜面，不好直接呵斥孙子孙媳，把怒火泼向儿媳，杨灭白吼道：存志家的，你没有听见啾唧在哭吗！杨修平并不理会，沙漠红吓坏了，忙把啾唧抱在怀里，一把扯出一颗奶头来，啾唧顺势张嘴叼住，哭声马上止息了。婆婆没头没脑奔进屋来，连声说，啾唧咋了啾唧咋了？猛可间听不见啾唧的哭声，她自己快要哭了。再看啾唧好端端在吃奶，又笑出一脸的灿烂。杨修平看见母亲进屋了，慢悠悠起身，把自己的脸挺出去，伸出一根指头敲打着脸说，妈，你看看，你儿子的脸怎么了？沙漠红羞红了脸，急忙阻止，已来不及。妈妈凑近了看，看见儿子的脸是湿的，再没有发现什么异常。杨修平说，刚才你家孙子把尿撒到你儿子脸上了，你的孙子这样欺负你的儿子，你到底管不管你家孙子？妈妈抽抽鼻子，真的闻到了一股隐隐的尿骚味，她回头看见儿媳在那里红着脸偷笑，当即明白了事由，笑说，我孙子真乖，这么小的，都学会给他爹洗脸了。看见啾唧停了吃奶，她顺手从儿媳手中接过孙子，在他的小鸡鸡那里亲了一口，笑说，还有尿没有，给你太爷爷嘴里尿一泡，省得他动不动骂人。儿媳当着自己的儿子儿媳这样说自己的公公，这在独流地绝对是头一份。杨修平说，妈，我给爷爷告状去！妈妈笑道，你去告去，你爷爷听见别的话高兴不高兴我不知道，只要牵扯到他重孙子，说他什么，他都是高兴的。

妈妈将啾唧抱出去后，杨修平和沙漠红听见她绘声绘色地给大家编排啾唧的故事，引得全家人笑声不绝，果然，杨灭白接过啾唧，搂在怀里说：

"小东西，这么小就跟你妈学会了偏心眼儿，也不给太爷爷留一口。"

外面的话传进左厢房，杨修平撮起嘴唇，朝着沙漠红不住吧唧吧唧，沙漠红彻底放下心来，笑说：

"可惜了我娃的一泡好尿。"

白光祖与大家说笑了一会儿，笑说：

"多亏啾唧不是我吓哭的，要不，表叔不知道要怎么拾掇我呢。"

杨灭白这才说：

"哦，表侄啊，刚才听见好像是你的声音，咋就不见人了呢。"

"我先跟表哥说说话。"白光祖谦卑地笑着说。

"谁是你表哥，不会是杨存志吧？"杨灭白说。

"表叔是知道的，我这人自小嘴上有毛病，有时候说话不连贯，应该是杨存志表哥。"白光祖嬉皮笑脸说。

"你说话不连贯，也要别人跟着不连贯，白光祖，表弟，这样叫你好听吗？"

"不是为了公平嘛！"白光祖看见杨灭白不想轻易放过他，直接把他的来意说明了。

"你要怎样的公平？"

"第一，给独流地修建学校，上下独流地都有份，校舍土地和建材费用由下独流地承担，所需人力由上下独流地均摊；第二，所聘教员，其食宿由上独流地承担，束脩由上下独流地均摊；第三，上下独流地各拿出三亩地，作为义田，各自承担耕种义务，无论丰歉，均以平年缴纳收获物，收获物如何使用，由教员全权处理，双方均不得过问；第四……"

"够了！"白光祖正说得顺畅，杨灭白不顾在沙漠红面前失了体面，一声断喝后，他指着白光祖说："我家创办的学校，什么都让你家承担了，那我家是干什么的？我家缺地，缺钱，缺物，缺人力，还是缺人才？"

杨修平在一旁笑说：

"长辈间的事情，本不该我们晚辈插话。以我的见识，我白家表叔说得对……"

"什么对不对的，这么荒唐的话居然还是对，是蒸馍对着嘴吧？你回去给你爹说，有什么话，让他跟我说，我不习惯跟我不对等的人说话。"

白光祖只好走了，杨修平揽着杨灭白的臂膊，笑嘻嘻地说：

"爷爷，这么好的事情，别人碰都碰不着的好事情，你碰着了，却往一边推。"

"别人是别人，我是我。给我孙媳办学校，哪容得了他在这里穷显摆。"

白家那边很快传话过来，邀请杨灭白在秀才和水坝上与白灭杨会面。

两个老冤家见面，真是仇人相见分外眼红。白灭杨是表弟，在小，得先向兄长行礼，他抱拳拱一拱，凶巴巴地说：

"表哥，杨灭白，表弟这厢有礼了！"

"表弟免礼，白灭杨，你有什么话，快说！"杨灭白回礼说。

杨灭白走后，沙漠红心里很是慌张，她觉得都是自己无事生出的事儿，好端端地办什么学校嘛，要办，也得当家作主的人生出这个意思才行，她算什么嘛。回到房间后，她忧戚戚地说：

"会不会出什么事儿，你去看看吧。"

"咱们操什么闲心！两个老爷子让我干扰得好长时间没有打仗了，心痒，嘴痒，脚痒，手痒的。多好的事儿啊，只要他们争着抢着给学校出钱出力，你这个学校就好办了啊。"

白灭杨提出的条件与白光组所说差不多，被杨灭白断然拒绝。两个老人各自坐在一块石头上，面朝水坝，唇枪舌剑，锱铢必较。自从水坝建成以来，两家人再没有为水闹过纠纷，没有纠纷的独流地，一下子像是少了精神的女人，脸上黄皮寡瘦的，一看就是一张寡妇脸。然而，水坝带来的好处却是每个人都深切感受到了的。去年冬上的雪算是一个平年，开春以后，雨水也是一个平年，但上下独流地的人，谁也没有为缺水发过愁，充足的水浇灌在庄稼地里，不用说，今年会是一个大丰收年。可以预见的是，此后年年都会是丰收年，因为绿洲农业，只要有水浇灌，不会有别的什么灾害影响庄稼生长。上独流地的人虽什么话都没说，表情正常得和正常没有任何区别，下独流地的人却觉得脸上不好看，好似他们占了上独流地人的便宜，他们在靠上独流地的人的赏赐吃饭，他们在上独流地人面前自感低了一等。听到要办学校的消息，下独流地的人再也坐不住了，许多人主动来到白灭杨家，坚决要求由下独流地承担所有的建校费用，至少也要承担主要的建校费用。

从日中，到日落，两个老人坐在水坝前讨价还价，高声大吵一回，低声漫语一回，最终达成了双方都能接受的协议。协议基本上维持了白光祖开出的框架，但在原则问题上，白灭杨向杨灭白低头了。这就是关于校址的选择问题。白灭杨开始在这个问题上坚决不让步，情愿拿出自家的上好水田作为校址。后来，杨灭白以情理说服了白灭杨。他说，我家孙媳是个女流，女流有女流的特殊情况，啾唧还小，随时都要照看，我家孙媳肯定还是要再生养的，你说说，一个女流要照看一大堆学生娃，还要照看自己的吃奶娃，你让她跑来跑去的，你忍心你？白灭杨以在这个问题上的妥协为条件，争取到了在校舍建材、学校日常开支、教员束脩、提供义田及耕种义田等各方面的义务。

按照杨灭白先前的设想，是要把校址设在水坝边的，到时，水光山色，孩子们课间有玩耍的地方，后来，经白灭杨提醒，他也认为把学校建在这里不妥。白灭杨本来是为了反对把学校建在上独流地提出异议的，说你家孙媳虽然武功了得，但没有三头六臂，武功又不能用来对付学生，学生娃调皮捣蛋，万一掉入水坝淹死谁负责。杨灭白一想确实是这样。经过协商，决定将学校设在上下独流地结合部属于上独流地一方的回水湾里。这是一片荒地，不占良田，一边是杨家祖坟，一边是白家祖坟，独流水在这里从上独流地拐入下独流地，划出一大片乱石滩，把学校建在岸边的台地上，课间，学生在乱石滩玩耍，既安全，又宽敞，沙漠红来去都不算远。

第 十 九 章

谁在追杀无敌秀才

返回甘州的当夜，杨修平便接到一份谴责令。

谴责令说东南会党举事频频，无数志士血染江河湖海，清廷朝野为之震动，而西北乃中华半壁江山，却只见涟漪，不闻惊雷，如杨修平者，斤斤于枝叶而邈邈乎根本，眼有蓬雀之利，胸无鲲鹏之志，消极革命之后果，与反叛革命，实可等量齐观焉。

杨修平明白谴责令没有明说的话：他的行为已经够得上被组织制裁了。

谴责令端端正正搁在校长办公室的文案上。他走的时候，办公室的门是锁着的，初夏时节，河西地界扬沙频仍，屋子一天无人，到处都会落上一层浮尘。他细心察看，地上除了自己刚才的脚印，再无任何印迹，文案上铺着一层浮尘，没有任何被动过的印迹，乃至谴责令下面的浮尘也完好无损，谴责令的正面纸页上却无任何尘埃。看得出，在他进门前，谴责令像是风中的一片枯叶，轻轻巧巧落在了文案上。杨修平顺着谴责令的方位抬头看，建房之初用芦席绷起的顶棚完好无损，窗户也没有任何足以让谴责令飞入的缝隙。

一双天上的眼睛对他目不移瞬，他的一切言行尽在其视野中！

一个幽魂般的身影与他形影不离，他时时刻刻都在他的掌握中！

杨修平倒抽一口冷气，举头想了想，倒释然了。此前，他因自己的这个选择而出现的心理怠惰和行动迟疑，迷茫过，自责过，觉得自己身负组织重任，回到家乡后，一者，痴迷于以教育启迪民智，另者，又深陷于亲情漩涡中。谴责令让他猛醒了，先前的性情导向跃升为理性选择：一个以恐怖手段逼迫他人投入的事业，绝非什么善举，哪怕真的实现了什么既定目标，给他人，给世界，带来的一定不会是善意。他笑一笑，将谴责令搁在原处，转身回到了乐滋滋。

不顾路途劳顿，夜里去学校，杨修平是放心不下学校，离开将近十天了，稍有空闲，跃入心里眼里的便是学校的光景，总觉得，他不在的这几天，学校一定会有什么重大的变化。其实，用不着做多么详细的调查，在步入学校大门的那一霎，他已经知道，学校与他离开时没有任何变化。一切都在按部就班，一切都像岁月迁延一样自然地运行着。

在他不在的日子，乐滋滋留给他的那间客房，每日都有人洒扫庭除，花喜鹊专门给他挑选了一个名叫厉害的小姑娘。这姑娘相貌平平，十五六岁的年纪，却性情刚烈，有花喜鹊宠着，谁都不敢惹，人们都说她厉害。厉害便成了她的名字。厉害心灵手巧，眼里看得见活儿，手里也出得了活儿，对杨修平极是崇拜，花喜鹊便把伺候杨修平的任务交给了他。花喜鹊笑着对杨修平说，你敢背着我侵女干坏事，我的厉害可真的厉害着呢。杨修平的所有生活都是向她公开的，房间钥匙也交由她保管。从独流地回来时，房间像往常一样窗明几净。去了一趟学校，厉害帮他打开房门，点亮蜡烛，转身回灶房给他烧水了。在烛光下，杨修平隐隐看见文案上有一张纸。他记得很清楚，原来文案上是没有纸的，而且，他感觉这是一张与学校办公室文案上一模一样的纸。

果然，又是一张谴责令。

杨修平拿起那张纸，就着烛光细看，与学校那张完全一样，纸质，大小，厚薄，颜色，字迹，毫无差别。他急忙喊厉害。厉害快步跑来后，杨修平将谴责令暂时藏起来，尽量以平和的口吻问她，在他不在的这会儿，谁来过房间，厉害说没有人，她没有来过，再不会有人来的，因为别人没有钥匙。说着，她还颇为得意地将手中的钥匙向他亮一亮。他朝他轻松笑笑。厉害是个警觉且极为自尊的女子，她马上意识到了什么，她含泪说，校长哥哥，少了什么东西吗？或是我乱翻了你的什么东西？杨修平忙上前揽过她的肩膀，笑着说，你先别烧水，咱们一起看看房间。

杨修平一手举起蜡烛，和厉害一起，先查看门窗，再仰头查看房顶，什么足以让纸片飞进来的漏洞都没有。杨修平看见厉害一脸委屈，便把怀中的那张谴责令掏出来递过去。厉害不识字，不知道上面写了什么，杨修平指着文案说，刚才是搁在这儿的。厉害也呀地轻叫一声说，校长哥哥回客栈是我开的门，进屋放下行李就走了，也是我灭了蜡烛关了门的，文案上什么都没有嘛，刚才进门时，我也觉得文案上多了一样东西，想着校长哥哥总是写写画画的，又急着去烧水，既然不是校长哥哥的，那又会是谁的呢？要紧的是怎么会进到房间呢？厉害紧锁眉头，一时也理不出个七长八短来。杨修平揽住厉害的肩膀，悄声说：

"哥哥求你帮个忙，行不？"

"什么求不求的，这是校长哥哥看得起我。"

杨修平给厉害耳语一番，暗暗地把一样东西递在她手中，把手中的那张纸让她再看一眼，厉害转身跑了。

杨修平独自待在屋里，端着蜡烛又转圈儿查看了一番，还是没有发现任何让纸片好端端搁在文案上的漏洞，只有专门在窗户上给冬天留出的三个指头粗细的通气孔，距离文案近些，可这也不足以让纸片飞进来啊。在他遐思无边的当儿，厉害推门进来，喘着的粗气让她正在迅猛膨胀的胸脯有了排山倒海的气势，杨修平的神思还没有回来，自然地伸出一只手，在那儿拍了拍。一团蒸锅乍开的热浪顺着他的手心，只听砰的一声巨响，他的胸口那儿受到强烈地撞击，一时喘不过气来。厉害顺势倒在他的怀里，一手按住他那只来不及挪开的手，一手从胸脯那儿的衣服上掏出一个缝隙，将那只游移不定的手安定在那里。两面波涛汹涌的胸部正好抵在一起，斗牛似地，顶来顶去。杨修平猛地觉得要与厉害发生一件大事儿了，他暗自定了神，轻声说：

"找到了没有？"

厉害也是心里装着大事儿的，伺候杨修平一年多了，他从来没有指使她做过分外的事情，包括洒扫庭除这些她的分内事儿，他都没有指派过他。在她的心目中，他是一颗天上的最大最明亮的星星，可他是她见到的最好伺候的客人。别的客人一看都是那些要什么没什么的混混，却最爱在他们这些男女伙计跟前耍大牌，这儿那儿的，一眼睛的事情，一肚子的不满意。杨修平对于她的服务，好像从来都是无可无不可的，不但不给她加分外的负担，她每做一件事，他只要在场，都会说，不用了，你也歇歇，别累着。这让她感到温暖，真的像大哥哥对待小妹妹那样，又让她心里时常生出一种说不清楚的遗憾和惆怅。客套是对人的一种尊重，这对于身份地位无法与对方匹配的人来说，无疑是一种恩典，可同时也是一种距离。如果对于心中没有什么想法的人来说，自己的服务受到了服务对象的尊重，那就是一种成就感，可厉害是心中生了想法的人，又正处在青春膨胀期。她的惆怅是有理由的，她渴望他像大哥哥对待小妹妹那样，指使她为他做这做那的，时不时地还会嫌她这没做好那没做好的。这是一种亲近，是一种无距离。她从他的神色中判断，今晚他让她做的事情一定是大事，他不想让别人知道的大事，而把这样的机密大事让她做，可见，她在他的心中与别人是不同的。

杨修平吩咐厉害叫上一个精干伙计跟着她去学校，为了绝对安全，她叫了两个伙计。在学校门卫上，她亮出杨修平给她的校长办公室钥匙，顺利进了校门。到了校长办公室，她让两个伙计一左一右，守候在门口。进屋后，她已经看见文案上空无一物，为了可靠，她仍然点亮灯烛，双手端着，把整个房间查看了一番。文案上尘埃如旧，她自小生活在河西，她是知道物件上没有动过的尘埃是什么样子的。她发现，文案上有一片尘埃被动过了，不用说，这是原来搁放那张纸片的地方。这应当是杨修平拿起纸片时留下的痕迹。可是，她却发现，文案尘埃上还有一道隐隐的划痕，细丝线或细铁丝，才可划出的痕迹。厉害本来是要一进屋就把这些情况说给杨修平的，都是自己不争气，上气不接下气的，在这样紧要的时刻，不懂得轻重缓急，那只手刚触及她的身体，她居然如遭雷击，心智完全混乱，沉浸于铺天盖地的虚妄中。看见他嘴唇动了，她知道他在给她说话，她并没有听清他在说什么，但厚积于心底的责任感，使她立即恢复了理智，她松开自己按住胸部上的那只手的手，两面胸脯就此分离，她从容详尽地把自己见到的情况，一一说给他。

厉害的话提醒了杨修平，他端着蜡烛，和厉害一起，在房间的文案上搜寻先前没有发现的痕迹。什么都没有，房间文案纤尘不染。他从纸片的位置细细端详，发现与窗户上的一个通气孔是正对着的。可是，即便如此，纸片也不可能从外面飞进来啊。眼前又无别人可以咨询，他想着，要是沙漠红在，她对江湖上的手段应该是熟悉的。他不觉絮絮自语了几句。不想，厉害精神处在高度集中下，听见他这样说，便笑道：

"好哥哥，要是这事儿，小妹妹可是明白的。"

杨修平一惊，这才意识到房间还有一个人。他故作轻松一笑说：

"你明白什么事儿，说说看。"

"哼，这又不关我的事儿，我干吗自作多情呢。"厉害撇起嘴，使起了小性子。

"快说吧，我的小妹妹，好妹妹，哥知道你嘴馋了，给你带着好吃的呢。"

杨修平本是随便一说，却想起搁在地上的褡裢里真有从家里带来的食物，都是奶奶妈妈给他做的，他从小爱吃的食物。说着，他便往褡裢那里走去。厉害却一把拽住他，不高兴地说：

"我才不稀罕你的什么好吃的呢，我又不是什么馋嘴猫。"

"那你要什么，你说？"杨修平不懂得厉害此时的心思，笑着说。

"我要……"厉害把想说的话说了半截儿，还是说不出口。她想着，褡裢里的好吃东西，一定是沙漠红给杨修平准备的，这样的食物再好吃，吃到她的嘴里，都不会好吃的。她本来想说，我要让你亲亲我，这话实在说不出口，一个女孩子对一个男子说这样的话，那简直是天下第一号的贱人。她改口说："我要做给你看。"

厉害拿起那张纸，很快卷成一支细细的纸筒，她用两根指头夹起，轻轻搁在文案上，纸筒簌簌自动解开，平展展落在文案上。厉害看见杨修平眼神还带有迷惘，便说，用细铁丝夹着纸卷，穿过小洞，可以轻松做到的。

杨修平心里并没有彻底释疑解惑，在当下，也只能作如是解了。厉害看他心神不宁，告辞走了，临出门，又专门安顿他有事随时叫她。他漫应着，和衣躺在床上，也没有灭灯烛，两眼呆望着模糊的顶棚，想着如何处理这桩令人烦恼的事情。

两天的路程一天半时间赶回来的，在家这几天已经很累了，成婚一年多，孩子都满百天了，两人似乎才懂得婚姻的真意，也似乎才懂得男女间的真趣，真个是男贪女爱，夜夜狂欢。赶回来后，又碰上这档子烦人事儿，惊惊咋咋的，挺耗损精神的，一会儿，便入了梦乡。

恍惚间，杨修平来到一片沙漠里，他看见几只沙娃娃在那里嬉戏。他觉得这种沙漠中的小精灵甚是可爱，它们见了他，并无惊慌躲避之意，而是把那颗小小的头颅向他昂起，红红的眼睛同时向他不停眨巴。他也向它们眨巴眼睛。眨巴，眨巴，一地都是眨巴眼睛的声音。这时，他听见身后一串马蹄声响，几个骑手高喊着，抓住会党叛贼杨修平！杨修平见状，拔腿就逃。那几只沙娃娃见状，跟着他一同逃跑。那片沙漠一片旷野，根本无遮身之地，别说他这么大一个人，指头大小的沙娃娃一时也找不到藏身之地。他顾不得自己已身处绝境，指着一条只有几寸深浅的壕沟，对沙娃娃说：你们躲在这里，他们找不见你们！沙娃娃们个个昂起头，朝他摇摇头，一个沙娃娃说，相遇是缘分，要死一起死，要活一起活。杨修平心下感动，带领沙娃娃在沙地上乱冲乱撞。骑手摆成扇面包围上来，这时，一只沙娃娃指着旁边的一个洞口说，杨先生，这是一条暗道，可以直通独流地。杨修平说，你们怎么办？那只沙娃娃昂起头，骄傲地说，吾等既已投身革命大业，早已置身度外，先生快跑，躲过今天之灾，将以有为也！杨修平被说动了，再看那个洞口，只不过是胳膊粗细的老鼠洞，哪里能钻得进去。一只沙娃娃说，眼睛闭上，衣服脱光，洞口自然就大了。杨修平眼睛一闭，身上的衣服自动脱落，他一头扎向那里。果然，洞口被撑开很大。一半身子钻进去了，不争气的是，在这要紧关头，自己尿憋了，一眨眼的工夫都等不得了。他想着躲过当下危机再说，尿了裤裆也无关紧要，反正没人看得见，可要命的是，他的那个东西挺起了，卡住洞口，他只能退出，不能前行。他的头在洞中，可他知道追捕者已到了洞口，正在进退两难，一人伸手居然抓住了他的那个东西。他的思维万分清晰，他知道那个东西抓在别人手里，别说这些凶残虎狼了，就是落在一个弱女子，一个孩子手里，你都得乖乖投降。

"我投降！"

杨修平喊了一声，一个愣怔，醒了。他模糊看见，厉害的脸颊上红潮汹涌，眼神儿饧饧的，他从沙漠红那儿，熟悉了这样的眼神代表着什么。

那支蜡烛已燃烧到根部，堆砌起来的蜡泪也开始燃烧了。烛光下，厉害斜倚在身边，一只手在被窝里面，一只手让他枕着。他分明记得，自己是和衣躺在床上的，如何身上一丝不挂。他的全身虚汗滚滚，上下都痉挛不已。厉害的那只手没有从被窝取出来，他觉出她的那只手在那儿。他定定地不敢动，他已经清醒了，仍装作茫然不知所措的样子，身子就势朝床的另一边翻过去，那只手准备不足，被滑脱了。他就那样向里蜷曲着，再睡了一会儿，觉出斜倚着他的那个她，身子抖颤的幅度渐渐小些，蓄足了劲儿，一跃坐起，啊啊大叫几声，又大口大口咳喘起来。厉害醒着，却与睡着没什么两样，她沉陷于迷情之中，眼睛睁着，却将眼前的事物一概视而不见，她的心思正在无尽的虚空中游荡着。杨修平其实不是在梦中叫喊，而是真的叫喊了。他叫醒了自己，也叫回了厉害漫游的魂魄。可是，接下来的装糊涂，却蒙蔽了厉害，她知道他太累了，太累了的人睡得太死，容易在梦中乱喊乱叫，她害怕他让梦魇压住，便让他枕着她的胳膊睡觉。至于她的手为什么要那样不知羞耻，那可真的不能乱说她什么。她帮他脱了衣服后，发现那个东西居然没有睡觉，人睡得这样死，她给他脱衣服，他都不知道，那个东西居然像刚睡醒一样兴致勃勃。她觉得好奇，人身上的东西居然不与人同行同止，她先前只见过小男娃裤裆里的小闹闹，小老鼠似的，她也瞥见过个别不要脸客人撒尿时故意不回避她们，她看到的都和这个不一样。她想着，这么直杠杠的一个物件，瘪瘪的裤裆怎么装得下，他应该弯着腰走路的，可她见他走路一直是抬头挺胸的，也没见裤裆有什么显眼的物事。他是否在用身上空余的什么地方藏着掖着，或是他就这样让自己难受着？她想人都累成这样了，那个东西也是要睡觉的，要不，到了白天，人醒了，那个东西却闹着要睡觉，岂不是误了人的事情。她把自己的手卷成被窝状，让那个东西也好好睡一觉。她想着，那个东西让她这样握着睡觉一定很舒服，因为她的手心很舒服，心里也很舒服。

厉害看见杨修平咳喘得厉害，便一手把住他的胸前，上下揉搓，一手绕至背后，给他轻轻捶背。折腾了一会儿，他停止了咳喘，迷迷瞪瞪说：

"我这是在哪里？"

"在你的房间，在哪里？在老虎洞里。"厉害看他没事儿，吃吃笑。

"我的房间？你怎么会在这里？"

杨修平从厉害的口中得知，自己是多么的荒唐。厉害离开房间后，心里放心不下，小睡了一会儿，睡不着，便来到他的房间门口查看。屋里鼾声如雷，灯却还亮着。半夜三更的，敲门吧，怕惊扰了他的睡眠，推门径自进去吹了蜡烛吧，孤男寡女的，万一让人碰见，她自己无所谓，坏了他的名声，那可是渎神的罪过。她在门口徘徊了许久，忽听得房间里大喊大叫，把许多房客都惊醒了。花老板也起身询问，她推说他路途奔波，入睡前身体都觉得不舒服，她给老板说，想去照顾他，又怕人说闲话，花老板说，说什么闲话，是我让你去的。她这才开门进屋，发现文案上又多了一张纸。她想当即叫醒他，又想无论纸上写了什么，总得天亮后才去应付。她怕他受凉，给他盖被子，他却脚踢手打的，胡乱撕扯自己的衣服。她只好帮他脱衣服，倒是脱得顺利，不料，他却一把扯住她，一手端起自己的那个东西往她腿上乱撞，她怕撞坏了，就握在手里，他手脚老实了，嘴却不老实，胡说乱道的，说的人心里乱哇哇的。杨修平想问他究竟说了些什么，又没好意思问，估计都是在清醒状态下不轻易说出口的话。厉害却主动说，他还反复叫喊过窗前明月、柳知杨、沙漠红的名字，"还有，还有……"叫着名字倒也罢了，把那个东西还胡乱捣鼓，抓都抓不住，瘆人不拉的。说到这里，厉害低头不说了。

杨修平知道厉害并没有骗他，这与他的梦境基本吻合。入睡时间不长，却睡得沉重，精神头也足了，意识彻底恢复了。日有所思夜有所梦，可见，自己的心里是多么的不干净，而他喊叫的女人的名字中有沙漠红，这让他多少有些安慰。他明白厉害姑娘的心思，可他知道他不能给人家姑娘什么。他从花喜鹊那儿知道，这是一个与沙漠红有着相近身世的苦孩子，母亲是奔走于驿路客栈的妓女，她从小不知道父亲是谁，三岁时，母亲扔下她，让一个内地商人带走了。与母亲交好的同行姊妹看她可怜，轮流照顾了几年，八岁那年，一个妓女姨妈带她在乐滋滋歇宿时，花喜鹊收留了她，从此，她过上了舒心畅意的日子。自小在花花世界里长大，对男欢女爱的事情，虽没有亲身实践过，看在眼里的，已足够启蒙了。其实，厉害知道自己与杨修平之间的距离，她没有让他明媒正娶她的奢望，他能够像男人那样把她当女人对待一次，哪怕只有一次，她已心满意足了。她也知道，在这种环境下长大的女孩子，哪怕你守身如玉，即便有人娶你，也是当成二手货，乃至无数手货对待的。杨修平心里一个激灵：一个被父母抛弃的女子，艰难长大后，再遭她心仪的男人抛弃，那么，如果有地狱，这个男人便是地狱里的首选公民。他突然想起厉害说过的一句话，他一跃起身说：

"你刚才说什么……字条？"

厉害顺手从文案上拿过一张纸来，杨修平接过一看，这是一张预杀令，上面写着：

出卖组织机密，死期将至！

他给谁出卖机密了！谴责令只有厉害一人知道，厉害又不识字，他们既然对他盯得这样紧，也一定是知道厉害不识字的。杨修平心里涌上一种极度的厌恶情绪。

他最讨厌别人拿大话压他，威胁他，他本来还想在河西多少搞些动作的，这一下，从心里反感了。从小养成的叛逆性格，时隔多年后，再度发作了。他不知道他此时的脸色有多难看，厉害看见了他难看的脸色，怯怯地说：

"校长哥哥，是不是我……耽误了你的大事？"

杨修平看见厉害其实并不厉害，不厉害的原因仅在于她心中有爱，一个女孩子在真心爱一个人时，在她所爱的人面前是最不厉害的。他内心感动，却不能对她有任何超出友谊的言行。为了给她解压，也为了表示对预杀令的轻蔑，他调整出一脸下作的表情，淫笑着说：

"你当然误了我的大事儿了。"

"什么事儿吗，你给我说说好吗，看看还有没有补救的办法？"厉害拖着哭腔说。

杨修平双手端着那片纸，吭哧吭哧几声，又嗯啊哎哟几声，然后，像太监宣读诏书那样，念道：

"今晚来你房间与你睡觉，若发现你与别的女人不清不白，割了你撒尿的玩意儿。"

杨修平还没有意识到他的恶作剧会对厉害带来什么，自顾自地为自己即兴的恶作剧乐呵着。厉害与往常一样，伺候杨修平洗漱早餐毕，将杨修平送出客栈大门，回来后，给花喜鹊说，她身子有些不舒服，花喜鹊见她果然脸色暗淡无光，眼圈黑影重重，心想这个杨修平真是个风流才子呢，也难得有一身风流的本钱，刚回了一趟家，从脸色上看，我那侄女儿并没有让他轻松过，又不顾鞍马劳顿，把我这个名叫厉害的侄女儿折腾了一个厉害。厉害跟随她七八年了，她收养了十多个孤苦无依的女孩子，大多都有了令她满意的出路，厉害也到找出路的年纪了，她知道她倾心的是杨修平，可杨修平即使接受了她，她也只能做偏房。给杨修平做偏房，论起来也不辱没她，可沙漠红能容得下她么？听说杨家人是把沙漠红捧在手心的，杨家人能容得下她吗？花喜鹊是深知沙漠红的秉性的，人长得没得说，心眼儿没得说，本事没得说，也因为什么都没得说，眼里是没有几个人的，自己是跨上快马追过沙尘暴的人，脾气中难免会沾染上沙尘暴的味道，她会在她的炕角里给这个与她一般苦命的女娃留出容身之地吗？花喜鹊对于昨晚自己匆忙作出的决定，一则以喜，一则以忧。

说心里话，她并不是让厉害与杨修平做什么事情的，只是让她照顾他，可自己是过来人，还是疏忽了，应当考虑到青春火热的孤男寡女深夜独处一室的后果来。唉，一人一命，但愿每个人都有一个自己想要的结果。花喜鹊对在一旁等候她示下的厉害说：

"身子不舒服，你就休息吧。杨先生的房间我另找人打扫，你不用管了。"

"不，不，姑姑，我不是这意思。"厉害急忙说。

"那你什么意思？"

"房间我打扫，不要别人管。"

"你不是说你身子……不舒服么？"

"不舒服是不舒服……一点儿，别人不晓得杨先生的……爱好，会惹人家不高兴的。"

"你这死蹄子，你到底要说什么？"

"我是说，干完活儿后……补一会儿觉。"

"活儿干完了，你爱干什么干什么。哦哦，好么，你这死蹄子，你白天把觉睡够了，晚上又去折腾别人。"

"厉害谢过姑姑。"

厉害向花喜鹊道了万福，扭头颠颠地跑了，花喜鹊望着她的背影，苦笑道：

"唉，无情最是无聊，有情又最是苦恼，谁不让老天爷如此折腾一回，还真不懂得人世间的长长短短呢。"

花喜鹊是有感而发的，她想起了巴音王。三个月没有闪面儿了啊，这个老不死的，老死了身子老不死心的死鬼，时常倒是有话捎来的，今儿在这，明儿在那，捎话顶什么用，白白让人心里痒酥酥的难受，嘴里嗑瓜子儿，落了个眼睛饱肚子饿嘛，要是把人捎回来多好的，捎回一百句话还不顶捎回来一个人儿呢。也真是的，世界咋就这么大呢，这个老不死的跑了大半辈子，咋还没跑到世界的边儿上。人说世界的边儿是一眼望不到头的大海，老东西只会骑马，不会耍水，要是跑到世界的边儿上了，他还不乖乖地往回跑？你说说这世界咋就这么大呢，要是光有甘州城这么屁股大一块地方，老东西他就放开跑吧，早上出门，中午就会跑到边儿上，晚上他就得乖乖儿地给她跑回来。

杨修平晚上从学校回来，草草吃过饭，便回房间休息。说是没有受到谴责令预杀令的影响，那是自己给自己宽心呢。会党的情况他是深知的，近几年又迷上了暗杀，暗杀朝廷大员，也暗杀会党内部的异己分子，甚至还会借机暗杀自己看着不顺眼的同党。白天上课的时候，他把什么事儿都忘了，一心投入在教学上，到了课间，这桩烦人事就会适时冒出来恼人。厉害像往常一样，兴冲冲领他进了房间，蜡烛刚点着，厉害便跌足乱叫：被褥是湿的，连床板都湿透了，床上的水像泉水一样，还在滴答滴答往地上流。厉害苦着脸说，可能是她擦窗户不小心，把水盆打翻在床上了。

这理由太过牵强，连厉害自己都觉得牵强，她苦着的脸并不苦，是那种挤出来的苦相。杨修平立即明白了她的心思，轻松一笑说：

"没有关系的，水淹了床，我就睡水床，你不知道，我在东洋真睡过水床的。"

"那…… 那不……"

厉害要说的话卡在唇齿间，她颤巍巍伸出手来，颤巍巍指着文案。杨修平觉得蹊跷，回头一看，文案上又有一张纸。他拿起一看，心里猛地一沉，差点立脚不住。

这是一份绝杀令。

升格了啊！

这可不是闹着玩的，组织上向来的规矩是，绝杀令发出，绝杀必行，等于被杀对象已是组织不共戴天的敌人，绝无收回成命之理。厉害见他神色大变，忙问上面写的是什么。他立即调整表情，轻松一笑，双手端起纸片儿，抑扬顿挫念道：

今晚务必打开窗户，等待我来，春风一度，快哉快哉！

"不要脸，天下第一下贱的婊子！"厉害咬牙切齿地说。

杨修平笑说：

"你骂人家干什么？"

"骂她？老娘还要捶她呢！"厉害依旧在咬牙切齿。

杨修平悄悄扯一扯厉害衣角，两人来到墙角，杨修平笑着指一指湿淋淋的床铺，与厉害耳语一番。厉害当即眉开眼笑，果真打开半扇窗户，熄灭蜡烛，两人蹑手蹑脚而去。

杨修平将实情悄悄说给花喜鹊，花喜鹊脸上倒没有显出惊慌，出入江湖数十年，这种下三烂手段，她听的见的太多了。她当即决定，让杨修平晚上睡在她的房间，她另找地方。杨修平说，这怎么好意思嘛，花喜鹊慨然说，老身要是再年轻三十岁，一定搂着你睡，狗日的要杀先杀老娘！

厉害还以为今晚真的是有哪个不要脸的女人逼着要与杨修平睡觉呢，看见杨修平这么洁身自好的，姑姑也如此深明大义，心下极感安慰，她飞快地整理好花喜鹊的房间，安顿杨修平睡下后，又去帮助别的姊妹，为花喜鹊整理今晚休息的房间。

交过夜后，厉害悄然从自己房间出来，她与花喜鹊刚收养的两个小妹妹同住，她负责照顾她们。想着此行凶险，逼着要与杨修平睡觉的女人一定不是等闲之辈，估计也是沙漠红一类的女刀客，要不，为了这样一场羞耻事儿，咋就如此大胆霸道呢？她分别在两个小妹妹的床前站了片刻，心里暗暗祝祷：小妹妹，如果今晚姐没事儿，一定会把你两个死蹄子当成自己的亲妹妹对待的，如果姐遭遇不测，来世我们还是好姐妹，姐一定会善待你们的。

院子走廊一片安谧，连平时夜间从各个房间传出的此起彼伏的打鼾声，还有那让人羞答答的声音一概皆无，好似全世界都在配合那个不要脸女人与杨修平做不要脸事儿。房檐下堆着的扫除工具里面夹杂着一把肉钩子，这是她在晚饭后，给厨房交还碗筷时，特意问大厨借的。大厨说你又不做饭，要这个干什么，她冷脸说，姑姑要的，我哪敢问她老人家。大厨立即赔着笑脸说，拿去，拿去，姑娘再看上什么了，尽管拿去，要是看我有些什么用处，也一同拿走。厉害抢起肉钩就要往大厨的要紧处招呼，大厨双手捂住裤裆急忙跳向一边，嘴里还在黄黄白白地吐蛆。厉害不再理他，躲在暗处，独自将肉钩子使得顺手了，藏在工具堆里。

"本姑娘身为女人，也不会伤你的性命，不会毁你的丑皮脸，我要把你的衣服撕成碎片儿，让大家看看你到底生了一副什么样勾搭男人的身子！"

厉害悄然开了杨修平的房门，悄然进门去，躲在床头的墙拐角里。白天，她早已侦查好了，外面绝对看不见这里，外面的人要翻窗进来时，必然是勾着头弯着腰的，她顺势一钩，将其钩落窗下，不等她爬起，上去一脚踏住，用钩子逼住她的致命处，让她动弹不得，到时，吆喝几声，伙计赶来了，你就是有沙漠红的本领，也只得听凭姑奶奶处置了。

白天睡了一场好觉，真是管用，这会儿精神头那个足。厉害背倚墙角，双手握钩，屏住呼吸，全神贯注倾听外面动静。果真，一会儿，外面传来一串猫叫，是猫叫春的那种叫，急切切，骚巴巴，贱兮兮，一听就是人在学猫叫。她暗地哼了一声，暗道，真是一只骚猫，还没偷着汉子呢，先把自己弄得骚声荡漾的。

猫叫声渐渐接近窗户，听起来不是一只猫，是两只猫，两只猫为了什么事儿打了起来，打得很凶，叫声怪哇哇的，很是瘆人。厉害不为所动，心想你那点小把戏骗得了那个书呆子杨修平，如何骗得了你的姑奶奶？你姑奶奶不敢吹大话，从记事起，整日价和玩这种把戏的人在一起厮混，给你说句实话，你家姑奶奶学猫叫比学人叫还学得像呢。脚步声到窗根底了，跟猫爪落地的声音一样轻，耳朵其实是听不见的，再亮的耳朵都听不见，只有心听得到，你家姑奶奶就是用心听的，你想不到吧？你肯定想不到，不要脸的女人只会用耳朵听声音，听那种猫叫春的骚音，好女人不但会用耳朵听声音，还会用心听呢，听自己心上人的心声，听不要脸女人心里都在想些什么。你还想跟我的好哥哥睡觉？哼，睡吧，睡吧，宝贝睡吧，好好睡吧。

一只手从窗下伸了上来。不急，不急，等着你爬进窗口，我一钩子钩翻了你，你只能翻倒在屋内，不能翻出窗外，翻出去你有可能逃掉，翻倒在屋内，你真的是猫，生了四条腿，也跑不掉了。

厉害看见另一只手伸了上来，手里还拿着一个圆乎乎的东西，只听刺啦一声，那个圆乎乎的东西冒着火花，在床上乱滚，两只手同时不见了。炮仗！厉害突然反应过来了，炮仗是会爆炸的，过年过节都是放过炮仗的，她就势下蹲，只听一声巨响，炮仗在床上爆炸了。屋里顿时硝烟呛人，床上的被褥随即燃烧起来，火苗直往房顶上蹿。

"快，快，来人啊！"

厉害一边呼救，一边挥起铁钩子，将燃烧的被褥一股脑儿搂下床来，顾不得身上脸上的灼痛，她跳上火堆，使劲踩踏起来。被褥还在燃烧，蹿起的火苗却够不着顶棚了。她记得平时她都给房间里预备了半盆水的，杨修平懒得出去了，可以在盆里撒尿，有清水的混合，尿渍不容易粘在盆子上，也容易清洗。都是熟门熟路，她在浓烟中准确找到那盆水，朝蹿得最高的那柱火苗的根部泼去。只听刺啦一声，那柱火苗像是断裂的柱子，下挫了许多。这时，厉害听到屋外人声鼎沸，她冲破浓烟，哗地拉开门，大喊救火。人们一涌而来，七手八脚，一会儿，火熄灭了，只有死烟还在不依不饶地袅袅着。

院子里的火把一片敞亮，杨修平闻讯也起来了，人们看见他头尾齐全的没事儿，以为他是从自己的房间里逃出来的，也都以为这只是一场小小的意外事故。花喜鹊指挥几个管事儿的安慰大家各回房间休息。稍稍清静下来后，客栈的人却发现厉害不见了。忽地有人发现杨修平房间的门廊边堆着一团东西，用脚踢一踢，感觉是人，火把凑近了看，却是厉害。火光下的厉害衣衫散乱，皮焦毛糙，头上身上都是火灾现场，脸上，手上，脚上，还有拌了火灰的血迹。人们吓坏了，赶忙将她抬到通风处，几个有经验的伙计，围在那里七手八脚，一会儿厉害苏醒了。她看见杨修平完好无损，羞涩一笑。天还未亮，杨修平遣人火速去请蒋传贤来，而这一声巨响，已经震响了半个甘州城，已可听见军营的哨声隐隐传来。

杨修平则独自进房间查看，凭着气味，他已判断出，爆炸物是用火药制成的炸弹，爆炸威力不够，却足以致人死命，即便当场炸不死人，引发火灾后，也会把人烧死。不知厉害是如何及时发现的，没有让火势涨起来，要不，整个客栈，客栈里的人，可就难说了啊。看来目标是他，为了灭他，不惜搭上这么多无辜的人。如此恶毒，恶毒如此！杨修平在心里狠狠地说。

蒋传贤和守备府巡城官是前后脚到达的。蒋传贤到了后，马上对厉害开展现场救护工作。对厉害做了全面的身体检查后，他轻松一笑说：万幸，万幸！厉害不知道自己的伤势如何，身上到处都是灼痛，胸闷心慌，她自己知道，腿脚什么的都无大碍，她最关心的是会不会毁容，要是落下一张烂脸，如何见得了人，如何见得了她的校长哥哥。丑死了，丑死了，要是那样还不如就地死了的干净。她怯怯地问蒋传贤，她会不会有大问题，蒋传贤在人们的七嘴八舌中已大体明白了事由，看见这是一个妙龄少女，心中又明白了许多，便逗她说，身上别处的问题都不大，我有办法完全治愈，只是这脸蛋儿嘛……蒋传贤说一半留一半，厉害当下哭了，边哭边说，你再不要给我治病了，坏了脸，要命干什么。一边哭诉，厉害动手要撕去刚裹在脸上的绷带，几个在旁边打下手的姐妹忙控制了她的双手。蒋传贤说，这个姑娘，你干吗要这样呢？厉害说，要紧的是治脸，脸都坏了，你忙活别的有什么用！蒋传贤说，谁说你的脸坏了，你又不是郎中。厉害说，明明你说的嘛。蒋传贤抬头面向大家巡视一圈说，我说过吗?大家说，你说过只是这脸蛋儿嘛。蒋传贤说，对啊，我说的是，只是这脸蛋儿嘛，可能要比原来好看一些的。

"真的啊？"厉害一跃坐起身来，头脸上可以显示笑容的部分都被绷带缠裹了，留下不能显示笑容的部分全都充盈着笑容。

巡城官院前院后屋里屋外查看一番，看见没有造成什么重大后果，便径自来询问厉害。杨修平害怕厉害不懂事，说出不该说的，在一边暗暗焦急。厉害却把一切该隐瞒的都隐瞒了。她说，当天下午，她打扫杨先生房间，不小心弄湿了被褥和床铺，杨先生只好到别处借宿，她害怕床铺到明天还不能用，想把被褥揭起来好让床铺快点晾干，这时却见房间飞进一个冒着火花的东西来，她从小害怕炮仗，急忙蹲下，谁想炮仗那么厉害的，把整个房间都引燃了，她一边救火，一边喊人，然后，就什么都不知道了。

厉害说的和现场能看到的，根据现场能推测到的，完全吻合，守备府文书录了客栈许多人的口供，巡城官便打道回府了。

经过索洛敦与幕僚对爆炸案的分析研判，最后认定，这是一桩叛党蓄意制造的性质严重的爆炸案，目的在于引发社会混乱，然后乱中取事，祸乱河西，阻断朝廷与新疆交通，声援东南沿海叛党，从而颠覆朝廷。在上报案件情况时，索洛敦特意加上了守备府如何雷霆出击，击溃叛党，控制局面，保全官民生命财产未受损失等故事。

提督府将此案迅速上报总督府，总督府为了鼓励下面的积极性，给提督府下拨一笔军费，又给守备府划拨一笔专款，用来扩大军队规模，改善军队装备。这正中索洛敦下怀，他一直想扩大实力，迫于体制规矩无法实现，没想到乱党为他创造了机会。祁连鹰武备训练班的第一批学员，都被招入新军序列。他是一个老人手了，对当下的形势早有了自己的判断，从社会各个角落里散发出的气味里分明是可以闻到的，朝廷的气数快要尽了，当此之时，身为一方大员，只要手中有实力，进可与别的势力集团做交易，保住既得利益，退则可谋求保家保身。

索洛敦借着搜捕叛党，在管辖地界大肆打击异己力量，浮出水面的，地下活动的，潜在的，凡是对他构成威胁的，与可能形成威胁的，看着不顺眼的，都在打击之列。一时，甘州地界各个势力山头，有的被荡平了，有的闻风逃避了，目标小的，则纷纷息踪藏行，与索洛敦玩起了躲猫猫游戏。地面一下子清静多了，好似一场大风，刮走了散落各处的枯枝败叶。市面也眼见得萧条了。甘州是千里河西走廊的腹地，内地到西域，万里丝绸之路上最重要的旱码头，千百年来，一直以繁荣著称。而繁荣向来与热闹、芜杂、混乱乃至藏污纳垢，都是同一屋檐下的一家人。索洛敦这一扫荡，制造出了一批失业者，而这一批人成为地方上新的不稳定因素。

杨修平此时才真正对田青萍办学之初的决策深感佩服，经世学堂没有受到冲击，而他意外地得到了安全保障。索洛敦借口保护紧要之地，给经世学堂、乐滋滋，还有许多公共设施，加派了防卫力量，而士兵的饷银则由被保护对象提供。经世学堂例外。这一来，索洛敦以维护地方安全为由，合情合理地控制了各个要害地域，也因此节省出大量饷银改作他用。杨修平指示祁连鹰，从新失业的人员中挑选出一批身强力壮者，招入武备班加以训练。这些人本来也没有什么正当职业，混迹市井，靠强买强卖偷鸡摸狗为生，好的是争强斗狠无事生非。这类人要是训练得当，其战斗力不可低估。眼下他们生活无着，招入训练班就有饭吃了。杨修平从心里已经放弃，乃至厌恶会党的有些行为了，但他觉得，他是校长，他有为国家培训各种人才的职责。

第二十章

无情世界多情人

经了这场变故，杨修平决定搬出乐滋滋，回学校去住。花喜鹊苦留不住，只好由他。开始，花喜鹊以为他害怕这里不安全，她赌咒发誓说，她绝对可以保证不会再发生这种事情了，后来，她为他处处为他人着想的境界所感动。他说，这场变故发生后，他明显感觉客栈上下都有一种恐慌感，从伙计到客人，而这一切都是由他引起的。他只要还住在客栈里，这种恐慌情绪就不会消失。再说了，谁也不敢保证再不发生此类事件，客栈毕竟人来人往的，万一有不逞之徒以客人名义混入，夜半三更发作起来，后果不堪设想。学校出入人员基本是固定的，门卫稍加留心，外人很难得逞。

厉害所受的都是皮外伤，大多都是烟熏火燎的痕迹，蒋传贤处理这种伤病不在话下，她又正值青春年少，不几天，身上脸上的伤疤便了无踪迹。花喜鹊笑说，女子，蒋医生说，经他治疗后，你的脸蛋儿会比先前更好看，果然。厉害这段日子从不敢到镜子前面去，姊妹们也这样说过，她不信，她觉得是姊妹们在安慰她，哄她高兴，她心里为姊妹们的情分感动着。姑姑也这样说，她有些心动了。姑姑房间是有一面穿衣镜的，那里面可以把她整个人都装进去。姑姑的房门平时是从不上锁的，趁姑姑不在房间，她溜进去。要走到镜子面前时，她害怕了，万一镜子里的那个人儿是坏了脸的，她活下去的勇气便没有了。退到门口，终是不舍，又蹑蹑进去，三进三退后，她鼓起勇气，像是要用尽全力跨过一条有关生死的沟涧。她蹦到镜子前，对面站着一个朝阳般明丽灿烂的姑娘。啊，那就是她，就是那个被烈火锤炼过的厉害。

厉害害怕别人发现她照镜子不好意思，退到门口，终是不舍，再度蹀躞回去，三退三进后，她当仁不让地站在镜子面前，暗里不知跟什么人较劲儿：怎么了，我照镜子怎么了，人造了镜子就是让人照的，镜子就是人给配照镜子的人造的，长得好看的人都应该照镜子，都应该一把活儿不干，见天站在镜子前，照镜子的人高兴，照了人的镜子也高兴，都是个高兴，干吗不照镜子，我照，我照，我要让镜子认得我，我一天不照镜子，镜子自己觉得自己太懒了，是镜子却不干镜子的活儿……

花喜鹊站在门口许久了，厉害都没有发现，一心在跟镜子里的那个姑娘攀谈。花喜鹊轻轻走到厉害身后，厉害忽地发现镜子里的那个姑娘变了，两颗头，两张脸，两个身子，一想不对，蓦然回首，看到的是一张和蔼的，给自己的人生带来无数温暖的脸。她像做贼被抓了现行，局促地说：

"姑姑……"

"姑姑没有骗你吧？"

"嗯，嗯……"厉害的脸红得滴血，小鸡啄米似的点点头，转身一溜烟跑了。

厉害舍身斗杀手，救护杨修平，及时灭火保护客栈的行动，受到了客栈主仆上下人等的一致赞誉，她生活在一片笑脸中。可她却并不快活。原先她是一个快乐的姑娘，快乐得有些没心没肺，现在，她的情绪却低沉得有些没心没肺。姊妹们还小，以为是她们惹厉害不高兴了，处处赔着小心。花喜鹊却是心如明镜的人，可这事儿明白了又能咋地？她想唯一能让厉害高兴起来的办法只有一个，那就是让她继续留在杨修平身边。可杨修平住在学校啊，身边带一个大姑娘，丫鬟不是丫鬟，妹妹不是妹妹，学生不是学生的，他又是当校长的，让人咋说嘛！但她实在不忍心看见厉害的那一脸忧戚，这姑娘从小吃尽了人世苦，刚跟她过了几天舒心日子，又陷入了情天恨海。你说说，这人世间怎么就会有这么多的事儿呢。那天早上，她借口去看看校园，能否也让自己收养的年纪较小的女孩读书识字。她找到了杨修平，说完正事，杨修平一口答应了，她顺便说起厉害的近况。杨修平抡起拳头，将自己狠狠砸了几下，骂道，杨修平啊，你这个没有心肝的伪君子，你让一个姑娘为你受苦受难，为你赴死，而你却像没事人一般，你还当的什么校长！

当天下午，学校没什么要紧事儿，杨修平来到乐滋滋，一进门，就让厉害发现了。厉害正在跟自己怄气，这段日子，她一直恨自己，恨自己的一切，只要想起自己，便想自己抽自己几个耳光。说不上是因为什么，就是觉得自己一无是处。豁出性命想留在杨修平身边，倒把人家赶走了，想去找他吧，学校是什么地方，那是识文断字的文明人才去得的，她只能分得出字的大小来，就像在大街上，只能分得清老人小孩男人女人，却不知道人家叫什么名字。人都说，经了这场变故，她变得好看了，也确实比先前漂亮了，可是，这只是在这些没有见识人眼里的好看，人家什么人没见过，沙漠红没谁漂亮，窗前明月天下第一的漂亮，也没见人家给她献什么殷勤。和这些真正漂亮的人一比，她有什么，要人没人，要本事没有本事，她凭什么把人家装在心里，人家心里没她是应当的，她把人家装在心里，那就是把别人的宝贝据为己有了，人家不把她当贼抓就算是饶了她了，她还要咋地？

厉害不敢相信自己的眼睛，这是自己魂牵梦绕的那个人吗？她瞪大两只眼睛，看着他向自己走来，生怕看错了，生怕一错眼，那个人就像一股风消失在天的尽头。杨修平看见那一双快要蹦出眼眶的眼珠子，心里明白了一切，他的肚肠就像那些编织皮绳的工匠手中的皮条，被扭结起来。他笑说：

"厉害妹妹，你果真厉害啊，我知道你不喜欢我，可你瞪我干什么嘛。"

"啊？我……我没有……瞪你啊！"厉害的眼睛瞪得更大了。

几个姊妹都在跟前，笑着要拉扯厉害去照镜子，厉害这才相信，自己可能是向他瞪眼睛了。可她心里不服气，想给他，给大家说，即便是她向他瞪了眼睛，那也不算是瞪眼睛。继而又一想，眼睛瞪了就是瞪了，别人看得见的只是你的眼睛，哪能看见你的心。一肚子的道理说不出口，厉害越发恨自己了。杨修平却笑着说：

"你瞪了我好多眼，我还你一眼，咱们算是扯平了。"

他果真瞪了她一眼，厉害觉得那一眼，把她多日来积攒于心中的疙瘩，登时瞪平了。一个女孩机灵，在看见杨修平进门时，就飞奔着通报花喜鹊了。花喜鹊笑吟吟出来，请杨修平去她的房间，两人说了一会儿话，花喜鹊叫厉害和几个女孩去她的房间。两人商量了，关键的话由她来说。她摆出一个兰花指，向几个女孩划拉一圈，笑说，你们这几个死蹄子，祖坟不知道在哪儿，却有人给你家祖坟烧高香，你们交上天大的好运了！鉴于几个女孩都不识字，却跟着说书艺人和花儿歌手，学了不少的说辞戏文曲调，杨修平建议她们去跟着蒋传贤学习简单的医护知识，将来可以在城乡以接生和家庭服务为业。在几个女孩眼里，学堂是天堂，她们做梦都没有梦见过自己也能进学堂，当下高兴得稀里哗啦。厉害的高兴，进学堂还在其次，她终于能够天天在眼里装进去装在心里的人了。花喜鹊却冷了脸说，你们几个死蹄子给我听好了，所谓一日为师终身为父，一行有一行的规矩，从此以后，杨校长就是你们的老师，你们都给我体面点。

无论怎么说，都是天大的好事，厉害和几个姊妹手忙脚乱地收拾自己的东西，明天就要进学堂了。杨修平和花喜鹊说了一会儿话，告辞出来，门外有两个祁连鹰的徒弟跟随者他。学校离乐滋滋不远，骑马目标大，太过招摇，他向来都是步行来回。刚出门，厉害跟脚追了出来，两手交叉挂在丹田那里，低着头，红着脸，两只脚在地上磨蹭着。杨修平说，厉害妹妹，你还有事儿吗，厉害不说话。杨修平说，有话咱们边走边说。厉害跟着他走，却不说话。走到一段坍塌的城墙下，厉害脚步缓了，头更低了，脸更红了。杨修平心中忽然有些明白，给那两个护卫说，你们到前面等我。那两个人拐过墙角后，厉害抬起头来，脸上红白交错。杨修平说，厉害妹妹，你有话就说啊。厉害说，校长哥哥，明儿个我就是你的学生了啊。杨修平说，是啊。厉害说，那么，今天我还不是你的学生吧？杨修平说，这不是我还叫你厉害妹妹吗，明天就该叫厉害同学了。厉害忽地昂起头，勇敢地说，那么，你亲亲我，这是最后一次。杨修平稍一踟蹰，四顾无人，跨步上前，捧起厉害的脸蛋，在两边脸蛋和嘴唇上，分别亲了一口。厉害眼里噙满泪水，转身清风一般，双脚吹拂着地皮，霎时不见踪影。

独流地那边派人来说，校舍建好了，已经选好了开学的黄道吉日，希望杨修平能够拨冗光临指导。杨修平忽然想起，好多日子没有见窗前明月了，虽然独流地学堂是自筹资金，毕竟他是担着名分的，应该让窗前明月知道一下。他当即派人向窗前明月送去名帖，窗前明月回帖，答应当即见面。杨修平去了商号，门卫让他直接去后院，专员在那里专候。

这是上次与花喜鹊一同来过的院子。那次是晚上，大多的故事都在夜幕笼罩中，白天看去，与夜晚的光景大有不同。名贵花木，雕梁画栋，湖石假山，水车吱呀，流水哗哗。杨修平一步跨进那道曾在夜里跨入过的门槛，一团郁金香的芬芳氤氲而来，他不觉吞吸了一口。窗前明月半坐在书案后的一张铺着藏地鲜红毯毹的椅子上，眼皮半抬半低，神情半喜半愁，姿态半是慵懒，半是娇贵，看他进来了，轻声说：

"找地方随便坐吧。"

杨修平一路上反复告诫自己，好不容易积累起来的器宇轩昂，顿时垮塌了。他居然选择了一个前边茶几上摆着一只三炮台的位子。这岂不是自己找着喝茶嘛！坐下了，再不好挪位子了。窗前明月用下巴指一指那只茶碗，散淡地说：

"喝茶吧，那是专门给你准备的。"

在学校，从早到晚茶碗不离手，茶水不离口，这时，杨修平却忽地觉得有些口渴，心里的手已经伸出去了，心又将跃跃欲动的两只手死死按住。他不知道，他为什么要与她较劲儿，见了面，总有一种拗着来的冲动。她笑说：

"茶里没毒。"

"我知道没毒，所以才不喝。"

"那么，你是想喝毒茶了？"她咯儿咯儿地笑着说。她不笑，迷人，是那种迷死你你都不敢生出非分之想的迷人。她笑，更迷人，是那种你情愿让她迷死的那种迷人。他笑说：

"你就是一碗毒茶。"

"那你怎么不喝啊？"咯儿咯儿，咯儿，咯儿，她似乎找着了笑的节奏，有节奏地笑起来。

"生命诚可贵，爱情价更高，若为自由故，二者皆可抛。"杨修平忽然想起留学时背诵的一首西洋诗来，顺口念了出来。

窗前明月嘴角的波纹本是笑纹，那一圈笑纹没有荡漾开来，却一收，一收，再收，收出了一脸的忧戚。她顿了顿，脸色转化为那种不笑的迷人，她说：

"杨校长近来很忙啊。"

"也就那样吧。"

"听说校长最近还受了一点惊吓？"

"是的。"

"不知是什么原因？"

"我也不知道。"

两人在一问一答时，杨修平不经意抬头看窗前明月，目光却定在了她的文案前。文案上散落着几张纸片，与他前后接到的几片纸毫无二致。

"难道她也受到了类似的威胁？"

一闪念间，他凭着常年接触纸张的经验判断，她的面前的那几张纸是没有被书写过的空白纸！"难道……"杨修平这一惊吃得不小。不是害怕对自己产生的什么实际威胁，而是直接威胁到他对世界建立的判断尺度。

窗前明月随意地用手将那几片纸往一边划拉一下，杨修平忽地明白了：窗前明月今天在她的私人居所接待他，其用心都在这里了。他说：

"专员，我今天来是要向你汇报一件事情的……"

"不就是独流地开办小学堂的事情嘛。办学经费是自筹的，教员是自聘的，即便是动用经世学堂若干自备资金，亦无不可，都是给国家培育人才嘛。"窗前明月打断杨修平的话，她把他要说的话全说了，把他不便说出口的话都替他说了。

"这个……"杨修平一时语塞。

"有些事情就无须格外说明了。不过，从我这里来说，一件事情过去了，也就永远过去了，能够过了今天的事情，也就意味着，明天，后天，永远，都可以过去了。"

窗前明月边说，边起身离座，笑吟吟向杨修平走来。看那样子，完全是男女间要走到一起拥抱亲热的预备动作，杨修平心下着慌，瞬间，心里给接下来要发生的事情推测出好几种可能，最大的可能便是：她特意告诉他，她不再追究他抗命的事情了，但是，在别的事情上，他得听从她的召唤。

先安全离开这里再说！

杨修平为这样的心思所引导，大大方方站起来，离开座位，伸出双手，准备迎接窗前明月。窗前明月走到茶几跟前，脸上的笑意宛如一个年轻的母亲突然看见自己的孩子学会走路了一样，走到茶几跟前，她对面前伸过来的怀抱视若无睹，伸出双手，弯腰端起给客人准备的那碗茶，用一手款款端稳了，一手拿起碗盖，将碗沿上的茶末轻轻划去，轻启朱唇，吱吱地呷了一口。她向他飞一记媚眼儿，娇嗔道：

"还是人家亲手给你沏的茶呢，你不喝，怪可惜的。"

杨修平转身落荒而逃。

在窗前明月那里遭遇的尴尬，让杨修平每每想起来，脸上像是正在被抽耳光，他极力不去还原那个尴尬场面，那个场面却更清晰地呈现在眼前。一个下午，一个晚上都是这样，第二天早上，在上课前，他将主管教务、后勤等几名助理叫来，安排了工作。然后，他也没有向花喜鹊打招呼，独自跨上雪无痕，离校而去。

杨修平按照正常日程回到独流地，看见上下独流地结合部的回水弯里，果然多了一圈新修的房屋。将马拴在河边林子里，他独自走进，院落里氤氲着一派木料的清香。一个妇女抱着啾唧，沙漠红正站在院落，指挥人们往各个房间里搬运东西，忽然抬头看见他回来了，惊诧说：

"你……你怎么……回来了？"

"不是……你叫我……回来吗？"杨修平被沙漠红问的有些莫名其妙。

"早上送东西的人说，你顾不上回来，先让他们把学校急用的东西送回来。"

杨修平心中一愣，嘴里虚应着，表情尽量放松，让大家把东西重新搬出来，他看看是否是按照他的要求筹集的物资。他让帮忙的人暂时离开学校，也让沙漠红将啾唧抱回家去。看见大家都是一脸困惑，他轻松一笑说，这些都是新式教学设备，装运时，为了保证设备安全，必须要添加些辅助材料在里面，会有一些大家闻不惯的气味，等气味消散了，他再喊大家回来帮忙。

那些东西都是用木条箱装运的，他一一打开，一样样地详细检查。都是小学生用的书籍、文具、体育器材，还有各种教具，并没有发现什么异常。他将粉笔盒、颜料盒等等都一一打开查看了，还是没有什么异常。他长出一口气，心里暗暗惭愧。

听说杨修平回来了，上下独流地的人本来都是要去校园迎接他的，听了沙漠红和那几个帮忙的人的劝告，大家都去了杨灭白家。雪无痕已被沙漠红顺手牵回家了，她让啾唧爬在马背上，她在一旁保护着，啾唧开始有些害怕，走出一段路后，竟然上瘾了，到了家门口还不肯下来。大家笑说，这是女侠生出的一个少侠。

杨修平刚才是鼓着最后的劲儿检查物品的，连续的奔波让他又累又饿。见面后，大家问候几句，尽了礼节后，都嘱咐他，安心吃饭，安心休息。杨灭白和白灭杨听说杨修平一下马就在检查新到的物资，知道还得重新入库，便让沙漠红照看啾唧，他俩带着一帮年轻人去了校园。

看见家乡人这样重视学校，杨修平心里觉得温暖。吃饭毕，逗啾唧玩了一会儿，一觉睡起，刚接上吃晚饭。天黑后，杨修平将啾唧交给母亲，和沙漠红一起来到野外。明月当头，夜风习习，独流水低吟浅唱，各种不知名的虫儿四处鸣叫。成婚一年半光景了，夫妻俩在一起的日子竟然屈指可数，这样在夜晚的田野间漫步，还是第一遭。杨修平想起自己在外的奔波，内心的追求，还有近来遇到的不顺心，一时，心里感到难受。他悄悄地拉拉她的手，她展开指头，将他的那只手使劲一捏，又赶忙丢开。他又伸手攥住她的那只手，她又将那只手使劲一捏，赶忙丢开，然后，把那只容易被他攥住的手抱在怀里。他伸出一根指头在她的腰里捅捅，她懂得他的意思，轻声说，小心让人看见。他一听她是因为这个，便大咧咧，故意提高声调说，看见怎么了，谁爱看尽管看，我们可是合法夫妻。她轻声说，你别忘了，我们都是为人师表的。

来到水坝前，看见月光下的一池清水波光粼粼的，溢出的水流跌下坝面欢快而去。两人竟同时笑出了声。他伸手轻轻捣捣她的腰，笑说：

"好白眼儿的，你笑什么笑？"

"我正要问你呢，你问我？"她忍不住笑，急忙伸手捂住嘴，还是堵不住一阵咯儿咯儿的笑声。

"我听见你笑了，才跟着你笑的，这叫妇唱夫随，可我不知道因为什么笑。"

"你笑了，我才跟着笑的，这叫夫唱妇随，我不跟着你笑，人会说我不守妇道。"

两人逗了一会儿嘴，身心内外储满了习习晚风，他感叹说：

"不到两年光景啊，草木只是荣枯了一个轮回，而人生竟然恍如隔世。"

杨修平说着，伸手拍拍沙漠红的腰部。沙漠红依偎过来，双手吊在他的脖子上，轻轻叹了口气。他轻声说：

"你跟着我，让你受委屈了。"

沙漠红摇摇头，将一只手从杨修平的领口伸进去，轻轻揪住一颗毛茸茸的肉丁。他伸手将那只手紧紧按住，轻声说：

"刀客决战时，第一眼看见你，我的心口那儿就忍不住怦怦乱跳。"

"是吓的吧？"

"确实是吓的，不过，不是害怕你揍我，而是被自己居然会生出那份心吓着了。"

"你生的什么心？"

"当然是坏心了，男人对女人生出的坏心。"

"哼，我怎么没见你生出的坏心？"

"我敢吗？"

两人说笑了一会儿，沙漠红感叹说：

"老辈人说，每个人都是生有时间死有地方，果真啊，谁能想到我竟然会落脚到这个地方。"

"我一直没敢问你，那么，你说说，你怎么会看上这个鬼地方？"

"我哪知道啊，第一眼看到这个地方，居然从心里认定，这就是我的家。"

"也就是说，第一眼看见我，就认定我是你的夫君。"

"美的你！我只想这下有机会揍这个坏兮兮的装神弄鬼的穷酸秀才了，揍他一辈子。"

"呵呵，这叫男人不坏女人不爱啊。"杨修平得意地说。

两人转悠到校园，明月下的校园一派庄严肃穆。可是，杨修平却心下一顿：让她一个人打理一所学校，如何忙得过来？把她一个人搁在这里，心里如何放心得下？一颗扫帚星从长空划过，跌入天际，那一束璀璨照亮了杨修平的心扉。他说：

"你一个人在这儿不行，忙不过来，我也不放心，得给你找一个好帮手。"

"忙就忙吧，学校杂务，乡亲们会帮忙的，可在教务上，这忙不是谁都能帮的。"

"嘿，真正的目中无人！能教出老师的人，还教不了老师的学生？"

"你是说……师父？"

杨修平动情地说：

"师父年纪大了，身体又不好，我们再忍心让他飘零荒山？请师父来，确实可以帮你，重要的是，师父也该安享晚年了。"

提起师父，沙漠红不觉热泪盈眶，心头涌上一股浓浓的愧悔。师父对自己恩同再造，可是，自己自从成婚后，虽时常思念师父，但却始终把自己的小日子搁在首位，怀上啾唧后，心心念念都是腹中的小生命，啾唧出生后，心里眼里都是这个老天爷赐给她的小精灵。一经杨修平提起，她的心一下子飞到了荒山中那一大一小两孔岩洞中。这当儿，她对杨修平生出一种难以言状的感激来，是他唤醒了她的心，是他拯救了她的灵魂，她忘情地将头埋进他的怀中，抽噎着说：

"谢谢你，我的好……夫君。"

杨修平并不懂得沙漠红此时的心情，笑说：

"你感谢我，我感谢谁去？没有师父，我哪有这么好的媳妇？"

两人缱绻了一会儿，沙漠红忧虑地说：

"不知道师父肯不肯……来？"

"这个嘛，不劳娘子操心，拙夫自有锦囊妙计，保管让师父中我奸计。"杨修平大包大揽说。

天亮后，杨修平把自己的想法给爷爷说了，正在熬茶喝的杨灭白当即吐掉嘴里的茶末说：

"不是我小看你们这些娃娃，这事儿还得我这老将出马，再把白灭杨那个老东西叫上，我不信，两张老脸请不动塞北狼大侠。"

杨修平没想到爷爷的思维竟然这样敏捷，心胸如此开阔。他本来是要转着弯儿求爷爷出山的。杨灭白身子一纵，跳下炕，趿拉着鞋，边往外走，边说：

"让我亲自去收拾白灭杨这个老东西去！"

沙漠红害怕两个老人又闹什么纠纷，要上前阻止，被杨修平一把扯回，笑说：

"你操什么闲心？两个老汉打架，真正的好看。"

杨白两家各出八个人，由杨灭白和白灭杨带队，抬着一顶轿子，前去迎请塞北狼。三天后，队伍回来了，上下独流地所有能走动的人，齐集峡谷入口处，列队迎接。沙漠红怀抱啾唧，和杨修平迎上前去，塞北狼的桦木棒刚从轿子里探出来，他们便口称师父，双双拜倒在地。塞北狼一一扶起，抱过啾唧，端在手里，不觉老泪纵横，引得现场的一片抽噎声。欢迎宴是在白灭杨家举办的，在去的路上，两人在讨论这个问题时，发生了严重的争执，本来杨灭白是坚决不让步的，白灭杨却发了狠，他下令白家人跟他返回。杨灭白只好妥协，笑骂道，你老不死什么时候不再跟我闹别扭，你就是好人了。白灭杨回嘴说，你我都死了，在阴曹地府继续斗，要不，你算是白死了，还不如让你一个人活着，病不死你，急死你。

席间，杨灭白给塞北狼说，已为他在家中安排好了住处。塞北狼却坚决不答应，他说一个人清静惯了，不想受拘束，他要住在学校，白天黑夜学校都有人照看。白灭杨说那样吃喝不方便，塞北狼说，自己做自己吃，一日两餐，一顿馒头，一顿米粥，每顿一碟素菜足矣。沙漠红帮着师父说话，大家也都不再争了。

杨修平在家的最后一个晚上，沙漠红爬在他的耳边，悄悄说：

"又有了啊。"

"什么又有了？"杨修平一时还没有反应过来。

沙漠红轻轻捣了他一拳后，把他捣明白了。他笑说：

"我的命中率挺高啊。只是又要让你受苦了。"

第二十一章

红粉佳人的屠刀

杨修平赶回甘州，到了暑假，一年级学生放假，各种训练班的学员有的照常上课，有的让老师带着，根据所修技艺，走出校园，从事社会实践活动。祁连鹰带着一帮武备训练班的学员去搞野营拉练，具体路线为：向西到肃州后，南下敦煌，翻阿尔金山，从柴达木东行，到青海湖后，向北穿过大斗拔谷，返回甘州，等于绕祁连山走了一圈，大约三千里路程。北线大多都是沙漠戈壁，南线又多是高寒荒漠，几百里地界，居无人烟，野无草木，杨修平有些担心。祁连鹰却说，徒弟们将来都是要从军的，吃不得苦，走不了长路，如何使得？守备府给这些学员是配了军服枪支的，队伍上下士气高昂。杨修平一想也对，就同意了。

祁连鹰经过四十天的艰苦行军，队伍一人不少都带回来了，学员们都瘦了，每张脸都让强烈的紫外线晒得肉卷翻飞，可看上去，个个都像军人的模样了。回来的当夜，祁连鹰照常去哨楼下溜达，发现那盏灯笼亮着。他飞身上楼，柳知杨一丝不挂，斜躺在靠窗的一张凉床上。

"我以为你死了呢！"柳知杨一脸恼怒。

"本来都走到奈何桥了，我给小鬼说，我舍不下我的心肝妹妹，小鬼也见过你，说这么漂亮的妹妹，没有一个好男人陪着确实不合适，就放我回来了。"祁连鹰的油嘴滑舌，让柳知杨很快回嗔作喜。自从两人订交后，大多时候都是一周双会，后来，祁连鹰明知道，许多个窗前不挂灯笼的夜晚，索洛敦并不在这里住，他也不说破，不

第二十一章　270/271
红粉佳人的屠刀

勉强，他看见柳知杨的身子确实单薄，他夜夜不落空，也确实有些心里过意不去。

两人解了相思后，祁连鹰才知道，柳知杨这样焦急等他，还有一件重大的事情要告诉他。她已经有了三个月身孕。这一消息无异于晴天霹雳，祁连鹰当下欢喜得屁滚尿流，害怕芸香芸草听见，他无法表达自己的欢喜。冷静下来后，他猛地想起一个严重问题，他问索洛敦知道不。她问知道什么？他说知道她怀孕不。她说当然知道。他说知道怀的是谁的孩子不。她问他是让索洛敦知道好，还是不知道好？他问她是怎样告诉他的。她说你说我该怎样给他说，他说你是不是说这孩子是他的，她说我不这样说该怎样说，他说他听了后高兴还是不高兴，她说中年得子都是人生一大幸运，老年得子你说他该高兴还是不该高兴，他说可是这孩子明明不是他的，她说我明明是他的，难道孩子不是他的。

那晚，鸡叫二遍时，祁连鹰就起身离开了。此后的每个晚上，他都要来哨楼下徘徊一会儿，有时看见灯笼亮着，有时看见没有灯笼，他有意不带飞爪，以无法上去哨楼，强迫自己暂时死了那份心。再过三天，就是八月十五了，依照惯例，甘州城将有一场规模浩大的佛事活动，中心地带在城隍庙。这一晚，祁连鹰带着飞爪来到哨楼下，看见灯笼亮着，他扔出飞爪，飞蹿而上。柳知杨身穿一袭西洋棉布睡袍，坐在靠窗的那张凉床上，依稀仿佛的灯光下，脸颊上挂满了依稀仿佛的泪珠。祁连鹰伸手一推，窗板是虚掩的。好似家常夫妻，一切自然而然。有了空闲后，祁连鹰耳朵贴在柳知杨隆起的肚皮上，笑说：

"我听见我儿子叫爹了。"

"他是在叫爹，可是，叫的不是你。"柳知杨冷冷地说。

"不叫我叫谁？"

"当然叫的是他的爹了。"

"他的爹是谁？"

"这还用问么，当然是守备大人了。"

"明明不是他嘛！"

"可我是守备夫人啊。"

"守备夫人？你只不过是索洛敦的第六房小妾，别人尊称你为夫人，你自己能不知道你离夫人之位还有多远么？"

"不错，是小妾。不过，小妾如果生了儿子呢？"

"那依然是小妾！即使你升格为夫人，又当如何，守着一个棺材瓢子。"

"棺材瓢子还有一副棺材的家当，你有什么？除了那几两臭肉的家当，你还能拿出什么？"

两人已不是斗嘴玩了，句句涉及对方的尊严。祁连鹰嘿嘿一笑，阴阴地说：

"固然，你今天是守备大人的内宠，我表面上是一无所有，如果我告诉你，我是几家商号的后台老板，你一定不会相信。这些本来我也没有放在眼里。八月十五以后，我到底会有什么，千万别吓着你。"

柳知杨早已敏感地察觉到祁连鹰暗中在做什么事儿，她没有把他的这句大话当成男人嘴里单纯的大话，她笑说：

"大概不是三天后的这个八月十五吧？要是三十年后的八月十五，你说那时会天塌地陷日月无光，你要做皇上，我都信，因为，那时候，咱俩可能都死无对证了。"

"不，就是三天后的八月十五。"

"吹吧，吹吧，其实，你不用吹，你只要想，今晚我会一直陪你到你不想的时候。"

祁连鹰飞快地穿上衣服，一手揪住柳知杨，凶狠地说：

"今晚，我偏偏不想和你做那事儿了。你听着：三天后，你就是我的夫人，正经八百的甘州守备正房夫人，你肚子里怀着的是甘州守备祁连鹰的种。"

柳知杨听得肝胆俱裂，她扯过祁连鹰的一只手，按在自己肚皮的制高点上，娇嗔道：

"死样子！嘴上说什么心肝啊宝贝啊的，冷落了人家几个月，埋怨你几句，就跟人家翻脸，要走你走吧，我天生的贱命，我把孩子生下来喂狗，我自己当婊子去，我才不稀罕你的什么狗屁夫人，老娘什么没见过。"

柳知杨说完，就势倒在床上，呜呜哭了。祁连鹰吓坏了，忙又脱去衣服，曲意温存，柳知杨万般不肯，经不住祁连鹰的软求硬磨，还是肯了。柳知杨不再追问根底，祁连鹰为了哄她高兴，便把河西会党支部密谋半年的惊天计划，合盘告诉了柳知杨。柳知杨感激涕零，鸡叫三遍了，祁连鹰要走，柳知杨却软缠硬磨，两人又下功夫缱绻了一回，祁连鹰才脱身而去。

身子沉重，晚上又过度劳累了，柳知杨没有吃早餐，索洛敦这几日正好在家中，他关心柳知杨腹中胎儿，哨楼也来得勤了，他不来，总是会不时遣人问候的。早上已经来过两拨问候的人了，都没有见着柳知杨的面。第二拨是二太太担任慰问大使，拿着给孕妇滋补的食物，仍然被芸香芸草挡驾。二太太责问她们眼里还有没有主子，喝令二人滚开。芸香芸草齐声说，请二太太尊重，我们是下人，眼里只有主子，我们的主子是六夫人。二太太嘴一撇说，屁夫人，不过是个小婊子。芸香芸草不答应了，要与她一起去老爷那里理论，她们的理由格外充分，她们说，二太太说六夫人是屁夫人，而六夫人是老爷的夫人，岂不是把老爷说成屁了，又说六夫人是小婊子，婊子必然是有嫖客的，我们只见过老爷来过这里，二太太岂不是把老爷当成嫖客了？二太太见势不妙，却又拉不下面子，柳知杨在她眼中不过就是个下人，她降尊纡贵奉命来问候下人，被下人拒见，已经很丢面子了，现在又被下人的下人，当着自己下人的面顶撞，这究竟是哪一家的规矩？不过就是肚里装着一包子脏水嘛，生男生女，是死是活，还都是未知数呢，到底是老爷的种，还是野种，又是一个天大的未知数，老爷的那两下子，别人不知道，她却是知道的，为什么家里存着五片上好的肥田沃土，好多年不长庄稼，这个死蹄子，明明是一块盐碱地，却眼见得要敲响丰收锣鼓了。这还倒罢了，无论是从谁裤裆尿出来的种，家中有人顶门立户，总比树倒猢狲散要好。可是，还没算出个一二三呢，已经开始上头挖脸了，今天要不让这个小婊子学点规矩，一旦真的生出个端着茶壶的种来，哪还有老娘的活路？当然，二太太是懂得轻重利害的，她喝令随她来的丫鬟抽芸香芸草的嘴。那四个丫鬟双手早都痒得生蛆了，立即呼啸而上。还没接近目标呢，内屋传来柳知杨的叫喊声，二太太分明听见，说是她要带着这个孽种跳楼的。二太太吓坏了，忙止住自己的丫鬟，下贱了声气，隔门问候六夫人身子安否。门内传来断断续续人在咽气时说话的惯常口风，里屋说，感谢二姐姐的关怀，贱妾泉下有知，一定会报答的，现如今只求二姐姐给老爷带一句话，此生缘分已尽，贱妾人生的路走到头了。二太太心想，这小贱人还是要见老爷一面才死的，那么，只要不是死在老娘手里，爱咋死咋死，最好死得难看一些。她忙说，妹妹安心养护身子，姐姐这就去给老爷说知。

柳知杨听见门外一阵慌乱杂沓的下楼梯的脚步声响起，迅速起身，将祁连鹰留下遗址的小被单裹起，丢进洗衣盆，倾入半盆清水，悄悄打开窗户，放走祁连鹰留在屋里的气味。做这些事情时，芸香芸草在门外千呼万唤，门又是从里面插死的，她俩自然不敢破门而入。想起方才要不是主人适时呵护，她俩一定变成血头八哥了，主子身怀六甲，受了此番怄气惊吓，说不定真会有什么三长两短。两人无奈，只得奔到城头，向着守备府大放悲声。这当儿，柳知杨抽抽鼻子，屋里只剩下她的气味了，便将头发撕扯出刺猬风范，挤出一些鼻涕眼泪，满脸一顿胡抹，将肚皮高高挺起，仰躺在床，两颗眼仁儿在眼眶中间部位把牢了，好半天只吐出一口浊气。她自感这个样子挺好，默记了动作要领，便恢复常态，积蓄精力，免得到时无力坚持。

听见楼梯一片乱响，柳知杨摆成设计好的造型，只听一声威严的断喝，芸香芸草的号哭声戛然而止。那真是一个在沙场出入半辈子的老军人才可拥有的令行禁止的绝对威严，接着，只听一声脆响，屋门洞开，柳知杨的脑子还没有来得及就地转一圈，朦胧眼中，一团黑影已将她全身笼罩。只觉一只蹦蹦乱跳的手按住她的腹部，又一只蹦蹦乱跳的手搁在她的脑门。

"知杨，知杨，我的知杨，你可千万不要抛下我这把糟骨头啊！"

那是一个老人的哀号！

柳知杨仿佛听见了父亲被带走时，那惨绝人寰的哀号。

她的意志差点因此动摇，一个意识完全清醒的人，要在众人的千呼万唤中装扮失去知觉的状态，那是一件相当耗费意志的工程。柳知杨的两颗僵滞的眼仁儿，这个动了一下，那个跟着动了一下，这个又动了一下，那个跟着也动了一下，仿佛一个舍不下一个，在呼唤着，回应着。

"老爷，快看，夫人活过来了！"

索洛敦挥手擦去被浊泪蒙蔽的眼睛，恰好，柳知杨的眼仁儿又动了一下。

"知杨，知杨，我的知杨啊！"

索洛敦的号叫声，宛如一根根四处飞舞的金针，同时刺破了现场所有的水袋，引出一片流水嘀嗒声。

"老……老爷，老……老爷……"

索洛敦忙俯身下去，将耳朵贴在那一双艰难张合的嘴唇中间。

"芸……芸香，给……给老爷……奉茶……"

芸香是听惯主子使唤的，主子嘴唇只要动弹一下，并没有发出什么意思明确的声音，她也会准确判断出意图来。芸香大哭说：

"主子，主子，你听芸香说，老爷这般地指使下人欺负主子，主子命在旦夕，心心念念还是老爷，主子，芸香为你抱屈啊！天乎，天乎……"

"芸香！"柳知杨用尽最后的精气神一声断喝。

"是，主子！"芸香挥去眼泪，急忙去了。

"知杨，知杨，我哪有脸面喝你的茶啊，只要你没事儿，我愿意让你喝我的血！天乎，天乎！"索洛敦将柳知杨的头抱在怀中，孩子般大哭起来。

柳知杨终于有了活人气象，她说：

"我有话给老爷说。"

索洛敦立即挥手赶去了所有人，他不知道是否也要赶走芸香芸草，芸香芸草不知道自己是否也该回避，别的人都离开后，柳知杨说：

"你俩到外屋伺候着吧。"

柳知杨把祁连鹰的计划合盘托出来，当然，她没有说这是祁连鹰告诉她的。索洛敦当下惊出一身冷汗。根据谍报，叛党近来确实有在甘州起事的计划，守备府正在动用一切手段打探详细，没想到，如此详尽的计划，却尽在柳知杨的掌握中。不用详细追问，索洛敦一听便知，这是最为准确的情报。柳知杨说：

"老爷，你看这些情况有几分是真实的？"

"十分。"索洛敦说。

"那么，老爷怎么不问问，贱妾平日在学校，众目睽睽，一个生人都接触不到，回到家，又是高楼森严，如此绝世机密又是如何知晓的？"

"所谓来自有来处，去自有去处，又所谓天机不可泄露，即使夫妻，也逆天不得。老夫倒想知道，如此重大机密，说给谁，都是一桩天大功劳，天大功劳换回的必然是天大富贵，换句话说，在此天下板荡之时，选择与对方合作，有可能是开创之功。知杨为何要将金山拱手送人呢，可知，在这个家庭里，你是无足轻重，可有可无的啊。"

柳知杨冷笑说：

"老爷问得有理，老爷不这样问，知杨还不敢这样说呢。回老爷，其一，知杨虽不受老爷待见，说句老爷不爱听的话，老爷在世，知杨尚可讨得一饭之饱，老爷一朝弃世而去，知杨只剩下当婊子一条道儿了，可是，老爷的寡恩，家人的不容，并不能改变一个既定的身份，这就是，知杨哪怕当婊子，人都会说，这就是索洛敦守备大人的那个小妾，所以，老爷可以弃知杨如敝屣，知杨却要照看老爷身前身后之名。这是一个女人应持的天理道义；其二，说句亵渎天理道义的势利话，知杨虽无才无德，亦无动人容貌，所以，该当受到老爷的冷落。可是，所谓烂眼睛都有三只苍蝇跟着转呢，在知杨身上下功夫的人也在所多有，除了没有许诺过皇后娘娘宝座外，许给知杨的金钱富贵，能够堆满戈壁滩。但知杨追随老爷，本来一无所求，若能将此天大富贵送与老爷，能够借此获取老爷一二青眼眷顾，知杨夫复何憾呢？"

柳知杨一席话，说得索洛敦时而羞愧无比，时而热血沸腾，这是一个什么样的妙人儿啊，他索洛敦何德何能，赚得妙人儿玉体温存老来枯寂，已是老天爷的格外眷顾，谁想，玉体之内又存着一颗美玉般无瑕无邪的心，而那颗心又是全心全意向着他索洛敦的。索洛敦实在没有适当的肢体动作和语言，来表达自己内心的感恩、感动和激动，他倒搓着双手，在地上转一圈，又转一圈儿，终于揭开柳知杨身上的被子，双手用力举起那双玉柱般的腿，选了一个可爱处，来了深情一吻。然后说：

"我会让人照顾好你的，我现在就去给你谋富贵了。"

西洋的风随着左大帅的西征大军，早已吹拂了河西走廊的天地，又经过几十年时代之光的濡染，在河西的土地上也滋生了一种有河西特色的时髦。比如，这几年，河西走在时代前列的男人兴起了一种打扮：头戴机织尼宽边礼帽，脚穿祁连山牧民手工制作的生牛皮高筒靴，手持一杆三尺长的旱烟锅，铜头，玛瑙嘴儿，斑竹，或铁杆儿，羔子皮缝制的烟袋吊在距离烟嘴儿很近的烟锅杆上。不抽烟时，旱烟锅插在脖颈，高出头顶许多，烟袋甩哒甩哒的，像是一杆旗帜。有的人则将旱烟锅挂在臂膀的一侧，有的别在腰间。别看这件男人用的生活器具，却成了某些强人的如意兵器，出门在外，打得了恶狗，吓唬得了恶狼，也会将对手的头骨敲碎了。

祁连鹰为了在柳知杨那里给自己撑面子，把即将发生的事实夸大了。即将发生的事实是，他将率领十几名骨干徒弟，联合十几名刀客，在八月十五白天的物资交易集市上制造混乱，吸引守备府兵丁前来弹压时，趁其空虚，一举攻占守备府，打开武器库，武装牢房犯人，打起会党旗帜，募集义勇，策动新军叛乱，然后，通电全国，号令河西，以甘州城为依托，东进西出，控制河西，站稳脚跟后，向东攻击兰州，威胁西安、银川，向西，夺取酒泉，虎视新疆，向南，陈兵大斗拔谷，俯瞰西宁，向北，则凭借大漠戈壁，只需派出一支小分队，奔袭额济纳，控制水源。如此，西北要地尽在手中，进则逐鹿中原，与天下争衡，退则足以为一方诸侯。

这是会党在西北的全部计划，而最关键的是，八月十五那天，必须顺利攻占守备府，夺得首胜，引起全盘震荡，然后，逐次实现战略计划，而首创之功由祁连鹰执行，会党西北支部答应他的报酬便是起事成功后，由他出任甘州守备。

索洛敦将情况没有就近上报提督府，而是越级上报给设在兰州的总督府，并请求总督府下令让提督府全力配合他的行动，镇守各进出要道，总督府则负责警戒河西与各省边界要地，以防会党众徒四处蔓延，而甘州境内围歼叛党事宜，则由守备府全权独立承担。总督府对索洛敦赞赏有加，对他的要求全数照准。

索洛敦将这次行动命名为：礼帽行动。

按照规定，守备府常备兵员为一千五百人，分为三营，一营驻守城内各处要点，另外两营则分驻境内各处险关要地。十四日晚上，索洛敦提调城外两营，全数秘密入城，提前埋伏在大佛寺周围民房院落里，将住户一律关押在家中，有私自外出者，本人斩首，屠灭全家。

天刚放亮，一些小摊贩已经蜂拥而来，抢占有利位置，日上三竿后，周围店铺全部开门待客，各路行商、小摊贩，都已各就各位，那些休闲的市民，扶老携幼，倾巢出动，赶趁这一年一度的热闹。那些无业游民，盗贼匪类，各种小手艺人，走江湖耍猴唱戏皮条客妓女，等等人物，这种场合，没有他们不热闹，这也是他们必须要赶上的饭头。

索洛敦的指挥部设在大佛寺的屋顶上，站在这里，一眼看遍了甘州城大街小巷，眼睛的余光还可瞭出城外很远，捎带着把城外的田园屋舍尽收眼底。眼前的场面几乎令他魂不附体，在他的眼皮底下，竟然有如此众多的叛党。人群中，头戴礼帽的男人成群结队，装扮为各类人物，杂处于各类人物中间。多亏了柳知杨！我的小心肝小宝贝啊，要不是你的警觉，我这一辈子，今天算是走到头了啊，而有了你的及时可靠的情报，我这辈子的功名不知道要上几个等次呢。

祁连鹰入场了，身前身后，跟着几十名与他装扮相似的精干汉子。他们是骑马来的，许多有身份，或路途稍远，或行商，都是骑着或牵着马、骆驼、骡子、驴等等大型役畜来的，按照规矩，这些役畜一律拴在大佛寺前广场西南角一片空地上。祁连鹰一干人却牵着马，在佛寺广场的另一边空地上转来转去。

时候到了，索洛敦令旗挥动，三声号炮冲天响起，佛寺四周围墙上忽然爬满了戴着兵勇头盔的人头，一杆杆火枪亮出黑洞洞的枪口。广场上的人还没有明白是怎么回事儿，又一声号炮劈空震响，随即，一孔孔枪口里冒着蓝烟，枪弹射向人群。起初，子弹都是射向那些戴礼帽的，人群乱了，子弹也乱了。射向祁连鹰那一群人的子弹却始终未乱，直到将所有的人，所有的马都打倒在地，方才调转枪口，向人群射击。

广场上人群没头没脑奔窜，互相踩踏，各色货物散落一地，尸体横陈，血流淙淙。经事后清理，被当场打死的一千九百名，男女老幼都有，其中头戴礼帽者为六百二十人，伤重不治而死者，还有数百人，伤者无算。

索洛敦将战报火速上报总督府，总督府的嘉奖令很快下达，并向朝廷为索洛敦请求恩赏。将甘州守备府升格为正四品河西兵备道，索洛敦升任道台，在守备府原址上扩建道台衙门，辖地扩大为河西走廊西部，兼理青海西部，新疆东部，甘青新三省交界广大区域的军政民政事宜。

索洛敦老树新花，春风得意，过了不久，柳知杨产下一子，仍由蒋传贤接生，母子平安，索洛敦将柳知杨抬举为正房夫人。让索洛敦颇感为难的是，祁连鹰和他的许多徒弟，身份是经世学堂的教员和学生，而经世学堂后台老板又是田青萍，自己的太太又是经世学堂教员，不追究责任吧，难以给人交代，追究责任吧，追究谁呢。经了这场事变，柳知杨又给他生了儿子，柳知杨在索洛敦的心目中，既是至亲至爱的枕边人，又是功名富贵的领路人，也是指点迷津的智囊。他对她已是言听计从，而大事小事，不经她的参谋决断，自己老是心里不踏实。他把这件犯难事向柳知杨虚心请教。柳知杨嘴角微微一撇，略含讥讽地笑说：

"这么一点小事还用问我，杨修平是校长，你说该谁负责？"

生过孩子的柳知杨，一颦一笑，无不带着强大的亲和力。她刚才并不是真的笑，即便是这样的笑容，也让索洛敦幸福得天旋地转。

索洛敦对柳知杨进行了短暂的感恩意味的抚慰后，立即调遣兵马，前去经世学堂围捕杨修平。而此时，杨修平已经打马出城了，临走，他叫来厉害，让她带着她的那几个同时进校的姐妹，火速去乐滋滋，让花喜鹊帮忙将她们送往独流地。

杨修平是在接到与谴责令类似的隐蔽令后，迅速逃离学校的。收葬了祁连鹰和那批学员的尸首后，杨修平陷入了巨大的悲痛之中。那几日，昼夜不分，时时处在天昏地暗中。那天早上，他正坐在校长办公室文案前愁眉不展，忽见一只纸片，从半开的窗户飞入。他一个激灵，下意识拿起纸片一看，与以往看到的那几张纸片上的字迹出自同一人之手，只见上面写道：

"即刻隐形遁迹，一可保命，二可保校。"

与以往收到的纸条不同，这次是落了款的。落款为：

"无影子之女。"

一张纸片如一声惊雷，当即扫清了弥漫在杨修平心头多日的迷雾，隐形遁迹是当下唯一正确的选择。

第二十二章

刀坛至尊的出世

　　厉害一行比杨修平晚两天到达独流地，出乎杨修平意料的是，连她在内共有九名女孩，年纪与她相仿，都在十五六岁左右。杨修平昨日回来后，马上给杨白两家还没有找到媳妇的小伙子放出风来，他说，即将有四个与沙漠红一样漂亮的女孩要来独流地游玩，谁能留住他们的芳心，既可给自己找到好媳妇，也可以改善独流地几百年来的婚嫁格局，算是为独流地立功了。

　　按照预计的时间，厉害她们应该昨日可以抵达的。昨天早上天刚放亮，杨白两家二十多名十六七岁到二十四五岁的未婚小伙子，便跑出独流地谷口十几里之外的沙漠路口，迎接这些天外来客。从日上中天，等到日落西山，又从月上中天，等到旭日东升，他们不吃不喝，谁也不愿离开。经过大家公议，推选三名腿脚快的，年纪稍小的小伙子，回家给大家取食物，那三个小伙子不情愿，最后动了众怒，大家认为，涉及独流地的公共事务，向来都要进行公议的，公议一旦形成，所有人必须无条件执行，包括族长，谁要是蔑视公议，便可执行族规了。三个小伙子无奈，只好回去取干粮。大家又坚持了一个白天。眼看朝阳又变成夕阳了，有人心里生出了疑虑，却不敢公开说出来，他知道，一旦说出口，一定会招来异口同声的谴责：我们的无敌秀才什么时候说过不靠谱的话做过不靠谱的事儿，你要是觉得不靠谱，你可以滚开，没人拦着你！

　　当厉害一行身披夕阳，身影模糊出现在高高低低的沙丘中时，小伙子们呐喊着，一口气奔跑十几里地前去迎接。厉害她们以为发生什么变故了，一时惊慌失措，可是，漫漫沙丘，一望无际，没有藏身之所，厉害镇定下来，将四散奔逃的姊妹重新收拢，训斥道：

"你们连我家校长哥哥都不信任，天底下还有值得信任的人么！"

剩余的路程，九个姑娘是独流地的小伙子们轮流背着走的，厉害说，花姑姑派人用马匹已经把她们送到离这里不远了，她们才走了几里路，走得动的。可是，小伙子们说什么都不答应，为了多背一会儿，差点又发生肢体冲突，还是厉害有见识，她把小伙子们分为两拨，一拨照应人，一拨照应行李。

太阳落山时，厉害一行到达独流地，上下独流地几乎倾巢出动，来到下独流地村口迎接厉害一行，杨灭白，白灭杨，杨修平，沙漠红，都来了。各家争抢着要求把姑娘们安排在他家食宿。杨修平没想到，厉害会带来这么多姐妹，心里乐开了花，他让厉害带着四人暂住他家，另四名交由白灭杨安排。杨修平这才知道，她们之所以耽搁一天，是因为花喜鹊在给她们每人准备行李。杨修平笑说，你们知道不，前天两个村庄的父老乡亲都在等着你们，有很多人因此没有睡觉，没有吃饭，在沙漠路口等着你们。厉害和姐妹们都很感动，在她们的人生中，何曾享受过如此礼遇啊。

在厉害一行到达独流地的第二天，独流地又来了一大帮人，他们是从山里的野路来的，先到了上独流地。领头的是巴图，他带着十几名牧民的孩子，驮着大批的牧区土特产。巴图代表牧民说，我们想把孩子送到这里上学，希望独流地的父老乡亲们能够接纳我们的孩子，提供食宿，一切费用由我们自己承担。杨修平说，孩子我们一定接受，再多一些，都会接受的，费用分文不取，我们会把牧民的孩子当成自家子弟。巴图说，这不是费用的事情，这是尊师重教的规矩，孔圣人还收学生的干肉呢。

过了几天，从甘州传来消息说，柳知杨接任了经世学堂校长一职，窗前明月卷走了甘州票号一大笔款项，下落不明。杨修平想一想，给独流地小学堂院内栽上一根长约三丈的木杆，他取出那把如是刀，问沙漠红要来一条红丝带拴住刀柄，挂在杆头，清风吹拂中，如是刀轻轻摆动，像是一面旗帜。